U0894516

浙江省社科联省级社会科学学术著作出版资金资助出版（编号：2015CBQ07）

利维斯文化诗学研究

张瑞卿 著

图书在版编目(CIP)数据

利维斯文化诗学研究 / 张瑞卿著. — 杭州:浙江工商大学出版社，2016.6

ISBN 978-7-5178-1644-7

Ⅰ. ①利… Ⅱ. ①张… Ⅲ. ①利维斯,F. R. —诗歌研究 Ⅳ. ①I561.072

中国版本图书馆 CIP 数据核字(2016)第 106699 号

利维斯文化诗学研究

张瑞卿 著

出 品 人 鲍观明

策划编辑 任晓燕

责任编辑 任晓燕

责任校对 凌吉卫

封面设计 林朦朦

责任印制 包建辉

出版发行 浙江工商大学出版社

(杭州市教工路 198 号 邮政编码 310012)

(E-mail:zjgsupress@163.com)

(网址:http://www.zjgsupress.com)

电话:0571-88904980,88831806(传真)

排 版 杭州朝曦图文设计有限公司

印 刷 杭州五象印务有限公司

开 本 710mm×1000mm 1/16

印 张 19

字 数 329 千

版 印 次 2016 年 6 月第 1 版 2016 年 6 月第 1 次印刷

书 号 ISBN 978-7-5178-1644-7

定 价 58.00 元

浙江工商大学出版社营销部邮购电话 0571-88904970

目 录

第一章 绪 论

肇始于20世纪50年代的英国文化研究在近半个世纪的发展历程中成就斐然，它由最初的边缘学科逐渐进入西方学术的中心地位，并在当今人文科学领域享有盛誉。从20世纪60年代英国伯明翰大学成立“当代文化研究中心”(Center of Contemporary Cultural Studies，简称CCCS)，成功实现英国社会转型期学术思潮的“文化转向”，英国文化研究就进入了迅速发展的轨道。它经历了由理查德·霍加特(Richard Hoggart，1918—)、雷蒙·威廉斯(Raymond Williams，1921—1988)、E.P.汤普森(E.P. Thompson，1924—1993)等第一代领导人开创的带有马克思主义人道主义思想的“文化主义”①阶段，到20世纪70年代以后，由CCCS第二代传人斯图亚特·霍尔(Stuart Hall，1932—)领导的新一轮文化研究，成功实现了文化研究结构主义(Structuralism)和新葛兰西霸权主义(Neo-Hegemonism)共两次重大范式转型。如今，在理论共享的全球化时代，英国文化研究无疑承载着马克思主义、结构主义、女性主义、后结构主义、后殖民理论等复杂而丰富的理论内涵和研究取向，并已然成为一种关于差异和抵抗的文化政治实践。当然，因英国文化研究在其早期发展阶段具有的本土化特征，在研究重点、价值取向、范式类型等方面与当今文化研究仍有着明显差别，它不仅经历了上述的几种范式转型，而且在前文化研究到当代文化研究的转折期，还经历了从“利维斯主义”向“文化主义”的过渡。在这样一个理论不断翻新、话语不断更迭的后理论时代，新兴研究领域的当下状态更容易吸引我们的注意力，以致也容易遮蔽该领域的原初形态，这种现象会使许多原创性人物及其思想湮没在历史的长河中。因此，从历史发生学的角度研究F.R.利维斯(Frank Raymond Leavis，1895—1978)——这一前文化研究时期的关键人物就显得十分重要。

① Raymond Williams. *Key Words: A Vocabulary of Culture and Society*, Oxford University Press(2nd ed.), 1983, p. 93.

第一节　利维斯与文化批评

F. R. 利维斯被誉为20世纪英国文学批评领域最具影响力的批评家之一。[①] 自他踏上批评之路的20世纪20年代开始到他去世，在近半个世纪的学术生涯中取得了令人瞩目的批评成就。他在文学批评、文化批评、人文教育、大学教育等领域做出了开创性的探索。他是剑桥大学英文学院的创建者之一，他的文学批评理念在批评界独树一帜，他创办的《细察》季刊(*Scrutiny*，1932—1953)"开启了英国文化研究的先河"[②]。利维斯终其一生都对自己所追求的人文理想和批评标准深信不疑，为将文学研究置于大学人文教育的中心而不懈努力。他所倡导的跨学科文学研究方法和肩负的道德批评使命，使他在很长一段时间内成为剑桥大学文学研究和人文教育的核心人物。然而，在英国批评传统中利维斯既是中心人物也是边缘人，更是一位极具争议的焦点人物。在他初涉批评创作之时，学术界并不支持他的观点。他尝试将教师和批评家双重身份结合起来，给予文学批评功能新的阐释的努力却备受挫折。利维斯对文化与文明关系的阐释、文学传统的建立和文学批评的非理论化等观点也曾多遭指责，因而一次次卷入论争的漩涡。英国学术史上曾出现过著名的"利维斯与韦勒克之争""利维斯与艾略特之争""利维斯与斯诺之争"等。英国当代文化研究的新生代威廉斯、霍加特等人的学术观点的成熟与完善，也部分地建立在对利维斯文化观的反驳和拓展的基础上，并由此形成文化批评话语中所谓的"利维斯主义"与"文化主义"之争。结果，围绕"利维斯神话"[③]大致形成了两大阵营：支持者和反对者。

无论誉之者还是贬之者均关注他的文学批评、文化批评、人文教育理念及影响力。一方面，鉴于利维斯在文学批评方面做出的突出贡献，雷蒙·威廉斯在《政治与文学》(*Politics and Letters*，1979)中，论及利维斯的《伟大的传统》(*The Great Tradition*，1948)时指出：到20世纪70年代早期，就利维斯与英国小说的关系而言，利维斯"彻底赢了，我的意思是说，无论你

---

① Michael Bell, F. R. Leavis. *Critics of the Twentieth Century Series*, London: Routledge, 1988, p. 7.

② Terry Eagleton. *Literary Theory: An Introduction*, Foreign Language Teaching & Research Press, 2004, p. 29.

③ Raymond Williams. *Culture and Society* 1780—1950, Chatto & Windus, 1958, p. 250.

和谁提及此事,包括那些反对过他的人,他们都承认这个看法,事实上他们都在复制利维斯开创的文学史的意识”[①]。特里·伊格尔顿(Terry Eagleton,1943—)在《文学理论导论》(*Literary Theory: An Introduction*,1983)中,据实证明了20世纪30年代以后利维斯在英国文学研究中巨大而无处不在的影响力。他更具概括性地讲道:

> 无论《细察》(*Scrutiny*)是“成功”还是“失败”……事实仍然是今天(1983年)在英国研习文学的学者们都是“利维斯主义者”,不管他们自己是否意识到这一点,那是一段无法改变的、特定的历史时期。[②]

另一方面,剑桥学术机构对利维斯的敌意妨碍了他学术的进步。[③] 据来自剑桥唐宁学院“利维斯研究中心”的报告介绍:他杰出的才华和《细察》工程并未助他在剑桥大学获得一份长期教职,英语系以一种排斥的态度对待他。自1925年任教以来,他一直只是一名试用教师。直到1947年,他52岁时,才获得学院讲师(college lecturer)的职位。他目睹更为年轻、才干逊色的后来者优先晋职。同样的情况也发生在他妻子Q. D. 罗斯(Queenie Dorothy Roth,1906—1981)身上,她终身未获得剑桥的正式教职,尽管她于1931年在导师I. A. 理查兹(I. A. Richards,1893—1979)的指导下完成论文《小说与阅读公众》(*Fiction and the Reading Public*,1932)并获得文学博士学位,且一直担当《细察》主笔,有着卓尔不凡的才华。[④] 对此,雷蒙·威廉斯深有感触,在他为F. R. 利维斯写的讣告中讲道,剑桥是“世界上最粗野的地方之一……”他感到与他在所谓文明的剑桥遭遇到的那些冷言冷语相比,“哺育他成长的那种文化更为珍贵”[⑤]。当然,利维斯夫妇遭遇到不公正对待的原因是多方面的,但主要还是由于他们与剑桥正统学术难以弥合的立场,而威廉斯与剑桥的隔膜,依他本人的说法,

---

① Raymond Williams. *Politics and Letters: Interviews with New Left Review*, New Left Books, Verso Paperback Edition, 1981, p. 245.

② Eagleton. *Literary Theory*, p. 27.

③ Anne Samson. *Modern Cultural Theorists: F. R. Leavis*, University of Toronto Press, 1992, p. 2.

④ Leavis and about Leavis, *Center for Leavis Studies*〈mypages. surrey. ac. uk/eds1cj/about. htm — 8k.〉

⑤ 特里·伊格尔顿:《历史中的政治、哲学、爱欲》,马海良译,中国社会科学出版社1999年版,第255—260页。

不仅体现在经济的不平等上，更主要的还体现在文化的不平等上。此外，学术界对利维斯的批评和抵触也十分激烈，比如在利维斯于 1978 年 4 月 14 日去世后不久，同年 4 月 23 日，罗素·大卫（Russell Davies）在发表于《观察家》（*The Observer*）的文章《利维斯博士的战斗》（*The Battles of Dr Leavis*）中说：利维斯的信徒们“通过文本的细致分析足以抵抗学术压力，自如地追随他们的导师”，从而将利维斯的价值锁定在文本分析和对学生的影响方面。更有甚者，一些报刊文章竟以“操纵他人者（Svengali-Figure）、怨恨他人者（Rancorous Bully）、学术革新家（Intellectual Innovator）”等“封号”称呼利维斯。[①]

同时，还存在一种较为中立、客观的观点。弗雷德·英格利斯（Fred Inglis）在《文化研究》（*Cultural Studies*，1993）一书中曾坦言：“公正地讲，正式的文化研究的形成得益于四位英国人的努力，他们通过曲解利维斯（by wrenching Leavis）来达到他们的目的。他们继承、拓展利维斯的思想，并与之决裂，像所有新生代所做的那样。”[②]英格利斯的观点有一定的道理，这是学术进步、新旧交替的必然：学术事业是在对旧的传统的继承和叛逆的双向选择中传承和发展的。威廉斯在 1981 年 1 月 24 日刊登于《卫报》（*The Guardian*）的一篇文章中，肯定了利维斯对英文研究的学术贡献。他做如此评说的背景正值剑桥英文系在传统主义者与后结构主义的现代派之间爆发激烈论争的时刻。威廉斯站在革新派的立场，将这一论争与 20 世纪 30 年代利维斯及其《细察》集团的影响相比照，称赞利维斯集团为“剑桥英文的杰出设计师”。威廉斯指出，利维斯对英文研究的贡献体现在“细致的文学分析与强烈的道德关怀和文化批评的结合上”[③]。

从以上各方争议可以看出，论争的焦点落在利维斯的文学批评和文化批评思想上，即利维斯的文化诗学思想。利维斯的批评事业如此充满争议，其毁誉兼半的人生经历原因十分复杂，然而从另一个角度来看，能够引发争鸣本身就是一种可贵的思想贡献和学术资源，正如利维斯本人所言：“差别是生命，无差别是死亡。”[④]在批评事业中“不存在绝对正确的判断，但

---

① Samson. *Modern Cultural Theorists*, p. 3.

② Fred Inglis. *Cultural Studies*, Blackwell, 1993, p. 47.

③ Samson. *Modern Cultural Theorists*, p. 3.

④ F. R. Leavis. “Catholicity Or Narrowness,” *A Critical History of English Poetry*, Scrutiny 12, 1944—1945, p. 292.

存在争议的空间”[①]。就利维斯毁誉参半的批评经历，加里·戴(Gary Day)分析道：利维斯的“文学批评、假说或者一系列学术活动招致众多批评家的批评和反驳”，原因在于“利维斯的著作受到那些无视他思想本意，而自以为读懂利维斯的批评家的曲解”[②]。当然，“曲解”是一方面，而另一方面是随着时代的发展，利维斯毕竟代表着他所处时代的某一方面。重要的是利维斯的文学批评观折射出他的文化批评观，而其文化诗学观恰是20世纪初著名的“英国状况论争”(The Condition of England Debate)的核心话题。因此，威廉斯将利维斯称作剑桥英文的主要设计师之一，并将利维斯的批评看作是一种“文学分析”兼道德评价和“文化批评”的结合，这一评价明确道出利维斯文学观与文化观的亲缘关系。我们注意到对利维斯的三方面评价集中指向他的“文化批评观”，有些尽管是就文学而言的，也是基于他的文化批评思想，因此他的文化批评观遂成为显在或者潜在的论争焦点，而这也为本研究提供了探索空间，成为研究利维斯批评思想需要深入探讨的问题。值得深思的是：利维斯的文化批评思想产生于何种历史语境？有着怎样的内涵？其文学批评与文化批评有着怎样的联系？他的文化批评与当代文化研究有着怎样的互文性？对当代文化研究有着怎样的启示意义？这些都是本课题需要深入探讨的问题。

利维斯为世人熟知的主要是他作为文学批评家的身份，并且多数对利维斯的研究均倾向于将利维斯归于英美新批评派，原因是两者直接关注的焦点在文学语言的内部方面，这个概括虽然成立，但是理由并不充分。原因是利维斯的批评事业包括两部分：一是文学批评，主要体现在他的诗评和小说批评著作，譬如《英国诗歌新动向》(*New Bearings in English Poetry*,1932)、《重新评价：英国诗歌的传统与发展》(*Revaluation: Tradition and Development in English Poetry*,1936)、《伟大的传统》(*The Great Tradition*,1948)、《小说家：D. H. 劳伦斯》(*D. H. Lawrence: the Novelist*,1955)和《小说家：狄更斯》(*Dickens: The Novelist*,1970)等。二是文化批评，他专论文化的著作包括《大众文明与少数人文化》(*Mass Civilization and Minority Culture*,1930)、《文化与环境》(*Culture and Environment*,1933,与邓尼·汤普森合著)、《论延续性》(*For Continuity*,1933)、《怎样教

① R. P. Bilan. *The Literary Criticism of F. R. Leavis*, Cambridge University Press, 1979, p. 65.

② Gary Day. *Re-Reading Leavis: Culture and Literary Criticism*, Macmillan Press LTD, 1996, p. 9.

授阅读》(*How to Teach Reading*,1932)、《走向批评标准》(*Towards Standards of Criticism*,1933)、《我的剑也不会(沉睡)》(*Nor Shall My Sword*,1972)等。然而,当重新审视其文学批评著述时,我们发现他的文学批评同样渗透了文化批评的元素,并构成利维斯文化诗学思想的一部分。作为文学批评家,他倡导文学以及文学批评对现代文化健康的重要性,并将自己的文学观和文化观凝练成下面一段话:

> 文学批评关注的不只是文学,恰如同"时代的感悟性"不仅仅是一个文学鉴赏力的问题。对文学的兴趣不能仅仅是纯文学的。的确,批评不仅要有严肃性,而且还要具备——一种必要的先决条件——来自于对社会公正、社会秩序以及文化健康等问题的一种洞识力。①

这段话准确概括了利维斯近五十年批评事业的宗旨——"文学的最终目的乃是对生活的批评"(a criticism of life)②,这是承接于马修·阿诺德(Matthew Arnold,1822—1888)的传统,利维斯整个生涯都在证明这一论断的正确性。因此,要正确理解利维斯文学批评的本质不能脱离他对社会和文化的关注,恰如他在上文中表明的,贯穿他所有著述的主线是他对社会文化健康的深切关注。他的基本假定是:现代文明正在罹患疾病,首先需要关心的是促成治疗和救赎这种状况的事业的成长与发展。③ 因此,我们不能忽视利维斯作为文化批评家的身份,其文化诗学是构成英国文化观念史的重要一环。

那么,在英国文化观念史中,利维斯与其身前身后的文化批评家有着怎样的联系?要正确定位利维斯的文化批评思想,我们需要考察19世纪末到20世纪英国文化观念史的变迁。19世纪,随着工业文明的突飞猛进,文化日益成为人文学科关注的焦点。"文化"概念作为思想阐释的核心话语正式出现于19世纪后半叶马修·阿诺德的著作《文化与无政府主义》(*Culture and Anarchy*,1869),到20世纪前半叶,"文化"已成为人文学科争相论争的核心概念和重要的思想资源。"文化"之所以被推至如此重要

---

① F. R. Leavis. *Determination*, Haskell House Publishers LTD. (1st pub. 1934), 1970, p. 2.

② Metthew Arnold. In H. Super (Ed.). "The Complete Prose Works of Matthew Arnold," *Vol. III: Lectures and Essays in Criticism*, University of Michigan, 1962, p. 209.

③ R. P. Bilan. *The Literary Criticism of F. R. Leavis*, p. 3.

的位置，是因为“文化”在英国人文主义传统中，担当起了对抗工业社会带来的功利—边沁主义的使命，成为英国社会转型期对社会问题的一种探索性解决途径。利维斯20世纪30年代的文化著作《大众文明与少数人文化》《文化与环境》《论延续》以及Q. D. 利维斯的《小说与阅读公众》等，通过对“文学社会学”(The Sociology of Literature)[①]、“人类学—文学”(Anthropologico-Literature)[②]以及“民族志”(Ethnography)当代文化现象进行的研究，对逐渐渗入到人们日常生活中的商业性大众文化进行了深入探讨，提出了前景堪忧的文化衰落假说。这一假说的渊源可以追溯到柯勒律治(Coleridge，1772—1834)、卡莱尔(Carlye，1795—1881)、阿诺德(Amold，1822—1888)、T. S. 艾略特(T. S. Eliot，1888—1965)等人文知识分子，自工业革命以来形成的文化悲观主义传统，并代表着部分现代知识分子在面对工业文明冲击时的普遍反应。[③] 在利维斯的著作中，文化被具体化为“文学”或者“文学经典”，一如阿诺德的“诗歌”居于文化的核心地位，成为教化民众、引领社会的路标。文化之于阿诺德，乃是一种超越世俗功利，达到心智完美境界的途径；文化之于艾略特，乃是渴望将现代精神“荒原”变成绿洲的宗教信仰；文化之于利维斯，乃是治疗当代文明精神疾患的万应药方。利维斯为英文作为独立学科在剑桥大学赢得学科化地位所做的努力，无疑建立了一个抗击世俗文明的文化堡垒，实现了他在《教育与大学》(*Education and the University*，1943)、《我们时代的英国文学和大学》(*English Literature in Our Time and the University*，1969)等著作中提出的“使英文学院在大学中成为真正意义上的人文主义的中心”[④]的目标。利维斯的重要性还在于在“文化转型”的关键时期看到了英国社会面临的文化困境，并尝试将大众文化纳入到他的研究视野，拓宽了文学研究的边界。这种尝试从相反的方向深刻启迪了文化批评的后继者。

正式命名于20世纪60年代的英国“当代文化研究中心”(CCCS)，自诞生之日起就与“文化”结下了不解之缘。当代意义上的“文化研究”最初立足于英国文化研究三大家之一的雷蒙·威廉斯对文化概念所做的理论阐释。他在《文化与社会》(*Culture and Society*，1958)和《长久的革命》(*The*

---

① Ian MacKillop. *F. R. Leavis: A Life of Criticism*, The Penguin Press, 1995, p. 87.

② 同上，p. 164.

③ Lesley Johnson. *The Cultural Critics: From Matthew Arnold to Raymond Williams*, Routledge & Kegan Paul, 1979, p. 94.

④ F. R. Leavis. "*The Idea of a University*," *Education and the University*, Chatto & Wincus, 1943, p. 32.

Long Revolution,1961)中给出了新的文化定义,即文化是“整体生活方式”,将研究重心聚焦在了日常生活的价值和意义上,将抽象的价值和具体的规范、物质的和精神的产品都纳入到了文化研究的视野。[①] 从而奠定了耸立于新的文化概念之上的文化研究的基石,开拓了未来文化研究的新空间。威廉斯的“文化”概念新解无疑是文化观念史上的重大事件之一。当我们以威廉斯新的文化概念为一个起始性坐标,返回到英国文化研究前期的思想变迁史中,反观19世纪早期文化概念的产生、更迭和嬗变,我们看到的是一条沿着阿诺德、艾略特、理查兹、利维斯到霍加特、威廉斯的清晰可辨的文化概念发展脉络,并大致形成了一个绵延不断的英国文化研究的传统。利维斯和威廉斯分别是英国文化批评和当代文化研究时期重要的理论发言人,尽管两人表现出看似相反的价值取向,但是实际上在文化批评思想上后者是传承和借鉴前者的。

那么,如何理解在英国学术背景下“文学研究”与“文化批评”或者“文化研究”之间的关系?业师黄卓越先生在《离合之旅:英国文化研究与文学研究之关系考察》一文中,详细论述了英国文学研究与文化批评以及文化研究之间复杂的联系。首先,文学研究与文化研究之间的纠结与离合经历了三个时期,或者三种模式。一是早期的英国文学批评向文化领域的渗透,即文学批评关照到的文化维度。在此,文学批评在大学体制中多称作“文学研究”,又称“英文研究”(English Studies)。二是自20世纪中叶开始,新兴的英国文化研究与英国文学批评之间出现了裂隙,两者的分离既体现在观念上又表现在体制上。[②] 三是20世纪80年代以后出现的英国文化研究与文学研究的再度交叉,表现为文化研究向文学研究的积极渗透,比如利用文化研究的话语模式来分析文学经典等,而与之相伴的是文学的审美主义、形式主义研究模式的式微。[③]

其次,文化批评和文学批评中存在“批评优先”的准则。这一准则可以追溯到前文化批评时期的马修·阿诺德,是他将“文化”与“批评”置于至高

---

① Raymond Williams. *Culture and Society*, pp. 16—18, 229—235, 285—311. Raymond Williams. *The Long Revolution*, Chatto & Windus, 1961, pp. 35—70.

② 所谓观念上是指文化概念被赋予了更丰富的内容,向着更宽阔的人类学和社会学领域开疆拓土,比如威廉斯给出的文化新定义;所谓体制上是指伯明翰“当代文化研究中心”在创建之初依附于英语系,而后逐渐独立建制。后来如雨后春笋般出现于英国、美国一些高等院校的文化研究系或所也有过类似的建制经历。

③ 黄卓越:《离合之旅:英国文化研究与文学研究之关系考察》,见易晓明编《英语文学与文化研究》,北京大学出版社2010年版,第55—56页。

的地位。在阿诺德的心目中,"文化"是一种超越世俗的精神本体,是可以对功利主义、技术主义等近代英国社会的诸种弊病进行救治的药方。基于此,"文化"也应当是文学批评、教育等心智活动的核心,并对文学批评等具有规定性作用。就"批评"与"文学"的关系而言,阿诺德认为:伟大的作品固然需要天赋,但是仅此还不够,在当代的文学创作中,我们还必须对所生活的社会和世界有一个切实清醒的认识,即要有一种"批评的驱动力"(Critical Effort),它决定着创作的品质。以此而论,阿诺德所说的"文化",其属性是"完美",而真实的批评则是对"完美"事物的追求,两者都具有超功利性、超世俗性特征。这一批评思想在利维斯那里得到进一步贯彻和深化,他一生的批评探索就是"何为文学的无功利和有效运用于文学的智性感悟,何为趣味的纯粹"①,"真实的批评"抑或"真诚的评价"是他批评事业追求的目标。② 然而,真实的批评会受到文化观念的塑形,并将文化的法则贯穿到它内在的逻辑中。这也就很难将批评视作一种单向度的文学实践,而是将它看作践行文化的一种功能。因此,真正意义上的英国文学批评从一开始就是以文化批评的目标为旨归的,也正是在这一意义上,有人将阿诺德至利维斯这一脉的文学批评称作文化批评或者"文化研究"。③ 以此推论,利维斯探讨文学问题的作品,虽然言说的对象是"诗歌"或者"小说",但它们是沿着所确立的"文化"原则进行的,直接受到利维斯文化观念的引导和规定,因此被归为文化批评的一部分是有其根据的。

最后,就"文化批评"和"文化研究"这两个核心概念,还需要做个简要区分。从英国文化批评史的角度来看,利维斯之前的文化批评常被称作"文化批评"或者前文化研究,当代文化研究延伸于前者,威廉斯之后的文化批评则多被称作文化研究(Cultural Studies),且文化研究的英文首字母要大写。本书为明晰区分以利维斯文化批评为中轴线的英国文化研究的前后期,标示出英国文化批评史上这一重大转向,特将利维斯之前(包括利维斯)的批评现象称作文化批评,而将以霍加特、威廉斯为代表的当代文化研究称作文化研究。

---

① T. S. Eliot. *The Sacred Wood: Essays on Poetry and Criticism*, Methune, 1920, pp. 21—22.

② F. R. Leavis. "Preface," *The Common Pursuit*. Chatto & Windus, January 1952, p. 5. R. P. Bilan. *The Literary Criticism of F. R. Leavis*, p. 65.

③ 黄卓越:《离合之旅:英国文化研究与文学研究之关系考察》,见易晓明编:《英国文学与文化研究》,第 57—58 页。

第二节 国内外研究现状综述

一、国外利维斯研究状况

据来自唐宁学院“利维斯研究中心”的一份资料①显示:英国学术界对利维斯的研究似有逐渐升温之势,从20世纪30年代到90年代围绕利维斯的研究出版物多达120多件(包括专著和文类),研究呈波浪式前进、螺旋式上升的发展走势。从分阶段出版物的调查来看,从20世纪30年代到90年代,除20世纪40年代受第二次世界大战的影响中断的十年,未看到记录在案的相关著述面世之外,英国学界对利维斯的研究从未间断过。鉴于利维斯当时在学界的影响力,几乎在他刚出道时就引起了学界的关注。由于他独特的批评视角和富于穿透力的批评话语,几乎每部作品的问世都会引起很大的反响。特别是在他退休后至辞世后的十多年间,出现了研究利维斯的高峰时期。

综合来看,围绕利维斯批评思想所探讨的主题非常丰富。虽然没有如弗朗西斯·穆勒恩(Francis Mulhern)所坚信的全面的研究,②但从不同的侧面接近、探讨利维斯思想的著述也非常可观:有相对单纯的生平传记和文学批评研究的,有尝试从文化批评和社会理论的角度研究利维斯的,有研究利维斯大学教育理念和英文教育思想的,有从哲学的角度研究利维斯著述的,有从现代主义或者后结构主义的方向探讨利维斯批评思想的。概括起来,目前对利维斯的研究大致可分为两类:文学批评研究和文化批评研究。

(一)文学批评研究

最早对利维斯文学思想提出批评的当属剑桥大学国王学院(King's College)的研究员F. L. 鲁卡斯(F. L. Lucas)。20世纪20年代他以一部

---

① Leavis and about Leavis, *Center for Leavis Studies*〈mypages. surrey. ac. uk/eds1cj/about. htm — 8k.〉

② Francis Mulhern. *The Moment of "Scrutiny"*(*Preface*), Western Printing Services Ltd, 1979, p. viii.

颇具影响的文集《希腊戏剧通俗读本》(*Greek Drama for Everyman*)在剑桥文学界立足。1933年他发表《英国文学》(*English Literature*)一文,反驳利维斯、艾略特等人"过度严肃对待文学"的治学态度。鲁卡斯代表着当时剑桥大学占主导地位的保守派文学观,即视文学为业余性的消遣。① 1937年,雷纳·韦勒克(René Wellek)在阅读了利维斯的诗评新作《重新评价:英国诗歌的传统与发展》(1936)之后,在《细察》季刊发表评论文章《文学批评与哲学》(*Literary Criticism and Philosophy*),高度肯定利维斯的诗评思想,同时建议利维斯应将自己的观点以"抽象的"理论加以表述。② 利维斯在与韦勒克交换意见的同名文章中指出:文学批评与哲学分属不同的学科领域,文学评价遵循的是活的原则。③

到20世纪中叶,利维斯及其《细察》集团对文学事业严肃性的赤诚追求和不懈努力已经走过了二十多年,剑桥英文研究在英国境内已经获得了不同凡响、傲视其他学科的学术地位。1962年,在利维斯退休之际,乔治·斯坦纳(George Steiner)发表纪念文章《人与理念:F. R. 利维斯》(*Men and Ideas: F. R. Leavis*),高度评价利维斯的批评贡献:文学批评史上的主要人物(如柯尔律治和T. S. 艾略特)往往也有文学作品传世,他们既是批评家,又是诗人,人们因钦佩他们的诗才而相信他们的判断。凭自身的资质而为后世所敬重的批评家为数很少,如圣伯夫(Sainte Beuve)、莱辛(Doris Lessing)、别林斯基(Belinskiy)和利维斯可以跻身于他们之列。④

从20世纪70年代末到20世纪90年代,涌现出一批利维斯的生平传记作品,这类作品贯穿着对利维斯批评思想的深入探讨,形成了一种生平故事与批评思想交相辉映的生动再现,譬如罗纳德·海曼(Ronald Hayman)的《利维斯》(*Leavis*,1976)、罗伯特·鲍尔斯(Robert Boyers)的《F. R. 利维斯:思想评价与训练》(*F. R. Leavis: Judgment and the Discipline of Thought*,1978)、爱德华·格林伍德(Edward Greenwood)的《F. R. 利维斯:作家与作品》(*F. R. Leavis: Writers and Their Work*,1978)、R. B. 柏兰(R. B. Bilan)的《F. R. 利维斯的文学批评》(*The Literary Criticism*

---

① F. L. Lucas. /In Harold Wright(Ed.). *English Literature/University Studies: Cambridge*, Ivor Nicholson & Watson, 1933, pp. 259—294.

② René Wellek. "Literary Criticism and Philosophy," *Scrutiny* V. iv, 1937, pp. 375—383; "Correspondence: Literary Criticism and Philosophy," *Scrutiny* V1. ii 1937, pp. 195—196.

③ F. R. Leavis. "Literary Criticism and Philosophy," *The Common Pursuit*, Chatto & Windus, 1952, pp. 212—213.

④ George Steiner. "Men and Ideas: F. R. Leavis," *Encounter* 18, 1962, pp. 37—45.

of F.R. Leavis,1979)、威廉·沃尔什(William Walsh)的《F. R. 利维斯》(*F. R. Leavis*,1980)、邓尼·汤普森(Denys Thompson)的《利维斯夫妇:回顾与印象》(*The Leavises: Recollections and Impressions*,1984)、麦克·贝尔(Michael Bell)的《F. R. 利维斯》(*F. R. Leavis*,1988)、伊恩·罗宾森(Ian Robinson)的《剑桥先生:F. R. 利维斯》(*F. R. Leavis: The Cambridge Don*,1992)、伊恩·麦克罗普(Ian MacKillop)的《F. R. 利维斯:批评的一生》(*F. R. Leavis: A Life of Criticism*,1995)等。

其中影响甚广者有鲍尔斯的《F. R. 利维斯:思想评价与训练》,书中他尝试理解利维斯身体力行的批评原则在文明世界具有的意义和地位。他认为利维斯不是一位循规蹈矩的文学批评家,他往往以独特的视角展开评价,即所谓的“活的原则”。这一原则始终贯穿于他全部的诗歌批评和小说批评。[①] 柏兰的《F. R. 利维斯的文学批评》一书,在细致分析利维斯文学批评思想的同时,进一步将他的文学批评扩展到文化批评,揭示出利维斯式的批评所蕴含的文化和社会学意义。[②] 贝尔的《F. R. 利维斯》是一部研究利维斯文学批评的优秀之作,书中他深入分析了利维斯的文学批评思想,尤其对利维斯的语言观做了精辟阐释,对比利维斯的语言观与海德格尔的语言观之异同,揭示出两者关于“语言与世界”关系的重要见解。贝尔经层层推进式阐说,将利维斯的语言观推进到了一个哲学探究的高度,同时深入分析了利维斯的诗歌和小说评价标准。[③] 麦克罗普的《F. R. 利维斯:批评的一生》是有关利维斯传记作品中最为全面的一部,它以丰富翔实的资料介绍了利维斯夫妇为批评事业艰辛奋斗的一生。书中较少评论,而是将利维斯生平中各个阶段在事业、生活、创作等方面的经历沉甸甸地摆在读者面前,将批评评价的话语权交给了读者。[④] 利维斯夫妇生前曾拒绝为自己书写传记,麦克罗普的著作可谓弥补了这一缺憾。

此外,专论利维斯文学批评思想,并产生了较大影响的批评家还有特里·伊格尔顿,在西方批评界他是一位享有极高声誉、“最富实绩”的马克思主义文化理论批评家,素以思想锐利、疾声厉色之苛评著称。他分别在《文学理论导论》(*Literary Theory: An Introduction*,1983)、《历史中的政

---

① Robert Boyers. *F. R. Leavis: Judgment and the Discipline of Thought*, University of Missouri Press, 1978, pp. 7—15.

② R. P. Bilan. *The Literary Criticism of F. R. Leavis*, pp. 25—43.

③ Michael Bell. "F. R. Leavis, Foreword by Christopher Norris," *Critics of the Twentieth Century Series*, pp. 27—37.

④ Ian MacKillop. *F. R. Leavis: A Life of Criticism*, The Penguin Press, 1995.

治、哲学、爱欲》(*Politics, Philosophy, and Eros in History*, 1986)、《后理论》(*After Theory*, 2001)等著作中对利维斯及其《细察》集团做了批评评价。在《导论》的第一章,他积极肯定利维斯集团对英国文学在剑桥大学的学科建制所做出的重要贡献,并从文学史的角度探讨利维斯文学批评思想的重要性,同时指出其批评思想存在的缺陷,对利维斯的"文学传统""有机社会""根本的英文性"等观点提出批评。[①] 在《历史》中,他特别对利维斯的"语言中心论"提出严厉批评,反驳利维斯和 T. S. 艾略特对弥尔顿诗歌语言的负面评价。[②] 但同时他又分享利维斯的部分观点,比如在《历史》和《后理论》中,他赞扬乔治·爱略特(George Eliot)小说中细致入微的情感体现、语言感悟力,称赞她是英国伦理传统在 19 世纪的"伟大传人之一"。[③] 伊格尔顿采取步步反驳、既褒又贬的方式,其阐说充溢着富于新意、启人心智、令人折服的判断,但时有自相矛盾之处,比如就利维斯的学术身份问题,伊格尔顿时而把他归入新批评派,时而又否定两者的相似性,因此这一问题亟待进一步厘清。伊格尔顿在《导论》中断言:《细察》集团实际上开启了英国文化研究的先河,但并未深入论述利维斯的文化批评思想及其与当代文化研究的联系。其他关注利维斯文学批评的研究家还有彼得·威德森(Peter Widdowson)、拉曼·塞尔登(Raman Selden)和彼得·布鲁克(Peter Brooker)等,他们合著了《当代文学理论导读》(*A Reader's Guide to Contemporary Literary Theory*, 1997)。在该书的第一章,他们以较为客观的方式评价利维斯及其《细察》集团的文学批评乃至文化批评成就,肯定利维斯在英国文化观念史上的重要地位,但在区分利维斯式的批评与新批评的异同之时,仍有矛盾模糊之处。[④] 这种模糊既与利维斯思想本身的多重性有关,又与利维斯式的批评和新批评派既相近又对立的观点有关。以上研究者对利维斯的研究做出了极其珍贵的贡献,对本研究具有重要的启示意义。

(二)文化批评研究

利维斯的文化诗学思想是一个非常复杂的话题,安娜·萨姆森称之为

---

① Terry Eagleton. *Literary Theory*, pp. 29—33, 33—34, 34—37.

② 特里·伊格尔顿:《历史中的政治、哲学、爱欲》,马海良译,第 34—44 页。

③ Terry Eagleton. *After Theory*, Penguin Books, 2001, p. 133. 见特里·伊格尔顿:《历史中的政治、哲学、爱欲》,马海良译,第 11—26 页。

④ Raman Selden, Peter Widdowson. "New Criticism, Moral Formalism and F. R. Leavis," *A Reader's Guide to Contemporary Literary Theory*, pp. 13—25.

"社会—文化批评"(Social-Cultural Criticism)[①]。较早探讨利维斯的文化批评并产生巨大影响的著作是雷蒙·威廉斯的《文化与社会》。威廉斯在书中专辟一章来讨论利维斯的文学批评、文化批评和人文教育思想,在积极肯定利维斯在文学批评和教育领域做出的杰出贡献的同时,指出他文化观中存在的种种失误和缺憾,认为利维斯的成就与失误并存。[②] 1968 年,佩里·安德森(Perry Anderson)在《新左派评论》(*New Left Review*)上发表文章《民族文化的成分》(*Components of the National Culture*,1968),肯定了利维斯及其《细察》集团的批评成就。他指出,利维斯式的批评"在 20 世纪中期的英国填补了英国马克思主义或社会学发展失败留下的真空"[③]。1979 年,弗朗西斯·穆勒恩出版著作《"细察"契机》(*The Moment of "Scrutiny"*,1981),书中穆勒恩尝试对《细察》季刊做出公允的评价。他从阐述与英国当代文化研究有着密切关系的"利维斯主义"入手,从历史的角度分析这份期刊的兴衰与影响,讲述其生命历程中的真实故事及其 20 世纪前半叶在英国文化观念史中发挥的重要作用。他指出利维斯的批评思想"反映出整体文化潮流的趋势,成为引领和支撑这一趋势的航标"[④]。同年,莱斯利·约翰逊(Lesley Johnson)出版著作《文化批评家:从马修·阿诺德到雷蒙·威廉斯》(*The Cultural Critics: From Matthew Arnold to Raymond Williams*,1979)。莱斯利·约翰逊阐释了从 19 世纪中期至 20 世纪 70 年代文化概念作为社会批评工具的重要性,其中专设一章讨论利维斯的文化批评,并从英国社会纪实传统的角度客观评价了利维斯批评思想的功过。[⑤] 安娜·萨姆森的《现代文化理论家:F. R. 利维斯》(*Modern Cultural Theorists: F. R. Leavis*,1992)一书,以宏大的社会视角探讨了利维斯的文学研究与社会—文化批评的联系,证实了利维斯批评思想中来自于哲学传统的无意识影响,尽管利维斯坚持认为哲学的方法和假说与英文研究不存在关联性。她的著作对正确认识文学研究与文化批评的关系、文学批评与哲学的关系有着重要意义。[⑥] 弗雷德·英格利斯是一位重要的

① Anne Samson. *Modern Cultural Theorists: F. R. Leavis*, pp. 36—74.

② Raymond Williams. *Culture and Society*, pp. 246—257.

③ Perry Anderson. "Components of the National Culture," *New Left Review* 50, 1968, pp. 3—57.

④ Francis Mulhern. *The Moment of "Scrutiny"*, 1979.

⑤ Lesley Johnson. *The Cultural Critics: From Matthew Arnold to Raymond Williams*, 1979, pp. 93—115.

⑥ Anne Samson. *Modern Cultural Theorists: F. R. Leavis*, 1992, pp. 9—74.

文化批评家，他的两部文化著作《文化研究》(1993)和《文化》(*Culture*, 2004)，均展示出他广博的学识和杰出的判断力。《文化》从文化概念史的角度，追述了整个欧洲自启蒙时代以来，文化概念意义嬗变、演进的历史，英国文化概念史是其中重要的组成部分。该书客观评价了利维斯的文化思想，肯定了他在英国文化观念史中的重要作用。[①]《文化研究》宣告了“文化研究时代”的到来，描述了这一学科历史形成之形态和方式，回应了这一新的探索领域提出的问题和承诺，诸如如何思考、描述和理解当今世界这个全新的历史时代。该书从文化观念史的角度积极评价了利维斯集团的文化批评贡献，及其与以威廉斯为代表的当代文化研究的历史延续性。[②]另一部研究利维斯文化批评思想的杰出之作是加里·戴的《重读利维斯：文化与文学批评》(*Rereading Leavis*: *Cultural and Literary Criticism*, 1996)。书中他重新评价了富有争议的利维斯著作，对利维斯长期以来遭受的不公正指责和批评做了解释，同时他指出后结构主义曾被认为是与利维斯批评思想相对立的，但是经重读利维斯之后，他发现后结构主义折射出利维斯思想的某些重要方面。他将利维斯置于特定的历史语境，考察了他的前期作品，发现它们与消费话语以及科学管理之间的联系。加里·戴重新找回了被后现代文化边缘化了的利维斯著作的价值。这部著作对客观、深入地重新认识利维斯有着重要意义。[③]

以上分类中的作品在具体论述中，内容时有交叉、重叠，对利维斯的关注或因角度不同，或因兴趣差异而各有侧重。这些学术前辈在他们各自专注的领域做出了令人敬仰的贡献，并为本课题的研究奠定了重要的认识论基础。

二、国内利维斯研究状况

与国外利维斯研究这种蓬勃发展的势头相比，国内利维斯研究相对薄弱。但中国学界对利维斯的名字并不陌生，早在20世纪30年代，常风就在《新月》月刊上发表书评《利维斯的三本书》[④]，分别介绍了利维斯的著作《小说家D. H. 劳伦斯》(1930)、《大众文明和少数人文化》(1930)、《英国诗歌新

① Fred Inglis. *Cultural Studies*, 2004, pp. 5—58.

② Inglis. *Cultural Studies*, pp. 32—52.

③ Gary Day. *Re-Reading Leavis*: *Culture and Literary Criticism*, 1996, pp. 9—15.

④ 常风:《利维斯的三本书》,《新月》第四卷,1933年第6期。

动向》(1932),成为将利维斯批评思想引入中国的先行者。1933 年,钱锺书在《大公报》上发表《论俗气》一文,文中援引 Q. D. 利维斯在《小说与阅读公众》一书中对文学出版物"高眉""平眉""低眉"不同品质的分类法,来区分不同类型的文学读物、读者群和文化修养。[①] 在《中国文学小说史绪论》中,钱锺书进一步对 Q. D. 利维斯的著作做出评价,认为该书内容丰富、思辨敏锐,开启了一个新的学术领域,是文学学者和现代文化学者必读之书。[②] 然而,由于历史的原因,自 50 年代之后的几十年中,中国学界对利维斯的研究经历了一个漫长的学术"沉寂期",直到 90 年代以后才陆续出现对利维斯思想的评价和译介,评价的焦点主要集中于利维斯的文学批评。直到 21 世纪前十年,随着中国改革事业的发展,文化研究跨海东来进入中国本土,中国学界才逐渐关注到利维斯的文化批评或者社会批评,并涌现出一些令人耳目一新的利维斯研究之作。总体分为两类:利维斯文学批评研究和文化批评研究。

(一)文学批评研究

就利维斯的文学批评思想,中国学者主要围绕利维斯的文学批评、文学理论和小说评价等方面展开探讨。具有代表性的学术论文有刘雪岚的《回顾"伟大的传统":F. R. 利维斯的启示》(1999),文中刘雪岚对利维斯的文学传统观做了客观独到的分析,认为利维斯是以"变化和发展"的眼光看待英国文学"伟大的传统"的,只有从这个角度才能正确理解传统的意义。"任何作家和艺术家都不具有完全独立自足的意义,他的存在和意义必须建立在与以往艺术家的联系上。"[③]就文学传统问题,曹莉在《剑桥批评传统的形成和衍变》(2006)一文中,进一步讨论了利维斯文学批评在剑桥批评传统中的重要意义,并指出剑桥批评传统的发展是在反传统和超越传统的过程中传承的。[④] 殷企平的《用理论支撑阅读——也谈利维斯的启示》(1999)一文则探讨了利维斯文学批评所遵循的"反理论"观,他认为利维斯所谓的"反理论"并非拒斥理论,而是反对僵化地运用理论。他指出:利维斯给我们的启示应该是"文学阅读必须用理论来支撑"[⑤]。有些学者则在细读利维斯的小说批评著作《伟大的传统》的基础上,探讨利维斯的文学批评

---

① 钱锺书:《钱锺书散文集》1997 年版,第 57 页。

② 同上,第 492 页。

③ 刘雪岚:《回顾"伟大的传统":F. R. 利维斯的启示》,《外国文学》1999 年第 5 期,第 47 页。

④ 曹莉:《剑桥批评传统的形成和衍变》,《外国文学》2006 年第 6 期,第 70—79 页。

⑤ 殷企平:《用理论支撑阅读——也谈利维斯的启示》,《外国文学》1999 年第 5 期,第 52 页。

观，比如高兰在《激流中的守望——评F. R. 利维斯的〈伟大的传统〉》(2008)一文中，回顾、总结了利维斯小说批评的意义和缺憾。[①] 王桃花在《利维斯小说批评弊病刍议》(2010)一文中，从新批评的角度对利维斯小说评价中关注的道德和历史价值提出质疑，认为利维斯的文学批评滑入"另类批评"。[②] 聂珍钊在《剑桥学术传统与研究方法：从利维斯谈起》(2004)一文中，总结了利维斯文学批评的两个特点：一是关注文学本身的阅读、理解和评价，而不是远离文学文本和细读而奢谈理论，二是侧重于文学作品的道德价值和社会意义。[③] 陆建德在为利维斯的《伟大的传统》中译本(2002)所做的序言中，全面评价了利维斯学术思想的地位和意义，短短29页的文字浓缩了利维斯一生的主要思想贡献。[④]

(二)文化批评研究

至21世纪初，中国学者开始将关注的目光由利维斯的文学批评逐渐转向他的文化批评，具有代表性的学术论文有萧俊明的《英国文化主义传统探源》(2000)，文章追述了利维斯在英国文化主义传统中的重要地位，认为阿诺德、艾略特和利维斯对这一传统的确立和发展起着决定性作用。[⑤] 沿着英国文化主义这一传统，曹莉和陈越在《鲜活的源泉——再论剑桥批评传统及其意义》(2006)一文中，进一步讨论了利维斯文化批评与威廉斯文化研究之间的联系及其对我国学术发展的影响。他们指出：自20世纪90年代文化研究引入中国，英国文学批评和文化研究已引起中国学界的高度关注。[⑥] 陆扬则在《利维斯主义与文化批判》(2002)一文中探讨了利维斯主义的历史意义，并指出：利维斯以固守文学经典的崇高和核心地位来抵抗商业文化的冲击，显示出现代世界中文学批评家的无奈和文学研究的无望。[⑦] 江玉琴在《文化批评：当代文化研究的一种视野》(2007)一文中，对比

---

① 高兰：《激流中的守望——评F. R. 利维斯的〈伟大的传统〉》，《名作欣赏》2008年第2期。

② 王桃花：《利维斯小说批评弊病刍议》，《四川师范大学学报(社会科学版)》，2010年第1期，第56—57页。

③ 聂珍钊：《剑桥学术传统与研究方法：从利维斯谈起》，《外国文学研究》2004年第6期，第7—8页。

④ 陆建德：《弗·雷·利维斯和〈伟大的传统〉》，见F. R. 利维斯著《伟大的传统》，袁伟译，三联书店2002年版，第1—29页。

⑤ 萧俊明：《英国文化主义传统探源》，《国外社会科学》2000年第3期。

⑥ 曹莉、陈越：《鲜活的源泉——再论剑桥批评传统及其意义》，《清华大学学报(哲学社会科学版)》2006年第5期，第62—68页。

⑦ 陆扬：《利维斯主义与文化批判》，《外国文学研究》2002年第1期，第10—15页。

分析了诺斯洛普·弗莱(Northrope Frye)与利维斯的文化批评思想,认为两者在文化批评中彰显文学的人文性和文化价值等方面的共识大于歧见。[①] 业师黄卓越先生在文章《定义"文化":前英国文化研究时期的表述》(2009)中,以鞭辟入里、深入浅出的细致分析,揭示出阿诺德、利维斯、艾略特和威廉斯等英国文化学者深刻的文化思想精髓,展示出与众不同的感悟和新解。[②]

可以说,国内利维斯研究在短短二十年的时间里已经取得了可喜的成就,但仍然存在某些方面的不足:其一,缺乏对利维斯作品的全面译介。目前仅有一部利维斯著作的中译本,即袁伟先生翻译的利维斯的《伟大的传统》。全面译介的缺失无疑会妨碍国内学术界对利维斯批评思想的有益吸收和借鉴。其二,对利维斯的研究专著凤毛麟角。国内有限的利维斯研究多为散见于期刊的文章或者文学研究和文化研究著作中的部分章节。目前国内利维斯研究专著仅有两篇博士论文:一篇是陆建德未出版的博士论文《F. R. 利维斯:他的批评与浪漫主义的关系》(*F. R. Leavis: His Criticism in Relation to Romanticism*,1989),探讨了利维斯的文学批评与19世纪浪漫主义思潮的历史关联性。[③] 一篇是高兰的博士论文《利维斯与英国小说的重估》(2009),该论文是在其2008年的论文《激流中的守望——评F. R. 利维斯的〈伟大的传统〉》的基础上扩展而成。该文旨在表明:在文学研究日趋边缘化的现代社会,我们需要的正是利维斯这样的批评家,以便唤醒一种毫不含糊的批评意识。[④] 有硕士论文两篇:刘智勇的《F. R. 利维斯与传统:"利维斯批评"研究》(2007)和李一的《论玛格丽特·德莱布尔与利维斯的"伟大的传统"的继承和发展》(2006)。刘智勇有感于利维斯对批评事业的真诚和勇气,对利维斯具体的批评实践进行了梳理,尝试对其文学批评思想做出公允的评价。[⑤] 李一的论文尝试对玛格丽特·德莱布尔的小说进行评述。在西方评论界,德莱布尔曾被誉为道德小说家、现实主义小说家,而她本人则宁愿追随利维斯的"伟大的传统"。李一试图论述两者

---

① 江玉琴:《文化批评:当代文化研究的一种视野——兼论诺斯洛普·弗莱与F. R. 利维斯的文化批评观》,《深圳大学学报》2007年第2期,第121—125页。

② 黄卓越:《定义"文化":前英国文化研究时期的表述》,见童庆炳:《文化与诗学》,北京大学出版社2009年版,第91—123页。

③ 陆建德:《F. R. 利维斯:他的批评与浪漫主义的关系》(*F. R. Leavis: His Criticism in Relation to Romanticism*),英国剑桥大学1989年未出版的博士学位论文。

④ 高兰:《利维斯与英国小说传统的重估》,吉林大学2009年博士学位论文。

⑤ 刘智勇:《弗·雷·利维斯与传统:"利维斯批评"研究》,重庆师范大学2007年博士学位论文。

文学批评思想的关联性，但其论述的重点集中于德莱布尔，而不是利维斯。[①] 其三，从国内非常有限的研究可以看出：对利维斯的研究多集中于他的文学批评方面，且各有偏重，或从道德批评的维度，或从形式批评的维度，或从文化、社会的维度，但在利维斯与英国文化批评传统谱系的关联性方面仍有深入拓展的余地。

从对国内外利维斯研究的综述来看，总体上存在三方面值得商榷的问题：第一，利维斯学术身份的归属问题。中外学界大多倾向于从文学批评的角度将利维斯归于英美新批评学派，而忽略利维斯式的批评与新批评派之间的重要不同，原因在于两者直接关注的焦点都落在诗歌语言的内部方面。但是利维斯式的批评将文学批评与超文学批评结合了起来，将广泛的社会批评纳入其中。然而，至今仍有一些批评家，包括知名的大家在内把利维斯文学批评中对“书页上的文字”（Words on the Page）的关注与“新批评派”的“封闭式细读”混同起来。此外，利维斯式的批评与新批评的不同还包括反理论化的倾向以及“文学文化”批评等方面。这要求我们在“仔细阅读”利维斯的文学批评原著的同时，把握利维斯批评思想的精髓，厘清利维斯批评思想与新批评的不同，由此勘正学界目前存在的对利维斯式批评的误读。

第二，忽视前文化研究与当代文化研究的关联性。雷蒙·威廉斯于20世纪50年代对文化概念的新阐释是建立在对前文化概念拓展的基础上的。然而现今流行的一些重要的文化研究著述在论及文化研究的渊源时，或忽视前文化批评的重要作用和影响，或将利维斯单纯作为文化精英思想的代表加以引述，而未能关注到利维斯的积极意义及其与文化研究的传承关系。

第三，将利维斯研究孤立起来。目前，部分研究趋向于将利维斯作为一名“孤身英雄”来看待，而忽视他与相关的“批评共同体”之间的联系，后者是指围绕着由他主编和他妻子 Q. D. 罗斯主笔的《细察》季刊而形成的批评家群体，当时也有许多学者参与了他们的活动，这种批评合作的相互关联性是不容忽视的。

综上所述，国内外学界对利维斯批评思想的研究已硕果累累，涉及利维斯批评思想的各个层面，然而对其文化批评的研究仍不同程度地存在着前边所述的三方面问题，有待于进一步厘清。本研究主要在英国文化批评

---

① 李一：《论玛格丽特·德莱布尔与利维斯“伟大的传统”的继承和发展》，东北师范大学2006年硕士学位论文。

传统这一延续性的谱系中，考察利维斯及其《细察》集团承上启下的历史价值和现实意义。在系统探讨利维斯的文学观、文化观、教育观的同时，深入研究利维斯与前期文化批评和后期文化研究的转承关系。就利维斯与当代文化研究的互文性这一命题，一些中外学者都曾论及并做出了可贵的探索，但深入到他们的批评文本，细致分析利维斯与霍加特、威廉斯之间在转承过程中经历的复杂性、矛盾性、斗争性等方面，尚少有人论及。文化研究自诞生之日起，对大众文化的接纳经历了从利维斯主义的否定到文化主义的矛盾肯定和批判肯定的复杂过程。这也为本研究留下了一定的探索空间。为使论据充分，本书还将深入探讨利维斯身前身后的重要文化理论家，诸如马修·阿诺德、T. S. 艾略特、I. A. 理查兹、理查德·霍加特和雷蒙·威廉斯等的文化研究著作及其他相关批评家的著作。由此可见，这一课题具有相当的难度和挑战性：一方面是因为利维斯思想具有的复杂性，且引起不断的争议，亟待厘清的问题很多；另一方面因本人学识能力有限，恐对一些复杂问题力有未逮。这就需要在细读利维斯集团批评原著的前提下，抓住核心问题，向外扩展，融会贯通，以期收获对利维斯文化批评思想的新解。

第三节　研究思路与方法

在对利维斯的批评思想展开研究之时，仍需对若干史料性前提做一次分辨与确认。本书拟将利维斯置入一个“文化”概念变迁的历时性和共时性交叉的节点，共时性指利维斯所处时代的社会语境，而历时性指利维斯所处时代的历史语境，就文化批评史的变迁而言，主要指从柯勒律治、卡莱尔到马修·阿诺德、T. S. 艾略特、I. A. 理查兹到利维斯，再到霍加特、威廉斯这一英国文化概念的传承谱系。在考察利维斯所处的绵延不断的文化批评史的语境时，本书关注的焦点集中在两个重要的节点上：一是阿诺德、艾略特、理查兹与利维斯之间传承和延展的节点；二是利维斯与威廉斯、霍加特之间转承和递进的节点。分析论述的重点集中在文化批评思想在传承中的相似性和差异性的比较，对利维斯的文化观（语言观、有机社会观、大学教育观），文学观（诗歌观、小说观与新批评派的比较）以及与后期文化研究涉及这些主题的英国文化概念谱系延展的不同阶段加以语境化考察，理出文化概念史历时经脉上的主题纬线，进而涵盖涉及当时社会语境历时性和共时性两方面的影响，突显出利维斯批评思想中包容共性和个性的综合性特征和意义。

本课题将突出体现以下三个方面的特点：一是整体性。以相对全面的整体观考察利维斯的批评思想，避免因狭窄的视域造成对利维斯思想的曲解，以利维斯的“文化批评”思想为主线，统领其在不同时期的文学批评和人文教育思想。二是精细性。通过细致阅读利维斯的批评文本，力求全面把握他的思想内涵，从而实事求是地反映利维斯的批评思想。三是时代性。从整个文化批评史的角度考察利维斯的文化批评与当代文化研究的互文性，尤其在文化批评、文化研究的谱系中看，从前利维斯是一个话题的承接人，在文化研究兴起以后，形成了一个观察他的新的参照系。

本书将运用观念谱系研究法、历史语境和文本细读法进行研究。

第一，观念谱系研究法。这种方法作为统摄性的方法贯穿全文。围绕利维斯文化观念的研究涉及两个层面：一是从文化批评、文化研究谱系看，以利维斯为一个坐标参照系，反观英国前文化批评，他延续了阿诺德的文化思想，虽然至威廉斯时出现了一个看似与利维斯价值取向相反的方向，但是在内在思想上仍有某种延续性。二是从利维斯及其《细察》成员近五十年的批评历程看，其思想保持了连续性而且表现出某种平衡对称：他最初提出的文化诊断是在 1930 年创作的《大众文明与少数人文化》，晚期创作的最后两部著作《我们时代的英国文学和大学》(1969)和《我的剑也不会(沉睡)》(1972)，明显回到了他早期著述中关注的问题。他晚期作品的立场与早期作品的立场并没有大的偏离，但是利维斯对于文化延续性的关注更为强烈。观念谱系研究法的优点是可将分散的资料、分散的研究纳入到观念史的平面上展开整体性、综合性的关照视域，同时可将表象的体悟推入历史的深度进程，即观念谱系的进程中。

第二，历史语境化解读。对利维斯这样一个历史人物的研究，必须把握时代对他的影响和作用，因此需要回归他所生活的历史文化语境，体悟他思想的律动。利维斯生活的时空环境，包括语言传统、文学传统、文化传统等内在的社会现实，以及他成长和受教育的经历等，都构成利维斯思想形成的历史语境，也是其时各种文学活动、文化现象产生、发展、嬗变的背景和场域。“历史语境”(Historic Context)这一术语反映的是这种多向的、立体的和互动的复杂关系，是具体的人和事处于其中并与之发生行动和信息交流的有形或无形的“空间”，是由多种相互关联、相互作用的因素或条件交织而成的综合体。19 世纪德国诠释学理论家施莱尔马赫(Friedrich Daniel Ernst Schleiermacher)认为，一个文本中包含着作者的思想、生活和经历的信息，诠释者只有“使自己的思想和作者的思想处于同一层次”，通过“设身处地”来“创造性地重新认识或重新构造作者的思想”，并借助想象和体验来模仿作者创作时的心境，才能深刻地领会作者之原意。[①] 要准确把握一种语言的原始材料，对异域研究者而言难度会很大，因为这受到文化差异和时空阻隔的双重限制，解读产生于异域“语境”中的史料，比理解出自本国的史料要困难得多。因此，要准确理解好英文资料，必须更加重视和探究史料产生的“语境”，以避免误解和扭曲史料的含义。

第三，文本细读法。本书还将借鉴文学批评的“细读”方法，不仅要细读利维斯及其《细察》集团的文学批评文本、文化批评文本，还要“细读”利维斯所处时代的历史语境和文化语境。通过这样的细致阅读不仅把握利维斯批评思想的精髓，而且动态地把握当时的文化思潮以及两者之间的相关性。我们需要走进利维斯以及《细察》成员近五十年的批评历程中所创作的批评著述，细读原文文本，重新梳理前文化批评史中利维斯所具有的开创性文化诗学思想的发展脉络，重新认识利维斯式的批评在文化研究领域所做的一些尝试性探索，及其对后期的“当代文化研究”的原创性影响，从而重新评价利维斯留下的宝贵文化遗产。“细读”与比较分析和实证考证等研究方法是分不开的，是进行甄别评价必不可少的研究方法之一。

---

① Friedrich Daniel Ernst Schleiermacher. *Hermeneutics and Criticism and Other Writings*, Cambridge University Press, 1998, pp. 23—24.

第二章 利维斯的生平与批评思想

第一节 生平与思想分期

弗兰克·雷蒙·利维斯(Frank Raymond Leavis)于1895年7月14日生于英国的剑桥郡,卒于1978年4月14日,享年83岁。利维斯的父亲哈里·利维斯(Harry Leavis)生前在剑桥郡做钢琴生意,是一位有着清教式道德观,却不具有任何宗教信仰的"维多利亚式的激进主义者",而利维斯的母亲凯特·萨拉·摩尔(Kate Sarah Moore)是一位虔诚的基督徒。利维斯夫妇共育有两子一女,弗兰克·利维斯排行老二。其父早年在伦敦学做钢琴生意,后于1890年在剑桥郡的弥勒路(Mill Road)开了一家钢琴店。随着生意的逐渐兴隆,哈里将钢琴店的位置移向剑桥郡中心,最终将醒目的"利维斯钢琴店"(Leavis:Pianos)开在了位于摄政街(Regent Street)的剑桥大学唐宁学院(Downing College)门口的正对面。哈里·利维斯是一位文化人,一位自由党人、共和主义者和理性主义者,还是一位文学爱好者。他坚持每周给孩子们朗读狄更斯的作品,并希望他的儿子利维斯将来能成为一名大法官(Lord Chancellor)。利维斯一家于1907年搬到位于剑桥郡与郊区接壤的切斯特顿新月堂6号(No. 6, Chesterton Hall Crescent)居住,这是一处由哈里自己设计的新居,后来成为影响利维斯批评事业的活动中心。[①]

利维斯16岁时就读于当地一所私立中学柏斯学校(the Perse School),当时的校长W. H. D. 劳斯(W. H. D. Rouse,1860—1950)是一位古典主义者,以其"直观教学法"(the Direct Method)著称,这是一种由教师组织学生用拉丁语和古典希腊语进行课堂对话交流的实践性教学。一

---

① Ian MacKillop. *F. R. Leavis: A Life of Criticism*, pp. 29—32.

次，利维斯因自行车爆胎而上学迟到，劳斯让他用希腊语来讲述自行车爆胎和补胎的经过，来考察他的发音和语言表达。这种教学方法收到极好的效果并受到教育委员会的嘉奖。[①] 虽然利维斯对学习古典语言颇有兴致，但他感到只有自己的母语才是最具权威性的，因此他的批评著作在古典语的使用方面并不特别突出。[②] 1913 年利维斯以优异的学业成绩获得在剑桥大学伊曼纽尔学院（Emmanuel College）研读历史学的奖学金。然而，1914 年爆发的第一次世界大战迫使他中断学业，披上戎装，奔赴战火纷飞的法国战场，在“朋友救护队”（the Friends' Ambulance Unit）当了一名担架兵。这场战争被他称作“巨大的断裂”（the Great Hiatus），战争的残酷给他的心灵和肉体造成了极大创伤，致使他后来对战时经历的痛苦缄口不提。四年的战争洗礼伴随他左右的是一本弥尔顿诗集，回顾战争岁月，他偶尔会说：“这是 1915—1919 年间，我口袋里揣着的唯一一本书。”[③]战后的 1919 年 1 月，他从法国战场返回剑桥大学重拾中断的学业。翌年，他由历史学转向文学，这一决定基于三方面因素的考虑：其一，伊曼纽尔学院具有较强的英文教学实力，尤其以鼓舞人心的现代文学的教学见长；其二，文学是人类交际网络的重要组成部分，并由此诞生了剑桥大学的新学科英文研究；其三，他对现代诗歌产生了浓厚兴趣，尤其喜爱 1917 年左右出现的一系列现代派诗歌——W. B. 叶芝（W. B. Yeats）和 T. S. 艾略特的诗歌，并对当时的先导学术期刊《雅典娜神殿》（*Athenaeum*）[④]新任主编约翰・米德尔顿・马利（John Middleton Murry）对叶芝诗歌敏锐犀利的诗评和对劳伦斯小说富于智性的解读深为叹服。同时，战后出版的两部文学批评读本使利维斯深受启发：马利的《风格问题》（*The Problem of Style*，1922）和艾略特的《神圣之林：诗歌批评文集》（*The Sacred Wood: Essays in Poetry and Criticism*，1920）。这一转向使得利维斯能够专注于文学，尤其是对诗歌的挚爱，并全身心地投入“英文”这一新的学科体制的建设。对利维斯而言，从历史学到文学的转向并不意味着放弃历史，而是将文学研究与社会历史密切联系了起来，使文学研究具有中古文化研究的风格。[⑤]

---

① MacKillop. *F. R. Leavis*, p. 34.

② Michael Bell. *F. R. Leavis*, p. 3.

③ F. R. Leavis. "In Defence of Milton," *The Common Pursuit*, p. 43.

④ 雅典娜神殿（*The Athenaeum*）：原指古希腊学者、诗人聚集并评论诗歌之处，后指 1824 年创立于伦敦，由知名文学家、学者组成的文艺沙龙并出版同名期刊。1919 年约翰・米德尔顿・马利担任该杂志主编。

⑤ Ian MacKillop. *F. R. Leavis: A Life of Criticism*, p. 65.

1921 年，利维斯毕业时荣获“优等毕业生学位”(the First-Class Honors)，接着他跟随导师阿瑟·奎拉·库奇爵士(Sir Arthur Quiller Couch, 1863—1944)——剑桥大学第一位英国文学教授，攻读博士学位。然而，利维斯申请攻读博士学位的决定，一如他转向文学的决定，是迈出了无法预期的甚至充满风险的一步。虽然今日看来，博士学位是学术进步必不可少的一环，然而在利维斯时代“高学历”并不被看好。据罗纳德·海曼(Ronald Hayman)所言，在利维斯攻读博士学位时，学界仍然认为英国文学课程的教师无须如此高的资历。[①] 这种观点透视出英国文学卑微的学科地位。1924 年，利维斯以一篇有关 18 世纪期刊文学的论文获得剑桥最早的英国文学博士学位。1925 年，利维斯被成立于 1917 年的剑桥英文系聘为试用教师，然而直到 1959 年他才被聘为剑桥大学讲师(a University Reader)，距离他退休仅相隔三年的时间。[②] 1929 年，利维斯与天资聪颖的 Q. D. 罗斯结婚，接下来的几年是他们批评事业获得丰硕果实的时期，在 1932 年这一令人惊异的一年(annus mirabilis)里达到了巅峰。利维斯出版了《英语诗歌新动向》，其中有与叶芝、庞德和艾略特极富洞识的对话；Q. D. 罗斯出版了她的博士论文《小说与阅读公众》；《细察》季刊创刊。从此，两位文学博士开始了他们珠联璧合终其一生的批评事业。

要理解利维斯的批评思想，需要将他置于 20 世纪早期的历史时段，即英文在剑桥大学作为一门新学科独立立足的背景之下。在风云变幻的 20 世纪，大英帝国经历了盛极而衰、江河日下的演变，历时四年之久的第一次世界大战彻底削弱了英国的力量，动摇了人们的信仰。这个庞大、衰落的帝国内忧外患　　对外迫于殖民地解放运动的打击，对内倦于经济衰退和民族纷争，英国正面临着巨大的社会危机。然而，社会政治剧烈动荡之时往往是文学艺术蓬勃兴旺之日。“一战”爆发后，随着英国国内民族主义、爱国主义情绪的急剧高涨，英国文学作为弘扬英国文化的载体和媒介被史无前例地推到了大学教育的前台。英文争取独立学科地位的合法性被提上了牛津、剑桥这些古老大学的议事日程。但是，英文早期的卑微出身却使它长期以来徘徊于古老大学的校门之外。D. J. 帕尔默(D. J. Palmer)在《英文研究的兴起》(*The Rise of English Studies*, 1965)一书中曾对这一学科的历史演进过程做过描述：19 世纪伴随“大学扩建运动”(University

---

① Ronald Hayman. *F. R. Leavis*, Heinemann, 1976, p. 5.

② Anne Samson. *F. R. Leavis*, pp. 1—2.

Extension Movement)的兴起,英国文学遂成为工人阶级夜校的古典文学,[①]它是为处于英国公学和牛津剑桥这些迷人小圈子之外的人提供的一种最廉价的"人文"(Liberal)教育手段。在维多利亚时代,工人阶级并不是英国文学唯一眷顾的底层民众,它还是适合妇女、教师等二三等公民的科目。英国文学这种"柔化"(Softening)和"人性化"(Humanizing)的特点是早期倡导者反复使用的字眼。[②] 与当时学院式较为阳刚的科目相比,英国文学只是一门轻松的、女性化的、得不到应有尊重的边缘学科。在牛津,直到1904年沃尔特·拉雷爵士(Sir Walter Raleigh)晋升为英国文学教授,英国文学才成为一门独立学科(尽管牛津英文学院成立于1893年)。在剑桥,英文的引进要更晚些,虽然英国文学的研修可以获得中世纪语言和现代语言学位,[③]但是英国文学要在剑桥大学的教学大纲的基础上以独立的学科立足,还需借助战争的推力来冲开这所古老大学壁垒森严的大门。

英文这种尴尬处境曾在这两所古老大学引起激烈争议。学术论争和政治纷争使得这一学科承受着来自内部和外界的强大压力,促使其成为英国社会危急关头瞩目的焦点。英文受到前所未有的关注主要有两方面原因:一是政治,二是宗教。就政治因素而言,战争造成的破坏已使政治蒙羞,政治理论已无从把握世界的脉搏,政治家们迫切需要一种更有效的方式来重建这个被战争炮火击碎的世界。如何拯救这个世界?给出的答案竟是"英文研究本身"[④]。读者不禁会问:"英文研究"——人文学科的一个分支,这个弱小的身躯何以扛得起如此重任?

当世界跨入20世纪,工业主义和现代文明迅速将欧洲资本主义国家卷入帝国主义时代。英美两大帝国从事冒险活动,在世界肆意扩张的同时,也促使英文成为世界上使用最多的语言。进而,英文研究一跃获得人文科学的主导地位。此时,一直以来占据着英国人的精神生活的宗教已无力维持其精神统治的地位。19世纪"宗教的衰落"给英国社会造成巨大的精神危机。在科学发现和社会变革的双重打击下,宗教那无可置疑的统治地位正处于消亡之中。正如T. S. 艾略特所言,任何一种社会意识形态,如果不能与深刻的、非理性的社会需求和变革相契合,就不可能长久存在。[⑤] 牛津大学早期英文教授乔治·戈登(George Gorden)在其就职演讲

---

① D. J. Palmer. *The Rise of English Studies*, Oxford University Press, 1965, pp. 97—100.

② Terry Eagleton. *Literary Theory: An Introduction*, p. 24.

③ D. J. Palmer. *The Rise of English Studies*, pp. 116—158.

④ Fred Inglis. *Cultural Studies*, p. 30.

⑤ Terry Eagleton. *Literary Theory: An Introduction*, p. 20.

中讲道:“英国正在生病……英国文学必须拯救它……英国文学现在具有三重作用。它仍然要愉悦和教导我们,但是首先它应该拯救我们的灵魂和治疗这个国家。”[①]这个回荡着阿诺德的“诗歌救世”预言[②]的演说,无疑使“英国文学”肩负起政治意识形态的社会使命:它既可以为政治上的偏执提供一服有力的解药,又可以像宗教一样依靠情感和经验发挥凝聚一个民族的作用。因此,倚仗战时的民族主义,英国文学坐上权力宝座,[③]成为挽救英国社会危机的尝试性解决方式之一。

1917 年见证了一个重要时刻的来临。在奎拉·库奇爵士及其剑桥同道的努力下,剑桥英文学院(the School of English)成立了。1919 年,英文学士学位考试(English Tripos)[④]被正式纳入剑桥大学学士学位考试体系,这标志着英国文学作为独立学位课程的地位在剑桥大学的确立。剑桥英文学院的创建者中有奎拉·库奇爵士,他是一位英国小说家兼文学批评家,是第二位荣膺剑桥大学爱德华七世英国文学教授席位的文学家。[⑤] 由于奎拉·库奇爵士的诗作、小说和文学批评作品大都以笔名“Q”发表,故而他以“Q”著称学界。Q 的文学创作和文学批评偏重于文学的印象式批评和古典欣赏,而欠缺基于文本的批评分析。[⑥] 其他重要的创建者还有 H. M. 查德维克教授(H. M. Chadwick,1870—1947),一位盎格鲁—撒克逊(Anglo-Saxon)文学专家,他反对文学研究中日耳曼语式的文献学研究,主张从社会、历史、哲学的角度研究文学。[⑦] E. M. 缇尔亚德(E. M. Tillyard,1889—1962),一位古典学家,兼管剑桥英文学院的行政工作。[⑧] 曼斯菲尔

---

① Chris Baldick. “The Social Mission of English Studies,”Unpublished PhD Thesis, 1981, p. 156. Also Published as *The Social Mission Chriticism*, Oxford, 1983.

② Metthew Arnold. “The Complete Prose Works of Matthew Arnold,” *Vol. III: Lectures and Essays in Criticism*, p. 209.

③ Eagleton. *Literary Theory*, pp. 19—22.

④ Edition, English Tripos: (A Course of Study for) The Honors Examinations for the BA Degree at Cambridge University. —*Longman Dictionary of Contemporary English* (New Longman Group UK Limited, 1987, The Commercial Press, 1998, p. 1655.

⑤ 剑桥大学于 1911 年设立爱德华七世英国文学教授席位,以鼓励高等教育中的文学研究。该席位由大众报业大亨哈罗德·哈姆斯沃思爵士(Sir Harold Harmsworth)出资赞助。在 19 到 20 世纪之交的英国,哈姆斯沃思爵士与其兄阿尔弗雷德·哈姆斯沃思(Alfred Harmsworth)被称为哈姆斯沃思兄弟(Harmsworth brothers),也被并称为大众报业之双雄(the Kings of the Public Newspapers)。

⑥ Ian MacKillop. *F.R. Leavis: A Life of Criticism*, pp. 54—56.

⑦ Fred Inglis. *Cultural Studies*, p. 34.

⑧ Ian MacKillop. *F.R. Leavis: A Life of Criticism*, pp. 66—67.

德·福布斯(Mansfield Forbes),一位来自卡莱尔学院(Clare College)的文学家兼史学家,他最受欢迎的课程之一是浪漫主义文学史,主要讲述从威廉·布莱克(William Blake)到约瑟夫·康拉德(Joseph Conrad)的文学史。利维斯后来曾忆及福布斯,称他是一位"年轻有为、活力四射、思想开明、令人信服、极富感染力的人物"①。福布斯当时负责为师资短缺的英文学院招募新教师的工作,I. A. 理查兹和 F. R. 利维斯(1925 年,作为一名试用教师加盟)就是福布斯"慧眼识珠"招募进英文学院教师队伍中的佼佼者。I. A. 理查兹的专业领域是心理学与道德科学。正是理查兹使得剑桥英文从一开始就独具特色:一个原理加上一种新技巧构成的实用批评。他们虽然是一批刚刚从战火中归来(除 Q 之外)的年轻人,却因战争的历练而深沉独立。战争的经历带给他们巨大的震撼:战争在毁灭生灵的同时,还颠倒了社会秩序。他们秉持严肃的理想主义精神,尝试探索人类生活的意义和价值,热切期待为国效力的机会。这种求索精神加上长期以来对英文研究价值的看重,促使许多研习英文的学生几乎怀有某种宗教般的虔敬,视文学为一种超越学术,具有教化意义和人文价值的学科。②

新成立的"英文学院"于 1927 年更名为剑桥英文系(Faculty of English)。特里·伊格尔顿认为:真正促使英国文学成为英国社会主导意识形态的是这批创建者中的主要设计师——F. R. 利维斯、I. A. 理查兹和 Q. D. 罗斯。③ 他们是来自英国中产阶级的两股支流。就是这样一个渺小的组合,一个远离权力中心的边缘群体,竟在英国文化观念史上产生过如此重大的影响。④ 伊格尔顿生动地记录了这一过程:

> 在英国文学成为一门严肃的学科时,他们(利维斯、理查兹以及《细察》学者)摧毁了战前一代上层阶级的种种假定,他们在英国文学研究中表现出来的勇气和激进态度是前所未有的。他们的努力使得处于边缘的英国文学进入到古老大学的中心。⑤

利维斯深受导师 Q 和理查兹批评思想的影响,然而他博采众长、独出

---

① F. R. Leavis. *English Literature in our Time and the University: The Clark Lectures*, Chatto & Windus, 1967, p. 14.

② Anne Samson. *F. R. Leavis*, p. 11.

③ Terry Eagleton. *Literary Theory: An Introduction*, pp. 25—26.

④ Fred Inglis. *Cultural Studies*, p. 35.

⑤ Eagleton. *Literary Theory*, p. 27.

机杼，在继承和叛逆中开创了英国文学研究的新范式。他突出的重要性在于：第一，他的思想捕捉到了剑桥英文地位所蕴含的主题、兴味、理想主义与偶发事件的奇特组合，并将其转化为一种解读和应对时代问题的手段。这种将形形色色观念转化为概念框架，将洞识转化为远景的批评实践，不仅需要积极的合作和友谊，而且需要言说的工具。因此，利维斯的重要性在于他所具有的历史意义。第二，利维斯独特的批评方式①，是一种能够回应现代世界的思想训练，体现出文学与现代社会的密切联系，利维斯的著作将是一个明证。

利维斯的试笔之作是他于 1924 年完成、未发表的博士论文《新闻业与文学之关系：早期英国新闻业之兴起与发展研究》。② 论文从 19 世纪到 20 世纪英国新闻业和文学的发展状况入手，系统地阐释了自伊丽莎白时期到 19 世纪享有盛誉的评论杂志——《爱丁堡》(*Edinburgh*)和《季刊》(*Quarterly*)的新闻发展史。文中他对哈姆斯沃思兄弟(Harmsworth brothers)时代出版物的激增做了更为全面的考察。哈姆斯沃思兄弟是自 19 世纪末到 20 世纪初英国大众报业的创始人。③ 利维斯论述了贯穿于他后来所有著述以及 Q. D. 罗斯著作的两个主题：一是社会学。印刷业的发展推动了复杂多样的专业化市场的勃兴：读者群开始分化，出版业在制造不同类型读物的同时，也制造了不同层次的读者群。《每日邮报》(*Daily Mail*)读者的品位被锁定在了完全不同于《布莱克伍德》(*Blackwood*)读者品味的层次上④，市场日益大众化和专门化。二是文学艺术。利维斯看到的现实是：作家要走进市场，首先需对其艺术作品进行修剪改造，以套进市场规则的紧身衣。为此，丹尼尔·笛福要推出他的小说《鲁滨孙漂流记》，就必须先去揣摩零售商的心思，这无疑会损害原作的精神风貌。利维斯认为，倘若作家的目

---

① Inglis. *Cultural Studies*, p. 35—36.

② F. R. Leavis. *The Relationship of Journalism to Literature: Studies in the Rise and Earlier Development of the Press in England*. The Faculty of English, Cambridge University, 1924.

③ 哈姆斯沃思兄弟于 1896 年 5 月 4 日创办英国第一份适合新的阅读公众口味的《每日邮报》(*Daily Mail*)，这份报纸采用通俗易懂、易为普通读者阅读的行文风格。1903 年，他们创办了《每日镜报》(*The Daily Mirror*)，并于 1908 年收购了濒临倒闭的《泰晤士报》(*The Times*)。鉴于哈罗德·哈姆斯沃思的突出成就，英国皇室于 1905 年授予他诺斯克利夫子爵(Lord Northcliffe)的称号。

④ 威廉·布莱克伍德(William Blackwood)于 1817 年创办《布莱克伍德》(*Blackwood*)杂志，最初称作《爱丁堡月刊》(*Edinburgh Monthly Magazine*)，读者多为受教育阶层。其撰稿人中有乔治·爱略特(George Eliot)、约瑟夫·康拉德(Joseph Conrad)等著名作家，并得到 T. S. 艾略特的高度赞扬。

的只是为了讨好和献媚，他所表现的思想意识就难以细致入微、难以真诚。利维斯的博士论文一方面展示出他文学社会学研究的思想模式，另一方面文中体现出的他的评价态度也成了他显在的文学批评标记。这篇论文收获了两种批评评价：一种认为利维斯表现出对已逝的乡村"有机社会"的怀旧。然而，事实上利维斯博士论文描述的"黄金世界"大致是一种都市社会，是后王政复辟时期约翰·德莱顿(John Dryden)和罗杰·L.埃斯特郎(Roger L. Estrange)等文学知识分子生活的伦敦，有着成为交际中心的咖啡屋。在此，他们讨论的主题是为读者而写作，而非为市场而写作。另一种是对这篇论文的肯定。剑桥唐宁学院的一部经典资料稍显夸张地介绍说："这篇论文在论证的细节方面在英国境内是任何其他研究所无可匹敌的。"①

利维斯的博士论文定下了他此后批评事业的基调，利维斯由此踏上了批评探索之路。剑桥大学唐宁学院利维斯研究中心的资料②介绍：利维斯博士在1930—1977年间近半个世纪的时间里，创作并出版了二十七部批评著作和小册子(其中二十三部在他生前出版，四部在他去世后出版)，集中探索有关文学批评、文化批评、大学教育等迫切的社会热点问题。编辑引荐十八部著作，发表评论文章一百一十篇(绝大部分批评文章发表于《细察》季刊上)。利维斯一生著述丰厚，且涉及的领域非常之广，他的批评思想是一个复杂的综合体，很难按时间顺序做出泾渭分明的思想分期。他一生中关注多个领域，覆盖文学、教育、文化和社会等各个领域，大到文化研究，小到语言分析，并且它们交叉并行、相互关联、互为前提。在创建文学、文化批评阵地《细察》季刊的同时，他还投身于大学里英文学科的建制、大学教育大纲的制定以及英文学院的课程设置和训练方法等人文教育的课题当中。利维斯就这些问题的不同方面出版和发表了大量有分量、有影响力的著作和学术论文。然而，贯穿他批评事业的主线是他对文化的关注。其批评生涯是以探讨通俗文化——新闻业的博士论文起步的，他正式出版的第一本小册子《大众文明与少数人文化》(1930)讨论的也是文化与文明的关系问题，晚年出版的《我的剑也不会(沉睡)》(1972)关注的焦点依然是文化问题。因此，为了更全面、准确地体现利维斯批评思想的特征，本研究

① Dryden, Addison, Pope. In Bonamy Dobrée (Eds). *Men of Letters and the English Public in the 18th Century*, 1660—1744, trans. by E. O. Lorimer. 1949.

② Leavis and about Leavis. Center for Leavis Studies,〈mypages. surrey. ac. uk/eds1cj/about. htm — 8k.〉

提出以作品主题分类的、较为全面反映利维斯文化诗学思想脉络的多层次结构。

一、文学传统的梳理

利维斯的文学批评包括两个阶段:诗评阶段(1932—1936年)和小说批评阶段(1948—1976年)。婚后最初的几年里,利维斯投身于他钟爱的诗评事业;Q. D. 罗斯则专注于她的博士论文,该论文将罗斯对新闻史的描述与理查兹的"受众"文化理论结合了起来,为此利维斯夫妇的家庭生活变成了探索精致文化和通俗文化之价值和意义的实验场。利维斯忙于重新组合"诗才之列"(Line of Wit)①,Q. D. 罗斯则泡在大学图书馆搜寻各式各类的通俗小说。② 1932年,两位文学博士的重要著作面世:利维斯冠名以《英国诗歌新动向》的诗评著作,Q. D. 罗斯的文化研究著作,即《小说与阅读公众》。在《英国诗歌新动向》中,利维斯重新审视了17至20世纪的英国诗歌,认为20世纪以来英语诗风发生了重大变化,理论渊源可以追溯到艾略特、理查兹和威廉·燕卜荪等人的诗歌理论。利维斯还重新解读了杰拉德·曼利·霍普金斯(G. M. Hopkins)、威廉姆·巴特勒·叶兹(W. B. Yeats)、T. S. 艾略特和艾兹拉·庞德(Ezra Pound)的诗歌,同时力推新人——盛赞燕卜荪的诗歌及其诗评著作《含混七型》(*Seven Types of Ambiguity*,1930)。他用大量篇幅称赞罗纳德·波特莱尔(Ronald Bottrall)的诗作,然而波特莱尔在当时并不是批评家看好和读者认可的诗人。利维斯对久负盛名的约翰·弥尔顿(John Milton)的诗歌评价则多有贬抑之词。《英国诗歌新动向》旨在鉴别现代诗歌中最根本的新成就。③ 1936年,利维斯推出另一部诗评力作《重新评价:英诗传统与发展》(*Revaluation: Tradition and Development in English Poetry*),从而完成了《英国诗歌新动向》中提出的前半部分诗歌史,并延续了《英国诗歌新动向》的批评风格:不迷信经典,力荐新诗作。两部诗评之作均来自他在1931年至1936年间在唐宁学院的文学教学实践和在《细察》季刊上发表的评论文章。书中明显可见艾略特诗评思想的痕迹,利维斯说,"是艾略特先生使我们充分认识到

---

① F. R. Leavis. *Revaluation: Tradition and Development in English Poetry*, Chatto & Wintus, 1936, pp. 17—36.

② MacKillop. *F. R. leavis: A Life of Criticism*, p. 113.

③ Michael Bell. *F. R. Leavis*, p. 6.

这个传统的缺点"[①]。

在20世纪40年代中叶，利维斯的学术兴趣发生了一个大的转向：由诗评转向小说批评。作为一位诗歌批评家，利维斯取得了不凡的成就，但是人们普遍认为他的小说批评更为出色。主要原因是他所作的诗评与前人的思想多有重叠，尽管利维斯独辟蹊径，不乏新颖之见。经审慎梳理、分析英国文学的发展脉络，利维斯发现自19世纪以来英国文学的主要创作活力体现于小说写作，遂于40年代将关注的焦点由诗歌投向小说，并称"小说为戏剧诗"(The Novel as Dramatic Poem)[②]。1948年，利维斯的小说批评著作《伟大的传统》面世。恰如《英国诗歌新动向》，《伟大的传统》揭示出"英国小说的新动向"(New Bearings in English Fiction)[③]。书中利维斯点评了两百年来的英国小说，阐释见解、指点大家，让读者感到有一条清晰可辨的传统脉络。作为小说批评家，利维斯坚持的原则是伟大的小说家要对生活表现出强烈的道德关怀，这种道德关怀决定着他们的小说形式。[④] 被归于这一"伟大的传统"，并对道德生活的复杂性、严肃性富有责任感的作家包括简·奥斯丁(Jane Austen)、乔治·爱略特(George Eliot)、亨利·詹姆斯(Henry James)、约瑟夫·康拉德(Joseph Conrad)、纳萨尼尔·霍桑(Nathaniel Hawthorne)、赫尔曼·梅尔维尔(Herman Melville)、查尔斯·狄更斯(Charles Dickens)和戴维·赫伯特·劳伦斯(David Herbert Lawrence)。利维斯将一些人们公认的、享有盛誉的小说家，如劳伦斯·斯特恩(Lawrence Sterne)和托马斯·哈代(Thomas Hardy)等逐出这一传统，而狄更斯则是在后来被补进这一传统的，并且书中仅对其《艰难时世》(*Hard Times*)做了评价。[⑤] 虽然利维斯称赞劳伦斯的英文表达是"我们这个时代伟大的天才"[⑥]，但书中并未专辟章节详论劳伦斯的小说成就。为弥补这些缺憾，他于1955年出版专著《小说家：D. H. 劳伦斯》(*D. H. Lawrence: the Novelist*)，并于1970年与妻子合著《小说家狄更斯》(*Dickens: the Novelist*)，高度肯定了狄更斯的小说成就。利维斯称这两部著作为《伟大的传

① F. R. Leavis. *The Common Pursuit*, p. 31.

② Leavis. "The Novel as Dramatic Poem (I): 'Hard Times'", *Scrutiny Vol. XIV*, No. 3, Spring, 1947. MacKillop, *F. R. leavis: A Life of Criticism*, 19.

③ MacKillop. *F. R. Leavis: A Life of Criticism*. p. 251.

④ Bilan. *The Literary Criticism of F. R. Leavis*, 115.

⑤ F. R. Leavis. *The Great Tradition: George Eliot, Henry James, Joseph Conrad*. Chatto & Windus, 1948, repr. by Redwood Burn Limited, 1960, pp. 227—248.

⑥ F. R. Leavis. *The Great Tradition: George Eliot, Henry James, Joseph Conrad*, p. 23.

统》的续篇。[①] 利维斯的诗评和小说批评著作曾引来极大争议，但是正如佩里·安德森所言：利维斯以严谨、智性的甄别与判断建立起了完整的批评标准，仅《重新评价：英诗传统与发展》和《伟大的传统》两部著作就重新建立起了英国诗歌和小说的秩序。[②]

从1962年退休到20世纪70年代中叶，利维斯的文学批评事业仍取得了令人瞩目的成就。1975年，利维斯出版《活的原则》(*The Living Principle*)。书中他进一步探讨了狄更斯的小说[③]，并对艾略特的《四个四重奏》(Four Quartets，1943)有过一段出色评价。[④] 1976年，利维斯推出生平最后一部批评著作《思想、词语和创造性》(*Thought*, *Words and Creativity*)。书中他深入论述了劳伦斯的小说文本。这些著作表明利维斯经一段时间更为深广的文化思索之后[⑤]，又回到了对小说、诗歌特例的细致思考之中。对利维斯来说，这两种文学体裁有着本质的联系。事实上，经由他对语言与生活之间关系的独特感悟和创造性阐释，赋予这些作品以丰厚的知识底蕴。

二、大学教育和英文学院的规划蓝图

利维斯集中探讨英文教育和大学教育的著作是1943年出版的《教育与大学》，而其教育思想早在1933年出版的《文化与环境》中已做过系统阐述[⑥]，至1936年成为唐宁学院的正式教师，开始创建唐宁英文学院之时，利维斯对现行教育体制的改革和英文学院的规划已被纳入到他的教育实践中。1940至1943年间，利维斯在《细察》上连续发表数篇论"教育与大学"

① Ian MacKillop. *F. R. Leavis: A Life of Criticism*, p. 19.

② Perry Anderson, "Components of the National Culture," *Student Power*, ed., Alexander Cockburn and Robin Blackburn, Penguin, 1969, p. 269.

③ F. R. Leavis. *The Living Principle: "English" as a Discipline of Thought*, Chatto & Windus, 1975, pp. 43—51.

④ F. R. Leavis. *The Living Principle*, pp. 155—264.

⑤ F. R. Leavis. *Nor Shall My Sword: Discourses on Pluralism, Compassion and Social Hope*, Chatto & Windus, 1972.

⑥ F. R. Leavis, Denys Thompson. *Culture and Environment: The Training of Critical Awareness*, Chatto & Windus, 1933.

的系列文章，阐述其人文教育、英文教育、大学教育理念。[①] 1943 年 11 月，利维斯将其“教育与大学”系列文章统称为《教育与大学：“英文学院”的规划》(*Education and University*: *A Sketch for an* “*English School*”)，并整理出版，其中包括对艾略特《四个四重奏》中的第三首诗《干涸的萨尔维奇斯》(*The Dry Salvages*，1941)的评论。[②] 这是一部将教育、诗歌和艾略特密切联系起来的奇书。[③] 该书的出版恰与英国政府在“二战”期间出台的《贝弗里奇报告》(*The Beverages Report*)和《巴特勒教育法案》(*Butler's Educational Bill*)[④]同期面世。与这些政府政策式的教育改革相比，利维斯的教育思想揉进了文学的诗性因子。他试图以人文教育理念对政治策略予以补充，使得两者既各具特色又相辅相成。他以独特的敏悟性看到教育对文化传承的重要意义。在《教育与大学》中，利维斯指出：大学不仅是不同专业领域的组合体，它更应该是人类意识的中心。而人类意识的保持和完善要靠文学和文学批评来实现。[⑤] 这一教育理念在他后期出版的著作《我们时代的英国文学与大学》(1969)和《我的剑也不会(沉睡)》(1972)中得到进一步深化。[⑥] 这些有关人文教育的著作产生了很大影响，不仅剑桥英文学院的创建得益于利维斯的教育模式，而且英国境内其他大学也多借鉴他的教育思想，比如诺丁汉大学英文学院(Nottingham English School)就是按照《教育与大学》一书的教育理念创建的。[⑦]

---

① F. R. Leavis. “Education and the University (I): A Sketch for an English School”, *Scrutiny*, *IX*. Vol. 9, No. 2, September, 1940. F. R. Leavis. “Education and the University (II): Criticism and Comment”, *Scrutiny*, *IX*. Vol. 9, No. 3, December, 1940. F. R. Leavis. “Education and the University (III): Literary Studies”, *Scrutiny*, *IX*. Vol. 9, No. 4, March, 1941. F. R. Leavis. “Education and the University (IV): Considerations at a Critical Time”, *Scrutiny*, *IX*. Vol. 11, No. 3, Spring, 1943.

② F. R. Leavis. *Education and the University*: *A Sketch for an* “*English School*”. Chatto & Windus, 1943(11), pp. 87—104.

③ Ian MacKillop. *F. R. Leavis*: *A Life of Criticism*, p. 239.

④ “二战”期间，为营造一个更为平等的社会，英国政府推出了两项重要改革：一是 1942 年发布的《贝弗里奇报告》(Beveridge Report)，二是 1944 年颁布的《巴特勒教育法案》(Butler's Education Act)。前者为民众提供了最低生活保障制度，后者将初级受教育年龄提高至 15 岁，并为所有的孩子提供中学义务教育。这些改革举措得到 1945 年上台的工党政府的贯彻和实施。

⑤ F. R. Leavis. *Education and the University*, pp. 17—32.

⑥ F. R. Leavis. *Nor Shall My Sword*: *Discourses on Pluralism*, *Compassion and Social Hope*, pp. 62—64.

⑦ Ian MacKillop. *F. R. Leavis*, p. 269.

三、文化批评

文化批评是利维斯诗学思想的核心部分。早在20世纪初攻读博士学位之时，利维斯就开始认真思考、书写和品评当代诗歌、散文与现代文化的关系，即"文化与文明"的关系问题。他尝试将其研究领域——博士论文涉及的文学社会学(the Literary Sociology)研究——与文学批评结合起来。他最早评论现代诗歌与现代社会之关系的文章《英国诗歌与现代世界：当代状况研究》(*English Poetry and the Modern World*：*A Study of the Contemporary Situation*)完成于1929年底，曾投稿于杰拉德·赫尔德(Gerald Heard)创办的"科学人文主义杂志"《现实主义者》(*The Realist*)，但不幸的是该月刊于1930年停刊。1930年，该文最终以法文形式在法国面世(后收录于《英国诗歌新动向》)。文中利维斯讲道："要体察我们时代最微妙、最细微的人类经验，只有在诗歌中寻找……在任何时代重要的诗人都代表着人类经验的潜能。"[①]利维斯认为：

> 倘若诗歌不能够触摸到时代的脉搏，切断它与人类生存境遇和生活价值的联系，那么这是一个缺乏美好意识的时代，是使自身陷入严重危机的时代。[②]

这篇诗评文章表露出他少数人思想的萌芽和文化悲观主义的端倪。这一思想倾向明确记录在他1930年面世的《大众文明与少数人文化》和《D. H. 劳伦斯》这两部小册子中[③]，并贯穿于他后期专论文化的著作，譬如《论延续性》(1933)、《文化与环境》(1933)、《怎样教授阅读》(1932)、《走向批评标准》(1933)、《共同的追求》(1952)、《我的剑也不会(沉睡)》(1972)，以及Q. D. 罗斯的《小说与阅读公众》(1932)等，这些著作分别诞生于他一生学术生涯的早期、中期和晚期，大致属于利维斯狭义文化批评之列，与之相得益彰的是他的广义文化批评。

---

① F. R. Leavis. *New Bearings in English Poetry*, 1932 (first pub.), Ams Press, 1978, pp. 13—14.

② F. R. Leavis, *English Poetry and the Modern World*: *A Study of the Current Situation*, Cahiers du Sud, tr. by M. B. and Peggy Kinch, 1930 (first pub.), p. 600. *New Bearings in English Poetry*, p. 14.

③ F. R. Leavis. *Mass Civilization and Minority Culture*, Fraser's Minority Press, 1930.

利维斯的广义文化批评是一个非常复杂的话题，不仅包括其文学批评著作，体现出与阿诺德一脉相承的“诗歌是对于生活的批评”的思想，而且涵盖了他晚年超越文学批评，阐释其自然科学观和哲学观的著作。1962年，利维斯退休之际，在唐宁学院举办的“里士满演讲”中，他做了题为《两种文化？C. P. 斯诺的意义》（*Two Cultures? The Significance of C. P. Snow*）的演讲。他向C. P. 斯诺发起激烈反击，对其就文学、艺术文化与科学文化之间日益显著的分化发表的“重理轻文”的观点[①]进行猛烈批判。[②]利维斯反对斯诺“两种文化”的提法，坚持认为只有一种文化，即文化传统（Cultural Tradition）。利维斯争辩道：只有一种人类文化（科学只构成其中一部分），这种文化的首要范式是以语言的创造性成就为主，具有想象力和创造性的文学是其高级范式。[③] “两种文化之争”是20世纪英美学界最具意义的论争之一。

在其晚期作品中，利维斯常以“反哲学家”自居，并以更持久的方式回到20世纪30年代与雷纳·韦勒克辩论的话题上。事实上，他并不敌视哲学，在讨论大学理念时，他确实把哲学看作是那些关联学科之一。[④] 他后来对哲学的评论文章收编在1975年出版的《活的原则》一书中，比如该书第一章中的长篇文章《思想、语言与客观性》（*Thought, Language and Objectivity*）表现出他对哲学问题的持续关注。[⑤] 早在20世纪30年代，维特根斯坦在剑桥大学三一学院教授哲学期间，常去利维斯家中做客。二人出于自身学术的训练，讨论的话题多围绕语言哲学问题，但二者观点相左，时有争执。[⑥] 他曾仔细阅读怀特海（Alfred North Whitehead）的《科学与现代世界》（*Science and the Modern World*，1925）[⑦]、科林伍德（Collingwood）的《自然之理念》（*The Idea of Nature*，1945），并对亚历山大（Alexander）和

---

① C. P. Snow. Two Cultures and the Scientific Revolution, Rede Lecture in Cambridge, 1959.

② F. R. Leavis. *Two Cultures? The Significance of C. P. Snow*, the Richmond Lecture, Chatto & Wintus, 1962, pp. 27—50.

③ F. R. Leavis. *Two Cultures? The Significance of C. P. Snow*, pp. 15—23, 29—37.

④ F. R. Leavis. *Education and the University: A Sketch for an 'English School'*, p. 39.

⑤ F. R. Leavis. *The Living Principle: 'English' as a Discipline of Thought*, pp. 19—70.

⑥ F. R. Learis. "Memories of wittgenstein," *The Human World X*, 1973(2), pp. 50—66.

⑦ F. R. Leavis. "Memories of Wittgenstein," *The Human World X*, 1973(2), pp. 66—79. F. R. Leavis. In G. Singh, Ivan R. Dee(Eds.). *The Critic as Anti-Philosopher*, Dee, Inc., pp. 129—145.

怀特海的哲学思想做过评论。[①] 他还举例说明他与科学哲学家麦克尔·波兰伊(Michael Polanyi)思想上的亲缘性。在其他一些方面利维斯也分享了海德格尔(Heidegger)和拉康(Lacan)的语言哲学观,[②]但是他希望找到一个能够概括文学现实的术语,将文学当作一种非哲学的、启迪人类思想的模式。

利维斯的狭义文化批评著作在其生平创作中有着十分重要的意义,它们与其广义文化批评著作——聚焦于文学批评、人文教育、哲学思想等,相辅相成、并行不悖。它们全方位、多角度展示出利维斯的批评思想:文学观、文化观、教育观、语言观等。其中,利维斯的文化观统领其他领域,是其他方面研究的服务方向和终极旨归。虽然利维斯在每一个领域所做的批评探索都可以独树一帜、自成体系,但它们构成一个层层叠加、清晰可辨的多层次思想脉络:大学教育和英文学院的规划蓝图和治学理念构成其人文教育理念坚实的思想基础,是文化传统传承的"中心",耸立其上的是文学研究,包括他对诗歌经典和小说经典的重新评价,对英国文学的"伟大传统"的改写等。利维斯推行的"人文教育"理念,追述的"文学传统",设定的"严格的批评标准",其深层意识是达到文化批评、社会批评的目标,从而保证文化传统的传承。

需要指出的是,利维斯夫妇另一项重大贡献是他们于 1932 年组织创办的《细察》(1932—1953)季刊。利维斯担当《细察》的主编和主要撰稿人,Q. D. 罗斯则为《细察》主笔。利维斯身边聚集着一批与他志趣相投的人文学者和批评家,多数是受其思想浸染过的学生。他们以《细察》为阵地,建立起一个以剑桥为中心,向周边地区和学校辐射的文学、文化交流论坛。《细察》季刊不仅成为传播利维斯批评思想和人文教育理念的阵地,而且是他大部分著作的重要来源。[③] 在创刊的 21 年里,《细察》以严格的甄别标准重新评价文学经典开启了一个重要的批评传统。它或许并未得到剑桥英文系的认可,然而它实际的影响是很难以发行量来衡量的。很多曾在剑桥求学的作家、学者都是在阅读《细察》的过程中使思想与认识走向成熟的,其中便有享誉学界的"当代文化研究"的奠基者理查德·霍加特和雷蒙·

---

① F. R. Leavis. *Mutual Necessary*, *New Universities Quarterly*, 1976, pp. 129—151. F. R. Leavis. In G. Singh, Ivan R. Dee (Eds.). *The Critic as Anti-Philosopher*, Inc., pp. 186—205.

② Michael Bell, F. R. Leavis. *Critics of the Twentieth Century Series*, pp. 41—56. Gary Day, *Re-Reading Leavis*: *Culture and Literary Criticism*, pp. 75—82.

③ Anne Samson. *Modern Cultural Theorists*: *F. R. Leavis*, p. 8.

威廉斯,他们都曾是《细察》热心的读者。[①]

第二节 利维斯与《细察》集团

退休后的1963年,利维斯在回顾20世纪30年代早期《细察》季刊最初创立的情形之时,感慨地说:"我们知道,我们代表着剑桥(We were that Cambridge),是根本意义上的剑桥,尽管剑桥(不曾支持过我们)。"[②]虽然此话听起来稍显夸张,但是麦克罗普认为:"倘若剑桥的专业化要求缩减至'根本的'意义上,倘若剑桥人文学科等同于剑桥英文,倘若利维斯式的剑桥英文产生了经久不衰的影响力,那么利维斯说得没错。"[③]利维斯总是强调在《细察》形成时期,剑桥氛围所发挥的促进作用,他声称:"只有在剑桥,《细察》理念才得以成形,它是剑桥英文学士学位考试取得巨大成功的产物。"[④]弗朗西斯·穆勒恩在《"细察"契机》一书中指出:书写《细察》集团这个边缘群体的文化活动事实上是在追述剑桥学术史。[⑤] 利维斯满怀信心地说,《细察》短暂20多年的文化实践活动"志在产生历史性的影响"[⑥],因此《细察》季刊可以说是时代召唤的产物。那么,《细察》是在怎样的历史背景下产生的?有着怎样的创刊宗旨、批评理念?《细察》关注于怎样的时代主题?产生了怎样的影响?在创刊21年的时间里有过怎样的变化?

一、《细察》创刊与活动

《细察》诞生的前夜面临着来自学界内外的双重压力。首先,20世纪初,文学知识分子在文化领域的优势地位面临着极大的挑战。在两次"世界大战"之间,日新月异的科学技术的发展日益威胁着传统人文学科的地位。同时,伴随现代福利社会的到来,经济的飞速发展推动着消费主义的

---

① Raymond Williams. *Politics and Letters*, New Left Books, 1979, pp. 65—66. Richard Hoggart. "A Sort of Clowning: 1940—1959,"*A Measured Life: The Time and Places of an Orphaned Intellectual*, Transaction Publishers, 1994, pp. 134—135.

② F. R. Leavis. Scrutiny: A Retrospect, *Scrutiny*, *XX*, Cambridge University Press, 1963, p. 4.

③ Ian MacKillop. *F. R. Leavis: A Life of Criticism*, p. 142.

④ F. R. Leavis. Scrutiny: A Retrospect, *Scrutiny*, *XX*, p. 1.

⑤ Francis Mulhern. *The Moment of 'Scrutiny'*, p. 3.

⑥ F. R. Leavis. Scrutiny: A Retrospect, *Scrutiny*, *XX*, p. 1.

扩张，随之而来的是新的文化形式的蓬勃兴起：电影、电视、广播、流行报刊等大众文化新形态开始悄然削弱旧的文化形态，往日备受推崇的经典文化遭到冷遇。大众市场的压力以及专业化和职业化的前景展示出英国社会在物质和文化方面的根本变化。面对这些变化，多数知识分子都感到无所适从、无能为力，艺术家和人文知识分子面临着新的挑战和机遇。利维斯及其追随者对当代社会和文化表现出的悲观主义则代表着这一时期部分知识分子对于这些变化的反应。① 其次，成立于1917年的剑桥英文学院还承受着来自剑桥学术圈内的敌意。在剑桥英文学院创建的最初十几年间，剑桥英文遭到以F. L. 鲁卡斯为代表的古典学保守派的猛烈攻击。鲁卡斯从一开始就"对艾略特表现出公开的敌意"②，到20世纪30年代早期他对新学科——英国文学的积怨更深。他攻击的目标主要是理查兹发起的对文学的实用批评。③ 在《英国文学》(*English Literature*)一文中，他激烈抨击这门新学科的运作、特点和教育目标，认为英国文学无法与数学、自然科学、古典文学(希腊和罗马文学)等经典学科相抗衡。④ 他宣称，文学批评不过是"迷人的寄生物"、有教养人的消遣，不能算作一门学术课程(intellectual discipline)，"我们(剑桥大学)不培养批评家"⑤。虽然鲁卡斯并未声明其观点代表着官方立场，但是作为英文系的高层人物，他对新英文的激烈弹劾，却未遭到同业人的反驳，这种现象明确显示这并不是一场势均力敌的对抗，力量的天平决定性地偏向了英文系的古典保守派，而不利于理查兹、利维斯等人所代表的新兴批评革命。⑥ 然而，来自英文系中心的压制却激发了处于学术边缘对抗运动的兴起。在剑桥英文这种不利的境遇下，利维斯及其学生于1932年推出的《细察》季刊可以说是对学院派权威势力的反抗。它是在剑桥切斯特顿新月堂利维斯的家中，利维斯夫妇与学生们的午茶聚会讨论中诞生的。⑦

利维斯在一篇自传文章中，曾回忆战后返回剑桥、重拾学业的求学经

---

① Lesley Johnson. *The Cultural Critics: From Matthew Arnold to Raymond Williams*, p. 94.

② Francis Mulhern. *The Moment of 'Scrutiny'*, p. 30.

③ Mulhern. *The Moment of 'Scrutiny'*, p. 30.

④ F. L. Lucas. In Harold Wright (Ed.). "*English Literature*," *University Studies: Cambridge*, Ivor Nicholson & Watson, 1933, pp. 259—266.

⑤ F. L. Lucas. In Harold Wright (Ed.). "*English Literature*," *University Studies: Cambridge*, pp. 269—275.

⑥ Mulhern. *The Moment of 'Scrutiny'*, p. 31.

⑦ Ian MacKillop. *F. R. Leavis: A Life of Criticism*, p. 142.

历。在伊曼纽尔学院，他勤奋学习、研读经典以获得清晰的文学思想。当时对他产生重要影响的批评家主要有马修·阿诺德和T. S. 艾略特。1920年，艾略特的《神圣之林》(*The Sacred Wood*)一书一经出版，利维斯便买了一本拜读。艾略特充满矛盾、悖论的思想特质困扰了他大半生。此外，利维斯还是福德·曼德克斯·福德(Ford Madox Ford)主编的《英语评论》(*English Review*)[①]的忠实读者。1912年，在利维斯还是个中学生时就已经给该杂志投稿了，他评价《D. H. 劳伦斯》的处女作就发表在这份杂志上。利维斯深受福德观点的影响，即在现代工业文明这种不可逆转的新形势下，对"高级文化价值观"的关照必须寄托于少数人，同时这种关照在唯美主义的高贵或精神方面绝不可让步。这一观点遂成为他于1932年创办的《细察》季刊的基石。他还深受I. A. 理查兹早期文学批评著作的启发(虽然在理查兹开始转向语言符号学研究之后，利维斯便与他分道扬镳了)。[②] 利维斯终其一生的兴趣是文学社会学以及对文化延续性的关切。

吸引到利维斯周围的这些年轻人多为在剑桥大学攻读英国文学的本科生和研究生，利维斯夫妇帮助他们确立研究课题，辅导他们完成论文，引导他们走上学术之路。将他们凝聚起来的是对文学社会学的研究兴趣，利维斯称他们的研究为"人类学—文学"(Anthropologico-Literary)研究，一如Q. D. 罗斯博士论文的研究课题，利维斯曾自豪地称之为"先驱之作"(Pioneer Performance)[③]，并亲切地称其学生团队为"勇士团"(Doughty Society)[④]。他鼓励学生从不同的角度研究文学，比如从古典或者现代视角探索文学文本。他要求学生扩大阅读量，培养读书的"杂食性"(Promiscuity)[⑤]。虽然他一直未能得到剑桥的正式教职，但是他始终在积极组建一个研究性学院(A Research School)。作为一名教师，利维斯以极大的热情鼓励学生中"最为奇思妙想、最具冒险精神的思想"[⑥]火花，帮助他

---

① 《英语评论》(*English Review*, 1908—1913)是一份英语语言文学杂志，这份杂志由福德·曼德克斯·休弗(Ford Madox Hueffer)和福德·曼德克斯·福德(Ford Madox Ford)于1908年创办，有着很高的艺术品位和学术质量。

② Leavis and about Leavis, Center for Leavis Studies, 〈mypages. surrey. ac. uk/eds1cj/about. htm — 8k. 〉

③ Ian MacKillop. *F. R. Leavis: A Life of Criticism*, pp. 142—143.

④ MacKillop. *F. R. Leavis: A Life of Criticism*, p. 163.

⑤ Denys Thompson. *The Leavises: Recollection and Impressions*, Cambridge University Press, 1984, p. 133.

⑥ Alan Filreis. *Wallace Sevens and the Actual World*, Princeton University Press, 1991, pp. 174—177.

们逐渐走向思想的成熟。利维斯坚信，他的“勇士团”所进行的批评事业将是“少数人”对当代文明的细察。[①]

1931年11月，每周五在利维斯家中例行的午茶聚会中，创办一份学术期刊的设想已悄然在酝酿之中。为筹备创刊资金，利维斯卖掉了位于剑桥雷斯路（Leys Road）的一处老宅。1932年5月，《细察》季刊首刊发行，由他的学生L.C.奈兹（L.C. Knights）和唐纳德·卡尔沃（Donald Culver）担任主编，而他们背后站着的是利维斯。[②] 利维斯创办《细察》季刊的动力并非来自某种成功的学术事业，而是受到某些失败的学术期刊的激励。[③] 第一，《细察》创刊是向一战前福德主编的《英语评论》表示敬意。第二，《细察》可以说是埃吉尔·利克沃德（Edgell Rickword）主编的文学期刊《现代文学纪事》（*The Calendar of Modern Letters*）的续篇。[④] 在利维斯看来，《现代文学纪事》既是个榜样也是个教训。[⑤] 这是一份仅运作了两年的学术期刊（1925—1927），它的短命让利维斯看到了文化的衰落。然而，《现代文学纪事》对批评标准的强烈关注却成为《细察》重要的灵感源泉。《现代文学纪事》对《细察》的启示意义主要体现在两点：一是不畏权威，不迷信经典。《现代文学纪事》曾刊登过一系列文章，对某些当代作家夸大的声誉提出质疑，比如对H. G. 威尔士（H. G. Wells）、J. M. 巴里（J. M. Barrie）、G. K. 切斯特顿（G. K. Chesterton）和约翰·高尔斯华绥（John Galsworthy）等人的重新评价。这些文章后来由埃吉尔·利克沃德分别以“细察”为题，分两卷于1928年和1931年编辑出版。利维斯的《细察》刊名就来源于此。[⑥] 二是它富于有创造性的批评文章。利维斯对《现代文学纪事》给予极高评价：“优质、智性的文学批评并不常见，然而《现代文学纪事》却篇篇文章尽显出这种杰出的批评智慧。实际上，到目前为止它的批评仍然独具一格，而为之所作的‘序’会在真正的艺术与成熟的智性之间建立一种联

① F. R. Leavis. “A Serious Artist, the Novels of John Dos Passos,”Scrutiny, Vol. I, No. 2, 1932, *Cambridge University Press*, 1963.

② Mulhern. *The Moment of ‘Scrutiny’*, p. 45. Anne Samson. *Modern Cultural Theorists: F.R. Leavis*, p. 25.

③ Mulhern. *The Moment of ‘Scrutiny’*, pp. 32—33.

④ MacKillop. *F.R. Leavis: A Life of Criticism*, pp. 145—146.

⑤ Mulhern. *The Moment of ‘Scrutiny’*, p. 33.

⑥ Edgell Rickword. (ed.) *Scrutiny by Various Writers*, Wishart & Company, 1928. Edgell Rickword. (ed.) *Scrutiny (Vol. II)*, Wishart & Company, 1931.

系。”[①]《细察》可以说继承了《现代文学纪事》这两方面特点。1933 年，利维斯从《现代文学纪事》中选编了部分文章以“走向批评标准”为题出版，并附之以极富创意的导言。第三，约翰·米德尔顿·马利主编的《雅典娜神殿》(*The Athenaeum*)也深得利维斯的赞许。然而，它也未能逃脱被淘汰的命运，后来吞并它的《国家》(*Nation*)期刊十年之后也被迫停刊。利维斯对马利的《文学面面观》(*Aspects of Literature*，1920)和《风格问题》(1922)两部著作评价很高。书中马利对莎士比亚和弥尔顿的诗歌做了分析比较，指出后者的不足和缺陷。经对诗歌、文学和文化更为广泛的研究后，利维斯得出结论：莎士比亚式的语言使用永远都是一座里程碑。[②] 利维斯深为这些严肃学术期刊的短命而惋惜，更使他痛心的是能够识取《现代文学纪事》《英语评论》《国家》和《雅典娜神殿》这样严肃期刊的“受教育大众”或者“受教育读者群”在消失。利维斯指出，曾经关心“批评为何物”“何为严格的评判标准”的大众竟然如此之快地将之忘却，而后消失，这不能不是件非常危险的事情。[③]

面对来势凶猛的工业文明浪潮，利维斯悲叹道，这些严肃学刊的消失象征着“被战争从根本上毁掉的文明，而战争更代表着推动工业文明的真正动力。从根本上被毁坏的东西是不可能复原的，因此在劳伦斯去世的时候，英国已经死亡了”[④]。《细察》诞生的前夜正是“文化与文明”之关系日趋紧张的时期，大众文明日益成为利维斯团队必须面对和探讨的时代主题和社会问题。在总结英国学术期刊成败的经验与教训的同时，利维斯尝试寻求新的思想源泉。唐纳德·卡尔沃——一位来自美国的学生——建议利维斯从美国的大众文化研究中寻找先例。这一提议出于两方面考虑：其一，Q. D. 罗斯博士论文中大量的素材来自于美国。在 1932 年出版的《小说与阅读公众》的前言中，她对林兹夫妇(the Lynds)在《米德尔顿》(*Middletown*)一书中对美国大众社会所做的社会学研究深为赞赏。[⑤] 其二，20 世纪 30 年代初，当美国大众文化盛行之时，英国的机器通讯(Machine Communication)时代才刚刚开始。对利维斯而言，这并不意味着美国社会已处于绝望的深渊，而是美国学界已开始关注大众文化，比如林兹夫妇对

---

① F. R. Leavis. *Towards Standards of Criticism*: *Selections from The Calendar of Modern Letters*，1925—1927, an Introduction by F. R. Leavis. Wishart, 1933, p. 2.

② F. R. Leavis. *The Common Pursuit*, pp. 109—110.

③ F. R. Leavis. *Towards Standards of Criticism*, p. 7.

④ Leavis . *Towards Standards of Criticism*, p. 9.

⑤ Q. D. Leavis. *Fiction and the Reading Public*, Chatto & Windus, 1932, p. xiii－xvi.

美国伊利诺伊州米德尔顿小镇文化新形态的研究，斯图亚特·奇斯（Stuart Chase）在《墨西哥》（*Mexico*）一书[①]中探讨墨西哥乡村文化的变迁等。他们对社会文化的分析通俗易解、形式多样，其内容的深度和广度在当时的英国学界实属罕见。特别吸引利维斯注意力的是一份创办于 1930 年的美国学术期刊《研讨会》（*Symposium*），它刊登来自不同国度的文学研究成果，其中包括理查兹、马利、G. 威尔森（G. Wilson）等英国批评家的作品。在《小说与阅读公众》面世之后，《研讨会》曾发表了 J. 卡沃斯·弗林特（J. Cudworth Flint）对该书的权威性评论。[②] 此外，美国其他几份刊物诸如《新共和》（*New Republic*）、《实验》（*Experiment*）、《猎犬与号角》（*Hound and Horn*）[③]等也是当时的英国学术期刊难以与之比肩的。美国的期刊为利维斯《细察》季刊提供了文化研究的范式。[④]

无论从学术还是从商业的角度来看，《细察》首刊发行十分成功。第二期也销售得十分顺畅。第三期的发行量由第一期的 750 册上升到 1000 册（但从未超过 1400 册），后续期刊的发行量基本稳定在这一区间。在四年的时间里，《细察》每期页数达 120 多页，每期包括批评文章和文学经典评论两部分。一个需要注意的细节是利维斯的名字并未出现在《细察》前两期的主编名单中，直到 1932 年 9 月发行的第三期，利维斯和邓尼·汤普森才加入到主编队伍。[⑤] 细心的读者不禁会问：难道利维斯不是《细察》的主编吗？对此，麦克罗普的解释是：利维斯乐于做“幕后人”（Back-Coach），他需要“前哨部队”来侦察《细察》的发行动向和反响情况。十五年后利维斯将其“前哨部队”戏称为“侦察兵”（Reconnaissance）[⑥]。剑桥大学“利维斯研究中心”的克里斯·乔伊斯博士（Dr Chris Joyce）的解释可以说是麦克罗普这一看法的补充：

---

① Stuart Chase. *Mexico: A Study of Two Americas*, The MacMillan Company, 1931, pp. 80—122.

② Ian MacKillop. *F. R. Leavis: A Life of Criticism*, p. 146. William Roger Louis. *Adventures with Britannia: Personalities, Politics, and Culture in Britain*, University of Texas, 1995, p. 205.

③ 《猎犬与号角》（*Hound & Horn*, 1927—1934）是一份由哈佛大学学生林肯·科尔斯坦（Lincoln Kirstein）和瓦里安·弗莱（Varian Fry）于 1927 年创办的文学季刊。这份刊物以 T. S. 艾略特创办的《标准》（*The Criterion*）杂志为模本，关注大学学生的生活和学习，撰稿人多为大学学生和哈佛文学名流。刊名取自埃兹拉·庞德（Ezra Pound）的一首诗《白鹿》（*The White Stag*）。

④ MacKillop. A Life of Criticism, p. 145.

⑤ 同上，pp. 145—146.　Samson. *Modern Cultural Theorists*, p. 25.

⑥ MacKillop. *A Life of Criticism*, p. 147. F. R. Leavis. “Johnson as Critic,” *Scrutiny*: *Vol. XII*, No. 3, Summer, 1944, Cambridge University Press, 1963.

> 利维斯是《细察》真正的创建者，但是在20世纪30年代早期，利维斯的批评思想已声名远播，并引来争议。他不希望因此而影响到大众对新学刊的接受。所以，他躲在幕后，直到《细察》成功发行第三期才将自己的名字放入编委名单中。[①]

利维斯曾描述《细察》的创刊取得了“巨大的成功”，事实也的确如此，《细察》的成功一方面得益于丰富、优质的稿源，其撰稿人中除在校学生外，还有T. S. 艾略特、乔治·桑塔亚纳、R. H. 托尼(R. H. Tawney)、奥尔多斯·赫胥黎(Aldous Huxley)、雷纳·韦勒克等批评界知名大家。另一方面《细察》能够旗开得胜还得益于利维斯夫妇与其“勇士团”的竭诚合作。

《细察》主编之一L. C. 奈兹是在攻读研究生之时，加入到利维斯麾下的。他主攻詹姆斯一世时代(1603—1625)英国的教育、语言和社会课题，并于1937年将其研究结果冠名以《琼生时代的戏剧与社会》(*Drama and Society in the Age of Jonson*)出版。[②] 此后，他加入到利维斯的《细察》课题之中，组成了一个莎士比亚研究小组，共同探讨莎士比亚戏剧[③]，并成为一名莎士比亚研究专家。他曾著文《莎士比亚与莎士比亚研究者》(*Shakespeare and Shakespeareans*)反击布兰德利(Bradley)对莎士比亚不恰当的评说，即将莎士比亚戏剧当作类似反映维多利亚传统的“性格—小说”来看待，歪曲了莎士比亚作品的美学思想。[④] 1965年，奈兹荣膺剑桥大学爱德华七世英国文学教授席位，成为获此殊荣的第四位剑桥学者。[⑤]

早期《细察》的另一位主编唐纳德·卡尔沃是一位来自美国普林斯顿大学的学生，在帮助《细察》创刊12个月后离开英国，其主编位置由邓尼斯·哈丁(*Denys Harding*)替补。1925年，哈丁进入剑桥伊曼纽尔学院之

---

① 作者是在2010年3月11日收到克里斯·乔伊斯的回信的，真诚感谢他给予的无私帮助。

② L.C. Knights. *Drama and Society in the Age of Jonson*, London: Chatto & Windus, Dec. 1937.

③ L.C. Knights. “Selwyn College, Cambridge, 1925,” *The Cambridge Quarterly*, 1996 XXV(4), p. 357. L. C. Knights. “Revaluations (V): Shakespeare's Sonnets L,” *Scrutiny Vol. III*, No. 2, September, 1934. L. C. Knights. “Shakespeare Criticism: Art and Artifice in Shakespeare,” *Scrutiny Vol. III*, No. 1, June, 1934. R. G. Cox. “Shakespeare and Mediaeval Thought, Shakespeare's Philosophical Patterns,” *Scrutiny Vol. VI*, No. 3 December, 1937.

④ L.C. Knights. “Shakespeare and Shakespeareans,” *Scrutiny*: *Vol. III*, No. 3 , Dec., 1934, Cambridge University Press, 1963, pp. 221—235.

⑤ Anne Samson. *Modern Cultural Theorists*: *F.R. Leavis*, p. 25.

时，就成为利维斯的学生。他后来成为一位英文教授，并获得剑桥大学心理学荣誉学位，因此他可称得上是“心理学与文学批评的交叉点”[①]。哈丁的批评文章《重新评价：I. A. 理查兹》(*Revaluation*：*I. A. Rechards*)揭示出理查兹的“基础英语”与“新边沁主义”[②]之间的暗合，指出理查兹试图使文学批评演变成科学的“实验室方法”的倾向，有将丰富生动的英国文学简化为机械的基础英语的危险。[③]

与利维斯同期进入主编队伍的邓尼·汤普森是剑桥圣·约翰学院(St John's College)的学生，毕业后在英格兰诺福克郡(Norfolk)的格雷斯翰(Gresham's)公立中学当了一名英文教师。他不仅与利维斯合著一部学生课本《文化与环境》(1933)，而且成为一位在《细察》季刊中关注文化和教育主题的积极撰稿人。在《解放了的机器》(*The Machine Unchained*)、《百年经典新闻业》(*A Hundred Years of the Higher Journalism*)等文章中，他深化了《文化与环境》中的文化悲观主义主题。[④] 在《前进中的学校》(*Progressive Schools*)、《学校时代》(*The Times in School*)和《我们教给学生什么?》(*What Shall We Teach?*)等文章中，他阐释了自己对英国中等教育的革新理念。[⑤] 1939年，基于对英文教育的热忱，汤普森离开《细察》主编的工作，另行创办了一份新学刊《中学英语》(*English in Schools*)。[⑥]

接替他主编工作的是W. H. 梅勒斯(W. H. Mellers)。梅勒斯曾在剑桥唐宁学院获得英文奖学金，后来成为匹兹堡大学的音乐教授。他不仅成立了音乐艺术中心(Mus. Bac)，活跃于学院的音乐活动，而且是一位出色的、独具创造性的批评家。他的批评将文学、音乐和教育等因子熔于一

---

① D. W. Harding. "Many Psychologies: A Review," *Scrutiny*, *Vol. I*, No. 1, May 1932, Cambridge University Press, 1963, pp. 83—85. D. W. Harding. Psychology and Criticism: A Comment," *Scrutiny*, *Vol. VI*, No. 1, June 1936, Cambridge University Press, 1963. D. W. Harding. "Psycho-analysis and Social Psychology," *Scrutiny*, *Vol. VI*, No. 3, December 1936, Cambridge University Press, 1963.

② F. R. Leavis. "Scrutiny: A Retrospect," *Scrutiny*, *XX*, Cambridge University Press, 1963, pp. 9—10.

③ D. W. Harding. "Evaluations: I. A. Richards," *Scrutiny Vol. I*, No. 4, March, 1933.

④ Denys Thompson. "The Machine Unchained," *Scrutiny Vol. II*, No. 2, September, 1933. Denys Thompson. "A Hundred Years of the Higher Journalism," *Scrutiny Vol. VI*, No. 1, June, 1935.

⑤ Denys Thompson. " What Shall We Teach?" *Scrutiny Vol. II*, No. 4 March, 1934. Denys Thompson. "Progressive Schools," *Scrutiny Vol. III*, No. 2, September, 1934. Denys Thompson, "The Times in School," *Scrutiny Vol. III*, No. 4 March, 1935.

⑥ Anne Samson. *Modern Cultural Theorists*: *F. R. Leavis*, p. 25.

炉，展示出《细察》的跨学科批评风格及其对通俗文化和流行音乐等方面的探索。[①] 他的文章《音乐与社会》(*Music and Society*)[②]、《让·维纳与娱乐性音乐》(*Jean Wiener and Music for Entertainment*)、《爱与战争中的现代诗人》(*Modern Poets in Love and War*)[③]、《美国音乐中的语言与功能》(*Language and Function in American Music*)[④]、《英美新音乐》(*New English and American Music*)[⑤]以及《作曲家与文明》(*The Composer and Civilization*)[⑥]等数十篇文章，不仅分析比较了不同国度的音乐风格，关涉到流行音乐的特征，而且探讨了 20 世纪 30 至 40 年代艺术与社会、艺术与文化之间关系的变化。

对《细察》后期的发展曾发挥重要作用的另一位主编是哈罗德·曼森(Harold Mason)。早在 1934 年，曼森从牛津赶往剑桥，带着一封牛津大学的推荐信将自己举荐给利维斯。从牛津奥利尔(Oriel College)学院毕业后，他在林肯郡的斯坦福德镇(Stamford)做了一名教师，并成为《细察》的热心读者和撰稿人之一。从毛遂自荐之日起，曼森就将自己的前程与利维斯的《细察》的命运缠绕在了一起。利维斯最初请他撰写《细察》的诗歌批评，他对叶芝[⑦]、T. S. 艾略特[⑧]、燕卜荪[⑨]等人的诗歌做过极富见识的评价，颇得利维斯的赏识。后来他的视野逐步拓宽，将文学与社会、教育等方面联系了起来[⑩]，形成了与《小说与阅读公众》相一致的文学社会学研究路径。

---

① F. R. Leavis. "Scrutiny: A Retrospect," *Scrutiny*, *XX*, pp. 8—9.

② W. H. Mellers. "Music and Society," *Scrutiny*, *XIV*. No. 2, Dec. Cambridge University Press, 1946, pp. 356—368.

③ W. H. Mellers. "Modern Poets in Love and War," *Scrutiny Vol. VIII*, No. 1, June, 1939.

④ W. H. Mellers. "Language and Function in American Music," *Scrutiny Vol. X*, No. 4, April, 1942.

⑤ W. H. Mellers. "New English and American Music W. H. Mellers," *Scrutiny Vol. XI*, No. 3, Spring, 1943.

⑥ W. H. Mellers. "The Composer and Civilization: Notes on the Later Work of Gabriel Faure," *Scrutiny Vol. VI*, No. 4, March, 1938. W. H. Mellers. "The Composer and Civilisation (II): Albert Roussel and La Musique Francaise," *Scrutiny Vol. VII*, No. 2, September, 1938.

⑦ H. A. Mason. "Yeats and the Irish Movement, Dramatis Personae," *Scrutiny Vol. VI*, No. 3, December, 1936.

⑧ H. A. Mason. "The Achievement of T. S. Eliot," *Scrutiny Vol. IV*, No. 3, December, 1935.

⑨ H. A. Mason. "William Empson's Verse," *Scrutiny Vol. IV*, No. 3, December, 1935.

⑩ H. A. Mason. "The Press, Review by H. A. Mason," *Scrutiny Vol. VII*, No. 3, December, 1938. "H. A. Mason. *Classics and Education*," *Scrutiny Vol. VIII*, No. 1, June, 1939.

随着《细察》不断扩大影响，利维斯声誉日隆，唐宁学院决定聘请曼森辅助利维斯的教学和研究工作，在1949年至1955年间他担任利维斯的研究助理。[①]

此外，利维斯的《细察》事业还得到一份特殊的支持，他的学生戈登·弗雷泽(Gordon Fraser)在出版和发行方面对他鼎力相助。弗雷泽当时是剑桥圣·约翰学院的学生，深为利维斯出色的教学和对批评事业的执着所吸引。毕业那年，他在剑桥郡开了一家小型出版社，取名为"少数人出版社"(the Minority Press)，主要为利维斯及其《细察》季刊出版研究著作。[②]1935年，弗雷泽在圣·约翰学院附近开了一家书店，店名为"戈登·弗雷泽书店"(Gordon Fraser)，以支持《细察》季刊的发行和销售。然而，该书店后来却以"少数人书店"(Minority Bookshop)著称剑桥郡。[③] 单从弗雷泽出版社的命名和书店的得名就可看出利维斯的思想印迹。[④]

然而，利维斯终身的合作者是他的妻子Q. D. 罗斯。可以说她是《细察》幕后默默的奉献者，她几乎统管《细察》的所有工作，从打字校稿到编辑指导，从撰稿著文到衣食住行。然而，她并不同意在主编的名单中加上自己的名字。长期的学术压力和生活重担严重损害了她的健康。利维斯在1932年11月写给哈丁的一封信中说，"过去三年中，剑桥的敌意已经在我妻子身上显现了出来，她正在经受着严重的神经衰弱"[⑤]，甚至在1946年被查出患有癌症。[⑥] Q. D. 罗斯十分博学，通晓18世纪后期女性作家的作品。利维斯从20世纪40年代后日益增长的小说兴趣多得益于妻子的影响。利维斯一贯坚持他们共同的批评事业中罗斯夫人的重要性，坚持她身为小说批评家杰出却未被认可的重要地位。利维斯在晚年曾深情地称Q. D. 罗斯为"最重要、最能干的合作者"[⑦]，并认为将所有的创作劳动(主要指《细察》事业)都冠以"F. R. 利维斯"之名会使这一不公平永远被掩盖下去。麦克·贝尔认为，他们成功的合作既得益于他们之间的相似，又受益于他们互补的风格。Q. D. 罗斯以笔锋犀利尖锐著称，而F. R. 利维斯则以内

---

① Ian MacKillop. *F. R. Leavis: A Life of Criticism*, pp. 263—264.

② 同上，p. 113.

③ MacKillop. *F. R. Leavis: A Life of Criticism*, p. 157.

④ F. R. Leavis. "Mass Civilization and Minority Culture," *Education and the University*, pp. 143—147.

⑤ F. R. Leavis. "A Letter to Harding," *F. R. Leavis*, 1932, pp. 147—148.

⑥ MacKillop. *F. R. Leavis: A Life of Criticism*, p. 223.

⑦ 同上，p. 310.

敛审慎闻名。这一方面由于利维斯志在将批评活动转变为批评实践的基础，另一方面往往是由利维斯公开阐述他们共同的观点的。[①]

这个小小群体的文化氛围重塑了早期剑桥英文学院的学术精神，并在其形成的初始时期就决定了它的范式，虽然他们多数出身于中产阶级，但出身和地位无法衡量他们作为教师兼批评家所发挥的作用。文学研究是他们探索的事业，而非某种世袭的产业。他们所面临的困难也是无法想象的。20 世纪 30 年代初，经济萧条席卷了整个英国，英文系生源锐减，就业机会难寻，他们中几乎没有人能在毕业后找到稳定的与所修专业相吻合的工作。[②] “二战”期间，《细察》遭受了严重的挫折：《细察》的部分干将陆续离去，或从军参战或另寻他就，高质量的稿件缺乏，更严重的是战时的纸张短缺，因为 1940 年英国实行了纸张配给制。为经营《细察》事业，利维斯夫妇几乎掏空了自己的钱袋。[③] 在经历了 21 年的风雨历程之后，《细察》于 1953 迫于经济压力停刊。这份杂志自从创办之日起，一直没有专业的编务和发行管理，全靠利维斯夫妇勉力为之，编辑和作者从未领取过分文报酬。[④] 利维斯曾自叹自己是一位“无薪酬的主编、无职称的教授”[⑤]。《细察》虽然挺过了“二战”的艰难时日，但是战后并未能真正走出困境，此时利维斯夫妇已育有三个子女，生活十分困顿，雪上加霜的是利维斯夫人被查出患有癌症。然而，我们从利维斯援引《现代文学纪事》中的一段话中，可以看出他为“坚持批评标准的”严肃性和独立性，最终“破釜沉舟”的决心和勇气：

> 我们宁可凿沉船只也不愿为堵塞漏洞而向赞助折腰，因为目前的文学形势要求改弦更张，由一个不同于以往的组织来运作，对此我们目前还不能胜任。假使能够形成这样的组织机构，我们理应尽可能使其发挥作用。但是，我们对于文学评论本质的理解不允许我们随波逐流、蜕化变质。[⑥]

---

① Michael Bell. *F. R. Leavis*, p. 5.

② F. R. Leavis. “The State of Criticism: Representations to Fr Martin Jarrett-Kerr,” *Essays in Cirticism (III)*, (April's 53), pp. 226—228.

③ Ian MacKillop. *F. R. Leavis: A Life of Criticism*, p. 224.

④ F. R. Leavis. “Introduction to the 1976 Edition,” *Towards Standards of Criticism*: Selections from *The Calendar of Modern Letters* (1925—1927), Lawrence and Wishart, 1976. p. 20.

⑤ MacKillop. *F. R. Leavis: A Life of Criticism*, p. 247.

⑥ F. R. Leavis. *Towards Standards of Criticism*, p. 18.

利维斯以强烈的使命感赋予《细察》以挽救文化危机的时代重任，其救赎的有力武器就是文学。利维斯为之取名为《细察》，旨在完成《现代文学纪事》未竟的事业：以严格独立的批评体现一种标准，从而培养读者的识别力。《现代文学纪事》的失败不可避免地带来了堂吉诃德式的、铤而走险的《细察》事业——《细察》不管怎么说也维持了21年，并且现在普遍认为这份刊物在历史上产生过重要影响。[①] 对于《细察》的停刊，《旁观者》(*The Spectator*)评论道："我们政府的文化促进机制竟未能使得英国最好的批评期刊存活，实乃英国的悲哀。"[②]随着时光的推移，人们愈发认识到《细察》在英文作为独立学科在剑桥大学确立学科地位时期的重要性。[③] 基于此，十年后剑桥大学决定全套出版二十卷本的《细察》季刊，这一举措无疑是对《细察》事业的肯定。同时，我们仍需深思：20世纪50年代，为什么英国最好的批评期刊竟然无法存活？

二、《细察》宗旨及其影响

《细察》季刊在其首卷《〈细察〉宣言》中，已清楚阐明其创刊宗旨。它坚持的是"文学—社会学"研究路径。《宣言》中，《细察》主编们讲道："将文学批评与超文学批评活动结合起来是必要的。这是一个颠扑不破的公理：对生活标准的关注意味着对艺术标准的关注。"[④]这一思想得益于理查兹的文学实用批评，而他背后站着的是马修·阿诺德。30年代初，当经济危机裹挟着文化危机成为一个无法回避的现实问题时，将"艺术标准"借用于文化领域标志着《细察》对于精致文化更强烈的诉求，《宣言》对理查兹将艺术描述为"记载着人类价值观的宝库"的引用就是一个明证[⑤]。与此同时，《细察》更大的目标是介入英国生活。这种介入方式是一种阿诺德式的对政治意识形态的拒绝：必要的是以智性的超常发挥来应对社会问题，其迫切任务是对当代世界展开广泛调查，并以"一种文化史学意识"以及《小说与阅

---

① F. R. Leavis. *Towards Standards of Criticism*, pp. 11—20.

② MacKillop. *F. R. Leavis: A Life of Criticism*, p. 281.

③ Fred Inglis. *Cultural Studies*, p. 32.

④ Editors. "Scrutiny: A Menifesto," *Scrutiny: A Quarterly Review Vol. I*, (1932—1933), No. I, May, 1932, Cambridge University Press, 1963, p. 1.

⑤ Editors. "Scrutiny: A Menifesto," *Scrutiny: A Quarterly Review Vol. I*, (1932—1933), No. I, May, 1932, p. 5.

读公众》中采用的"人类学文学"研究方法来探讨当代文明和人类价值观问题。[①] 因此,《细察》评论文章不仅关注文学艺术,而且聚焦于有关社会问题的主题和著作,尤其强调教育的重要性。"标准"问题和"意识培养"问题被提到《细察》创刊的首要议事日程上来。对"标准"的强调几乎贯穿于《宣言》的始终,成为对抗现代出版物标准降低的批评话语。

文明与文化的关系问题依然是《细察》聚焦的核心问题。在利维斯集团看来,解决文化危机的唯一出路是教育。因此《细察》每期都要刊登有关教育的文章,内容涉及中等教育、大学教育、英文教育、教育管理、教师培训以及妇女教育等主题。虽然刊载的教育类文章视角不同、观点各异,但是它们均主要以两种方式探讨教育问题:一是评价学校教师使用的课本和教材。二是对现行教育体制的弊端进行批评和指摘。1933 年,利维斯在家中组织了一次"教师会议",会议的中心议题是发动教师们在不同的社区建立基层"单元"(cell)[②],以掀起一场教育运动。"单元"的概念意味着《细察》成员作为社会的细胞,在进行一场教育方面的抵抗运动。《细察》不仅是一份期刊,还是一场道德和文化改革运动的中心,其拥护者走入大学、中小学展开这场战役,通过文学研究来培养一种丰富、成熟的辨识力和严肃的道德反应。这种反应被看作是有助于弱小的"个体在一个由低俗出版物、使人异化的劳动、陈词滥调的广告和庸俗的大众传媒构成的机械化了的社会中得以幸存"[③]。

在《细察》走过十年后的 1942 年,利维斯在《细察》第四十期上发表感言文章《十年后》(*After Ten Years*),回顾总结了《细察》的成就和面临的困难。利维斯肯定了《细察》倡导的教育理念的正确性及其在中、高等教育领域的广泛普及。[④] 他认为一所大学的确切性质(抑或理念)是展现代表人类智性和具有积极功能的文化传统观,即一种能够指导人类的精神力量。在现代世界物质主义和去人性化现象的冲击下,《细察》成员需要审慎诉诸比以往任何时候都更重要的大学理念。[⑤] 对于教育的信念,利维斯无疑是阿

---

① Editors. "Scrutiny: A Menifesto,"*Scrutiny: A Quarterly Review Vol. I*, (1932—1933), No. I , May, 1932, p. 3.

② Francis Mulhern. *The Moment of 'Scrutiny'*, p. 108.

③ Terry Eagleton. *Literary Theory: An Introduction*, p. 29.

④ F. R. Leavis. "After Ten Years: Editorial," *Scrutiny: A Quarterly Review* Vol. X, (1941—1942), No. 4 , April, 1942, Cambridge University Press, 1963, p. 326.

⑤ F. R. Leavis. "After Ten Years: Editorial," *Scrutiny: A Quarterly Review* Vol. X, (1941—1942), No. 4 , April, 1942, p. 327.

诺德的真正继承人。然而,教育对社会的改造究竟会发挥多大作用仍是一个值得商榷的问题。穆勒恩认为利维斯在"二战"期间出版的《教育与大学》将《细察》运动由"游击战"式的抵抗转变为一种信念,对其教育改革理念得到制度方面的实施持有过度乐观的自信。[①]《细察》唯一设想的改革是教育,《细察》成员希望活跃于教育机构的"少数优秀分子"培育出丰富、有机的敏悟性,并将这种敏悟性传授给其他人。然而,现实的困难是,能够有效回避无孔不入、潜移默化的"大众文化"的个体真可谓少之又少。因此,通过文学作品的"细读"而达到抵抗大众文化有害影响的作用似乎微乎其微。伊格尔顿指出:我们完全有理由怀疑利维斯等人赋予教育的改革力量,"教育终究是社会的组成部分,而非社会问题的解决办法"[②]。

利维斯始终认定自己是一位守卫英国文学伟大遗产和文化传统的批评家,并将其《细察》集团看作是传统文化价值观的代言。然而,体现其教育设想和大学理念的剑桥却拒绝了他。在这种充满敌意的境遇中,《细察》最终于50年代初走到了尽头。1963年,在剑桥全文出版20卷本的《细察》刊物之际,利维斯在《〈细察〉回顾》(*Scrutiny: A Retrospect*)一文中,解释了他与马克思主义以及与剑桥之间充满悖论的关系:

> 文学——作为英文荣誉学位考试而学习的文学非常重要,它对文明至关重要。文学之所以重要是因为它代表着人类的现实,一种人类精神的自治。为此,有关阶级战争、经济决定论和还原论的阐释便没有存在的余地……马克思主义是资本主义文明独具特色的产物,我们反对的经济决定论实际上可由这场运动得到证明。与我们所捍卫的文学和人类文化的辩证法是与我们居于其中的外在的物质文明相对立的。"外在的"(external)和"物质的"(material)在此传达出这样的观点:我们的整个文明是非常复杂的,有着马克思主义不能胜任的复杂性。
>
> 只有在剑桥,《细察》的理念才能成形,成为一种强大的生活,并保持着被仇恨,但富于成效的、持续的生命力。这是英文荣誉学位考试的产物……我们就是剑桥,是根本意义上的剑桥,尽管剑桥(不曾支持过我们),《细察》仍然站立了起来,并存在下去。[③]

---

① Francis Mulhern. *The Moment of 'Scrutiny'*, pp. 107—109.

② Terry Eagleton. *Literary Theory: An Introduction*, pp. 29—30.

③ F. R. Leavis. "Scrutiny: A Retrospect," *Scrutiny*, *XX*, pp. 1—6.

虽然相当一部分《细察》撰稿人有着左派倾向，但是他们仍然拒绝以政治的方式探讨社会问题。诚然，利维斯正确指出了庸俗马克思主义的经济决定论对文学从社会维度阐释的无效，但他未能提出更具说服力的理由，而且拒绝倾听30年代中、后期普遍兴起的政治呼声，显示出其思想眼界的狭窄。在伟大的感伤主义时代(a time of great emotionalism)的知识分子圈子中，《细察》选择了怀疑主义和中立主义的立场。[①] 肯尼斯·特罗德(Kenneth Trodd)在总结了《细察》集团对马克思主义的普遍态度后指出：《细察》成员未能以足够的尊敬来看待马克思主义的核心思想，他们的态度是随便的、不够严肃的。[②] 这一评价也适用于利维斯。

利维斯《细察》集团与剑桥大学充满矛盾和悖论的关系令人深思。利维斯宣称"我们就是剑桥，是根本意义上的剑桥"。对此，伊格尔顿提出质疑：《细察》像浪漫主义者一样，自视为"中心"，其实却处于"边缘"；相信自己代表着"真正的"剑桥，而真正的剑桥却拒绝授予他们学术职位。[③] 这就是当时利维斯《细察》集团的尴尬处境。他们致力于修正文学学位考试制度，却无力撼动它所驻足的机制，从而扮演着叛逆者的角色。他们的目的是要将文学研究挽救于使其窒息的、狭隘的学院派之手，使其重获新生。正如穆勒恩所言："《细察》集团的运作模式一方面体现出他们所处的边缘境况，另一方面反映出他们坚守的文学批评所蕴含的文化意义。"[④]事实上，利维斯说得没错：他的文学批评事业确凿无疑就是剑桥的事业。1993年，伊恩·麦克罗普以利维斯的著名话语《我们就是剑桥》(*We Were That Cambridge*)为题，发表文章指出：在20世纪30至60年代，利维斯集团始终走在剑桥英文研究的前哨，的确代表着剑桥。首先，利维斯集团是剑桥批评原则的践行者。剑桥英文学位考试制度完全是按照剑桥《学生手册》(*The Student's Handbook*)的原则执行的。该手册规定：

> 参加学位考试的学生不仅要通晓考试课程规定的书籍，还要利用业余时间广泛阅读文学、历史方面相关的书籍，特别是要阅

---

① Johnson. *The Cultural Critics*: *From Matthew Arnold to Raymond Williams*, pp. 99—101.

② Kenneth Trodd. "Report from the Younger Generation," *Essays in Criticism*, *Vol*. *XIV*, 1964, p. 30.

③ Terry Eagleton. *Literary Theory*: *An Introduction*, p. 31.

④ Francis Mulhern. *The Moment of 'Scrutiny'*, pp. 32—33.

读经典文学译著。[①]

他们身体力行地实践了剑桥英文学院既定的原则，在课程设置、教学内容、考试制度、英文学位考试的系统改革等方面的体制上确立了英文的学科地位。30 年代剑桥英文学位考试设计的游戏规则是由利维斯集团的“我们”付诸实施的。[②] 剑桥英文学位考试的文学现代性特征也是利维斯等人坚持不懈探索的结果。利维斯集团是从“文学社会学”或者“人类学—文学”的路径来研究文学的，利维斯于 1924 年的博士论文和 Q. D. 罗斯于 1931 年的博士论文则为这种新的文学研究奠定了基础，并深刻影响了《细察》的批评风格和剑桥英文学位考试的内容和形式。在此有必要对 30 年代剑桥英文研究与牛津英文研究做一对比。牛津英文研究属于古典学和语文学研究；而剑桥英文研究倾向于批评和评价文学，具有现代性学术特征。剑桥文学课程之一的“早期文学与历史”(Early Literature and History)被纳入古典学和人类学领域之时，正值剑桥英文学院改称英语系之际，这是根据英国皇家专门调查委员会(Royal Commission)的一个提案所做的修正。[③] 剑桥英文的现代性不仅体现在文学的超文学研究，作为剑桥一位先锋派批评家，利维斯在其早期批评生涯中对现代作品还颇为青睐。他是在英国大学的课堂上讨论詹姆斯·乔伊斯(James Joyce)的《尤利西斯》(*Ulysses*，1922)和威廉·燕卜荪的《含混七型》(1930)的第一人，同时 T. S. 艾略特和 D. H. 劳伦斯也是利维斯仰慕的作家，虽然他一生都在不断修正对两者禀赋的评价。[④]

利维斯汲取早期剑桥英文研究的思想资源，在创办《细察》的批评实践中进一步深化和推广，形成其自成一体的独特风格。因此，称利维斯《细察》集团为剑桥英文的代言从意识形态的角度来讲是合情合理的。然而，极富悖论的是利维斯认定的、至关重要的“文学和人类文化”却是与“文明”对立的。佩里·安德森认为：这一假说实际上被仅限定为“外在的”和“物质上”的文明所否定，而文明的本质与内在的精神相关，并崇高地由剑桥所

---

① Ian MacKillop. *F. R. Leavis: A Life of Criticism*, p. 59. Ian MacKillop. “We were That Cambridge,” *Faculty Seminar on British Studies*, The University of Texas, 1993, p. 18.

② Ian MacKillop. “We were That Cambridge,” *Faculty Seminar on British Studies*, pp. 5—6.

③ 同上，p. 13.

④ Anne Samson. *Modern Cultural Theorists: F. R. Leavis*, p. 6.

代表。[①]《细察》的确代表着剑桥，即“我们就是剑桥”，但是实际上剑桥——文明的内在精神实质——却否认《细察》，它尽管没有剑桥的支持也生存了下来。这一论点的逻辑结构揭示出利维斯将实际的经历强加于自身观点的张力。佩里·安德森指出：“利维斯似乎反驳了经济还原论，然而只是外在的、物质的方面，而不是它内在的精神实质。文明的内在精神似乎在剑桥得到证明，而剑桥的精神似乎在《细察》中得到证明。”[②]

总体来看，《〈细察〉宣言》的承诺以引人瞩目的成功均告实现。[③] 穆勒恩指出：利维斯集团的主要贡献是捍卫和深化了由文学学位考试制度改革所激发的学术创新活动，并为文学研究作为一门严肃学科及其所蕴含的文化意义正了名。[④]

在21年的创刊历程中，《细察》刊表了150多位批评家的作品。它们展示出与众不同的信念和见解，主题涉及文学、音乐、艺术、历史、哲学、政治诸方面。人们至今认为这份期刊对英国的知识和文化生活产生过重要影响，堪与英国18世纪和19世纪伟大的评论相提并论。首先，《细察》奉献了一段几乎完整的从乔叟(Chaucer)到20世纪中叶的英国文学批评史，严肃评价了自中世纪文学、莎士比亚到17世纪诗人蒲波(Alexander Pope)、德莱顿(John Dryden)、约翰逊(Samuel Johnson)，再到伟大的浪漫主义诗人的诗歌，最后到维多利亚小说和诗歌以及所有重要的现代作家的作品。其中的许多文章已成经典，并最终带来了对先前约定俗成之见的修正。[⑤]《细察》的一个突出的、高度个性化的方面是对当代批评界巨擘进行的重新评价，特别是对法国著名批评家的介绍和评论，比如詹姆斯·史密斯(James Smith)有关马拉美(Mallarme)的评论，曼森对福克纳(William Faulkner)和加缪(Camus)思想的评价，[⑥]R. C. 奈兹对拉辛(Racine)著作的重新评价[⑦]

---

① Perry Anderson . “Components of the National Culture,” *Student Power*, Alexander Cockburn and Robin Blackburn, p. 275.

② Anderson . “Components of the National Culture,” *Student Power*, p. 276.

③ Samson. *Modern Cultural Theorists*: *F. R. Leavis*, p. 27.

④ Francis Mulhern. *The Moment of* ‘*Scrutiny*’, p. 32.

⑤ *The Cambridge Quarterl*. XXIV(3): 221—242; doi: 10. 1093/ camqtly/ XXIV. 3. 221, by *Cambridge Quarterly*, 1995.

⑥ H. A. Mason. “William Faulkner, William Saroyan, Erskine Caldwell and T. F. Powys,” *Scrutiny Vol. IV*, No. 1, June, 1935. H. A. Mason. “Albert Camus: Difficult Hope, La Peste,”*Scrutiny Vol. XIV*, No. 4, September, 1947.

⑦ R. C. Knight. “The Politeness of Racine,”No. 4, *Scrutiny Vol. IX*, March, 1941.

等。除此之外，它还刊登了大量俄罗斯[①]、美国[②]和德国[③]等国的文学艺术的评论文章。这些文章的作者既通晓特定语言的知识和文化，也能对相关文学作品做出极富见识的评论。[④]

其次，《细察》的教育课题以及学生课本《文化与环境》在英国中小学校的普及在英国教育领域产生了广泛影响。其影响首先从在校学生和教师，再波及英国学术界。麦克·贝尔曾说："利维斯对学校的教学、大学生的文学阅读，甚至对大学教育都产生了决定性的影响。"[⑤]据伊恩·麦克罗普介绍，当时的教师们迫切需要"《细察》季刊这种类型的资料"(Scrutiny-like material)[⑥]。职业培训学院的教师们写信给《细察》主编，告诉他们每学期学院都举办有关"《细察》集团的作品"(work of the Scrutiny group)的专题讨论会，并组织暑期教师培训班深入学习。《工人教育协会》(*The Workers' Educational Association*)杂志的主编 W. E. 威廉斯(W. E. Willimas)曾强烈要求利维斯等人多写一些有关成人教育(adult education)方面的文章。[⑦]雷蒙·威廉斯也积极肯定利维斯《细察》集团在教育方面的贡献，在《文化与社会》一书中他郑重指出："利维斯的真正成就是他提出的那些极为可贵的教育方案……即使利维斯及其同道仅取得这一项成就也足以受到高度重视。"[⑧]

最后，《细察》不仅是所有成员共同合作的结晶，而且是利维斯许多批评著作的重要来源。譬如《论延续》(1933)取材于《细察》早期发表的部分评论文章。利维斯与邓尼·汤普森合著的《文化与环境》(1933)，以预设问题的篇章，促使人们思考语言使用的现状与社会文化的整体发展关系。

---

① W. A. Edwards. "Trotsky's History of the Russian Revolution," *Scrutiny Vol I*, No. 3, December, 1932. F. R. Leavis. "Dostoevsky or Dickens?," *Scrutiny Vol. II*, No. 1, June, 1933. D. S. Mirsky. Soviet Literature, *Scrutiny Vol. III*, No. 2, September, 1934.

② H. B. Parkes. "The American Cultural Scene (II)," *Scrutiny Vol. IX*, No. 1, June, 1939. H. B. Parkes. "The American Cultural Scene (IV)," *Scrutiny Vol. IX*, No. 1, June, 1940.

③ R. O. C. Winkler. "The Significance of Kafka," *Scrutiny Vol. VII*, No. 3, December, 1938. D. J. Enright. "Goethe's 'Faust' and the Written Word (I)," *Scrutiny Vol. XIII*, No. 1, Spring, 1945. D. J. Enright. "Goethe's 'Faust' and the Written Word (II)," *Scrutiny Vol. XIII*, No. 4, Spring, 1946.

④ F. R. Leavis. "Scrutiny: A Retrospect," *Scrutiny*, *XX*, p. 7.

⑤ Michael Bell. *F. R.. Leavis*, Critics of the Twentieth Century Series, p. 6.

⑥ Ian MacKillop. *F. R. Leavis: A Life of Criticism*, p. 208.

⑦ MacKillop. *F. R. Leavis: A Life of Criticism*, p. 208.

⑧ Raymond Williams. *Culture and Society*, pp. 248—258.

1933 年,他还主编出版《走向批评标准》,这是一部论文集,收编了《纪事》在 1925 年至 1927 年间发表的批评文章,为新一代作家提供了一个重新评价当代文学遗产的、可资借鉴的例证。1934 年,利维斯收编《细察》中的部分文章,冠名以《决断》出版。1936 年,他编辑出版了《重新评价》,书中收编了前期发表的评论文章,对英国诗歌(从莎士比亚时代到 19 世纪早期)进行了持续的讨论。1952 年,利维斯整理《细察》中发表的文章,编辑出版《共同的追求》,该书被誉为是利维斯最优秀的一部力作。①

在《细察》走过 21 年的历程后,利维斯撰文《〈细察〉回顾》(*Scrutiny: A Retrospect*),充分肯定了《细察》的成就:"《细察》全部的功能均得以实现,并以富于洞识和令人信服的运作增强了它的挑战性。尽管承受着学术界的强烈敌意,然而它成功了。"②伊格尔顿曾认为,"利维斯辩论"(Leavis debate)的有效死亡这一事实也许正是《细察》取得胜利的重要标志。③《细察》的功过是非后人多有评说,有人批评它是"精英主义的""悲观主义的"或者"保守主义的",重要的是它潜在地影响着以后几代人的文化批评思想和教育理念,特别是对当代文化研究的创建者霍加特和威廉斯等人学术思想的影响。《细察》的影响已跨越了英吉利海峡,远播欧洲大陆和大洋彼岸的美国。1948 年,美国著名剧评家艾立克·本特立(Eric Bentley)从历年的《细察》中编选了一册文集在美国出版,他在序言中写道:

> 在整理 1932 年至 1948 年间出版的《细察》文献时……我发现没有其他杂志刊载过如此之多的有关文学的有用的分析。"有用的分析"(useful analysis)指的是那些能够帮助你理解作品的分析,当今充斥于我们图书馆的"批评"著作在这方面差强人意。④

特里·伊格尔顿曾以夸张的口吻给予《细察》以极高的评价:这份杂志坚持不懈地致力于英国文学研究的道德重要性,以及文学研究与整个社会生活质量的相关性,其贡献至今罕有人及。"今天,人们已不再标明自己是利维斯派,犹如人们已不必再标明自己是哥白尼派:恰如哥白尼重新塑造了我们的天文学信念一样,以利维斯为代表的思潮已经流入英国本土文学

---

① Michael Bell. *Life and Work, F. R. Leavis*, pp. 7—9.

② F. R. Leavis. *Scrutiny: A Retrospect, Scrutiny*, XX, p. 6.

③ Terry Eagleton. *Literary Theory: An Introduction*, p. 27.

④ Eric Bentley. *The Importance of Scrutiny*, G. W. Stewart, 1948, p. 26.

研究的血管，并且已成为一种自然而然的批评智慧，其根深蒂固的程度不亚于我们对于地球环绕太阳运转这一事实的信念。”[①]

第三节　利维斯与“文化批评”传统

利维斯的文化观一方面继承自马修·阿诺德和同时代的 T. S. 艾略特，另一方面还受到以 I. A. 理查兹和威廉·燕卜荪为代表的剑桥文学批评传统的影响。利维斯对“文化”概念的认识与其前期文化批评家多有交叉、重叠，又有着重要区别。需要考虑的是：在利维斯的文化观念中，哪些方面来自于阿诺德，哪些方面来自于艾略特，哪些方面来自于理查兹等人的批评思想，又有哪些方面是利维斯具有的自身独创性并有所发展的？当然，从整体英国文化观念史来看，阿诺德的思想又多受到更早些时候的 S. T. 柯勒律治（1772—1834）、托马斯·卡莱尔（1795—1881）和威廉·华兹华斯（1770—1850）等人的浪漫主义文化观念的影响，成形于他对生活与文化关系的探索和自身好论的特性中。[②] 在此，我们需要追溯前“文化”概念史的变迁，来探讨利维斯的文化观和文化批评观在英国文化传统这个更大的语境框架中的位置，及其与前英国文化观念和文化批评的历史关联性。

“文化”在英语中是最复杂的“两三个词”之一，[③]也是利维斯论述最为频繁的一个核心概念。原因在于“文化”概念在 19 至 20 世纪之交的英国社会获得了前所未有的重要性。19 世纪的英国，伴随着工业文明的进程，“文化”日益成为与人类生活密切相关的内容。然而，直到阿诺德生活的时代，“文化”这一概念本身及其与具体的生活方式的关联性才引起人们的高度重视。[④] 普遍的观点认为：工业化的推进不仅毁掉了自然和谐、自成一体的乡村有机文化，而且使人们的心灵变得机械麻木、品味低下，陷入严重的精神危机。伴随“英国状况论争”的出现，广大英国知识分子开始探讨英国社会转型期社会问题的解决办法，由此“文化”被推至当时英国社会的前台，成为救赎社会的方略。文化的价值和意义从而与英国社会的危机意识联

---

① Eagleton. *Literary Theory: An Introduction*, p. 27. 译文参考特里·伊格尔顿《二十世纪西方文学理论》，伍晓明译，北京大学出版社 2007 年版，第 31 页。

② Fred Inglis. *Culture*, Polity Press Ltd., 2004, p. 28.

③ Raymond Williams. *Key Words: A Vocabulary of Culture and Society*, p. 87.

④ Fred Inglis. *Culture*, p. 3.

系了起来。[①] 为此，在英国知识分子中出现了两种解决方案：一是文化保守主义的方案——重建“有机社会”，以“文化”对抗资本主义文明，这形成了英国文化观念史上著名的“文化与文明”的传统。阿诺德、艾略特、利维斯可以说是这一传统的主要发言人。二是政治激进派的方案——重建新的文化和社会形态，重塑人与人、人与社会的新型关系。这形成了英国文化观念史上对“当代文化研究”产生重大影响的“文化与社会”的传统，此为威廉斯在《文化与社会》中描述的新的文化叙事。在追述“文化与文明”传统之前，我们需对“文化”与“文明”这两个概念的演变史做一考证。

特里·伊格尔顿曾对“文化”与“文明”两词的含义做过一番辨析。在18世纪，“文化”与“文明”基本同义，表示人类精神和物质的总体进步过程。到了19世纪，文化一词成为浪漫主义批判早期工业资本主义的有力武器，至此文化开始与文明对峙。文化成为有机的、整体的、感性的、怀旧的代名词，文明则成为抽象的、异化的、破碎的、机械的、功利主义物质崇拜的同义话语。[②] 据威廉斯在《文化与社会》中的论述，在“文化与文明”传统中，两者的对立是从柯勒律治时代开始的，出现于他对“教养”(cultivation)与文明所做的重要区分：

> 在“教养”与“文明”之间存在着永久性的差异及偶然性的对比……国家的永恒……及其进步与个人自由……有赖于文明的发展和进步。但文明本身只不过是“好坏兼半”(a mixed good)……如果一个民族的“文明”不是扎根于教养、人类智慧与物质生活的和谐发展，那么这个民族充其量只不过是“虚有其表”而不是“文雅的”民族。(《论国家与教会之组成》第五章)[③]

可以说，自柯勒律治开始，“文明”与“文化”这两个概念在这一传统中出现了分离。“教养与文明(平凡的社会进步)”的永久性区别和一时对比“也由此引出并予以强调”[④]。威廉斯指出：从这个时候起，“文化与文明”的对立成了主流，不管结果是好是坏，还是好坏参半。[⑤] 同时代的穆勒在一篇有关柯勒律治的文章中，列举出描述文明正反两面的话语：一面是适宜的

---

① Fred Inglis. *Culture*, p. 20.

② Terry Eagleton. *The Idea of Culture*, Blackwell, 2000, pp. 9—11.

③ Raymond Williams. *Key Words: A Vocabulary of Culture and Society*, p. 59.

④ Raymond Williams. *Culture and Society*, p. 77.

⑤ Williams. *Key Words: A Vocabulary of Culture and Society*, p. 59.

物质生活、知识的增进与传播、迷信的衰落、相互交往的便利、行为举止的礼貌、战争与冲突的减少、少有强者欺凌弱者以及“文明是全人类合力创造的伟大工程”等。另一面却是能动性的丧失、人造品的机械刻板、不公平和贫困等。[①] 1829 年,卡莱尔在一篇长文《时代的标志》(*Signs of the Times*)中提出自己的见解,他认定自己所处的时代是“机器时代”(the Age of Machinery),其绝对的参照系是“金钱关系”(the cash-nexus)或者“利益崇拜”(Religion of Profit),表明这是一个忽视人们内心世界重要性的时代,是彻底根除“道德力量”(moral force)的时代,仅仅对政治协商而非文化问题极端偏好的时代。[②] 卡莱尔的忧虑在英国社会中开启了一个较长的传统,即对盲目机械的工业主义和牟取暴利行为的批判。[③]

所谓的“文化与文明”传统就是指这两个概念在发展过程中逐渐分化并对立的过程,在这一传统中“文明”被看作是文化的对立物,是工业主义对人的心灵侵蚀的结果,也是无政府主义的温床;而文化则起到对“文明”进行批判从而达到救赎的目的。需要注意的是,当威廉斯谈论“文化与社会”的传统时,他实际上也在谈论“文化与文明”的传统。在“文化与文明”的传统中,文化与文明是对立的;而在“文化与社会”的传统中,文化与社会则是以肯定的方式结合在一起的。威廉斯对“文化与文明”的颠覆或修正则是以对“文化与社会”传统的恢复和重建为基点的。在威廉斯所勾勒的“文化与社会”传统的谱系中,文学家和文学批评家占多数,由此可见,英国文学批评或者文化批评构成一种反对资本主义、反对工业文明、反对民主、反对个人主义的传统。在他的论述中,“文化与文明”传统与“文化与社会”传统两者是以平行交叉的方式延伸的,两条线索或明或暗地同时存在。在这一过程中,一方面“文化”逐渐与“社会”相分离,另一方面两者无法割裂的联系又潜伏在一些思想家那里。社会这一维度始终都存在于对“文化”的言说中。从总的趋势上看,19 世纪到 20 世纪前期的漫长时日里,“文化与文明”传统是其主流。

伊格尔顿曾经说过,所谓的文化与文明的传统不过是文化保守主义者对工业化以前的英国社会的“有机共同文化”的一种不确定的怀旧。[④] 在英国,自柯勒律治开始将“文化”从“文明”中分离出来之后,至卡莱尔处得到

---

① Williams. *Key Words: A Vocabulary of Culture and Society*, p. 58.

② Thomas Carlyle. “Signs of the Times,” *The Edinburgh Review*, Chapman and Hall, 1858.

③ Fred Inglis. *Culture*, p. 20.

④ 特里·伊格尔顿:《历史中的政治、哲学、爱欲》,马海良译,第 137—138 页。

进一步深化，而马修·阿诺德则将“文化”作为一种更为鲜明的旗帜以对抗“文明”的冲击。这种“文化与文明”的传统到了利维斯那里则得到进一步传承，利维斯主义则是“文化与文明”传统的最终完成。[①]

一、利维斯与阿诺德的文化观

1930年，弗雷泽的“少数人出版社”为利维斯出版了两部小册子：《D. H. 劳伦斯》和《大众文明与少数人文化》。[②] 这两部小册子和1932年出版的Q. D. 罗斯的博士论文《小说与阅读公众》为同年创刊的《细察》奠定了思想基调：工业文明的发展已将文化传统推至危险的边缘，只有“少数人”担当着传承文化传统的历史使命，他们保持和捍卫着建立在“生活标准”之上的文化。[③] 利维斯的文化思想集中见于《大众文明与少数人文化》(1930)这本文化小册子。这本小册子即是他在当时情形下解释自己面临的文化和社会问题的首次尝试，即解释“文化”的意义与功能。开篇他引用了阿诺德在《文化与无政府主义》(1869)一书中的一段话：

> 在我们这个现代世界……整个文明是机械的、外在的文明，其文明程度已远远超过希腊和罗马文明，而且这种机械和外在的趋势还在变本加厉。[④]

利维斯这段引言有两个用意：一是借此表明他的文化观念主要来自于阿诺德；二是旨在说明19世纪至20世纪的英国社会面临着强大的现代文明的冲击，这种文明在很大程度上是“机器文明”和“外在文明”。该书旨在阐明唯有“文化”能够抵御这种“文明”的侵蚀，[⑤]文化具有救赎文明的功能。书中利维斯明确提出文化概念的定义问题：“当提及文化保存在少数人那里时，有人问我，我所说的‘文化’指的是什么，我往往推荐读者去读《文化

---

① Raymond Williams. *Culture and Society*, p. 248.

② F. R. Leavis. *Mass Civilization and Minority Culture*, The Minority Press, 1930.

③ F. R. Leavis. Mass Civilization and Minority Culture, *Education and the University*, pp. 143—147.

④ Matthew Arnold. *Culture and Anarchy*, 1869, Cambridge University Press, 1966, p. 11.

⑤ F. R. Leavis . Mass Culture and Monority Civilization, *Education and the University*, p. 143.

与无政府主义》,但是我知道有些东西是更需要解释的。”[①]利维斯讲道:

> 在任何时代,对于文学和艺术富于洞识的鉴赏都依赖于极少数人(very small minority):只有这少数人能有自发的、第一性的判断,虽然有更多的人能够通过真正的个人反应认同这第一性的判断,但是他们仍然为数很少。为人认可的评价是一种基于很小的黄金比率的通币。在任何时候美好生活的可能性都与这通币的状况密切相关……一个不仅能鉴赏但丁、莎士比亚、邓恩、波德莱尔、康拉德……而且也能识取这些作家最近以来的后继者的少数派组成了一个特定时代的种族意识。因为这种能力不纯然属于孤立的美学范畴,它还蕴含着对理论与艺术、科学与哲学的反应……依赖于这少数人我们才能够从过去人类最美好的经验中受益,他们将传统中最精微、最脆弱的部分活生生地保留了下来。依赖于他们,一个时代才会有统领更为美好生活的固定标准,才会认识到这个比那个更值得,这个方向比那个方向更正确,中心在这儿而不是那儿。[②]

这段文字至少告诉我们三个方面的信息:第一,利维斯尝试定义的文化概念在内容和属性上是“最好的”“最美好的经验”“最精微、最脆弱的”那部分传统,而此文又集中地体现在屈指可数的文学经典上。在此,文化几乎等同于文学经典。这是一种理想的文化定义,近似于阿诺德的文化定义:“文化是甜美、是光明,是我们思想过和言说过的最好的东西。”[③]第二,利维斯设定的文化担当者是文化的“少数人”,即一批有着“艺术和文学鉴赏力”的少数人。虽然这些人“不纯然属于孤立的美学范畴”,而是可以扩大到其他领域,但是他们最终属于少数人。这类似于阿诺德关于“优秀的自我”(best self)的文化身份的划定,以区别于“普通的自我”(ordinary self)。第三,利维斯的文化少数人承担着两方面的重要功能:其一,少数人担负着传承文化传统的责任,即将“最精微、最脆弱”的那部分传统“活生生地保留下来”。这是利维斯深切关注的方面,他曾在《我们时代的英国文学

① F. R. Leavis . Mass Culture and Monority Civilization, *Education and the University*, p. 143.

② 同上, pp. 143—144. 译文参考黄卓越:《定义“文化”:前英国文化研究时期的表述》,见童庆炳:《文化与诗学》,北京大学出版社 2009 年版,第 102—103 页。

③ Matthew Arnold. *Culture and Anarchy*, p. 8.

与大学》(1969)中,阐述了来自于阿诺德文化思想影响的本质。利维斯指出:阿诺德不仅看到了由技术进步所带来的物质文明必然带来的人类对于文化传统创造性回应的断裂,而且"看到了保持文化的延续性——文化意识的延续性的必要性"①。对诗歌传统、批评标准的强调以及赋予文学以社会批评的功能——这些既是阿诺德关注的问题也是利维斯难以释怀的事情。② 其二,少数人还担负着提高大众意识、引导大众生活的重任,即"统领更为美好生活的固定标准",帮助大众认识到什么"更值得"、哪个方向"更正确"、"中心在这儿"。

利维斯文化观的渊源可以追溯到阿诺德,两者各自首次尝试探讨文化概念的著作相隔六十年之久,时空的改变无疑会赋予文化概念以新的内涵。利维斯的文化观既是对阿诺德文化观的践行,又有其独特之处。我们不妨回到阿诺德的时代,重温阿诺德的文化概念,以加深对利维斯文化观念的理解。阿诺德对"文化"概念的讨论集中见于他于1869年出版的小册子《文化与无政府主义》,据称这是论述"文化"问题的第一部重要著作。在这部论著中,阿诺德对资本主义物质文明多有批判,而对下层民众追求民主的倾向深表忧虑。③ 书名中的"无政府"一词具有双重含义:一方面表示底层民众参与民主所产生的后果,另一方面指底层民众的文化,包括工人阶级文化。书中以对希腊精神和希伯来精神的对比分析来比照两种不同的文化内涵,其精彩论述如今已成西方有关文化的经典篇章。我们从该书中选出一段来考察阿诺德的文化定义:

> 本文全文旨在说明文化(culture)是挽救我们于目前困境的巨大助力,文化是,或应当是一种对完美的探讨与追求。文化所追求的完美,就是"美"与"智",或曰甜美(sweetness)与光明(light),这是它的主要品格。文化是对整体完美的追求(a pursuit of total perfection),通过认识最关切于我们的所有事务,世上曾有过的最好的想法和言论(the best which has been thought and said),使这些知识转化为新鲜与自由的思想之流,去冲击我们固有的观念和陈习。④

---

① F. R. Leavis. The Clark Lectures. *English Literature in Our Time and the University*, 1967. Chatto & Windus, November, 1969, p. 43.

② R. P. Bilan. *The Literary Criticism of F. R. Leavis*, pp. 25—26.

③ Matthew Arnold. *Culture and Anarchy*, pp. 1—22.

④ Matthew Arnold. *Culture and Anarchy*, p. 32.

阿诺德的文化理念充斥着道德理想的激情。第一，就文化的内容而言，阿诺德心目中的“文化”是“美与智”。就方式而言，文化就是“对完美的探讨与追求”，即“通过认识……世上曾经有过的最好的想法和言论，来追求我们自身的至善至美”，包括思想与行动两个方面。在阿诺德看来，文化是由两种精神（二希精神）组成的一个完整的精神实体，具有超功利性、超阶级性和人性的普泛性。因此，文化可以被定义为具有崇高精神追求的心智活动。文化首先是一种在理解力支配下精心选择的目标与理想，是一种被“构造”出来的观念，而不是生活本身，甚至还表现出对普通生活的拒斥。[①] 这与利维斯文化定义中的“最精微、最脆弱的”那部分传统、“最好的经验”可以说是如出一辙，但仍有区别：利维斯的精神传统——文化传统——依托于一种文本传统或者文学传统，表现出聚焦于文学的文化与宗教之间的区别，传递的是一种人文精神；而阿诺德的“精神传统”类似一种宗教精神，一种构想出来的、无以为依托的抽象观念。

第二，就文化的担当者来说，阿诺德将其落实到人性的特征上，表现为一种“优秀的自我”（best self）的禀赋。阿诺德这个“优秀的自我”相对于“普通的自我”（ordinary self），优秀的自我是文化精神的一种人格表征，体现在由各阶级内部的一些异己分子（aliens）身上。[②] 一个健全的社会将由这样的一些少数人组成的“权威”对更广大的带有阶级属性、功利意识、市民习俗的低级趣味的“普通自我”实施毫不含糊的统治。文化最终表现为少数精英对大众的一种精神宰制。[③] 阿诺德这个优秀的自我的概念与柯勒律治的“知识阶级”（clerisy），卡莱尔、劳伦斯等人的“英雄”观可谓一脉相承。[④] 虽然阿诺德的“优秀的自我”近似于利维斯的“文学少数人”，但是两者仍有区别：其一，就所涉及的范围来讲，阿诺德的文化涵盖面更大，其“优秀的自我”不仅包括“文学少数人”，还包括其他各个领域的精英知识分子。基于20世纪学科分化的加剧，由于“文学以外的其他各学科更为科学化和理性化，因此对人文主义时期感性力量的寻求便集中在了文学”[⑤]。这也是利维斯寄希望于“文学少数人”的原因。其二，阿诺德区分的“优秀自我”与

---

① 黄卓越：《定义“文化”：前英国文化研究时期的表述》，见童庆炳：《文化与诗学》2009年版，第101页。

② Arnold. *Culture and Anarchy*, pp. 105—107.

③ 同上，pp. 104—105.

④ Raymond Williams. *Culture and Society*, p. 72, 89, 203—207.

⑤ 黄卓越：《定义“文化”：前英国文化研究时期的表述》，见童庆炳：《文化与诗学》2009年版，第109页。

"普通自我"的对峙，表现的是少数精英对于大众的精神统治，传播的是一种旧的等级制的残余思想的影响；而利维斯的精英少数人担负着提高大众意识、引导大众生活、传承文化传统的任务，考虑的是如何使其"完美"，因此对大众寄予更多的同情与关怀。

第三，阿诺德强调文化的救赎功能和对生活的批判作用。以其心目中的完美文化——希腊与罗马文明："美与智""甜美与光明"——来抵御"机器文明"的冲击，"挽救我们于目前的困境"①。他期望一个人的生活为着"充实和美德"(solidity and value)，允许"最美好的思想作用于自己固有的观念和习惯，而生发出自由、新鲜的思想来，那么他便拥有了文化"②。阿诺德提出了引导和影响人们精神境界的社会和个人救赎观，但是他的文化没有任何现成的方案，其文化在于挑选出某些生活的特质，这些特质包括艺术以及提供艺术的基础，尤其是提供道德艺术的基本原理，它是国教教理"内在于心灵感恩"的世俗化版本。他不断地去批评，通过含蓄的方式暗示事实离目标还有多远的距离。③ 但是，阿诺德仅能将自己的文化思想托付给可设想的各种自我教育，以及他所处社会的自我宣传之中，未能具体落于实处。而利维斯则将其构想的人文主义精神切实地落实到了大学教育和英文教育的具体实践中。为应对世界大战催生的普遍的"身心分裂"④的精神危机，保证人文主义的文化传统在现代社会的延续和发展，利维斯倡导以人文教育理念来取代专业化的、技术主义的教育方式。通过在英文教育中推行语言和文学的"智性和感受性"训练，在大学教育层次上实施一系列体现其人文主义思想的办学方略，利维斯尝试将英文学院建设成一所"人文学校"⑤，从而促使"英文学院成为真正意义上的人文主义的中心"⑥。到20世纪上半叶，利维斯集团推行的人文主义理念遂成为引导英国大众社会的路标。这是阿诺德难以与之匹敌的，正如威廉斯所言，"这个由阿诺德将'文化'与'批评'等同起来而开始的，并不断重新界定的过程由利维斯完成了"⑦。

---

① F. R. Leavis . Mass Civilization and Minority Culture, *Education and the University*, p. 143.

② Matthew Arnold. The Study of Poetry//In Thomas Humphry Ward (Eds.), *The English Poets*, Macmillan, 1880, p. xviii.

③ Matthew Arnold. *Culture and Anarchy*, p. 70.

④ Fred Inglis. *Cultural Studies*, p. 41.

⑤ F. R. Leavis. *Education and the University*, p. 43.

⑥ 同上, p. 32.

⑦ Raymond Williams. *Culture and Society*, p. 248.

两者文化观的差异也体现在他们不同的视界上。利维斯多关注英国文学所代表的英国文化，而阿诺德关注的却是“世界”的文化。在《批评札记》(*Essays in Criticism*，1865)一书中，阿诺德将德国文学家兼批评家海涅(Heine，1797—1856)、法国文学家德・古瑞恩斯(De Guerins，1810—1839)和法国思想家约瑟夫・儒贝尔(Joseph Joubert，1754—1824)以及荷兰哲学家斯宾诺萨(Spinoza，1632—1677)等世界文化思想家介绍给英国人民。[①] 阿诺德希望用欧洲大陆的知识文化来治疗英国国民的偏狭性(British provinciality)，利维斯则依靠英国本国的文化力量达到救赎的目的。[②] 他们之间这种各具特色的差异也体现在他们看待非英国国教(Nonconformist religion)的不同态度上。[③] 阿诺德对非英国国教徒持批评的态度：“我们必须想清楚，不信奉英国国教之人(Nonconformists)最缺乏的是一种更完满、更和谐发展的人性(humanity)，那种狭隘、偏执和不完整性使他们深受其害。总而言之，我们所说的‘偏狭性’他们绰绰有余，我们所期望的‘完整性’(totality)他们远远不及。”[④]与阿诺德形成对照的是利维斯维护英国生活中非英国国教的中心性和重要性。这是他致力于与英国文明密切相关的文化的一个方面。由于阿诺德和艾略特都能关照到欧洲文化，而被认为有着更宽的视界；利维斯则因其仅关注英国文学和英国文化而遭到批评。相比之下，利维斯显然较为“局限”。同时，我们还应看到利维斯这种“偏狭性”所具有的积极意义。柏兰认为，利维斯有着深厚的英国国学根基，这种文化的精深是他宣讲英国文学和英国文化时展现出的洞识和权威的源泉。[⑤] 或许正是因为他对“英文研究”的单一执定，才使得英国文学在英国本土由学术的边缘进入牛津剑桥这样古老的学术堡垒，由“穷人的古典文学”一跃而登上“所有学科中最核心的学科”地位。[⑥]

二、利维斯与艾略特的文化观

另一位对利维斯文化思想产生过重要影响的是 T. S. 艾略特。论及两位批评家的渊源可以追溯到 1920 年。那一年，还是剑桥本科生的利维斯

---

① Matthew Arnold. *Essays in Criticism*, Classic Books, 2000, pp. 45—187.

② R. P. Bilan. *The Literary Criticism of F. R. Leavis*, p. 27.

③ Matthew Arnold. *Culture and Anarchy*, pp. 21—22.

④ Arnold. *Culture and Anarchy*, p. 12.

⑤ R. P. Bilan. *The Literary Criticism of F. R. Leavis*, p. 27.

⑥ Terry Eagleton. *Literary Theory: An Introduction*, p. 27.

买了一本首版发行的《神圣之林》(1920),“不巧的是我从未听说过艾略特这个名字”,然而这却成为影响利维斯一生批评事业的大事。在随后的几年里,利维斯“手中握笔”、仔细阅读、细心领会艾略特的批评文章。[①] 由此可见,艾略特从事文学批评活动要早于利维斯,并在这方面对利维斯产生过重要影响。但是,他专论“文化”概念的著作《文化定义的札记》(*Notes towards the Definition of Culture*,1948)却比利维斯的《大众文明与少数人文化》(1930)晚出版了 18 年。艾略特的文化观承接于阿诺德,但却比阿诺德和利维斯所规定的文化内容更为丰富,而且更具整体性特征。当然,从文化观念史发展的历时性角度来看,文化概念的推陈出新当属情理之事。他的文化思想主要见于 1948 年出版的《文化定义的札记》,现引述如下:

> 文化这个术语……是指个体的文化、社群的或阶级的文化,还包括整个社会的文化发展,它具有不同的含义。这是我的论题的一部分,即个体的文化依赖于社群或者阶级的文化,社群或者阶级的文化依赖于其所归属的整体社会(a whole society)的文化。据此我们可以认为,社会的文化才是基础的,与整体社会相关的这个“文化”术语的意义是应当被首先考察的。[②]

艾略特的文化概念显然将三个实体——个人、社群或者阶级以及整个社会联系了起来。业师黄卓越先生在《定义“文化”:前英国文化研究时期的表述》一文中,对艾略特的文化定义曾做过极其精辟的阐释,并指出其文化界说的特殊性和独创性。其一,艾略特将文化看作是一个多层次的构成,并将各种文化现象同时也是对文化的各种表述都涵括在一个整体性框架中,整体社会文化即是其最大的包容范围,也是其他层次的“基础”。其二,文化首先是一种社会存在状态,而非主观选择、构设的意愿,从而将文化的精神意义转化为人类学意义和社会学意义。其三,艾略特将“阶级”概念引入文化的概念框架中。阶级是与资本主义相伴而生的现代文明的畸形化产物,是无论如何不容忽视的社会现象。[③]

艾略特区分的文化三层次结构中的“个人的文化”“社群的或者阶级的

---

① Ian MacKillop. *F. R. Leavis: A Life of Criticism*, pp. 17—18.

② T. S. Eliot. *Notes towards the Definition of Culture* ,Harcourt, Brace and Co. , 1949, p. 21.

③ 黄卓越:《定义“文化”:前英国文化研究时期的表述》,见童庆炳:《文化与诗学》2009 年版,第 112—113 页。

文化"通常是"文人与道德家"们热衷讨论的文化内容，尤其是第一层含义，他们的讨论与第三层含义——整体社会的文化少有联系。可以说艾略特的文化分析是前所未有的，但仍可追溯它的历史渊源。威廉斯指出："如果说这种说法来自于柯勒律治、卡莱尔、罗斯金和莫里斯，那是不能成立的，但是若说它是来自于阿诺德，则是可以成立的，或者说是部分成立。艾略特所指的似乎主要是阿诺德，并明确表明援引他的观点。"[①]威廉斯认为，艾略特文化定义的重要性在于他对文化三层次的系统阐述所得出的两个推论：第一，社会必须要放在团体和个人之前；第二，个人的文化不能孤立于团体的文化，团体的文化也不能孤立于整体社会的文化。我们在接受文化的"完美"概念时，必须同时考虑到文化这三层含义。这将排除"少数人文化"这种极端的看法，即认为一个团体的文化无须参照包括这个团体在内的整个社会的进步就能凭其自身的条件顺着自己的轨道维持下去。[②] 艾略特的这个观念引申出他的整体理论，并由文化层次的差别引出了阶级的概念，在《文化定义的札记》中，他讲道：

> 阶级本身拥有一种功能，即维护社会文化中与本阶级相关的那部分文化。我们必须记住：在一个健康的社会中，这种对特定层次文化的维护不仅对该阶层的阶级有益，而且对整个社会有益。认识到这一事实，我们就不会认为一个"较高级的"阶级的文化对整个社会或者大多数人是多余的东西，也不会以为这个阶级的文化是应该由其他所有的阶级来平等分享的东西。[③]

威廉斯指出：将艾略特的这个阐述与文化是"整体生活方式"的看法放在一起，就构成了前面所说的两项重要推论的基础：文化层次的讨论，"阶级"的性质以及阶级与"精英阶层"的区别的讨论。[④] 艾略特对于文化的阐说有别于阿诺德与利维斯的三个特征的是：第一，艾略特主动将阶级问题纳入到对文化概念的阐述之中，这与利维斯对阶级问题采取的超然与漠视的态度，以及阿诺德在《文化与无政府主义》一书中对下层阶级的指陈判断有别。艾略特批评阿诺德主要关心的是个人应当如何去"完美"，在他所做

---

① Raymond Williams. *Culture and Society*, pp. 230—231.

② Williams. *Culture and Society*, p. 231.

③ T. S. Eliot. *Notes towards the Definition of Culture*, p. 35.

④ Raymond Williams. *Culture and Society*, p. 232.

的“野蛮人、菲利斯人与群盲”的著名分类中，他自以为是在进行一种阶级的评论，但是他的批评仅限于对这些阶级缺陷的指陈，而不是考虑各个阶级的合适作用与应当如何去“完美”。因此，结果就成了去劝诫那些会获得特殊“完美”的“文化”个体，漠然于各阶级存在的界限，而不是去实现这些阶级的最高的可能达到的理想。[①] 利维斯同样漠视阶级的存在，在强调他所理解的文化与马克思主义者所理解的文化(重点落在社会与经济的决定因素)之间的差异时，利维斯表明：“有一种观点超越于阶级之上……必须通过精神自主的培养才能获得的‘人类文化’(human culture)。”[②]相较之下，艾略特的可贵之处在于他主动探讨“文化”结构中的阶级问题，这无疑为文化概念的阐释增添了新的内容。

第二，艾略特的阶级观念虽然延续了阿诺德、利维斯一脉的“少数人”的精英主义思想，但是仍有区别。他所说的“对特定层次文化的维护不仅对该阶层的阶级有益，而且对整个社会有益”的观点，实质上是对“较高级的”阶级文化的维护，以确保“少数人”文化的统治地位。艾略特对“少数人”文化提出的异议是：其一，它的文化将会很贫乏；其二，在每一代人身上都会发生精英人物的更换，而这种更换除了延续精英人物本身的特长之外，并不能保证有更广泛的延续性。为此，他提出新的“精英阶层”观来替代旧的观念，认为精英的基础不是出身，也不是金钱，而是成就。其“精英阶层”观是接受教育机会的学说和崇尚竞争的学说的结果。在艾略特看来，文化传统的继承和发扬只能由精英群体来完成，这个精英群体大都来自于统治集团，而这个统治集团的组成又是不确定的，这就导致了“精英阶层与统治阶级”的相互重叠、互为强化，[③]这种精英观既是对柯勒律治的“知识精英”、阿诺德的“异己分子”和利维斯的“少数人”等观点的延续，同时又有对之进行的新的转换。

第三，从内涵上及传播方式上看，艾略特的文化主要是指传统的文学艺术和宗教信仰，同时他强调文化的无意识性，即认为在一种生活方式中有一大部分必然是属于无意识的，而有时“我们称之为‘文化’的东西——一种宗教、一种道德规范、一种法律体系、一种艺术品——只能视为整个生

---

① 黄卓越：《定义“文化”：前英国文化研究时期的表述》，见童庆炳：《文化与诗学》2009 年版，第 113 页。

② F. R. Leavis. “Prefatory: Marxism and Cultural Continuity,” *For Continuity*, Minority Press, 1933, p. 9.

③ Williams. *Culture and Society*, pp. 235—237.

活方式的‘文化’的一部分,即有意识的部分”[①]。他的“文化无意识”观充分体现在其教育理念中。艾略特高度怀疑普通大众吸收“高级文化”的能力,反对通过全民教育来扩大精致文化的传播和影响。这种教育观与阿诺德和利维斯的教育思想大相径庭,即通过大学人文教育来推广经典文化的影响力。艾略特认为,在尝试通过教育普及文化的过程中,带来的变化只能是“掺假”和“贬值”,而不是丰富和增值。用他的话来说就是“较高级阶级的文化”是不能够与“其他所有的阶级平等分享的东西”。艾略特强调的是文化的“无意识”播撒和文化的自我有机循环体系。经这种“无意识”播撒和自我循环体系潜移默化的运作,普通大众就会于“无意识”中被带入共同文化的轨道,并在习惯的生活方式中表现出他所期待的文化价值,并反过来丰富和维系文化意识。[②]

第四,艾略特文化观的独特之处还在于他所提出的“整体的生活方式”这一概念。威廉斯在《文化与社会》中论及艾略特的中心概念实际上来自于人类学的影响,艾略特本人在《文化定义的札记》中也做了明确说明:爱德华·泰勒在《原始文化》(*Primitive Culture*,1871)一书中所述的文化的人类学意义已广为流传,但是考虑到高度发达的社会,特别是我们自己所处的当代社会,就必须考虑文化三层次结构中——个人、社群或者阶级和整个社会文化之间的关系。艾略特认为,一个民族的文化是其“整体的生活方式”,而不仅仅是个人理性和道德的完美。为证明文化的整体性,他在1939年出版的《基督教与文化》(*Christianity & Culture*)一书中指出:“我们都知道,没有教育、知识或对艺术的敏感,则有知识会变成卖弄学问……而无知识内涵的艺术只是一种浮华虚荣。如果我们不能单从任何一种完善中寻找到文化……我们最终不得不在整体的社会模式中寻找文化。”[③]艾略特试图寻求一种共同体的和谐,寻找不同个人文化、阶级文化的交流和沟通的基础,这一共同生存的基础就是整体社会,而这一整体社会的共同文化就是宗教。艾略特希望阐明的是,文化与宗教是一体,而其中起主导作用的是宗教,宗教渗透了欧洲文化或欧洲人生活方式的每一部分。因此,文化虽然是一种生活方式,但其背后却完整地铺垫着基督教的精神底蕴。艾略特的“文化层次”论与真实的生活状态相连,已非“自我大脑所构想的美好之物”,与阿诺德的“完美”、利维斯的“美好生活的标准”似乎相距

---

① Raymond Williams. *Culture and Society*, p. 233.

② 特里·伊格尔顿:《历史中的政治、哲学、爱欲》,马海良译,第138—139页。

③ T. S. Eliot. “The Idea of a Christian Society,”*Christianity & Culture*, 1949, p. 33.

甚远，当然最终他还是将文化与宗教等同起来，由此而视基督教为最美好的东西，一种生活的存在方式，但绝不是有缺陷的存在，而是寄予了一种极高的理想。[①] 就此而论，在艾略特的心目中，文化仍然是阿诺德的“所思所想的美好之物”和利维斯崇尚的“最精微、最脆弱的”那部分传统。

三、利维斯与理查兹的文化批评

利维斯文化定义中对“文学价值的特殊标榜”[②]有着非同寻常的意义。以文学研究为基点的文化批评可以追溯到英国剑桥的批评传统，即来自于I. A. 理查兹和威廉·燕卜荪的语义学批评，到利维斯的文学文化批评，再到威廉斯的文化研究这一谱系的文化批评传统。他们的共同之处是：一方面侧重对文学进行社会学和文化学的研究视角，展示出与阿诺德一脉相承的文学批评精神，即文学是对社会的批评；另一方面将广义的文化现象——通俗文化、大众文化读作文本——纳入研究的视野，伴随文学文化批评疆界的不断拓展，最终催生了英国的当代文化研究。

早在1829年，卡莱尔在《时代的标志》一文中就提出：19世纪是工业主义和功利主义的时代，而且文学研究可以与之抗衡。[③] 帕尔默曾引用H. J. 罗斯牧师（Reverend H. J. Rose）于1862年的一篇布道辞中的话，文学不仅“传授于我们以智慧，使我们成为更聪慧、更优秀之人，而且使我们为接受道德真理和真知的检验做好准备，这些检验既是我们的理性最具价值的训练，又与我们未来的命运息息相关”[④]。狄更斯的《艰难时世》（*Hard Times*，1854）以更具浪漫主义色彩而较少道德主义的情绪，向想象的世界提出更大的诉求。对狄更斯而言，创造性想象是人类的必需，具有与垂死的功利主义社会进行斗争的价值。[⑤] 或许对文学价值做出至高的、最具理性评价的当属马修·阿诺德，他在1880年发表的《诗歌研究》（*The Study of Poetry*）一文中写道：

诗歌的前程远大，因为最崇高的未来就在诗里，随着时间的

---

① 黄卓越：《定义“文化”：前英国文化研究时期的表述》，见童庆炳：《文化与诗学》2009年版，第122页。

② 同上，第104页。

③ Thomas Carlyle. *Essays*, Dent, London and New York, 1915, p. 223.

④ D. J. Palmer. *The Rise of English Studies*, Oxford University Press, 1965, p. 17.

⑤ Anne Samson. *Modern Cultural Theorists: F. R. Leavis*, p. 12.

> 推移，我们的民族将在诗歌中找到愈益坚实的支撑。不存在不可动摇的（宗教）信条，不存在牢不可破的、不容置疑的教义，不存在永不消亡的、公认的传统……越来越多的人会发现我们不得不求助于诗歌来解释我们的生活、安慰我们、支持我们。没有诗歌，我们的科学将是不完整的，我们今天赖以生存的宗教和哲学将会被诗歌取代。[①]

对阿诺德而言，诗歌可以替代宗教，从而成为一个深陷于意识形态危机中的社会的最终能指，它以抚慰代替批评、以情感代替分析、以维持代替颠覆。如此一来，诗歌的含义与其说是一种具体的文学实践，不如说是一般意识形态的运作模式。[②] 一如他本人，还有教育界许多阿诺德的同时代人和后继者都看到了文学所具备的意识形态的力量，将文学作为抵御即将到来的社会分化的有效屏障。

1884 年，英国文学作为选修课进入剑桥大学的本科教学，但只是从属于中古和现代语言系，文学的教学与研究大多是从语言学、语文学的角度考察英语语言的历史和发展的。但是，伴随第一次世界大战而来的社会危机将文学推至权力的中心，其重要标志是 1917 年剑桥大学英文学院的正式成立。然而，早在英文学院正式成立之前，文学研究的社会价值和意义就已经载入剑桥半官方的文件中。1911 年，剑桥大学设立“爱德华七世英国文学教授席位”（The King Edward VII Professorship of English Literature），该席位是由英国大众报业大亨哈罗德·哈姆斯沃思建立的“哈姆斯沃思基金”（Harmsworth fund）赞助设立的，[③]其章程规定：爱德华七世英国文学教授的职责是讲授从乔叟时代以来的英国文学，并行使教授的权力，推动英国文学成为大学的专业学位课程，“该教授应该从文学和批评的角度，而不是从语文学和语言学的角度进行文学教学和研究”[④]。1912 年，阿瑟·奎拉·库奇爵士成为继阿瑟·沃尔伽·福罗尔（Arthur Woollgar

---

① Matthew Arnold. “The Study of Poetry,” *Essays in Criticism*, 2nd Series, Macmillan, 1895, pp. 1—2.

② 特里·伊格尔顿：《历史中的政治、哲学、爱欲》，马海良译，第 11 页。

③ Ian MacKillop. *F. R. Leavis: A Life of Criticism*, p. 54.

④ University of Cambridge. *Statutes and Ordinances of the University of Cambridge*, (2nd ed), Cambridge University Press, 2009, p. 685.

Verrall,1851—1912)[①]之后第二位坐上剑桥大学爱德华七世英国文学讲座教席的学者。剑桥大学此项英文教育改革与当时以牛津大学为代表的英国其他大学的经院式语文学、语言学文学研究大相径庭,极大地推动了以文学为出发点探讨社会问题的文学研究路径。此项举措与1921年英国教育部签发的,并由奎拉·库奇爵士和I. A. 理查兹参与起草的《英国的英文教学》(*The Teaching of English in England*)的研究报告遥相呼应。该研究报告由亨利·纽波特爵士(Sir Henry Newbolt)主持,因而得名《纽波特报告》(*Newbolt Report*)。《纽波特报告》的出台标志着"一战"后英国的教育与文化发展的一个重要转折点。该报告指出:英文不仅是一门学科,它还发挥着建构民族身份的独特作用。文学不仅具有教化的作用,而且为宣扬英国的民族性提供了空间。战后英国面临的巨大难题是如何疗治战争的创伤,如何借助英国人民共同的文学遗产来凝聚一个国家。[②] 正如报告中指出的:

> 我们坚信以英文和英国文学为基础的教育不仅对个人,而且对社会都会产生重要的影响,它将凝聚一个民族……我们认为,未来主要属于英国文学教授。与他的同事相比,英国文学教授应该是……更为积极意义上的传教士……英国文学教授不仅要对正在修学位的学生负有责任,他还对大学围墙外面的芸芸众生负有责任。[③]

《纽波特报告》激发了英国境内普及英文教育和英文学习的爱国热情,在将人文教育限定为社会凝聚力的工具之时,该报告明确规定了英国文学在弘扬民族精神和民族文化方面的历史地位和作用,提出在现代社会,英国文学所能提供的精神价值足以取代宗教的统治地位,从而将文学与普通人的道德修养和日常生活紧密地联系在一起。它郑重宣布:"文化将不同的阶级团结起来。"这一声明回荡着马修·阿诺德的声音。一方面将道德和爱国主义巧妙地结合起来,修习文学"会激励学生对美德的热爱",英国

---

① 阿瑟·沃尔伽·福罗尔(Arthur Woollgar Verrall,1851—1912)是剑桥大学三一学院英国古典文学学者,是第一位荣获剑桥大学爱德华七世英国文学教授席位的文学家。他以翻译和非正统解读希腊戏剧著称英国学界。

② Board of Education. *The Teaching of English in England*, HMSO, London, 1921, pp. 9—16.

③ 同上,pp. 11—18.

文学研究尤其适宜，因为英国文学是“我们民族的文化与我们本土生活经验的结晶”。另一方面它强调英语语言作为一种凝聚力的重要性，因为“英语不仅是我们思想的媒介，而且是思想的内容和过程”[①]。报告中渗透着浓郁的爱国主义精神，但这种爱国主义未将国民视为政治的基本构成单位，也未将国民视为特定时期相互作用的利益集团的集合体，而将其视为一个物质实体(physical entity)，即贯穿于整个英国历史的人民共同体。这一点值得强调，因为这种爱国主义正是利维斯思想倾向的组成部分，也代表着20世纪早期英国社会的思想特征。

《纽波特报告》的精神实质在剑桥大学的几位践行者的手中焕发出璀璨的光芒。虽然剑桥的文学批评并未形成一以贯之的传统，但是它几乎与剑桥大学英文学院的诞生和发展同步，它的成长、壮大得益于几位里程碑式的人物——I. A. 理查兹就是其中之一。理查兹最初在剑桥大学的麦德林学院(Magdalene College)专修历史，后来转修心理学和道德科学。1919年，他应曼斯菲尔德·福布斯教授的邀请，到克莱尔学院(Clare College)讲授当代小说和文学理论。1922年，他同时被聘为克莱尔学院的英文讲师和麦德林学院的道德科学讲师。福布斯和理查兹在当时的剑桥已是声名远播、超群出众的文学教师。伊恩·麦克罗普曾形象地描述两位：“倘若福布斯是剑桥英文的彼得·潘(Peter Pan)[②]的话，那么理查兹则是剑桥绿野仙踪中的怪杰(Wizard of Oz)。”[③]利维斯非常敬仰两者独具先锋派特征的文学教学和文学批评，即使在他于1924年获得博士学位之后，他仍骑着脚踏车去聆听理查兹给本科生开的“实用批评”系列讲座。理查兹的讲座至少具有四个方面的独特新颖之处深深吸引着利维斯：其一，理查兹提出了诗歌分析的新概念；其二，他是第一位探讨人们是如何真正阅读诗歌、理解诗歌，如何看待学生对诗歌的理解、听取学生诗歌观点的批评家；其三，他使用的方法——问卷调查(questionnaire)具有独创性意义，这种方法后来成为利维斯批评实践的标志性方法以及Q. D. 利维斯创作《小说与阅读公众》之时使用的主要方法之一；其四，他新颖的授课形式，那种体现演讲者与受众之间新型互动的方式，暗示了一种新型的师生关系。这些特点使利维斯对文学和文学教育的理解颇具启示意义。倘若福布斯传授给利维斯的是

---

① Board of Education. *The Teaching of English in England*, HMSO, pp. 16—17.

② 彼得·潘(Peter Pan)是苏格兰小说家、戏剧家J. M. 巴里(J. M. Barrie，1860—1937)创造的一个艺术形象。他是一个淘气而聪明的小精灵，有着会飞翔的翅膀，但拒绝长大。在无尽的童年历险经历中，他曾与海妖、印度人、仙子和海盗邂逅和交往。

③ Ian MacKillop. *F. R. Leavis: A Life of Criticism*, p. 62.

分析方法和批评个性的话，那么他从理查兹那里收获的不仅仅是批评的基本概念，而且还有文学与文化、文学与其他学科的联系以及诗歌在其他知识形态中的地位等观念。[①]

理查兹的文化观多方承接于柯勒律治，但是理查兹对文学批评事业极高的诉求展示出的却是阿诺德思想的幽魂。[②] 像阿诺德一样，理查兹关注当代文化的状况，但是阿诺德与后继作家的不同在于，即使阿诺德哀叹文化标准的失落，他仍能够与他的读者分享共识。而到了理查兹时代，艺术家与受众之间出现的认同分裂迫使理查兹不得不为自己的立场而辩。在1926年出版的小册子《科学与诗》(*Science and Poetry*)的结语中，他对新的文化现象的追问道出了他日益强烈的文化危机意识：

> 很有可能守卫我们传统的最后防线兴登堡防线(Hindenburg Line)，由于上世纪的猛烈进攻，在不久的将来会土崩瓦解。假如出现这样的结局，有可能出现人类从未经历过的精神混乱。我们将会重拾诗歌，正如阿诺德所预见的那样。诗歌能够拯救我们，它是征服混乱的理想手段。[③]

在此，理查兹回到了文化与无政府的对立，他与阿诺德一样，舍去无政府而取文化，但是文化作为一种观念必须建立在一种价值观念之上。[④] 理查兹深刻感受到其所处时代共同信仰的缺失，这促使他尝试在《文学批评原理》中提出一种必要的价值定义，以摆脱任何文化的束缚，同时避免"过时符码"的僵化。然而，他表现出某种近似于阿诺德的思想，即将"思想的自由发挥"(free play of the mind)视为一种文化的限定标记。[⑤] 理查兹后来的整个批评和教育纲领都是以他对好的文学和坏的文学的区分为基础的。[⑥] 像利维斯在艾略特的《荒原》(*The Waste Land*，1922)中看到现代文明的危机一样，理查兹在《荒原》中感受到的是文化的悲观主义，他悲叹当

---

① Ian MacKillop. *F. R. Leavis: A Life of Criticism*, pp. 62—75.

② Michael Bell. "F. R. Leavis," *Critics of the Twentieth Century Series*, p. 23.

③ I. A. Richards. *Science and Poetry*, Kegan Paul, Trench, Trubner, 1926, pp. 82—83.

④ Raymond Williams. *Culture and Society*, pp. 240—242.

⑤ I. A. Richards. *Principles of Literary Criticism*, Kegan Paul, Trench, Trubner, 1924, p. 58.

⑥ Raymond Williams. *Culture and Society*, p. 242.

代世界“贫瘠的土地”上已经失去了具有敏悟性的读者大众了。[①] 在1929年出版的《实用批评》(*Practical Criticism*)一书中，就语言的衰落问题，他做了如下分析：

> 如今，少有人敢自夸是一位优秀的演讲者和听众了，因为从叙事诗到短命的杂志，语言的衰落折射出文化的衰落。这种文化衰落最可能的原因：一方面是我们的“共同体”(communities)的日益扩大，另一方面是由印刷文字造成的文化混合。我们现在的日常阅读和讲话成为一种混杂着不同文化的只言片语。在此我并不是指文字的派生和衍变，而是指时尚，那种将我们从莎士比亚时代、约翰逊博士时代的思想和感情带到爱迪生时代或者弗洛伊德时代的思想和感情的时尚。更大的问题是我们掌握的语言素材在报纸的每一栏都不一样了，已经由学者的水平降至厨房女佣的程度了……面对日益威胁着我们的混乱，我们以模式化、标准化的话语和理解来自卫。必须坚持的是：随着世界上无线电通讯的发展，这种威胁会越来越强大。[②]

这段话字里行间回荡着阿诺德式的，也是利维斯式的文化悲观主义。首先，理查兹诊断出当今世界文化衰落的连锁反应现象：语言的衰落喻指文学的衰落，而文学的衰落喻指文化的衰落。这种文化衰落现象具体表现在质量水准参差不齐的报纸杂志等流行文化形式上。语言质量已经由“莎士比亚时代”“约翰逊博士时代”的学者水准下降到“厨房女佣的程度了”。更为严重的是随着电讯时代的到来，文化危机会更加严重。其次，理查兹分析了文化衰落的原因：一是“共同体”的扩大。在此，所谓扩大的“共同体”是指由于教育的普及，普通民众识字率上升带来的结果，这无疑是具有积极意义的一面，然而全民教育仅仅使他们达到阅读报纸杂志的程度，从而无形中助长了与“莎士比亚时代”和“弗洛伊德时代”的文化相去甚远的大众文化的流行。毫无疑问，Q. D. 罗斯博士论文中有关文化衰落的命题是能够在其导师 I. A. 理查兹的早期著作中寻到渊源的。作为应对文化危机的办法，理查兹曾将《文学批评原理》描述为“一架织布机，是用来重新编

---

① Ian MacKillop. *F. R. Leavis: A Life of Criticism*, pp. 131—132.

② I. A. Richards. *Practical Criticism: A Study of Literary Judgment*, Harcourt, Brace and Company, 1929, pp. 339—340.

织我们的文明打结的地方"①,这一比喻同样适用于利维斯的所有著述。像阿诺德一样,理查兹将这一重大使命寄托于文学:"诗歌能够拯救我们,它是征服混乱的理想手段。"②理查兹与其前后的阿诺德和利维斯都标举文学的至高价值和意义,将它与广阔的世界和人类的命运联结了起来,成了挽救危机、救赎文化的唯一途径。

与福布斯相比,理查兹更是位理论家。在利维斯获得博士学位那一年,理查兹出版了《文学批评原理》(*The Principles of Literary Criticism* ,1924)。在这部著作中,理查兹构筑的文学批评原理的严肃性和紧迫性恰与《纽波特报告》的理想主义相映成趣。《文学批评原理》是一部十分重要的书,因为它尝试使这一学科理论化、科学化,不是从纯美学的角度,而是从文学的心理学价值和道德价值方面。③ 理查兹这一文学批评理论化、科学化的研究路径在《实用批评》(1929)一书中得到进一步深化,成为他文化批评实践的实验场。他通过观察"他人"的反应,深入解释了读者是如何对文学作品做出判断的——理据充分的错误判断。早在初涉剑桥文学教学之时,理查兹就开始尝试他的文学实用批评实验。《实用批评》一书真实记录了剑桥学生所做的著名的分析"实验报告"(protocols)④。课堂上理查兹发给学生几页诗歌,诗歌作者包括莎士比亚和一些鲜为人知的无名小辈,材料中隐去作者的姓名,要求学生对这些诗歌畅所欲言,于一周内写出自己的感受和评价。⑤ 结果不出所料——他们的判断五花八门,久负盛名的诗人价值大跌,无名小辈备受推崇。接下来的一周理查兹对学生习作的诗歌理解及其错误进行品评。理查兹称这个实验为"比较观念的实地调查"(a piece of field work in comparative ideology)⑥。理查兹希望了解读者是怎样读诗的,为什么这首诗会令他和其他读者感动?这项实验的目的是为了促进文学的交流:

> 所有的批评努力、所有的阐释、鉴赏、规劝、赞扬或者指责只有一个目的,那就是提高交流能力,这样说虽然有些夸大其词,但

① I. A. Richards. *Principles of Literary Criticism*, p. 1.

② I. A. Richards. *Science and Poetry*, pp. 82—83.

③ I. A. Richards. *The Principles of Literary Criticism*, pp. 60—81.

④ I. A. Richards. *Practical Criticism: A Study of Literary Judgment*, p. 4.

⑤ Richards. *Practical Criticism*, pp. 3—4.

⑥ I. A. Richards. *Practical Criticism: A Study of Literary Judgment*, p. 6. Ian MacKillop. *F. R. Leavis: A Life of Criticism*, p. 74.

实际上的确如此。批评规则及其原理的全套装备只为达到更好的、更准确的、更具鉴赏力的交流。批评包含着评价。[①]

他鼓励学生"细读"(closeness of reading)文本[②],而不是现成接受前人的文本阐释或普遍认同的观点。通过"细读"进行语义和结构的分析,以找出作品内在的必然性和艺术的真实性。他归纳了十项批评评价之难点,尝试将心理学引入文学阅读和文学批评,并试图探索可操作的批评技巧,使文本分析精确化和科学化。[③] 书中他区分了四种容易引起诗歌"误读"(misunderstanding)的因素:意义(sense)、情感(feeling)、语气(tone)、意图(intention)。[④] 理查兹以具体"实验报告"的实例证明诗歌读者由于不能很好地理解诗歌中这四层含义,而曲解"意义"、误解"情感"、混淆"语气"、忽视"意图",从而引发水波效应,由一点的失误引起一连串的误读。其中"意义语言"和"情感语言"较难区分,更易引起误读。他进一步引入心理学机制来分析比较"意义语言"和"情感语言",虽然对后者的分析做得不很成功[⑤],但他旨在证明对文学的批评可以做得更具科学性、客观性、专业性,并以此挑战科学理性的唯一主导地位。他从心理学和语义学的角度,对诗歌阅读的心理体验——冲动挫折、冲动调整、冲动组织、冲动平衡的心理反应机制的精辟论述[⑥],使他的实用批评理论独具创辟性。理查兹致力于文学批评的科学化、专业化立场的目的是使读者在不受到文学文本的创作背景,作者的伦理立场、价值取向等外在因素影响的前提下,做出理性的、客观的、科学的价值判断。这如同科学家对于客观世界的研究方式,"当文本被看作是一个客观存在,成为研究者的研究对象之时,文学研究就距离科学研究不远了"[⑦]。理查兹设想:在此基础上建立起的一套科学理论将会使文学批评成为一门专业化的科学学科。他的《文学批评原理》《实用批评》等著作就是这方面的尝试和努力。这两部著作对利维斯无疑具有启迪新思想的意义,然而利维斯并不赞同理查兹批评思想中突出的技术主义、功

---

① Richards. *Practical Criticism*, p. 11.

② 同上, pp. 111—112.

③ 同上, pp. 10—18.

④ Richards. *Practical Criticism*, pp. 181—183.

⑤ 同上, pp. 217—224. 见约翰·克罗·兰色姆:《新批评》,王腊宝、张哲译,江苏教育出版社2006年版,第33页。

⑥ I. A. Richards. *Principles of Literary Criticism*, pp. 46—55.

⑦ 曹莉:《剑桥批评传统的形成和衍变》,《外国文学》2006年第6期,第73页。

利主义的倾向，并最终与之分道扬镳。

理查兹的批评理论在他的学生威廉·燕卜荪那里得到发扬光大。燕卜荪于1925年进入剑桥大学，先修数学，后转文学。1930年，年仅24岁的燕卜荪在提交给导师理查兹一篇论文的基础上，完成并出版了影响深远的《含混七型》一书。这部著作是在理查兹批评理论和方法的基础上，深入探索文学批评实践的成果。燕卜荪经对诗歌语言的分析发现：一方面诗歌语言具有丰富的多义性、歧义性，正是这种独特的语言现象使诗歌语言具有巨大的表意潜力和内在张力；另一方面读者在阅读的过程中，常常会生发出具有丰富想象力、创造性的外延意义，读者往往对诗歌的解读与诗人的创作意图并不一致，甚至完全相左。这两方面因素"造成的对同一词语的文字歧义和不同解读，无论多么细微都与我探讨的问题有关"[①]。这就是燕卜荪所说的"含混"或者"朦胧"。燕卜荪认为英语语言的发展达到令人吃惊的地步，他说："英语一直以来就以多义和混乱著称，现在更是变本加厉了。它本来就缺乏遣词造句的适当手段。如今，在语言的使用中，人们正在迅速抛弃仅有的语言表达手段。它含义越丰富，歧义越复杂。"[②]燕卜荪的著作就是要对这一语言现象给出及时而准确的解答。他自觉而系统地应用了理查兹的语义分析法、语境理论和细读法则。在"细读"大量文学文本的基础上，他以"挤柠檬汁式的分析方式"(lemon-squeezing style of analysis)[③]细致比较文本语言的多义本质和复义形态，创造性地提出一整套文学的批评模式。他对歧义和朦胧的研究打破了语言意义的一元性，揭示出语义的多元本质以及文本解读的多重视角和丰富内涵。倘若理查兹未能对语义的"含混"进行深入讨论，那么燕卜荪为之代劳了。美国文学批评家兰色姆(John Crowe Ransom，1888—1974)饶有兴味地说："名师出高徒，仅教出一个燕卜荪就足以令理查兹名垂青史了。"[④]利维斯盛赞燕卜荪的《含混七型》，1931年，他发表文章《智性与敏悟性》(*Intelligence and Sensibility*)，[⑤]称赞这部著作是体现文学批评"智性与敏悟性"的绝佳典范。

理查兹和燕卜荪所创立和推行的文本细读和语义分析方法已经成为包括剑桥在内的西方文学批评传统的重要学术资源和文化遗产，不仅推动着剑桥批评传统衍变和发展的推陈出新，而且深刻影响了20世纪初东方

---

① William Empson. *Seven Types of Ambiguity*, Chatto & Windus, 1949, p. 1.

② Empson. *Seven Types of Ambiguity*, p. 167.

③ Terry Eagleton. *Literary Theory: An Introduction*, p. 44.

④ 约翰·克罗·兰色姆：《新批评》，王腊宝、张哲译，第67页。

⑤ F. R. leavis. "Intelligence and Sensibility," *Cambridge Review*, 1931.

乃至西方国家文学事业的发展。在东方，理查兹和燕卜荪是连接中国、日本和印度等东方国家的文学教学、文学批评和文化交流的重要纽带。在西方，理查兹和燕卜荪的研究成果为“新批评”在美国的崛起奠定了基础。艾略特的论文《传统与个人才能》(*Tradition and the Individual Talent*, 1920)与理查兹的《文学批评原理》和《实用批评》等多部美学批评著作和燕卜荪的《含混七型》一道开创了“新批评”关注诗歌而不关注诗人的文学研究，转向以文本为中心的内部研究。20 世纪 30 年代，在兰色姆(Crowe Ransom)、泰特(Allen Tate)、布鲁克斯(Cleanth Brooks)、沃伦(Austin Warren)、维姆赛特(William K. Wimsatt)等新批评成员的推动下，在美国批评界形成了独领风骚的“新批评”流派。但是，当新批评发展到极致时，燕卜荪并不赞成“新批评”将文本与理性话语和社会语境断然分开的做法。实际上，“新批评”派的创始人兰色姆在《新批评》(*New Criticism*, 1941)一书中，就谈到燕卜荪的“含混”或者“朦胧”与他倡导的“自足的客体”“诗歌肌质”“因是因非之言”以及“情感矛盾”等观点存在着难以协调的抵触和对立，“在科学话语中，含混显得不伦不类，因而备受非议”[①]。伊格尔顿认为燕卜荪可以说是“新批评”教条主义的坚决反对者。他后来创作的《牧歌的几种变体》(*Some Versions of Pastoral*, 1935)、《复合词的结构》(*The Structure of Complex Words*, 1951)以及《弥尔顿的上帝》(*Milton's God*, 1961)等重要著作无疑“给‘新批评’派的狂热兜头浇了一盆英国式常识的冷水”[②]。首先，他将诗歌解释为一种贴近生活的“普通”语言，即一种与我们日常的说话和行为方式联系在一起的话语形式。在燕卜逊看来，文学作品是向着不同的、变化的解读开放的：理解作品必须把握语言所使用的总体社会语境，而这类语境始终都可能是变化的、不确定的。其次，与新批评将文本视为密封的统一体不同，燕卜逊的“含混”是不可能被最终固定的：诗歌语言会变得飘摇不定、模糊朦胧，从而意味深长地暗示着意义的某种永无穷尽的多义本质。最后，与新批评的“情感矛盾”的封闭性把读者拒之门外不同，燕卜荪的“含混”则促使读者积极参与。正是读者的反应促使“含混”变得清晰，而这一过程单靠诗本体是不能完成的。读者必然会把话语的全部社会语境带入文本的解读中。因此，伊格尔顿的结论是：燕卜逊的诗学是自由主义的、社会的、民主的，尽管它有着光彩夺目的独特风格，它所求助的主要还是普通读者的共鸣和期待，而不是专业批评家的技术专

① 约翰·克罗·兰色姆：《新批评》，王腊宝、张哲译，第 67 页。

② Terry Eagleton. *Literary Theory: An Introduction*, p. 45.

制主义的批评方法。[①] 燕卜荪正是站在前人的肩膀上，拓展出文学的文化批评新空间，这成为20世纪英国文学批评从文本批评走向文化批评的一个重要环节。

到20世纪30年代中叶，剑桥已经形成文学批评家三足鼎立的局势——理查兹+利维斯+燕卜荪，虽然理查兹即将奔赴哈佛大学，燕卜荪已被剑桥开除[②]，利维斯则长期处于"失业"(jobless)状态。[③] 从这个三角形的排列，我们可以看出三者在剑桥批评领域举足轻重的地位，以及理查兹和燕卜荪两者对利维斯的深刻影响。那么，利维斯从两位身上学到了什么？扬弃了什么？

在理查兹和燕卜荪出版他们的重要著作之时，恰逢利维斯批评思想的成形阶段。他从理查兹那里收获的是诗意语言之本质以及文本细读的观念，摒弃了他批评思想中的技术主义和科学至上主义。从燕卜荪的《含混七型》等著作，利维斯收获的是他对语言歧义性的独特阐释及其关注文本与社会语境和文化语境的双向互动的联系。从利维斯对燕卜荪诗歌及其批评著作的推崇，可以明显看出燕卜荪在其思想中引发的共鸣。但是，利维斯并不是完全拥抱或者彻底弃绝两者的思想，在汲取他们思想中有益成分的同时，创造性地拓展出新的思想内涵，走出自己的批评之路。譬如利维斯在肯定理查兹的批评新理念、细读原则及其对"理想的读者"的论述等方面积极意义的同时，对理查兹"实用批评"中追求的科学理性诉求及其功利主义和科学主义的倾向提出批评，并最终导致两位批评家的分手。究其原因主要有两方面：其一，理查兹对"诗歌"的理性分析与利维斯对诗歌的理解背道而驰。像利维斯以"'反理论'的批评家"(The Critic as Anti-Philosophy)[④]自居，回应韦勒克的质疑一样，他认为文学话语与科学话语是两种不同的话语系统，诗歌要求以"全身心的回应"来"感受"或者"领会"。依据利维斯的观点，同时也是阿诺德的观点，文学批评不仅受具体文本的限定，而且它所追求的"全身心的回应"式阅读绝不是教条式的，对于文学的批评只能遵循"活的原则"(living principle)[⑤]。其二，理查兹的"实用批评"

---

① Terry Eagleton. *Literary Theory: An Introduction*, p. 45.

② 1929年，剑桥校方在燕卜荪的住所发现其私藏避孕套(prophylactics)，为此校方取消其学籍。这是燕卜荪学术生涯中一个灾难性事件。

③ Ian MacKillop. *F. R. Leavis: A Life of Criticism*, p. 200.

④ F. R. Leavis. In G. Singh (Eds.). *The Critics As Anti-Philosopher: Essays & Papers*, Ivan R. Publisher, 1982.

⑤ F. R. Leavis. *The Living Principle: 'English' as a Discipline of Thought*, p. 68.

实验并未给出真正代表批评实践的实例。利维斯认为,《实用批评》对于批评方法细致入微的探索做出了前所未有的杰出贡献。但是,它所罗列和分析的是大量糟糕的文学批评范例:多数是本科生的习作。理查兹的调查研究展示的只是高校大学生低下的批评能力,而未能告诉世人"何为优秀的文学批评实践"。为此,利维斯开始思考写一本有关文学批评的书,从自己的文学教学和文学批评的实践中收集素材,用实例充分展示"何为阅读诗歌的方法"。他甚至为该书取了名——《权威与方法》(*Authority and Method*)[①],尝试进一步探讨文学批评的"实用批评"。书中他将回溯到柯勒律治——"实用批评"这一术语的首创者——再到理查兹,是《实用批评》一书使得这一术语家喻户晓。利维斯计划在《权威与方法》中专设一章讨论柯勒律治的文学批评,因为他认定柯勒律治是一位批评家。书中他将进一步给出批评分析模式的例证,并在实践与特殊性之间寻找实践与理论以及特殊与一般之间的平衡。这将是一本阐释其批评立场,举证反驳那种认为他的观点"全都来自于理查兹或者燕卜荪"的看法的书。然而令人遗憾的是,利维斯设想的《权威与方法》一书始终未能面世,但是他后来陆续创作的《英国诗歌新动向》(1932)、《如何教授阅读》(1932)、《论延续》(1933)、《决断》(1934)、《重新评价》(1936)、《伟大的传统》(1948)、《小说家劳伦斯》(1955)、《小说家狄更斯》(1970)等著作无疑弥补了这一缺憾。

特别值得一提的是利维斯夫妇与他们的学生于1932年创办的《细察》季刊。同样是围绕学生的批评习作,《实用批评》和《细察》却收获了全然不同的效果。《实用批评》主要是对学生习作中出现的错误的指摘和贬责,甚至曾有两位剑桥先生(dons)特地选编出学生习作中的一些"愚蠢错误"公布于众以示警诫。[②] 当然,从失误中我们会收益良多,但是对学生批评自信的树立和学术成长无疑会带来某些负面影响。伊格尔顿曾从不同的视角审视理查兹的"实用批评"实验,收获了一个意想不到的结果。他发现学生习作中漏洞百出的批评评价竟然存在非常一致的、不自觉的评价标准,并自发地分享着某些价值认同和理解习惯,他们的批评反应与更广泛的成见和信仰纠结在一起。文学并不属于"客观的""孤立的"范畴,其价值判断无法摆脱更大的价值体系的控制。它们不仅植根于深层次的种种信念结构和意识形态社会网络之中,而且还涉及个人趣味以及社会群体之间权力关

---

① Ian MacKillop. *F. R. Leavis: A Life of Criticism*, p. 199.

② F. L. Lucas. "English," *University Studies: Cambridge*, and *E. M. W. Tillyard*, The Muse Unchained, 1958.

系的种种假定。因此我们所理解的“荷马”(Homer)并不是中世纪的荷马,我们所理解的“莎士比亚”也不是他同时代人心目中的莎士比亚。换言之,一切文学作品都被阅读它们的社会所“改写”,即使是无意识地改写。没有任何一部作品,也没有任何一种关于这部作品的当时评价,可以完全而直接地传给新的人群而不在这一过程中发生改变,虽然这种改变也许是不被察觉的,[①]因此,学生习作中的某些合理成分理应得到肯定。

与理查兹不同,利维斯将《细察》设立为一个学生思想交流的论坛。学生们以利维斯倡导的批评精神为指针,即“要以一种出色的经验能力,一种面对生活的虔敬豁达,一种显著的道德情怀”[②]去理解文学和生活。他们“细读文本”、抑扬褒贬、畅所欲言,他们的作品实践了文学批评的原则和宗旨,收获了不同凡响的效果。有学者称赞:《细察》中的书评和文学批评可谓是一种真正意义上的批评,字里行间表现出可贵的艺术直觉、思想穿透力和价值评判的勇气。佩里·安德森在《民族文化的成分》一文中讲道:

> 英国文学批评经利维斯的构想和实践,以远大的志向成为大学里‘人文研究’阔大的中心。英文成为‘人文学科中的主要学科’。这种现象唯英国独有,没有任何其他国家曾经产生过可以如此自夸的批评训练。[③]

利维斯的确示范了“何为优秀的文学批评实践”,弥补了理查兹“实用批评”的不足。他以成功榜样的力量启迪学生,使学生在接触优秀范例潜移默化的熏陶中收获批评的真知灼见。当然,理查兹的做法并非不无道理,他是从相反的方向,帮助学生从失败的范例中收获“改邪归正”的教训,促使他们从失败走向成功,其批评实践也有其不容抹杀的价值和意义。从中可以看出,利维斯的批评事业虽然承恩受惠于恩师奎拉·库奇爵士、理查兹、福斯特、燕卜荪等剑桥学人的学术贡献,但是他对传统的追随并非盲目地仿效,而是在超越传统的过程中成长、成熟起来的。利维斯式的批评不仅构成剑桥批评传统的重要一环,而且独具特色、更胜一筹。

综观利维斯与前期文化学者思想的继承和发展过程,我们可以清楚地看到利维斯与阿诺德、艾略特就文化的内涵、形式和担当者方面有着十分

---

① Terry Eagleton. *Literary Theory. An Introduction*, pp. 11—13.

② F. R. Leavis. *The Great Tradition*, p. 9.

③ Perry Anderson. *Components of the national culture*, p. 269.

接近的观点和立场，同时他的文学批评和文化批评折射出与理查兹、燕卜荪一脉的剑桥批评传统的密切联系。利维斯的文化观无疑是精英主义的，一方面延续了前英国文化学者文化悲观主义的保守立场，另一方面继承了他们以文学研究为基础的文化批评。他的文化观不及阿诺德文化视野的开阔，也缺乏艾略特文化观的整体意识，也未能识取理查兹从科学化、理论化角度研究文学的尝试，然而在这种延续性的历史谱系中，我们仍可看出利维斯文化批评观显著的三方面特征：实践性品格、关注当代大众文化、广泛的文学史梳理。这些特征又具体反映在他的文学观、语言观、大学教育观和大众文化观等方面。

第一，利维斯的文化批评观具有鲜明的实践性品格。这一特点主要受到理查兹文学批评实践的影响，但是又有着重要区别。利维斯作为教师和批评家的"双重身份"决定着他的思想认识必然来自于他的文学教学和文学批评实践。他一系列批评著作中展示的文化观、文学观、语言观、教育观等都无法脱离他切身的经验体验，形成其批评创作与教学实践和社会实践相映成趣、相互促进的理论到实践、实践到理论的双向循环，从而弥补了阿诺德和艾略特两位文化思想家对文化概念的认解多停留在理论表述方面的缺憾。利维斯文学批评中"智性、感受性训练"主题不仅贯穿于他所有的著述，而且实实在在地贯彻到了教育规划和教学实践中。就《细察》季刊和学生课本《文化与环境》这两件事情来说，它们产生的影响离不开利维斯《细察》集团的实践精神。威廉斯在《文化与社会》中指出："《文化与环境》是一本教育的指南，书中所提出的那种批评训练已被广泛学习和实施……利维斯建立起来的实用的鉴别训练方法，已经在整个教育制度中普遍推广和运用，而且仍可以更广泛地扩大其应用范围。"①

第二，利维斯对当代大众文化的深切关注。大众文化研究是利维斯批评事业重要的组成部分。20世纪初出现的新的文化现象——报刊、广告、流行小说等大众文化新形态深刻地吸引了利维斯及其夫人Q. D. 罗斯关注的目光。早在两位文学博士的博士论文中，他们就将当代社会这一无法回避的文化现象纳入其研究视野，并将对文化的研究与文学批评有机地结合起来，而不是像阿诺德和艾略特那样仅停留在对精英文化的关注。利维斯夫妇尝试将文学与人类学、文学与社会学结合起来，以这种跨学科的批评方式来探讨大众文化形式。他们的文化批评多聚焦于技术主义造成的负面文化影响，尤其是"技术至上"观念对语言和文学的渗透方式。正如他在

---

① Raymond Williams. *Culture and Society*, pp. 248—258.

《富于责任心的批评家》(*The Responsible Critic*)一文中指出的,“社会的进程实际上已将英国的批评功能带入了停滞状态”[①],正因如此,他们才将关注的目光投向文学及其所投射的现实世界。利维斯认为:在物欲横流、人文精神缺失的现代社会,以经济利益为第一要旨的大众文化正在侵蚀着人类的生活经验和文化品位,从而助长了大众的物质欲求,降低了他们的精神格调和道德水准。有鉴于此,他力主文化批评的道德维度,呼吁文化精英以优秀的文学来教育、启迪、救赎大众,培养大众抵抗低俗文化的感受力和辨识力。虽然利维斯对大众文化持有否定的态度,但是在英国境内,他是第一位严肃对待大众文化,并将其纳入学术研究领域的人文知识分子,从而扩大了文学研究的边界,并从相反的方向启迪了后继者霍加特和威廉斯的“文化研究”。

第三,利维斯经广泛的文学史推理,建立起了文学大谱系。利维斯的文学批评和文化批评事业关注的是文化传统的延续性问题,而其文化传统的核心内涵即是要保持文学传统的延续和发展。鉴于20世纪初商业性大众文化对经典文化的严重挤兑,利维斯深切感受到文化传统面临的巨大危机,迫切地认识到文学抑或文学批评所担负的历史使命——救赎大众文化。在利维斯看来,“文学批评和文学史……探讨的是文学作品的影响和环境以及超文学的状况”[②],因此让世人接触到文学中“所思所想的最好的东西”,了解到具体可感的文学传统的延展系脉十分重要。为此,利维斯以强烈的文学史意识,致力于文学传统的建立。

利维斯认为:个体作家要认识到他的创作属于整个文学(Literature)的一部分,这不是简单的外在相加。一种文学(传统),从根本上来看远非单独作品的堆积:它有着有机的形式,或者有机的秩序,一旦个体作家与这个有机体发生了联系,他便有了意义和价值。[③] 利维斯于20世纪30年代初创作的《英语诗歌新动向》和《重新评价》是他建立诗歌传统——诗才之列——的首次尝试,而他于40年代末至70年代创作的《伟大的传统》《小说家劳伦斯》和《小说家:狄更斯》等著作均以道德关怀为主线,建立起了伟大的小说传统。利维斯的“诗才之列”和小说的“伟大传统”相辅相成,共同构成其宏大的文学传统的两部分。

---

① F. R. Leavis. “*The Responsible Critic*,” In F. R. Leavis (Eds.), A Selection From Scrutiny, Cambridge University Press, 1968, p. 298.

② F. R. Leavis. “Literature and Society,” *The Common Pursuit*, p. 183.

③ F. R. Leavis. “Literature and Society,” *The Common Pursuit*, pp. 183—184.

虽然利维斯的传统理念来自于阿诺德和艾略特，但是身体力行构建起这一传统，并产生深远影响的却是利维斯，并且利维斯建立的小说传统更是两位前辈未曾涉及的领域。利维斯始终坚持重要的小说家在增强人类意识、生活的可能性意识等方面发挥着重要的作用，他们的作品肩负着促使民族文化健康发展的重任，是文化过滤、精炼和恢复元气过程的重要组成部分，是民族文化的代表。具体而言，这些作品可以提升"生活"的价值。① 在英国文学中，从奥斯丁到乔治·艾略特，从狄更斯到劳伦斯的小说家们形成了一个有机的延续体，对于这些作品的研究带来的是对于正在变化的文明的研究，他们的作品是对当代文明的阐释和批判，其作用是无可匹敌的。② 乔治·斯坦纳曾评论道："我们对小说的形式意识、小说在道德方面的责任意识等都是由利维斯来阐释和定义的。"③他的批评课题旨在帮助人们认识到艺术的本质及其与生活之间存在的可能性。在我们的时代，利维斯以其独特的方式——他所建立的文学大谱系展示出文学与历史和社会的密切联系。

① Raman Selden ,Peter Widdowson. *A Reader's Guide to Contemporary Literary Theory*, p. 25.

② F. R. Leavis. *English Literature in Our Time and the University*, p. 170.

③ George Steiner. *Language and Silence*, Penguin Books Ltd. 1969, p. 230.

第三章　利维斯的文化诗学

如前文所述，利维斯的文化诗学主要包括两个方面：一是以文学研究为轴心向文化和社会领域辐射的批评，即为其广义的文化批评；二是其狭义的文化批评，即指利维斯专论文化（包括教育、社会等）的批评。在这一方面，他主要延续了马修·阿诺德的文化批评理念，并身体力行将之付诸实践。然而，需要厘清的是：利维斯的文化诗学思想具体体现于哪些方面？他本人对其所处的时代做出过怎样的文化诊断？

第一节　历史语境与文化诊断

众所周知，一位批评家的生成语境不仅包括他有生之年所经历的事件，而且还包括他毕生用来形成自己的思想，塑造自身的品格所利用的一切。利维斯的文化批评著作便凝聚了这两方面因素。他的著作是其所处时代的使命感召唤的产物，从而折射出20世纪风云变幻背景下，人们的行事方式和社会的存在方式。[①] 利维斯的文化诗学思想及其信仰体系的形成一方面受到其他批评家和作家的影响（包括过去和当时），另一方面也受到他所生活时代的文化语境和历史事件的影响。那么，世纪之交利维斯面临的是怎样一个充满变数的英国社会？

19世纪末，英国完成了从资本主义自由竞争向垄断的过渡，率先进入帝国主义阶段。在20世纪最初的数年间，英国依然是世界上最强大的国家。在历经一百多年的国内和平和工业革命带来的经济发展，大英帝国通过不断的海外扩张，其殖民地遍布全球，几乎囊括了世界上四分之一的地区。然而，资本主义的发展加剧了国内的阶级矛盾，将国内劳动人民推向

① Fred Inglis. *Cultural Studies*, p. 44.

贫困的深渊。1906 年前后英国有大约 1200 万人处于贫困之中[1],到了 1933 年情况愈发严重,失业工人多达 300 万人。狄更斯笔下描写的 19 世纪触目惊心的贫困景象,在 20 世纪 30 年代的英国再度出现。[2] 伴随经济萧条而来的是蓬勃发展的工人运动,在英国境内相继爆发了声势浩大的铁路工人、煤矿工人大罢工。与此同时,帝国主义列强在瓜分世界市场和势力范围的争夺中,导演了震惊世界的第一次世界大战。战争大大削弱了英国的力量,动摇了人们的信仰。在经历两次世界大战的劫难后,横行一世的"日不落帝国"一蹶不振、每况愈下。面对深重的社会危机和信仰危机,多数英国知识分子欢迎来自仅一峡之隔的欧洲大陆的进步思想和普世价值观,积极寻求改革社会的治病良方。为此,19 至 20 世纪之交,在英国知识分子中爆发了一场旷日持久的"英国状况的论争",众多文人志士卷入其中。利维斯便是其中一位引发争议的焦点人物。安娜·萨姆森在《F. R. 利维斯:现代文化理论家》一书中指出,利维斯文化批评思想的形成主要受到四个方面因素的影响。[3]

首先,利维斯的文化批评著述与缘起于 19 世纪直至 20 世纪的"英国状况的论争"密切相关。就机械化、都市化发展前景等问题的观点立场,利维斯将自己归入柯勒律治、卡莱尔、狄更斯、阿诺德、罗斯金(John Ruskin)这一系脉。这些批评家和作家均坚信工业革命以及机器的到来使得一切朝着更糟的方向发展,包括人们的物质环境和精神意识。人们被逐出过去的乡村,而被塞进工业化的城市,他们失去了传统的生活方式,失去了真正流行的文化(truly popular culture)——一种生活的艺术(an art of living)。他们被放逐的不仅是身体,而且还包括身体所承载的灵魂。其次,重要的是在利维斯由历史学转向英国文学之际,恰逢英文作为一门新学科在剑桥大学刚刚赢得独立学科地位之时。英国文学所处的边缘状态及其先前较低的地位促使利维斯尝试定义文学,以他所坚持的标准使英国文学获得应有的地位和尊敬。再次,来自于文学现代主义的影响。虽然他曾攻击 30 年代追赶时髦的文学界,并对詹姆斯·乔伊斯(James Joyce)的作品产生过反感,但是他却是在英国的课堂上讨论《尤利西斯》的第一人,同时也是 T. S. 艾略特和 D. H. 劳伦斯最坚决的支持者。在《英国诗歌新动向》中,他对

---

① 侯维瑞:《英国文学通史》,上海外语教育出版社 1999 年版,第 567 页。

② 赵国新:《新左派的文化政治:雷蒙·威廉斯的文化理论》,外语教学与研究出版社 2009 年版,第 36 页。

③ Anne Samson. *F. R. Leavis*, p. 5.

20世纪诗歌所做的评价，延续了艾略特的传统观和文化观，为诗歌实践提供了理论支持。最后，利维斯的反哲学倾向也可追溯到19世纪末至20世纪初的哲学思潮对他的影响。这一时期最为显著的特点是人们对寻求描述人类行为方式和思维方式的关注。①

麦克·贝尔也注意到利维斯与海德格尔(Heidegger)在思想上的接近，并且两者似乎受到相似的影响：一是柯勒律治和浪漫主义；二是欧洲大陆思想和文学的现代主义思潮。这两方面在利维斯那里得到调和。② 尽管两者思想如此的相似，但利维斯仍坚持自己的主张：哲学的方法和假说与英文研究不存在关联性。而到了晚年，利维斯竟欣喜地发现并承认其思想中来自于科学哲学家——迈克·波兰伊(Michael Polanyi)和马乔利·格林(Marjorie Grene)的影响，特别是波兰伊于1958年出版的《个人知识：走向后批评哲学》(*Personal Knowledge: Towards a Post-Critical Philosophy*)和格林于1966年出版的《智者与知识》(*The Knower and the Known*)。他们共同的思想基石是语言的现实、人类意识的现实以及人类存在于时间的现实。③ 所有这些在利维斯的著述中都居于中心位置。这种被认可的影响似乎可以证明利维斯思想中对早期来自于哲学传统的无意识的、而未被认可的借鉴。

故而，20世纪初出现的"英国状况的论争"、英文在剑桥的兴起、文学现代主义以及大陆哲学的各方调和及影响在利维斯的思想中并不完全抵触，它们盘根错节地交织在其诗学思想和文化批评著述之中。在"英国状况的论争"中，利维斯坚持的立场是文化保守主义的，对于现代主义文学的解析收获的则是现代世界失去"生命力"的、"机械化"和"碎片化"了的精神"荒原"，对英文的特殊推举和激进推进虽然表现出其思想的先锋意义，却是他应对文化衰落现实的批判性举措。为此，利维斯发现其思想产生的语境联合起来折射出的现代社会是一个每况愈下、危机重重的世界。20世纪对利维斯——同样对许多其他知识分子而言——是一个不断分化和断裂的时代，正如他第一部正式出版的文化小册子《大众文明与少数人文化》(1930)的标题所示，这是一个"大众文明"的时代。利维斯的文化悲观主义情绪从其早期文化著述一直蔓延至其晚期最为出色的著作《我的剑也不会(沉

---

① Anne Samson. *F. R. Leavis*, pp. 6—7.

② Michael Bell. *F. R. Leavis*, pp. 35—50.

③ Marjorie Grene. The Philosopher behind Michael Polanyi's opus Personal Knowledge. *The Knower and the Known*, University of California Press, 1974.

睡)》(1972)。在跨越三十多年的文化诊断中,他对现代世界的感受和回应并无多大改变,而是表现出更强烈的危机感,并且他对文化疾患的诊断显示出更深刻的紧迫感。在利维斯看来,文明危机的始作俑者很显然是伴随英国18世纪"工业革命"而来的"机器"(machine)。在其早期的多部著作中,他对工业革命之象征物——机器展开了深刻的批判。1930年,在《D. H. 劳伦斯》一书中,利维斯讲道:

> 机器破坏了传统的生活方式,人类生活越来越远地脱离了自然之律动。①

利维斯担忧的是"传统生活方式"和"人类生活"在机器时代所面临的巨大危机。在众声喧哗,高歌人类进入高度物质文明的时代,利维斯却看到了"机器"带来的"副产品"。利维斯深为忧虑的是:机器带来的变化几乎无法取代精微的传统,无法取代成熟的、世代相传的习惯和规范。这些变化对于人的心理状态、精神价值、道德理想不可能不造成严重损害。这种损害不是暂时的,而是威胁到文化的延续性并致其断裂。② 1933年,在与汤普森合著的《文化与环境》一书中,利维斯分析和批判了机器带来的后果:

> 巨变之始作俑者,或者毁灭之罪魁毋庸置疑是机器的使用。机器多方施益于人,但是它却破坏了旧有的生活方式、传统形态。它凭借不断地更新换代妨碍了新事物的生长。机器施益于我们的批量生产(mass-production)最终证明除了在物质生产领域造成标准化(standardization)之外,还有(精神层面的)平庸化和低俗化(leveling down)。③

利维斯十分担心机器文明带来的负面的文化影响,即机器趋向于影响人类精神世界的方式,诸如趣味的形成、感悟性的缺失、情感反应的愚钝、人的精神生活和价值观的形成等。在《大众文明与少数人文化》中,利维斯谈到对"文明危机"可能造成的人的精神危机的忧虑:

---

① F. R. Leavis. "D. H. Lawrence," *For Continuity*, p. 139.

② F. R. Leavis. *Education and the University: A Sketch for an 'English School'*, p. 147.

③ F. R. Leavis, Denys Thompson. *Culture and Environment: The Training of Critical Awareness*, p. 3.

> 机器带来的是前所未有的生活习惯和生活境况的改变……这种改变具有如此灾难性的影响，以至于共同经历过这段社会变迁的人们相互间都很难适应……人们的生活境况以这种方式经历如此巨大的转变而生活标准(the standard of living)不会受到影响似乎是不可能的……当我们考察新闻出版带来的批量生产(mass production)和标准化(standardization)的过程时，很明显的一个不祥之兆是伴随这些出版物的是一个水准降低(leveling-down)的过程。①

以上三段文字集中表征利维斯对“工业文明”的象征之物“机器”的强烈排斥态度。其消极态度出自他对“工业文明”可能对人类社会在物质和精神两个方面造成的“破坏性”，甚至“灾难性”(catastrophic)影响的负面诊断。后两段文字中出现的“批量生产”“标准化”和“平庸化和低俗化”等术语的同义反复，旨在强调“机器文明”在使得人的物质生活同一化的同时，也在钝化人的思想和心灵。这两段的重复文字未变，但含义却有了较大变化：前段主要讲机器文明带来的“外在的”生活方式、传统形态的改变，后段则转而深入到人的“内在的”精神生活水准的降低。利维斯试图阐明机器时代，人的物质生活与精神生活的关系问题，即“外在的”生活方式对于“内在的”精神生活的渗透和侵蚀。在利维斯看来，“标准化”“低俗化”的物质生活必然导致人们精神生活的“标准化”和“低俗化”，这是一个互为因果的关系。依据利维斯的观点，造成人们社会生活和文化生活“低俗化”现象的“罪魁”是“机器文明”或者“工业主义”，且由此而来的变化也绝不是令人满意的。

为证明文化“低俗化”“平庸化”“标准化”的社会现实，两位文学博士分别在《大众文明与少数人文化》(1930)和《小说与阅读公众》(1932)中对新闻出版物质量日益低劣的现象做了研究。Q. D. 罗斯的《小说与阅读公众》在当时的英国学界是一部充满争议的著作。这部著作曾遭到麦克·萨德利尔(Michael Sadlieir)的尖刻攻击和 F. L. 鲁卡斯的无情诋毁，②但却得到 T. S. 艾略特的高度肯定，他在《标准》杂志上发表文章赞同 Q. D. 罗斯

---

① F. R. Leavis. “Mass Civilization and Minority Culture,” *Education and the University*, pp. 146—147.

② Ian MacKillop. *F. R. Leavis: A Life of Criticism*, pp. 196—197.

观察到的"日益明确的文学分化现象"[①]:上层文化排斥底层文化,而底层文化无视上层文化。他指出:拒绝艺术的社会是一个野蛮的社会,而假意恭维艺术的社会是一个堕落的社会,[②]从而表现出与利维斯夫人颇为近似的精英文化意识。利维斯也难掩赞赏之情,称赞《小说与阅读公众》是英国最早分析通俗文化的著作之一。[③]

《小说与阅读公众》从社会学视角讨论通俗文学的现象。通过大量文献资料论证了出版界中出版商、撰稿人和读者大众之间的权力关系。利维斯夫人对不同层次的出版物和读者群的分析揭示了商业化的大众读物日益低俗化和语言日益平民化的倾向。她将不同层次的文学评论期刊,依其批评标准的严肃性程度,以及对应的不同层次的读者群划分为三类:高眉(highbrow,知识分子),平眉(middlebrow,中等文化素养之人),低眉(lowbrow,知识程度低的人)。[④] 这三类期刊瞄准不同层次的读者群,然而年发行量恰恰与它们"高、中、低"的顺序相反,即高眉最低、平眉取中、低眉最高。[⑤] 由此可见,大众读物受欢迎的程度。虽然发行量不能与作品的质量成正比,但却决定着出版商的钱袋,进而决定了大众读物令人担忧的质量。这也揭示出现代文化工业的潜规则:"大众要什么就给他什么。"(Giving the public what it wants)[⑥]大众口味主导着作家写什么、出版商出版什么的问题。由此可见,大众出版业可能带来怎样令人担忧的后果。Q. D. 罗斯写道:

这意味着小说家要写出读起来最不费神、最省力,还愉悦心

① Q. D. Leavis. *Fiction and the Reading Public*, Chatto and Windus, 1932, p. 45.

② MacKillop. *F. R. Leavis: A Life of Criticism*, p. 141.

③ Ian MacKillop. 'We Were That Cambridge', published by The Harry Ransom Humanities Research Center, p. 10.

④ 由 T. S. 艾略特主编的《标准》杂志和由埃吉尔·利克沃德主编的《纪事》学刊所代表的高眉文学评论期刊,所针对的对象仅限于能够以严格的标准理解文学作品的受教育公众,而平眉期刊,如《时代文学副刊》(*The Times Literary Supplement*),则代表着一种对著名作家审慎的评价态度;低眉出版物往往是些廉价的周刊,属于某种为迎合公众对浅易小说需求的茶余饭后的闲话。

⑤ 依据利维斯夫人的博士论文,高眉期刊于20世纪30年代的年发行量为4500—4200册左右,呈递减的趋势,比如《纪事》仅维持了两年(1925—1927);平眉期刊平均达到10,000册左右;而低眉期刊的平均发行量在30,000至50,000册,有时竟达100,000册左右。—— Q. D. Leavis. *Fiction and the Reading Public*, pp. 20—25.

⑥ 1930年10月,低眉期刊《百夫长》(*Centurion*)的主编[一位由美国著名杂志主编鲍波·戴维斯(Bob Davis)培养的成功记者]宣布了写作畅销小说的"十二讲",其中一讲要求文章要写得连瞎子都看得懂。——*Fiction and the Reading Public*, p. 30.

灵的作品来馔食读者大众……应用于期刊的通俗读物的规则引发的后果是：真正具有天赋、杰出的文学才子被市场拒之门外，而迎奉阅读习惯、贫血低能的写书匠却被迎进了市场。单从文学的角度来看，这是一个非常严重的问题，因为这意味着假如作者写出的作品，其才情资质不为通俗读物的理念“大众所要”所容，他将无法出版……[①]

这似乎还意味着有潜力的小说艺术家，在被流行规则接纳之前，其必修课应该是研究期刊、研读商业规则、学习新闻业，“以有限的诉求，狭隘的眼界迎合读者大众，这损害了大众对更加严格意义上的小说著作的渴求”[②]，这样做的结果：一方面大众读物质量的普遍下滑，另一方面真正高水准的严肃学刊的读者群的流失，而被束之高阁、无人问津。在Q. D. 罗斯看来，大众趣味形成的过程也是职业作家发挥写作技巧、开发利用大众情感的历史。在工业化批量生产出版物的年代，书商和作者为制造并满足大众需求结伙共谋，形成一部商业机器，在这运作完美的庞然大物面前，独立的批评家几乎无能为力。[③] 两位文学博士在他们各自的著作中多处引用相同的资料来印证他们彼此认同的观点，可见两者看法的一致性。

到了20世纪60至70年代，利维斯对现代世界的感受和回应并无多大改变，他明显感到的是英国工业社会日益恶化的文化状况，他的著作交织着日益浓厚的挫折感和绝望感，[④]表现出对“技术化”了的社会，特别是对当代美国社会更加强烈的抵触。在《我的剑也不会（沉睡）》中，利维斯讲道：

今日之美国乃集能源、技术、生产力、高水准的生活之大成者，然而其匮乏的生命——心灵的空虚——充斥着这样那样嗜酒般的空虚和厌倦。谁会断言现代社会的普通成员以他们惊人的技艺和旺盛的智能，会比布须曼族人、印度农民或者那些艰辛的

---

① Q. D. Leavis. *Fiction and the Reading Public*, pp. 27—31.

② Q. D. Leavis. *Fiction and the Reading Public*, p. 32.

③ 陆建德：《弗·雷·利维斯和〈伟大的传统〉》，见F. R. 利维斯著《伟大的传统》，袁伟译，第27页。

④ Lesley Johnson. *The Cultural Critics: From Matthew Arnold to Raymond Williams*, p. 94.

> 原始人更具完满的人性、更富活力?[1]
>
> 技术变化之后果表征于文化方面,存在一种隐含逻辑,这一逻辑表明如果不能满足创造性智慧和修正性目标,将会造成人类需求和人类美德标准的单一化和还原论,并会造成文明思想和文明精神灾难性虚假的、颠倒的认知——应以工具的科学反成为目的。这一逻辑抑或驱动力具有强大的潜伏性力量。批量生产带来的文化效果非常明显地表露出这一趋势——伴随标准化而来的是文化水准的降低。[2]

这两段话明确表现出利维斯对以美国为代表的现代社会的消极评价,表现出他对"技术至上"的当代社会的绝望意识。他将批判的矛头指向"现代社会种种弊端"集于一身的美国社会,指责这样的社会徒有"高技术""高水准"的物质生活,而伴随文化批量生产而来的"标准化""平庸化"正在侵蚀着人们的精神世界。他用"技术—边沁主义文明"来指责这种充斥着新的文化现象的社会。像阿诺德一样,利维斯发现美国正是他所反感的现代工业社会的典型代表,是"技术—边沁功利主义"社会的原型。利维斯时常参照美国的米德尔顿(Middletown)小镇,将其作为现代工业社会众多问题的象征。20 世纪 30 年代,林兹夫妇(the Lynds)曾对美国伊利诺伊州(Illinois)的一个小镇米德尔顿进行了考察,发现那里的人们的生活主要与机器有关,特别是小汽车,由此社区里人们的个人交际活动被降至最低程度,与此同时大众传媒主导着人们的生活趣味和价值观。因此,利维斯对米德尔顿小镇的反应构成他对美国社会批判的一部分,即美国化。[3]

通过关联性考察,利维斯批判了英国社会出现的"美国化"趋势,因为以"标准化""平庸化"为特征的美国化大众社会正在将现代人置于一个颠倒的世界:"虚假的文明精神""颠倒的观念""科学的误用"等。在利维斯看来,其后果是两方面危机:一是高度文明带来的人类"心灵的空虚""生命的

---

① F. R. Leavis. *Nor Shall My Sword: Discourses on Pluralism, Compassion and Social Hope*, p. 60.

② F. R. Leavis. *Nor Shall My Sword: Discourses on Pluralism, Compassion and Social Hope*, pp. 94—95.

③ Lesley Johnson. *The Cultural Critics: From Matthew Arnold to Raymond Williams*, pp. 94—96.

匮乏”，现代人正经历着一场遭受功利主义侵蚀的“人性危机”。[①] 人类将失去“完美的人性”和活力。二是利维斯反对“技术至上”的技术边沁(Technologico Benthamite)主义，原因在于它以极端的理性，以平均化和量化等方式来度量人类价值观，从而使后者贬值。这造成了一种被动、机械的思想观念以及对生活的一种完全的世俗化回应。利维斯认为“技术—边沁式”社会不仅会导致人类价值观和文化标准的“单一化”，甚至消失，而且最终会导致个体精神的机械化和僵化，造成“心智意识与其源泉和活力中心的分离”[②]。对利维斯而言，这一过程的危险一方面在于“工业文明以使生活于其中的一切机械化的力量”威胁着独具人类素质特征的“创造性……那种沉潜于人类思想深处的创造性”[③]，另一方面“机器时代”促使“有机共同体”的消失和文化传统的分裂，使得“重量轻质”的文明占据了主导地位。因此，各种各样的还原论(reductionism)的出现是不可逆转的。[④] 利维斯深感忧虑的是：随着工业化社会的到来和技术边沁文明的推进，“我们将不会再有莎士比亚那样的大家，也不再会保持莎士比亚式的语言使用”(the Shakespearean use of language)[⑤]，人们将陷入普遍的精神危机或者文化危机。

利维斯的“文化危机”意识，在“有教养的公众”(an cultivated public)消失之时达到了顶点，[⑥]因为他们代表着“批评之标准”(standards of criticism)[⑦]。就批评标准问题，利维斯争辩道，“共同的思想”(the common mind)抑或“某种超越个人之上的东西”是一种必要的条件，特别是“在机器文明日益势不可挡的情况下”[⑧]。这是他关注于消失的“阅读公众”(reading public)之因。“共同的思想”意味着一个稳定而共享的信仰系统的存在。佩里·安德森指出：利维斯的认识论需要一个关键的先决条件，即批评家与读者之间存在一个共享的、稳定的信仰和价值观系统。然而，倘若读者

---

① F. R. Leavis. *Thought, Words and Creativity: Art and Thought in Lawrence*, Chatto & Windus, August 1976, p. 15.

② F. R. Leavis. *Thought, Words and Creativity: Art and Thought in Lawrence*, Chatto & Windus, August 1976, p. 26.

③ 同上，p. 86.

④ F. R. Leavis. *The Living Principle: 'English' as a Discipline of Thought*, pp. 11—58.

⑤ F. R. Leavis. *The Common Pursuit*, p. 123.

⑥ F. R. Leavis. "Mass Civilization and Minority Culture," *Education and the University*, pp. 156—158.

⑦ F. R. Leavis. *Anna Karenia and Other Essays*, Chatto & Windus, 1967, p. 223.

⑧ F. R. Leavis. *Anna Karenina and Other Essays*, p. 221.

的基本构成和观点偏离常规，他们的经验便不可比较，就不可能有真诚的交流、反馈和认同。而利维斯理所当然地认为存在道德和文化方面统一的阅读公众[①]，因此他的认识论具有浪漫主义的色彩。

利维斯提出的文化诊断和文化救赎观持续了40多年之久，在其一生的创作生涯中，不仅保持了连续性而且表现出某种平衡对称。早在其博士论文和20世纪30年代创作的《大众文明与少数人文化》《D. H. 劳伦斯》中，他就提出了颇为极端化的文化诊断，在他晚期的两部著作《我们时代的英国文学和大学》(1969)和《我的剑也不会(沉睡)》(1972)中，他明显又回到早期关注的问题。他晚期著述与他早期的立场并没有大的偏离，尽管有些改变和修正，但体现的却是一种事物朝向更糟的趋势的意识。[②]

利维斯对"工业文明"的批判并非孤立的个案。他对20世纪英国的文化诊断延续了卡莱尔对"工业主义"的批判。卡莱尔担心的是工业主义"机器文明"会使人的思想和情感机械麻木，并首创"工业主义"(Industrialism)一词。[③] 我们不禁要问：工业文明带给人们丰富的物质生活，难道这意味着它带给我们的完全是社会的进步吗?

西方社会对现代工业文明的批判由来已久。马克思在深刻地剖析了资本的内在规律之后，对资本主义工业文明予以批判，因为现代工业文明带给我们的是"双重礼物"。英国作为世界上第一个工业化国家，在其19世纪的早期人们就看到了"工业革命的双重礼物"。

法国社会学家阿历克西·托克维尔(Alexis de Tocqueville)曾于1835年去英国考察。在工业化的曼彻斯特，他看到的是乌烟瘴气、污水横流，自然环境遭到严重破坏的城市。他这样写道：污水沟里流出的是金灿灿的黄金，文明人已经蜕变成了野蛮人——暗指工业文明带来的双重礼品——金钱和破坏以及人性的扭曲。在充分工业化的时代，人性得到的是最为完全和最为残暴的发展，这是工业文明带给人类的双重礼物：一方面物质丰富达到了难以想象的奇迹，超越了以往任何时代的巨大的物质文明，另一方面自然环境却遭到前所未有的破坏，人性得到片面的发展，被残暴、贪欲、情欲所吞噬。华兹华斯认为工业化没有任何价值。在一首诗中，他写道："人是俗物过分繁重。"借以批判人类在追求物质生活的同时，丢弃了自己

---

① Perry Anderson. "Components of the National Culture," *Student Power*, pp. 271—273.

② F. R. Leavis. "Towards Standards of Criticism," *The Calendar of Modern Letters* (1925—1927), pp. vii-xxiii. F. R. Leavis. *Anna Karenina and Other Essays*, pp. 219—234.

③ Fred Inglis. *Culture*, p. 20.

的心灵。因此，他呼唤返璞归真，重归自然。著名的德国思想家席勒在《美育书札》中指出：人在工业社会变成了断片，而希腊人在感性和理性方面得到和谐的发展，获得完美的人性。这是由想象的青年人和理性的成年人结合而成的完美人性。现代社会，国家与教会分裂，享乐与劳动脱节，人变成了断片，无法获得丰富和谐的人性。席勒呼唤：回到希腊人的丰富性那里去。同样的思想也反映在马克思、黑格尔、费尔巴哈的著作中，他们提出各自的学说，抨击工业文明对人性的扭曲。席勒的声音在回响：要人性而不要物质文明。他的历史观是向后退的怀旧，而马克思是向前看的，他提出"异化说"，即人变成非人，变成机器的附庸。1844 年他提出，人性回归不是要消灭工业文明而是要取消私有制，要依靠生产实践，借助实践消灭异化。

由此不难看出，利维斯的文化观与欧洲思想家对"工业文明"的理解十分近似，尽管他对欧洲哲学怀有拒斥的心理。从利维斯在《大众文明与少数人文化》这本小册子的开篇对阿诺德语录的直接引用，清晰表明两者文化思想的亲缘性。阿诺德话语中对现代文明日益"机械化"和"外在化"的表述是利维斯对机器文明"生命感""生机感"缺失的批判。①

然而，利维斯的文化诊断与始终不变的文化观也曾引来普遍质疑。安娜·萨姆森认为："这似乎显示出他思想眼界的偏狭。"②除去他战时的经历以及他早先对社会和教育问题的关注，利维斯始终是从一个相对狭窄的世界注视着 20 世纪发生的事件的：20 年代末的华尔街风暴（the Wall Street Crash）、30 年代席卷全球的经济大萧条（the Depression）、第二次世界大战的爆发、战后福利社会的建立（the Welfare State）、60 年代高等教育的扩大以及 70 年代英国加入欧共体（EEC）等，他对这些事件的评价似乎都出于同一个视角。但是，或许就是因为这种狭窄，才有了他对所关注事件的持续回应，一种理论上的纯粹——拒绝偏离他所认定的真正的价值标准。

第二节　利维斯文化诗学的特征

基于利维斯对当代英国社会文化的诊断，他所处的社会当然不是一个

---

① F. R. Leavis. "Mass Civilization and Minority Culture," *Education and the University*, p. 143. 根据童庆炳教授题为"中国当代文学创作精神的价值取向"的讲座笔记整理，北京语言大学报告厅 2010 年 11 月 25 日。

② Anne Samson. *F. R. Leavis*, p. 5.

令他满意的世界,那么他的文化诗学观所依据的是怎样的标准,具有哪些特征呢?除了专论文学的批评著述以外,展示他思想特征的专论文化的著述包括两类:一类直接阐释其文化理念(如对文化、大学人文教育、有机社会等观点的阐释),另一类则包含其大众文化的批判(包括新闻、报纸、广告等的研究)。当然,其中很大部分不属于文学批评学科范畴,但也潜在地反映出两者的关系。通过对他在各种著述中所言说的文化批评内容的梳理,可以将之大体分为以下几类:"有机社会"观、语言观、大学教育观、大众文化观及其对文化研究实例——广告的分析等。借助对这些方面的分析,我们能够比较全面地了解利维斯文化批评思想的一个基本框架。

一、"有机社会"观

"有机社会"观是利维斯《细察》集团批评思想的一个核心命题,是其批判"工业文明"并与之形成对峙的核心话语。利维斯的"有机社会"观集中见于他与汤普森合著的教科书《文化与环境》(1933),在该书的首页他这样写道:

> 我们所失去的是一个蕴藉着活生生文化的有机共同体(organic community)。民间歌谣、乡村舞蹈、乡间农舍以及手工艺品才是意蕴丰厚的符号和表征:此乃生活之艺术、生活之方式,源于远古之经验的社会艺术、交际密码殷殷谐和,与自然环境、岁月节拍丝丝入扣、井然有序。[1]

在这段文字中,利维斯等人对乡村自然环境、生活方式和岁月轮回温情脉脉的描述听起来与 D. H. 劳伦斯在《对〈卡特莱夫人的情人〉的一个建议》(*A Propos of Lady Chatterly's Lover*,1929)这本小册子中的观点非常相似,即包含对自然而和谐的物质与精神生活的追求。[2] 乡村"有机社会"乃是利维斯心向往之的生活方式。

利维斯最初是在乔治·斯图亚特(George Stuart)的回忆录中发现并

---

① F. R. Leavis, Denys Thompson. *Culture and Environment*: *The Training of Cultural Awareness*, pp. 1—2.

② D. H. Lawrence. *A Propos of Lady Chatterly's Lover*, *and Other Essays* Penguin, 1962, pp. 1—3.

借用“有机共同体”(organic community)这个概念的。在19世纪的最后几十年中,乔治·斯图亚特在萨里(Surrey)的法恩翰姆(Farnham)经营了一家轮胎店,[①]那里有利维斯心仪的乡村“有机社会”。利维斯同时沿用了在卡莱尔和威廉·莫里斯那里出现的他所熟悉的修辞手法,借用这种修辞手法,并通过突出当前社会的匮乏与堕落,重新构想出一个来自于过去的、理想的社会秩序。[②] 在利维斯看来,科学的发展和工业革命的浪潮并未彻底冲刷掉具有积极意义的局部文化变体(local variations of positive culture),从而使得莎士比亚和班扬的存在成为可能。直到19世纪末,“有机共同体”依然存在于英国的乡村。[③] 在《文化与环境》中有一段关于“有机共同体”的著名论述:

> 斯图亚特谈到“旧英国已经死亡,一个‘有组织的’(organized)现代国家已经取代了那个比较原始的国家”。旧英国是有机的共同体(organic community)的英国,必须认真考虑的是,旧英国是在何种意义上比取代它的那个英国更为原始。但是,现在我们必须考虑的事实是那个有机共同体已经一去不复返了,它已经从人们的记忆中消失了,要让人们了解它是什么样的事物,是一件普遍公认的难事。它在西方的毁灭是近代历史最重大的事实,的确是非常近的历史。这个重要的改变——这个巨大而惊人的解体——是如何在这么短的时间内发生的?这个改变……通常是被作为进步来描述的。[④]

这段文字描述了新旧两种社会形态的滑移变迁,这无疑是社会发展交替更迭的历史必然,也被许多人称之为社会的“进步”,然而利维斯对此并不认同。利维斯话语中描述两种社会形态所使用的形容词——“有组织的”(现代国家)和“有机的”(共同体)——有助于我们更好地理解利维斯提出的“有机社会”这一概念。“organized”和“organic”这两个形容词属同源词,但形成对照。据威廉斯介绍,最初使用“有机的”一词来描述一种社会

① George Stuart. *The Wheelwright's Shop* repr. Cambridge University Press, 1970. George Bourne (Stuart's *nom de Plume*). *Portrait of a Village*, Duckworth, 1922.

② Fred Inglis. *Culture*, p. 91.

③ R. B. Bilan. *The Literary Criticism of F. R. Leavis*, p. 14.

④ F. R. Leavis, Denys Thompson. *Culture and Environment: The Training of Critical Awareness*, p. 87.

形态的是伯克和柯勒律治。所谓“有机社会”是指一种“自然成长”的社会，而非“人为制造”的社会。而“organized”则包含“机械的”和“人为的”(artificial)等含义，由此而与前者形成一个众所周知的鲜明对比。[①] 从19世纪到20世纪中叶，“有机的”常被用来指带有保守主义色彩的社会思潮，[②]而“有机社会”则被部分思想家构想为一种“理想的社会”，存在于当代世界的另一端，作为与“都市共同体”相抗衡的“文化残余”或者救赎文化。[③] 令利维斯痛惜的正是这一美好的“有机共同体”的消失：

> 这不惟原主要为乡村风格、农村风味的生活已经都市化、工业化了，原本扎根于乡土的生活随着城市生活的侵蚀，现在已面目全非。因此不仅是乡村共同体，同时也包括都市共同体都已经普遍被“郊区化了”(suburbanism)。[④]

利维斯的“有机社会”观一方面强调过去的社会所拥有的自然、和谐、统一、富于生机的文化，使之与“都市化”“工业化”“郊区化”的现代社会形成对照。另一方面也借此形成了与“机械主义”“物质主义”“功利主义”的工业化社会的对立，从而成为应对工业主义现代文明的批判性话语。对利维斯及其追随者而言，“有机共同体”的概念以及对“过去的好时光”的描述象征着当今社会所欠缺的一切，由此而将社会的改良寄希望于将过去的某些优点重新投放于当今的文化生活中，并将重构这一美好社会的希望寄托于有文化的少数人身上。[⑤]

接下来的问题是“有机社会”的消失——这个巨大而惊人的解体是如何发生的？对此，利维斯在《我的剑也不会(沉睡)》中借助托马斯·哈代的文章《多塞特郡的劳动者》(*The Dorsetshire Labourer*)，回击C. P.斯诺和J. H.普拉姆(J. H. Plumb)的观点，即农民是自动离开他们的土地而走进工厂的。利维斯引用哈代的话说：乡村人口向着大城镇流动的趋势恰似水在迫于压力之下由低处流向高处的过程，即他们是被迫驱入城市的。对此，利维斯评论道：

---

① Raymond Williams. *Culture and Society*, p. 256.

② Raymond Williams. *Key Words: A Vocabulary of Culture and Society*, pp. 336—340.

③ Fred Inglis. *Culture*, p. 30.

④ F. R. Leavis, Denys Thompson. *Culture and Environment*, p. 2.

⑤ Lesley Johnson. *The Cultural Critics: From Matthew Arnold to Raymond Williams*, p. 99.

> 哈代所描述的是一个具有积极意义的文明(a positive civilization),这一文明使得"乡村人"能够接受他所描述的贫困和艰辛(poverty and hardship),他们迫于经济压力,极不情愿地经历着这种文明的流失。①

在此,利维斯提出一个较为平衡的答复,即坚持"积极意义上的文明"这一事实,此处的"文明"与彼处的工业"文明"含义大不相同,利维斯赋予它以积极的含义,更接近于他所肯定的"文化"或者"有机共同体"。这一"文明"使他同样认识到乡村生活的"贫困与艰辛"。对利维斯而言,哈代对"有机共同体"的理解具有特殊的意义。文章中,与其说哈代关注城乡之间的差异悬殊,不如说他关注由流动劳动力带来的"乡村共同体"内在的变化。就这一变迁的得与失他曾做出如下评论:一方面,变化带来了积极的后果,因为人们移出了旧式的"有机共同体"。他观察到定期流动的人比定居不动的人具有"更强的意识",而且劳动者"由于接触和认识到外面的世界而变得更具独立性"②,"他们失去的是自足的个体性,然而他们增长了见识、增强了自主性、得到了更多的自由"③。另一方面与这些收获形成对照的是哈代列举的某些损失。离开土地之前,劳动者与其农场有着长期的、个人的联系,因此他的雇主自然扮演着监护人的角色,而现在这些劳动者与他们原有的生存环境失去了联系,原有的和谐统一被打破了。哈代,像斯图亚特一样,描述了一种缺乏完满性的现代生活,表明这种生活存在着实质性的缺失。④ 然而,工业化的巨大推力已不容这些"乡村人"流连驻足,并将他们迅速卷入城市劳动力大军,成为"乡村共同体"解体,融入"都市共同体"的一分子。

为此,利维斯进一步探索了"有机社会"与现代社会二元对立的话语逻辑演进。从斯图亚特的《乡村变迁》(*Change In the Village*)一书中,利维斯联想出一幅真正让他满意的生活方式的画卷。这幅画卷展示的是:有着

---

① F. R. Leavis. Nor Shall My Sword: Discourses on Pluralism, Compassion and Social Hope, p. 188.

② Thomas Hardy. "The Dorsetshire Labourer," In Harold Orel (Eds.), *Thomas Hardy's Personal Writings*, University of Kansas Press, 1966, p. 183.

③ Hardy. *The Dorsetshire Labourer*, p. 181.

④ R. P. Bilan. *The Literary Criticism of F. R. Leavis*, p. 17.

丰富生活情趣的村民们的生活，一种劳作与休闲和谐一致的生活形态。[①]同时，利维斯认为，斯图亚特的《轮胎店》(*The Wheelwright's Shop*)也把村民的劳作描述得“如此富于人情味，使得他们在劳动中感到一种作为自尊个体的自我成就感”[②]。这幅画卷不仅包括《轮胎店》中所描述的熟练技术工匠，也包括老特纳(Old Turner)在《乡村变迁》中所代表的大多数不具备纯熟技术的村民。与利维斯持相同观点的Q. D. 罗斯，在《小说与阅读公众》中也以浪漫主义情怀，描述了世代生活在“有机社会”的村民们(country folk)的生活情趣和劳动乐趣：

> 他们享受着真正的社会生活，他们的生活方式因循自然规律，由真正的“富于创造性的趣味”(creative interests)来装点……他们踏着大自然的节拍唱歌、跳舞、咏《圣经》，闲暇时分练就一门手艺。[③]

在“乡村共同体”中，村民的生活与劳作密切相连，劳作使得生活富于意义和尊严，与这种“有机社会”的生活形成对照的是机械化了的都市、市郊的现代生活。对此，书中这样写道：

> 现代劳动者、现代职员、现代工厂的工人只为着休闲(leisure)而生活，其结果是工作成了不得以而为之的事情，到头来，得来的休闲也毫无意义。他们的休闲方式几乎完全可以归为斯图亚特·奇斯(Sturt Chase)所称的“非创造性”(decreation)的。[④]
>
> (他们的)消遣无非是听收音机、听唱片、浏览报纸杂志、看电影或观看商业足球，以及与摩托车和自行车相关的活动，这便是现代城市居民所熟悉的休闲方式。[⑤]
>
> 现代公民不清楚他的生活必需品从何而来(他与我们所说的

---

① George Stuart (George Bourne). *Change In The Village*, The Country Book Club, 1956, pp. 36—85.

② F. R. Leavis, Denys Thompson. *Culture and Environment: The Training of Critical Awareness*, p. 75.

③ Q. D. Leavis. *Fiction and the Reading Public*, p. 209.

④ F. R. Leavis, Denys Thompson. *Culture and Environment: The Training of Critical Awareness*, pp. 68—69.

⑤ Q. D. Leavis. *Fiction and the Reading Public*, p. 209.

"初级生产"从不接触),也看不出自己的工作是人类计划中的重要部分,他只是在挣取工资或在谋求利益。[①]

通过以上几段取自《小说与阅读公众》和《文化与环境》中的对旧的"有机社会"的村民与工业化城市居民的生活和工作的对照性描写,体现了利维斯等人意在表明旧秩序所代表的乡村生活和工作远比现代经验更为丰富和完满。尽管利维斯对斯图亚特的"有机社会"概念的借用总体上无可非议,但他看到的多是这种社会令人满意的一面,而将其丑陋的一面于无意识中删除掉了。看到这种观点的片面性,威廉斯指出:我们必须在权衡种种因素与其他因素之间相互关系的基础上,才能得出一种更为精确的平衡。

真实的情况是:多种令人不满意的新工作已经出现,多种新的廉价娱乐已经产生,多种新的社会部门已经出现。与此对应的,还必须列出多种令人满意的新工作、某些显著的教育改革带来的新机会等。[②]

在《轮胎店》中,斯图亚特的确对新旧秩序、特纳与拉煤车夫之间做了鲜明的对比描写,在肯定其有机性、和谐性的同时,斯图亚特对旧的乡村生活也提出了批评,这一点利维斯却未曾提及。斯图亚特所看到的农民生活体制的主要缺陷是他们心智生活的受限和狭窄。尽管他们对生活细节感知敏锐,但是他们抽象思维能力却十分有限,他们的想象力匮乏,此外他们的语域明显狭窄。斯图亚特写道:

尽管他们的推理和想象能力并不发达,然而,他们所从事的劳作充分发挥了他们的知识和技能,从而使得他们一整天的劳作洋溢着惬意与愉快。[③]

这是一种积极而适当的评价,而利维斯则将此转述为:

---

① F. R. Leavis , Denys Thompson. *Culture and Environment* , pp. 91—92.

② Williams, Raymond. *Culture and Society* 1780—1950, p. 253.

③ George Stuart (George Bourne). "Change In The Village," *Culture and Environment* , LThe Country Book Club, 1956, p. 67,p. 137.

> 除他们的手艺、智慧、想象力、道德心、美感和健康意识之外，他们的个性也是富于魅力和令人满意的。[①]

由此，我们不难看出，斯图亚特对乡村资质的定位在利维斯的转述中均有所提升。斯图亚特的描述总体上是肯定的，与利维斯不同的是，他同时认识到了乡村生活存在的缺陷。斯图亚特，一如利维斯，是从文学中获得某些方面的历史知识的，真正的“有机乡村”存在于过去。利维斯对一个更美好的过去的怀念这一事实增加了雷蒙·威廉斯反驳的可信度，即利维斯的历史观是“一个神话”(a myth)。威廉斯认为：“这是工业主义者或者都市人特有的怀旧情结——现代版的中世纪主义，是对一个‘经调整过的’封建社会的留恋。如果对‘有机社会’有什么定论的话，那就是它已经一去不复返了。”[②]在讨论有机社会的本质及其衰落的现实时，利维斯并未对这种社会的经济基础进行考察，从而掩盖了旧的社会秩序的矛盾。威廉斯指出：

> 在讨论所谓的“有机社会”时，将其赤贫、疾病与死亡率、无知与受挫的智力等因素排除在外，是愚蠢和危险的。这些物质上的劣势无法抵消精神上的优势。这种共同体使我们受益的是：生活是一种延续不断的整体。重要的是生活是一个完整的综合体。[③]

如果“有机共同体”不只是一个文学神话，那么对于这种社会的分析就需要从经济和物质基础两方面，来考察它们与生活质量的关系问题。[④] 威廉斯的观点具有一定的个人权威性，基于他个人对过去英国乡村生活的经历，就“有机共同体”的现实性，似乎代表了《细察》集团以外的多数人的观点。利维斯和汤普森在《文化与环境》中提出的“有机社会”观侧重强调过去的社会拥有一个“整体性”“民族性”和“自然生长”的文化，并借此批判工业主义的现代文明。正如伊格尔顿曾指出的，这种“有机社会”仅仅是用以谴责工业资本主义商品化生活的种种方便的神话。由于无力为这种社会

---

① F. R. Leavis , Denys Thompson. *Culture and Environment* , p. 75.

② Raymond Williams. *Culture and Societ* , pp. 252—253.

③ Williams. *Culture and Society* , p. 253

④ Lesley Johnson. *The Cultural Critics*: *From Matthew Arnold to Raymond Williams* , p. 97.

秩序提供一个政治的替代物,《细察》成员们奉献了一个“历史的”替代物。[①]

同时,我们在理解利维斯的“有机共同体”观念时,不能误解利维斯对过去的态度。在《文化与环境》中他讲道:

> 我们一定要警惕得出简单的结论,譬如我们必须认识到,(重提“有机社会”)绝不可能是简单的回归:以为模仿(Erewhonians)、砸碎机器便有望恢复旧的秩序。即使农业得以复兴,也不会带来有机共同体。重要的是要坚持失去的东西以免被忘却,因为对旧秩序的记忆必然是引发新秩序的先导,如果我们想要拥有一个新秩序的话。[②]

在此,利维斯表明:对过去的回顾,并不是要原封不动地恢复旧的生活方式,并不自欺以为这样的社会可以重拾。他唯一的兴趣是强调已逝之物的珍贵,唤起人们对所失之物与文化传统的历史关联性的思考。[③] 利维斯不断重申这一观点——这是利维斯在《教育与大学》和《我的剑也不会(沉睡)》这两部著作的中心论点。利维斯关注的是现在,他的立场绝不期望逃避现实而回到过去,也不是简单地使现在与过去契合。但是,他的确坚持对过去的认识是一个基本前提,基于这一前提现在和未来才会有希望,如果我们忘记过去是不会有希望的。过去为我们提供了一种模式,不是某种仿效的模式,而是作为提供某种人类可能性的意识,某种推动现代生活、富于创造性的激励意识。

二、语言观

既然“有机社会”已经“一去不复返”了,那么利维斯为什么还要反复强调它呢?伊格尔顿对此有进一步的评说:“对利维斯主义者(Leavisites)来说,有机社会流连驻足之处乃是英文的某些运用方式。商业社会的语言抽象而贫血:它已与活生生的感官经验之根失去接触。在真正的‘英语’写作中,语言却‘具体地表演着’(concretely enacted)这些亲身体验:真正的英国

---

① Terry Eagleton. *Literary Theory: An Introduction*, p. 31.

② F. R. Leavis, Denys Thompson. *Culture and Environment*, pp. 96—97.

③ F. R. Leavis. *Nor Shall My Sword: Discourses on Pluralism, Compassion and Social Hope*, p. 88.

文学在语言上是丰富、复杂、具体、可感的。”[①]从某种意义上来说，文学就是一个有机社会，它之所以重要是因为它已经是一个完整的社会意识形态，[②]这或许是利维斯关注文学语言的重要原因之一。利维斯认为这种语言的“健康”(health)和“活力”(vitality)是一个“心智健全”的文明产物。它体现一种业已历史地丧失了完整的创造性，而阅读文学作品就是在与人类自身的存在之根恢复生命攸关的接触。利维斯盛赞乔治·艾略特的小说：

> 在乔治·艾略特所描述的世界里，人们拥有并实践着他们生活的艺术，这是几代人累积起来的创造性产物。对我们而言，其中最具意义并坚持不懈保存下来的是语言的艺术(the art of speech)。[③]

因此，利维斯“有机共同体”意识的核心落实在了“文学语言的艺术”之上。他进一步申明：知识和艺术文化从根本上应归功于这种语言的创造性使用，而意味深长的是利维斯与阿诺德和艾略特在文化观念上的差异最终都落在了语言上。利维斯专注于英国文化在于他所坚持的文化与语言的不可分离性：对文化的回应即是对语言的回应。[④] 麦克·贝尔认为，事实上利维斯对语言的理解是一个重要前提，他整个的文学观乃至批评观就建立在这一前提之上。失去这个前提，他的许多表述将失去存在的根基。[⑤]

利维斯的“语言是文化之根”的观点似乎多受到同时代批评家 I. A. 理查兹的影响。在其早期的文化小册子《大众文明与少数人文化》(1930)中，利维斯引述了理查兹在《实用批评》(1929)中的一段话来说明自己的语言观：“文明从一开始就依赖于说话(speech)，因为字词(words)是与过去、与他人连接的首要方式，也是与我们的精神传统连接的通道。当其他的传统介质比如家庭、社群等解体之后，我们就会被迫越来越依赖于语言的作用。”[⑥]可见，利维斯十分赞同这一观点，这段话可以说是利维斯对语言与文化关系的阐说，正如利维斯在该文首页所写：

---

① Terry Eagleton. *Literary Theory: An Introduction*, p. 32.

② 同上，p. 32.

③ F. R. Leavis. *'Anna Karenina' and Other Essays*, p. 56.

④ R. P. Bilan. *The Literary Criticism of F. R. Leavis*, p. 28.

⑤ Michael Bell. *F. R. Leavis*, p. 26.

⑥ F. R. Leavis. *Mass Civilization and Minority Culture*, Education and the University, p. 168. I. A. Richards. *Practical Criticism*, pp. 320—321.

> 用一个隐喻，同时也是一个转喻来说，我们在大量的思考中发现的，他们所保存的是语言，变化的习语(changing idiom)，美好的生活以此为基础，没有这些语言和习语，精神的特征就会受挫与混乱。我所说的“文化”，指的就是这些语言的使用。①

在这段话中，利维斯着重强调其文化观中语言所隐含的文化内涵。在《文化与环境》(1933)中，他进一步对文化与语言之关系做了述评：“处于我们文化中心的是语言，从根本的意义上来讲，只要我们拥有语言，语言传统便富于活力。语言不仅是一个字词的问题——其意蕴丰厚，远超过它们的表象。”②这里明显道出他与阿诺德文化观的一个差异。借此利维斯进一步阐述自己的文化定义：

> 正如我们已经论断的，当我们用“语言”这个暗喻来定义文化时，我们使用的不仅仅是一个暗喻。在此，“语言”最重要的部分实际上是一个字词使用的问题。没有那种于最为美好的习语中呈示出来的生动精妙(living subtlety，有赖于语言的使用)，“遗产”就会死亡。③

在此，对于“遗产”的理解，业师黄卓越先生做过准确分析：“这个‘遗产’包括两部分，一个指那个已经解体、消失于历史深处的‘有机社会’，另一个指过去的文本，这些文本依赖于文字的形式留存了下来(如莎士比亚作品等)，其中蕴含了以往时代人们‘最美好’的情愿与思想。前者既如逝水难收，则文化传统(也就是文化)只能依托于语言，为后人所接受。”④利维斯对语言“遗产”的关注关系重大，这不仅关系到文学“遗产”的保持，也关系到文化“遗产”的延续。那么，利维斯有着怎样的语言思想？在其语言观中，语言与文学、语言与文化有着怎样的关系呢？

---

① F. R. Leavis. *Mass Civilization and Minority Culture*, Education and the University, p. 145.

② F. R. Leavis , Denys Thompson. *Culture and Environment*: *The Training of Critical Awareness*, p. 81.

③ F. R. Leavis. *Mass Civilization and Minority Culture*, Education and the University, p. 168.

④ 黄卓越:《定义“文化”:前英国文化研究时期的表述》，见童庆炳:《文化与诗学》2009 年版，第 105 页。

20世纪知识领域的思想是以对语言的认知为特征的，将语言看作是支配和理解经验的系统。利维斯也有同样的共识，但在某种意义上他反对源自索绪尔语言学理论的哲学和结构主义语言学。索绪尔的结构主义语言学不是一种实用的、特殊的研究，而是探寻在一切语言中发挥永恒作用的力量，梳理出能够概括一切历史特殊现象的一般规律。其语言学的研究对象是语言(langue)，而非言语(parole)，目的是寻找语言活动的一切表现准则。语言是一种社会规约，而言语则是一种个体行为。[①] 利维斯的语言观与索绪尔结构主义语言学的主要分歧在于：首先，与索绪尔将文学语言(或非文学语言)视为一个抽象的结构系统不同，利维斯将文学语言看作是具有活生生人文内涵的艺术形式。其次，与索绪尔的语言学关注语言而忽视言语的研究不同，利维斯更为强调个体对语言的使用。他把语言的重要品质归结为灵活性、有机性和创造性以及作为特定文化表征的生产性。最后，不同于索绪尔语言学的后继者——从俄国形式主义到新批评再到结构主义——均混淆语言学与文学的界限，将文学批评变成枯燥、烦琐、抽象的语法分析、结构分析和技巧分析，利维斯尝试以"活的原则"研究文学，以揭示文学的"个性""有机性"和"完满性"。虽然，利维斯对语言创造性过程的强调与索绪尔以及后索绪尔的语言理论并无大的偏差，但是文学语言的某些重要品质并不是语言学的方法可以有效讨论的。同样，它也很难系统描述利维斯认定的语言的基本特征。[②] 利维斯在《活的原则》(1977)中，对语言有过精彩论述：

> (语言中)"生活与生命"之真会使任何以激进的方式思考人类生活的企图无效，然而却是向着认知敞开的，这是最为吸引人之处。
>
> 在重要的文学作品中，我们有最完美的语言使用，对于文学的智性研究必然带给我们以洞识……
>
> 毋庸置疑的是，狄更斯一如布莱克，将艺术家的创造性看作是普遍的人类创造性的延续，人类的创造性造就了我们生存的世界，保持了这个世界的新鲜和真实。这种日常的合作劳动创造包括语言的创造，没有这种语言的创造性使用，人类世界便不复存在。

---

① 费尔迪南·德·索绪尔：《普通语言学教程》，高名凯译，商务印书馆1980年版，第28—127页。

② Michael Bell. *F. R. Leavis*, p. 27.

> 人类生活充满活力的特质表征在语言上——体现在那些认为语言与文学创造密不可分的人们的思想中。他们较多持有这样的观点，即语言不仅是表达的手段，是从象征性经验所获得的启人心智的工具，它也是远古人类生活积累之结晶，包含价值观、差别、认同、总结、提示、地图绘制知识以及经检验的潜能。语言举证说明这样的真理，即生活是生长之物，生长是变化、延续的……①

这几段文字不仅明确转达出利维斯基本的语言思想，而且也阐明了他语言观中语言与文化、语言与文学和文学批评的关系。

第一，人类的活力和创造性体现在语言的使用上，语言不仅表征世界及人类的经验，而且表征人类的思想。在此，利维斯的语言表述看似与一些哲学家十分近似，譬如亚里士多德把语词看作是心理经验的体现，因此对他来说，在理解世界的时候，思想出现在语词之前。麦克·贝尔曾比照分析利维斯与海德格尔的语言观，认为两者间存在着某种共识，如海德格尔认为，语言创造了“世界”，用利维斯的话说就是“没有语言创造”，“人类世界便不复存在”②。两者对语言与世界之关系的阐释恰如同一语的同义反复。海德格尔将语言比作“存在之屋”(house of being)，利维斯则将语言看作精神的载体。但两者之间仍然存在着一定的差异，利维斯偏重于语言的“生命力”(life)，而海德格尔侧重于存在(being)的本质。海德格尔尝试用哲学术语来营造他的思想，利维斯则以最直接的话语表达自己的思想，并往往多依赖批评解读的先在经验。③ 马科斯·布莱克(Max Black)在《语言迷宫》(*The Labyrinth of Language*)中的一段话可用来解释利维斯有关语言与思想的内在关联性：世界是通过千变万化的印象之流而得以呈现的，而这些印象之流必须通过我们的思想——在很大程度上是通过我们思想中的语言系统加以组织的。我们把自然分解开来并组织到概念中去，按照我们的意愿赋予事物以意义并通过我们的语言形式得以编码。④

第二，利维斯的表述也阐明了语言与文化和社会的关系，即语言不仅是社会生活的表征，而且源自人们的社会生活。语言是其所在社会和环境的历史创造，并折射出特定世界的本质。在这一点上，近似于海德格尔之

---

① F. R. Leavis . *The Living Principle*, pp. 42—44.

② F. R. Leavis. *The Living Principle*, p. 43.

③ Michael Bell. *F. R. Leavis*, pp. 37—39.

④ Max Black. *The Labyrinth of Language*, Frederick A. Praeger, 1968, p. 97.

言,"绝不存在自我呈现而不表征某种命运(destiny)的自然语言(natural language),所有的语言都具有历史意义"[①]。毫无疑问,这一表述同样处于利维斯语言思想的核心,当他提及"远古人类生活积累之结晶"时,对利维斯而言,语言不仅先在于个体而且先在于后继言说者,因此在语言构型"世界"的能力方面,语言在被人言说的同时,也在言说着自身。[②]

第三,也许是最重要的一点,利维斯指出对语言"最完美"的使用体现在文学作品中。文学一直被视为语言表达的最高形式,其重要性也为人们再三强调。浪漫主义时期的优美诗歌可以看作是文学语言"创造性"的典范。而利维斯本人建立的文学谱系《伟大的传统》及其从众多文学艺术家中推举的屈指可数的几位大家,可以看作是对文学语言"最完美"的"创造性"使用的最好注释。利维斯正是寄希望于英国文学来保持文化的延续性的。在《安娜卡列尼娜及其他文论》中,利维斯重申:正是由于传统的延续性遭到如此破坏,使得文学传统的保持显得尤为重要,因为"意识的延续、共同经验的保持更依赖于文学传统。假如任由文学传统失去其延续性,这种断裂将是彻底的"[③]。文学负载着保持语言完全活力的功能。在过去,包蕴在语言中的道德和情感传统是由创造性的话语艺术和艺术品来传承的,现如今文化传统必须有意识地加以保持。利维斯指出,由于现代世界语词的决定性使用是与广告、新闻和畅销书等密切相连的,这无疑威胁着文学传统的延续性,进而益发突显出保持文学传统活力的重要性:

> 因为,假如语言趋向于退化……而不是凭借当代的使用使其充满活力,那么,我们只有寄希望于文学——语言最精微、最美妙的使用在文学——来保持与我们精神传统(our spiritual tradition)的联系。[④]

有人批评利维斯仅仅专注语言、专注文学传统,而忽略了其他保持共同经验的形式,如艺术、历史、哲学等。但是,柏兰指出:文学在丰富语言方面着实卓有成效,因此其在保持精神传统方面的中心地位是无可否认的。[⑤]

---

① Martin Heidegger. The Way to Language, On the Way to Language, 1971, p. 133. 转引自 Michael Bell, *F. R. Leavis*, Routledge, 1988, p. 43.

② Michael Bell. *F. R. Leavis*, p. 43.

③ F. R. Leavis. '*Anna Karenina' and Other Essays*, p. 223.

④ F. R. Leavis , Denys Thompson. *Culture and Environment*, p. 82.

⑤ R. P. Bilan. *The Literary Criticism of F. R. Leavis*, p. 30.

威廉斯也赞同利维斯的语言文学观并指出：文学的重要性不仅在于文学是正式的经验记载，而且每部文学作品都是以不同方式保存下来的共同语言的契合点。承认文学是所有这一切活动的主体，承认文学是保存这些活动并将这些活动带入我们共同生活方式的主体，这是一种难能可贵的、与时俱进的认识。[①] 伊格尔顿也指出："在文学中，而且也许仅仅在文学中，让语言的种种创造性运用得以实现。"[②]

就文学语言与文化传统的关系问题，利维斯在《文化与环境》中做了进一步论述：

> 借助于语言，我们的精神传统、道德传统和情感传统得以传承。这些传统蕴含着与美好生活相关的"精选的时代经验"(picked experience of ages)。作为个体独立的判断和能力来回应经验问题需要解决诸如行为、品味、评价等问题。但是，假如字词是联系我们与过去的主要纽带，其生命力、活力和潜力则依赖于与这些传统相关联的使用。[③]

利维斯坚持文学传统与文化传统的同一性。他早期对文学本质及其与语言和传统的关系最为精确的表述见于他1933年出版的小册子《如何教授阅读》。这本小册子是以批评庞德的文学理念开始的，利维斯赞成庞德从语言的角度定义文学，即"伟大的文学仅凭借寓意丰富的语言而达到极致"[④]。但是，文学之于庞德，意指分散的个人作品，他未能看到文学与文化传统的联系。利维斯看到的是由个体的文学作品连接而成的文学传统。这一传统折射的是一个绵延不断的文化传统。

> 一种特定的文学传统，依其产生的地域环境，与某种特定的语言联系起来：两者的关系可说是相互包容。不仅语言是文学传统一个恰当的类比，而且可以说这样的传统大多是文学所属的语言的一种发展，如果不把语言说成是这一传统的产物的话。或许最好的类比是艾略特在《传统与个人才能》中使用的类比，当他谈

---

① Raymond Williams. *Culture and Society* 1780—1950, p. 249.

② Terry Eagleton. *Literary Theory: An Introduction*, p. 34.

③ F. R. Leavis . Denys Thompson. *Culture and Environment*, p. 81.

④ F. R. Leavis . *How to Teach Reading* . Education and the University, p. 118.

> 到“欧洲的思想”的时候。“思想”暗含“意识”和“记忆”双重意义，文学传统便包含了这两方面：文学传统是它的人民的意识和记忆，或者文学传统是其发展的文化传统。[①]

文学传统凭借“意识”和“记忆”保持并负载着文化传统。利维斯的文学观显然来自艾略特，在《文学与社会》一文中，他完全认可艾略特的文学传统理念，并提醒人们关注艾略特构想的文学传统理念：

> 在这一传统理念(the idea of tradition)中，个体作家会认识到他的创作属于整体文学(Literature)的一部分，这不是简单的外在相加。换言之，一种文学(传统)，从根本上看远非单独作品的堆积：它有着有机的形式或者由有机秩序构成，个体作家与这个有机体发生了联系，他便有了意义和存在。可用思想(mind)来做类比：他一定要认识到欧洲的思想——他自己国家的思想——一种他逐渐体会到比他自己的思想重要得多的思想，这是一种变化的思想。[②]

受艾略特的影响，利维斯开始将文学看作是一个“有机的秩序”，而非“单独作品的堆积”。但是，艾略特思考的文学秩序其着眼点是欧洲的秩序，而利维斯倾心的是单一的“英国文学”的秩序和现实，并坚持这两个词是一体的。在《细察》回忆录中，利维斯提醒《细察》成员要认识到：“虽然我们有着不同的信念和‘哲学’，但是我们属于一个共同的文明和一个积极意义上的文化。对我们而言，这一文化如此卓越地由英国文学所代表。我们相信存在一种英国文学……它不仅是个人作品的聚合，而且在当今时代它所代表的文化在活力和真实性方面自有其生命力。”[③]

但同时，利维斯也看到了语言与生活、传统的分离，包括伴随语言标准化而来的是语言在当代的使用所呈现出的低俗化、平庸化趋势。利维斯感叹道：“在语言中，我所指的‘生活与生命’(life and lives)这一不可动摇的基本真理已看不到了、消失了。”[④]这一语言颓势不仅割断了语言与过去“鲜活

---

① F. R. Leavis . *How to Teach Reading* . Education and the University, pp. 118—119.

② F. R. Leavis. *Literature and Society*, The Common Pursuit, pp. 183—184.

③ F. R. Leavis. ‘Scrutiny’: A Retrospect, *Scrutiny Vol*. XX, p. 5.

④ F. R. Leavis. *The Living Principle*, p. 42.

的”生活的联系，而且使语言的“感受性”严重受挫，出现了“感受性分离”的现象。利维斯认为，“对语言的感受性即是对文化的感受性，人们只能借助于对本民族语言的细致的感受性，才能有望对过去的语言或者某种外来语的敏悟反应”[①]。正基于这一认识，利维斯等人继承了理查兹提出的“细读”原则，尝试贯彻对“书页上的文字”的训练有素的“细察”批评方式。通过这种方式，一方面接通与伟大的文化传统的精神通道，另一方面培养出良好的文学感悟力和语言感悟力，以应对和治疗日益扩大的“感受性分离”的现代精神疾患。由此可见，到了利维斯、理查兹那里，文化的论证已大都局限在文学和语言的区域里了。[②] 这同时也预示出 20 世纪初西方学术界出现的一个普遍倾向——语言学转向的早期萌芽。

那么，面对现代社会随文化工业而来的大众文明的冲击，利维斯设定的一整套应对措施，诸如“细读”批评方法和“智性感受性”训练等得以实施的文化阵地应该落实于何处？在《文化与环境》中，利维斯提出教育是唯一的出路，他坚信：“倘若我们坚信教育的作用，教育必定在此会有所作为。一个人若要有信仰的话，其信仰必定是教育。”[③]在此，利维斯将救赎的愿望引申到了他所谓的“少数人”的使命及其所在的大学，并尝试建立一个与科学主义相抗争的人文主义的文化堡垒。

三、人文主义与大学教育

作为老一辈人文主义批评家，利维斯的人文主义思想与其所处的时代有着特殊的联系。他深切地感受到这个时代面临的重大危机是身心的分裂，这是他对史无前例的世界大战催生的新世界之本质的反思和理解。这样的认识是对经验的一种情感的、想象的再创造。[④] 利维斯思想深处所思所想的问题是：在当今科学和技术影响日益深重的社会中，如何保持和发展人类目标、人类价值和意义的完满意识？[⑤] 他给出的答案是：大学教育和英文教育。这是人文主义思想的表征与传承的出发点和落脚点。他深切

① F. R. Leavis. *'Anna Karenina' and Other Essays*, p. 163.

② 黄卓越：《离合之旅：英国文化研究与文学研究之关系考察》，见易晓明编《英语文学与文化研究》，第 63 页。

③ F. R. Leavis , Denys Thompson. *Culture and Environment: The Training of Critical Awareness*, p. 4.

④ Fred Inglis. *Cultural Studies*, p. 41.

⑤ R. P. Bilan. *The Literary Criticism of F. R. Leavis*, p. 25.

认识到在现代社会,文化传统价值观一定要有意识地加以保存,为了达此目的他将希望寄托于大学。在1943年出版的《教育与大学》一书中,利维斯指出:"致力于教育的人们必须看到,教育是人类基本需求的阵地,这些需求体现于人文传统的力量。在促进这一努力的同时,它们将传统力量引向更强烈的目的、手段和紧迫意识,表征并强化和引导着传统力量。"[①]事隔二十六年后,他在《我们时代的英国文学与大学》(1969)中谈到大学教育的重要性时,讲到:"如果没有一个浓缩和提炼创造性的地方,意义和智慧赖以生存的活的遗产在我们的时代就不会得到保持。"[②]为此,在利维斯的思想中,教育成为坚守和传承语言传统、文化传统乃至人文主义传统的坚强堡垒。

那么,在英国社会的发展史中,人文主义经历了怎样的演进历程?

业师黄卓越先生指出:从文艺复兴时代到20世纪初,人文主义的关怀和视野在英国社会经历了一个由"总体"向着"分化"演进的过程。在阿诺德时期,这种总体性不仅表现在对包括文学、科学、哲学、政治等各学科在内的"平视",而且体现在人文主义理念在这些学科间的流动和"沟通"。然而,到了20世纪以后,人文主义在各方面的分化都在加剧,科学走向了技术主义,政治走向了工具论,哲学成了理性主义的奴仆。[③] 与之相关,大学教育于20世纪之后,学科体制日趋正规化、分科化。英国文学也在学术机制日益专业化的压力下,顺势而动屈服于科学化的压力,逐渐沦为一种实用性的工具,成为语言学技术主义分析的对象。与之相对,利维斯坚持文学的人文主义批评与科学主义分析的不可调和性,对英文研究和大学教育中出现的语言学、符号学方法采取了力拒的姿态,并努力"将文学研究从语言学的折磨之下解放出来"[④]。由于现代文明和学术工业的推进不断挤兑并侵吞了大部分人文主义的地盘,从而将早先人文主义对美好事物、心智健康等理念的追求留给了文学及其批评,这样以文学批评的方式来维护早期人文主义的价值可以说是这一分化过程的一个必然结果。[⑤]那么,在这样一个大的历史背景之下,利维斯有着怎样的人文教育理念?

---

① F. R. Leavis. *Education and the University: A Sketch for an 'English School'*, p. 16.

② F. R. Leavis . *English Literature in Our Time and the University*, p. 3.

③ 黄卓越:《离合之旅:英国文化研究与文学研究之关系考察》,见易晓明编《英语文学与文化研究》,第61页。

④ F. R. Leavis. *Education and the University: A Sketch for an 'English School'*, p. 7.

⑤ 黄卓越:《离合之旅:英国文化研究与文学研究之关系考察》,见易晓明编《英语文学与文化研究》,第62页。

在利维斯的表述中，以“语言”为基础的“文化”概念倾向于被压缩为“文学文化”，蕴含并呈示着人文主义的精神传统。这一话语模式的形成与整个英国社会人文主义的进程密切相关。利维斯的基本假定之一是：在这样一个学科日益专业化、分化的时代，文化的延续性并未彻底断裂。他期待人文教育将担当起传承人文主义精神传统的重任。为此，他在《教育与大学》中讲道：

> 我认为在英国值得尝试并设立真正的人文教育(a real liberal education)，以恢复现代世界的人文教育理念(the idea of liberal education)，因为尽管我们所有的有关当今(文化传统的)“断裂”(disintegration)和“衰落”(decay)的谈论……我们仍然拥有积极意义上的文化传统，文化的持续性依然强韧。我们仍可指望一种足够好的、基于一致赞同的基本价值观，不论是公开的还是隐在的……我们大可不必讨论最终的认可或者提出一种哲学体系，这种努力会是一种将现实的、活生生的传统引入焦点并得以关注的尝试。[①]

这是利维斯所做的一个十分重要的假设，这种对一种积极意义上的传统有效存在的信念是他著作的基础。这一假定使得大学的设想和文学研究成为可能。在他写下这段话的二十多年后，虽然他认为技术社会的威胁更加深重，但是他的信念从未动摇过。他深信在20世纪的英国仍然存在一种积极意义上的、拥有共同价值观的文化。1969年，在《我们时代的英国文学与大学》中，他认定大学的职责必定是：

> 将一种至关重要的(文化)延续性传递下去，在此这种延续性的倡导者和执行者已完全投入其中，多亏了他们的投入，否则在创立大学之时将不会有构想，不会有计划，也不会有意义。他们拥有一种共同文化，尽管在这种共同文化中存在分歧，有不可知论者、天主教徒、各类新教徒，他们为着共同的人类目标一起工作。这样一种文化传统，一如语言是一切的核心，在不断的合作更新中……构型并保持活力，参与者几乎意识不到他们共享的基本价值观和假设，但这是一种使得创立新的大学具有意义的设想

---

① F. R. Leavis. *Education and the University: A Sketch for an 'English School'*, p. 18.

成为可能的基本共识。[①]

尽管利维斯对现代文明心存悲观，但是我们可以看到他对共同文化的设想以及共享价值观的看法却是非常乐观。[②] 基于他对现代大学的设想，利维斯寻求在大学理念与现代大学的鸿沟之间架起一座桥梁。他详细阐述了大学之功能，将它描述为“共同体意识的中心”[③]：一件迫切而必要的工作是探讨将各种基本专业知识和训练融入与普通智性、人文文化、社会良知和政治志趣有效联系的方法。在这件工作中，我们需要借助大学特有的超凡卓著的功能。倘若大学对此力有未逮，那么，没有任何机构可以担当此任。[④]

为在现代大学达成这一目的，利维斯认为，人文教育在抵御现代性强大的专业化需求方面发挥着特殊作用。他建议在古老大学中，以人文学科的精神“来恢复与现代世界相联系的人文教育理念”[⑤]。他设想在所有专业学科中，推行人文主义的教育理念。这样的人文教育“不以教条框架起步”，也不受“说教式灌输方式的牵制”[⑥]。然而，这并不意味着利维斯拒斥专业学科以及专业知识的分支在大学抑或在现代世界“创造性中心”所发挥的“必不可少的积极作用”[⑦]。相反，这不是一个简单的专业部门的排列并置问题，而是他设想的人文教育跨学科特征的必要条件，是不同专业、学科和研究领域在现代大学的共同在场(co-presence)。[⑧] 在利维斯的批评课题中，现代大学要抵御“专业化的离心力”(the centrifugal forces of specialization)[⑨]，就需要一个“聚焦中心，在此大学理念比在其他任何地方都要得到绝佳体现并富于活力”[⑩]。

为实现其人文教育理想，利维斯在1940年发表于《细察》的文章《“英文学院”的规划》(*A Sketch for an “English School”*)中，首次提出“英文学院”的规划蓝图：它是一个“联结中心”(liaison centre)，即大学内部各学科

① F. R. Leavis. *English Literature in Our Time and the University*, pp. 54—55.
② R. P. Bilan. *The Literary Criticism of F. R. Leavis*, p. 33.
③ F. R. Leavis. *English Literature in Our Time and the University*, p. 59.
④ F. R. Leavis. *The Idea of a University*, Education and the University, p. 24.
⑤ 同上, p. 18.
⑥ 同上, p. 20.
⑦ F. R. Leavis. *Nor Shall My Sword*, p. 186.
⑧ 同上, pp. 98—203.
⑨ Francis Mulhern. *The Moment of Scrutiny*, p. 109.
⑩ F. R. Leavis. Education and the University: A Sketch for an ‘English School’, p. 65.

间“协调和意识的中心”[①]。事实上，他的批评课题不言而喻是一种现代文明催生的产物，其“联结中心”的理念来自于阿诺德的批评功能观念，即文学批评担当起传承文化和树立民族精神的伟大使命。[②] 这一理念同时折射出 J. H. 纽曼(John Henry Newman，1801—1890)的人文教育观念。在一部与利维斯的《大学的理念》一文同名的著作中，纽曼提出大学的办学宗旨：“提高社会的精神格调、培养公民的智慧、纯洁民族的趣味，为民众所喜提供真正的原则，为民众所望提出确切的目标。”[③]对利维斯而言，“英文学院”作为人文思想的传承中心，其目的是：

> 培养这样一种思想，即在接触现代文明(modern civilization)的诸多问题时，要以一种对问题渊源的理解和成熟的世界观看待之，不以一种对过去的怀旧依恋，而以一种人类可能性的意识，成就伟业之难的意识，对此文化传统即是明证。倘若看不到这一点，文化延续性将消失在断裂之中(in a breach of continuity)，那将是灾难性的。[④]

这段话不仅表明利维斯成熟的教育思想，而且展示出利维斯看待“现代文明”的客观态度。在《“英文学院”的规划》一文中，他同时提出了英文学院的宗旨，设定了英文教学在大学教育层次上的一系列原则、课程设置以及学生培养目标等。利维斯将英国文学看作是专业化时代，大学各学科中的特殊学科。依据他的观点，不可让文学研究沦为“学术工业和学术方法”的自我无为(self-stultifying)的专业化学科，[⑤]原因是英国文学“在其多样性和范式方面是如此宏大而无与伦比，其记载的生活内容是如此丰富而广博”[⑥]，这是任何抽象的“技术”难于穷尽和企及的。故而，对于文学的批

---

① F. R. Leavis. Education and the University (I): A Sketch for an ‘English School’,” *Scrutiny*, *IX*. Vol. 9, No. 2, September, 1940.

② Matthew Arnold. In R. H. Super (Eds.). *The Complete Prose Work of Matthew Arnold*, *Vol. III*: *Lectures and Essays in Criticism*. Michigan University Press, 1962, p. 41.

③ John Henry Newman. *The Idea of a University*, Cambridge University Press, 1979, p. 35. 译文参见约翰·亨利·纽曼:《大学的理念》，高师宁等译，贵州教育出版社 2003 年版，第 161 页。

④ Leavis. *Education and the University*, p. 56.

⑤ Leavis. *Education and the University*, p. 7.

⑥ F. R. Leavis. *English Literature in Our Time and the University*, p. 60.

评应是“一种有着自身领域及其研究方法的、特殊的智性训练”①。虽然文学研究或者文学批评作为一种智性方式，是针对文学的研究和批评，但在利维斯批评著作中所使用的“英文”“文学研究”或者“文学批评”等术语几乎具有同一含义，因为依据他的观点，“英文”作为一种智性和感受性训练，是以人文教育理念为基础的：

> “英文”……是一所人文学校(a humane school)，各种不同的研究都可在非专业化的智性(the non-specialist intelligence)中找到它们的中心，非专业化的智性即是在文学的特殊训练中获得的一种智性。其特殊而非专业化的训练在于它属于文学批评，是一种感受性、判断力和思想的训练，这种训练的根本性质在于它关注非专业化的智性训练。②

这段话中出现了四个利维斯式的关键词，以表达英文作为一门学科的特征及具体内容：“英文”传达的是“人文主义”(humane)的理念、非专业化的(non-specialist)或者特殊的(special)、智性训练(a training of intelligence)、感受性训练(a training of sensibility)。首先，重要的一点是利维斯将“英文”称作一所“人文学校”，这道出了他大学英文教育的核心思想，即人文思想的培养。在《“英文学院”的规划》一文中，利维斯自问自答：“何为英文学院？——它是一所人文学院。”③“英文”，特别是英国文学蕴含着深厚的人文精神、人文理想，体现着以“人”为中心的世界观。在给伦敦经济和政治学院的学生所做的《文学与社会》(*Literature and Society*)的著名演讲中，利维斯进而谈到文学研究与人性的关系，他说：

> 在人类事物(in human affair)中，存在某种程度的精神自主(spiritual autonomy)……人类智慧、选择和意志会有效运作，体现出固有的人性(an inherent human nature)，存在一种人文性质……文学是展示人性自身的首要方式……文学研究应该是对于人性(human nature)之复杂性、潜能及其基本状况的研究。④

---

① F. R. Leavis. *English Literature in Our Time and the University*, p. 45.

② F. R. Leavis. *Education and the University*, p. 43.

③ 同上，p. 43.

④ F. R. Leavis. *Literature and Society*, The Common Pursuit, p. 184.

这段文字阐明了利维斯深刻的“人性”意识及其人文教育理念。在《教育与大学》的序言、《大学的理念》和《“英文学院”的规划》等文章中，在提到人文教育这一概念时，利维斯交替使用的术语是“humane education”或者“liberal education”，他用“a humane school”指涉英文学院，用“liberal arts”指涉人文学科，还不时提及“人文传统”(humane tradition)和“人文文化”(humane culture)。他将其文学批评称作“人文主义”的批评，体现出其人文教育理念中对人、社会、文明的整体关怀。

其次，利维斯坚持，英文作为大学里一门独一无二的学科，具有“特殊而非专业化的”特质。其特殊性在于它自身深切关注“我们时代更为深远的文明问题”。这是“社会学家、社会科学家、社会工作者、反种族主义者和开明人士普遍忽略的问题”①。利维斯认为，英文或者文学研究，在专业化的当今时代，通过突显自己作为一门“独特的学科”，从而上升为一个“联结中心”②。利维斯称文学批评为“非专业化的”，原因在于文学批评背离了现代学术分化的趋势；称其为“特殊的”，原因在于在这样一个断裂的时代，文学批评“聚焦于文化的延续性”③。正如利维斯在讨论大学理念和英文在大学中的地位时，提出重建受教育的公众问题，其目的是借此来保持文化的延续性。他将文学研究描述为具有跨学科的相关性，因为“它往往跨越自身而引向”其他领域，“为某种对根本训练的关注所掌控”④。文学研究不仅给予“传统理念一种无与伦比的启迪”，而且“文学中的传统研究”同样“关涉众多超越于文学的内容”⑤。通过对“文学秩序以外的事物和状况之间关系的感知和理解”⑥，文学研究的本质使其可以联结起文学以外的知识，并促成“人类意义的创造”⑦。在此意义上，文学研究关涉到“一种完全的人类责任意识、目标意识和人类评价的整体范围意识”⑧。对利维斯而言，这意味着由于真正的文学兴趣落在“人、社会和文明”之上，文学研究的界线便

---

① F. R. Leavis. *Nor Shall My Sword: Discourses on Pluralism, Compassion and Social Hope*, p. 122.

② 同上，p. 203.

③ F. R. Leavis. *English Literature in Our Time and the University*, p. 60.

④ F. R. Leavis. *Determinations: Critical Essays*, Chatto & Windus, 1934, p. 2.

⑤ F. R. Leavis. *Education and the University: A Sketch for an 'English School'*, p. 19.

⑥ F. R. Leavis. In G. Singh (Eds.). *Valuation in Criticism and Other Essays*. Cambridge University Press, 1986, p. 175.

⑦ F. R. Leavis. *English Literature in Our Time and the University*, p. 96.

⑧ F. R. Leavis. *The Living Principle: 'English' as a Discipline of Thought*, p. 21.

"无法划出"[1],但是这还不是故事的全部。

最后,"英文"是一种"智性和感受性"训练。在谈到英文学院的课程和训练方法时,利维斯讲道:"英文学院作为一个学科应当建立在一种批评性的理念上,即一种训练感受性和智性的文学批评研究。"[2]在利维斯看来,即使以跨学科抑或泛学科的方法,专业化学科,比如"社会研究……也不能发挥一种'人文中心'的功能"[3],因为它们并不训练智性和感受性。利维斯认为,任何学科假如切断与感受性训练的联系,毋庸置疑会变成"纯学术的、徒劳无益的"。只有文学批评训练才使得智性和感受性密不可分。利维斯致力于恢复批评功能的努力主要与他力求使文学批评成为一门训练智性和感受性学科的尝试有关。在《教育与大学》中,他写道:

> 一定要有智性训练,同时还要有感受性训练——一种思想的训练,一种对于经精密组织的情感、感觉和意象的缜密敏悟性的训练。若没有对于语言的精妙——对其最为复杂的、富于张力的使用——具有鉴赏力的惯性反应,此为文学批评训练的落脚点,那么思想——人文教育(humane education)最终关注的思想——就会瘫痪。与这一训练密不可分的评价判断过程,无论是隐在的还是显在的,智性的作用绝不是"品味"这种事情可以取代的。[4]

在利维斯看来,文学批评既是一种智性训练,也是一种感受性训练,既是一种思想的训练,也是一种应对情感、感觉和想象等微妙的心理组织反应的审慎敏悟性训练。利维斯将论文集《活的原则》的副标题定为"'英文'作为一种思想训练"[5],旨在阐明思想作为一种"启迪式"(heuristic)或者"活生生的活动",包括了智性和感受性两个方面。[6] 那么,如何理解"感受性"(sensibility)和"智性"(intelligence)这两个概念?何为文学批评的智性和感受性训练?两者有着怎样的联系?

提及"感受性"这一概念,人们首先联想到的是人的心理意识。在18

---

① F. R. Leavis. *The Common Pursuit*, p. 200.

② F. R. Leavis. *Education and the University*, p. 40.

③ F. R. Leavis. *English Literature in Our Time and the University*, p. 173.

④ F. R. Leavis. *Education and the University*: *A Sketch for an 'English School'*, p. 38.

⑤ F. R. Leavis. *The Living Principle*: *'English' as a Discipline of Thought*, titlepage, pp. 9—18.

⑥ Leavis. *Education and the University*, pp. 38—41.

世纪至20世纪中叶的英文里，sensibility与以sense为中心的一组词的渊源关系十分复杂。早期sensibility的用法是随着sensible的用法而来。Sensible最接近的词源是法文的sensible——意指通过感官，被感觉到的、被意识到的。18世纪时，sensibility基本上是一个从社会的角度来概括各种人类特质的名词。简言之，它是个人对社会特质的感知。到了20世纪，sensibility成为一个与艺术家工作的领域密切相关的关键词，常被用来表示人的感受与判断方面的含义，而人的感觉和判断无法被化约为情感或者感觉(feeling)。①

利维斯提出的"感受性"问题源自艾略特的"感受性分离"(dissociation of sensibility)的观点。艾略特在《玄学派诗人》(*The Metaphysical Poets*)一文中提出感受性分离的问题。他讲道："在17世纪某种感受性分离开始出现，从此未得以恢复。这种感受性分离随着17世纪两位最重要的诗人——弥尔顿和德莱顿的影响而日益严重。"②从英国观念史的角度看，持这一观点的批评家和诗人不在少数，比如T.E.休姆(T.E. Hulme)、W.B.叶芝(W.B. Yeats)也持有同一观点。弗兰克·科默德(Frank Kermode)曾在《浪漫主义意象》(*Romantic Image*)一书中专辟一章讨论过感受性缺失的问题，并认为我们很难确定感受性缺失的确切时间(无论休姆还是叶芝推断的时间均早于艾略特)。感受性的存在一如"有机社会"是一种难以捉摸的实体(elusive entity)。③

对"感受性分离"这一概念的重视似与"有机社会"解体的问题相关。乍一看，"感受性"问题似乎仅与个体相关，"有机社会"问题则与整个社会相连，然而两者的相互联系、相互影响近似于个体关系到普遍社会的命运问题。叶芝提出"感受性分离"与"有机社会"之间有着某种存在的统一性和文化的统一性之间的逻辑联系，而现代社会疾患之根源来自都市重商主义而非机器的出现。这一观点与利维斯的早期假定并无二致，因为商业主义与机器如同一对孪生兄弟，都是与工业革命伴随而来的。然而，艾略特的"感受性分离"的判断似乎与利维斯的思想更为吻合。尽管"感受性分离发生于17世纪"这一判语缺乏时间上的精确性，但艾略特同时断定"在邓恩(John Donne)至丁尼生(Alfred Tennyson)和勃朗宁(Robert Browning)

---

① Raymond Williams. *Keywords, a Vocabulary of Culture and Society*, pp. 280—282.

② T. S. Eliot. *The Metaphysical Poets*, Selected Essays, Faber & Faber Limited, 1941, p. 288.

③ Anne Samson. *Modern Cultural Theorists: F. R. Leavis*, p. 112.

的时代，英国人的思想就已经发生了变化”[1]。这是一种“开始”而非结束的现象，因此“感受性分离”的出现极易使人联系到“有机社会”的消失，进而关涉利维斯关切的语言传统和文化传统的问题。由此，我们可以理解利维斯批评话语的本质。“感受性分离”本身不仅是一个历史事实，而且包含着丰富的启示，有待于深入的探索和发现。17 至 18 世纪不仅记录着人们在思想、情感、个人身份观念诸方面发生的复杂、深刻的变化，而且同时存在这种独具警世性的话语。利维斯将这一术语看作是一种思想探索的起点，由此而展开他对“人性、社会、文明”等问题的思考。

所谓的“感受性分离”也是指作家或者读者对现实生活、语言和生活经验的感受性缺失，主要表现在三个方面：首先，诗人或作家逐渐与活生生的生活经验相分离，他们的语言脱离了与生活和经验密切交织的“活力”和“质感”，变得抽象而贫血。其次，“感受性分离”还体现在受众的分离。自 20 世纪初以来，在大众文化浪潮的冲击下，能够识取经典文学的读者日益减少，艺术家与读者之间出现了认同危机，他们不再分享共同的价值观。最后，文化传统的断裂，这是前者导致的后果。因此，文化批评成为利维斯批判工业文明带来的精神疾患的有力武器，而“有机社会”与“感受性分离”则是他用以对抗文化衰落的一种批判性话语。

在利维斯的批评话语中，与“感受性”密切相连的概念是“智性”，它是一种智力反应，即人们对事物正确的理解力和判断力。就智性与感受性之间关系的问题，利维斯认为：感受性和智性构成一种统一的感受力（a unified sensibility），一种思想与情感融合的状态，从而成为一种完整的心理状态（the whole psyche）。[2] 正是基于这种理解，他会以一种更具包容性的方式理解和看待智性与感受性的二重性关系。比如在早期的一篇文章《文学思想》（*The Literary Mind*）中，利维斯就智性和感受性两者的概念做了如此解说：“当‘智性、感受性’这样的词语出现时，这意味着‘智性’和‘感受性’之间的关系不是简单的分离。”[3]其中，虽然智性是基本的，但只有通过训练有素的感受性才能确保获得一种适当的理解力和判断力。这也表明当语言和情感处于一种完整的心理状态时，应产生一种完全的心智回应，即一种统一的感受力。[4] 利维斯认为一个人的学术生涯是由大学起步的，

---

① T. S. Eliot. The *Metaphysical Poets*, Selected Essays, p. 287.

② T. S. Eliot. The *Metaphysical Poets*, Selected Essays, pp. 288—290.

③ F. R. Leavis. *The Literary Mind*, For Continuity. Minority Press, 1933, p. 50.

④ F. R. Leavis. *The Literary Mind*, For Continuity, p. 56.

他的知识的积淀和习惯的形成是在大学里养成的，因此重要的不仅是使学生具备丰富的文学知识的储备，而且要训练学生“对文学作品进行智性批评……和敏锐的感受性”①。由此，我们可以领会利维斯式的文学批评中“智性和感受性”训练的深层内涵。

利维斯英文教育中强调的文学研究的四要素也与当时语境下，何为人文主义，何为同质性的文化传统的确立有着密切的联系。直到 20 世纪，英国文化的主流仍然是基督教文化。无论英国国教、浸礼会教、非国教、循道宗之间存在怎样的分歧，将英国社会统一起来的仍然是人们对基督教价值观的普遍信奉。然而，20 世纪初借助战时民族主义而来的人文主义思潮已大大动摇了基督教的地位。通过对几位前英国文化批评家对基督教表现出的不同态度的对比，可以看出他们在对人文主义思想理解方面的差异。在利维斯之前的文化批评家中，宗教思想最为浓厚的莫过于艾略特。新批评理论家 J. C. 兰色姆在《新批评》(1941)一书中曾对艾略特的复杂个性、人文主义思想、宗教立场做了详细介绍：具体来说，有三个艾略特——诗人艾略特，批评家艾略特，宗教家艾略特。艾略特在诗歌创作方面属革新派，在文学批评方面是保守派，在宗教信仰方面则是顽固派。② 在宗教方面，艾略特坚持强硬的正统立场。身处“宗教危机”时代，他宗教思想的那份苛重虽逆潮流而动，却显其真诚。然而，对他同时代的知识大众来说，他的宗教思想恰是他个性中不受欢迎的方面。关于宗教，他有大量著述，但他并不从哲学的角度为其宗教信仰进行辩护。

艾略特有关人文主义与宗教关系的论辩集中于他关于白壁德人文主义思想的文章和评论阿诺德的文章，他对两位前辈宗教思想的批评可以从另一个角度折射出三位批评家不同的人文主义思想。身为正统宗教主义者的艾略特在《欧文·白壁德的人文主义》(*The Humanism of Irving Babbitt*,1927)一文中，批评了白壁德先生(艾略特曾师从的导师)后期著作《民主与领袖》中的人文主义倾向。他认为“人文主义不过是个别人在个别时间、个别地点的心态，它的存在有赖于某种个别的态度，因为它本质上是一种批判性的，或者说是寄生性的立场”③。令他尤为担心的是人文主义会变得越来越实证主义，从而呈现出宗教教义替代品的特点。④ 1930 年，艾略

---

① F. R. Leavis. *Education and the University: A Sketch for an 'English School'*, pp. 55—61.

② 约翰·克罗·兰色姆:《新批评》，王腊宝、张哲译，第 89 页。

③ T. S. Eliot. *Selected Essays: 1917—1932*, pp. 475—476.

④ T. S. Eliot. *Selected Essays: 1917—1932*, p. 479.

特在《阿诺德与佩特》(*Arnold and Pater*)一文中，抨击阿诺德使宗教失去了知识界的支持。[①] 阿诺德的散文作品分为两类：一类关于“文化”，一类关于“宗教”。艾略特认为阿诺德有关基督教的著作千篇一律地表达的只有一个观点，即“有文化的人不可能信奉基督教”[②]，指责阿诺德“大谈宗教的结果就是将宗教与思想剥离了开来”[③]。

不难看出，艾略特关于宗教与人文主义的言辞和观点不仅与阿诺德和白壁德有着较大不同，而且与利维斯的观点也大相径庭。利维斯努力要保持的文化传统并不(主要)是基督教文化。在《教育与大学》中，他谈到这一问题：

> 作为人类价值观并独立于特定宗教形式的先入之见的是文化再生之恩典，它不依宗教复兴趋势而推进……文学批评，在这个意义上，总是人文主义的……在我看来似乎很显然教育所需的方法必须同样是人文主义的，关键在于在任何情况下都要应对目前的文明危机。人文教育的起步不依照任何的条条框框，也不朝向任何教条的方向发展……现在不是但丁(Dante)的时代，不是赫伯特(Herbert)的时代，而是 T. S. 艾略特的时代。[④]

在此，利维斯表明了自己的人文主义立场，“人文主义”的“人类价值观”不仅独立于宗教而且不为其所困。在利维斯看来，不仅文学批评是人文主义的，而且大学教育的方法也应该是人文主义的，并且是向着未来开放的。一方面利维斯重申人文教育的目的是要应对当前的“文明危机”，另一方面他认为宗教信仰的性质已经发生了改变：但丁和赫伯特会完全忠诚于他们的信仰，而对艾略特这样的现代人而言，信仰已成为更为尝试性的探索，而不是确定无疑的忠诚了。当利维斯发出这是“T. S. 艾略特的时代”这样的宣言时，他似乎将艾略特看作是与自己相当的人文主义者了，但是

---

① T. S. Eliot. *Selected Essays*: 1917—1932, pp. 431—441.

② T. S. Eliot. *Selected Essays*: 1917—1932, p. 434.

③ T. S. Eliot. *Selected Essays*: 1917—1932, p. 434.

④ F. R. Leavis. *Education and the University*: *A Sketch for an 'English School'*, pp. 19—20.

艾略特并不是个恰当的代表。[①] 虽然利维斯并不反对艾略特正统的宗教思想，但是他批评了艾略特在晚期批评著述中，因严重的宗教思想所累而偏离批评正规的做法。在《艾略特先生、威德尔姆·刘易斯先生和劳伦斯》(*Mr Eliot, Mr Wyndham Lewis and Lawrence*)一文中，利维斯指出：

> 由于坚持宗教的先入之见，艾略特先生的批评著述明显表现出较低的思想和情感素养，较少的趣味纯性，较低的持续专注以及比从前较弱的勇气。这是所有阅读他的著作的人们的明显感受。[②]

利维斯对批评家艾略特提出批评，因为在艾略特的思想中宗教主义严重挤兑人文主义，背离了利维斯文学批评中坚持的人文主义的宗旨。利维斯的人文主义立场不仅有别于艾略特，而且也不同于白璧德。利维斯在《大学的理念》中谈到他们的不同："白璧德旨在以一般的理论术语阐释和构建其人文主义，而我的目的是尽可能少地用教条、理论和一般术语来构想人文主义……而是尽可能地接近实践。"[③]两者的差异落在贯彻人文主义的方式上，利维斯坚持文学研究不可沦为某种"学术工业"(scholarly industry)、"学术方法"(academic method)[④]或者"知识的堆砌"(accumulation of knowledge)[⑤]，旨在以非理论的、非教条的方式实践其人文主义思想。就此而言，利维斯应当是更接近于阿诺德所持的人文主义精神。

基于此，利维斯构想的英文教育的背后铺垫着的并非基督教文化，而是以"完满的人类责任意识"为核心的人文主义理念，大学则成为传承人文主义文化传统的坚实堡垒。在利维斯看来，重要的是要看到文化传统的传承不仅依赖大学围墙内的文化"少数人"，而且有赖于大学围墙外的读者大众与"少数人"共享的人类意识和价值认同。为此，威廉斯称赞道，利维斯

---

① 利维斯坚持教育与批评的人文主义立场，但并不排斥宗教思想，比如在提及布莱克时，利维斯将其归结于一种宗教精神。在《我们时代的英国文学与大学》中，利维斯讲道："布莱克与边沁之间的反差对照强化了我提出的主要观点。你几乎无法将边沁主义的灵感归咎于某种宗教精神。"利维斯认同"宗教精神"，但绝没有艾略特式的偏激。

② F. R. Leavis. Mr Eliot, Mr Wyndham Lewis and Lawrence, The Common Pursuit, pp. 241—242.

③ F. R. Leavis. *Education and the University*, pp. 17—18.

④ 同上，pp. 17—18.

⑤ F. R. Leavis. Literary Studies. *Education and the University*, pp. 17—18.

“那些可贵的教育方案……已经得到广泛效仿和实施”[①]，他“关于扩大教育的建议方面……将文学研究与其他兴趣和学科联系起来等方面，没有几个人付出比他更多的努力”[②]。

四、大众文化观

对于20世纪初出现的新的文化形态——大众文化，利维斯《细察》集团投入了相当多的关注，两位文学博士的博士论文——两部文化研究处女作便是明证。他们对大众文化表现出一种渐进认识的过程，因此《细察》集团的文化批评课题展示出一种变化的大众文化观。利维斯早期的文化小册子《大众文明与少数人文化》(1930)在出版之后，由于其“大众”与“少数人”“文明与文化”等概念之间的对立阐释，而遭到学界的广泛批评。到1933年，在他编著出版文化批评著作《论延续》和与汤普森合著《文化与环境》之时，我们发现利维斯的大众文化观出现了一些变化，因此要考察他对待大众和大众文化的态度，仍需考虑他不同时期批评著述就同一主题相关论述所显示的若干差异，同时兼顾利维斯与自卡莱尔、阿诺德一脉文化传统的联系与区别，进而结合他对同时代大众文化状况的分析。

利维斯的小册子《大众文明与少数人文化》标题中的“大众”(mass)和“少数人”(minority)恰好形成鲜明对照。依据威廉斯在《关键词》中的介绍，“大众”是一个非常复杂的词，具有正反两面的含义：在保守主义者的字典里，它是一个轻蔑语；而在社会主义的思想里，它却是一个具有正面意义的词。它的社会学意义出现于17世纪与18世纪的世纪之交，比如出现于这一时期的轻蔑语“腐败的大众”(the corrupted mass)[③]。到了19世纪初，“大众”成了一个普遍通用的词，它与工业革命的“机器文明”的出现关系密切。穆尔(Moore)在1837年写道：“这就是所谓的‘大众’，缺乏优雅品味(good taste)的一个例子。”[④]而卡莱尔在1839年写道：“数以百万的芸芸众生(masses)，他们‘推倒了巴士底狱’……为的是在选举时投票给我们。”[⑤]这两个例子都说明“大众”一词的含义在早期存在的分歧：穆尔的用词含有批评大众的“粗俗”品味之意，卡莱尔的用法则含有“被他人操纵”之意。阿

---

① Raymond Williams. *Culture and Society*, pp. 250—255.

② 同上，p. 249.

③ Raymond Williams. *Keywords, a Vocabulary of Culture and Society*, p. 193.

④⑤ 同上，p. 194.

诺德在1869年出版的《文化与无政府主义》一书中写道："毋庸置疑，对广大民众(the mass of the public)而言，这些刊物的价值关系到他们是离正确的信息、品味和智性中心接近还是遥远。"①在此，阿诺德意指"大众"是一群缺乏智性判断力的人群，他们必须由文化权威来引导。在文化小册子《大众文明与少数人文化》中，利维斯以阿诺德的著名话语开篇："在现代世界，文化有着特殊重要的功能，相较希腊罗马文明，整个现代文明在相当大的程度上，更是机器文明和外在的文明，而且这种趋势会日益严重。"②并将阿诺德这段话作为自己文化思想的脚注，③可见其对大众的态度一如阿诺德，趋于贬抑。

文中还多次出现"公众"(the public)一词，与大众(masses)一词交替使用，the public 是一个中性意义的词，有"公众、民众"(people in general)之意，也可指某一方面的公众，比如"受教育的公众"(an educated public)④以及Q.D.罗斯的文化著作《小说与阅读公众》中的"阅读公众"(the reading public)⑤等，而大众(masses)则强调数量之众，如文中还出现了"批量生产"(mass production)、大众文化(mass culture)等术语，此处的"生产""文化"也非高质量、高水准。与大众相对应的"少数人"(minority)概念，利维斯在文中已多有解释，传达出与阿诺德一脉相承的"少数人"文化观(尽管有所不同)，即富于智性的创造性文化是由有见识的少数人来照顾和传播的。因此，这少数人代表的"文化"遂成为与大众"文明"对立的术语。⑥

1933年，利维斯主编的两部批评文集《走向批评标准》《论延续》和学生课本《文化与环境》相继问世。这三部著作中出现频率较高的术语是"受教育的公众"(the educated public)。在后期著作中，他将受教育公众分别称作"具有批评能力的成人公众"(critically adult public)⑦和"强大的受教育

---

① Matthew Arnold. *Culture and Anarchy*, p. 110.

② F. R. Leavis. Mass Civilization and Minority Culture, *Education and the University*, p. 143.

③ F. R. Leavis . *Mass Civilization and Minority Culture*, *Education and the University*, p. 143, 145.

④ F. R. Leavis. *Mass Civilization and Minority Culture*, Education and the University, p. 149.

⑤ Q. D. Leavis. *Fiction and the Reading Public*, p. 10.

⑥ F. R. Leavis . *Mass Civilization and Minority Culture*, Education and the University, p. 164.

⑦ F. R. Leavis. *Education and the University*, p. 159.

核心"(strong educated nucleus)[①]。在他将受教育的公众概念化为"标准的保持者"(a maintainer of standards),将"少数人"概念化为受教育公众的"核心"之时,此处的"公众"接近普通读者"大众",意义趋于褒义。利维斯声称这样的"公众"可以"改变人的精神状态"(change the spiritual climate)[②],并坚持认为在现代社会只要存在"受教育的公众",仍可有效表征和传承衍生于文化传统的生活意识和生活价值观。

就"阅读公众"问题,利维斯认为,不断推进的现代文明逐渐背离了阿诺德的时代,从而在他所处的时代与阿诺德时代之间形成了一个历史断裂,即阿诺德可以向"广大的、具有影响力的受教育阶层"宣讲他的思想,并信任他们。[③] 当阿诺德在《当今时代的批评功能》(*The Function of Criticism at the Present Time*,1864)一文中讲道:"任何开始看清事物本质的人都会发现自己属于一个非常小的圈子,但是只有通过这个小圈子坚定地执着于它的事业,正确的思想才会通行。"[④]阿诺德事实上让利维斯看到了"受教育公众"的真诚。在维多利亚时代,评论、杂志、期刊等文化出版物面对的是有教养的、有见识的、道德上负责任的公众。这一事实是使利维斯确信"存在大批受教育的公众"的明证。[⑤] 麦克·贝尔指出:"某种讽刺文学所必需的'一致赞同'(consensus)是利维斯式批评的前提条件。"[⑥]"一致赞同"在此有夸大其词之嫌,但是某种先在的共同价值观的假定却是必要的。所有文学批评似乎都在与"认同"这一悖论做斗争,因为读者与批评家之间必须享有共同的假定和共同的价值参照系,读者才能认同批评家的观点,否则读者只是言说的对象而不可能对他或她的言说产生认同感。

利维斯进一步区分了两类受教育公众:一是有着"共同体意识"的精英"小团体"(coterie)[⑦]。这个团体作为一个"连贯一致的、受教育的、有着影

---

① F.R. Leavis. *Nor Shall My Sword*: *Discourses on Pluralism*, *Compassion and Social Hope*, p.215.

② F.R. Leavis. *Nor Shall My Sword*, p.204.

③ F.R. Leavis. *English Literature in Our Time and the University*, p.43.

④ Matthew Arnold. *The Complete Prose Work of Matthew Arnold*, Vol. III: Lectures and Essays in Criticism, p.274.

⑤ F. R. Leavis. In G. Singh (Ed.). *Valuation in Criticism and Other Essays*, Cambridge University Press, 1986, p.252.

⑥ Michael Bell. *F.R. Leavis*, p.49, 75.

⑦ F.R. Leavis . In John Tasker (Ed.). *Letters in Criticism*, Chatto & Windus, 1974, p.44.

响力的阅读公众……能够做出智性回应”[①]。只有这样的团体的存在，“标准才能实实在在地与批评家相呼应”[②]。利维斯的观点从某种意义上讲是阿诺德式的“局外人”的衍生物，这些人不为其阶级意识形态所影响，而是被“普遍的人文精神和对人类完美执着的爱”所引领。[③] 这是利维斯坚信受教育公众不会“以边沁主义和后马克思主义的方式”属于某个社会阶层之因。这个团体由来自不同社会地位、经济背景和政治立场的少数人组成，[④]成为一个有影响力的“受教育公众”的实体。它为全社会提供了一种超越于“局部兴趣或者偏好”的同质性标准。[⑤]利维斯的《细察》集团应是这一类代表着文化标准并能够做出智性回应的“受教育公众”的典范。二是“受教育的阅读公众”。在1914年的世界大战带来的骤然、巨大的改变中，利维斯看到的是受教育的读者公众的消失，见证了一份文学期刊《现代文学纪事》的早夭命运，[⑥]以及文学事业与文化传统面临的危机。基于此，他坚持创造性作家与受教育公众之间合作的重要性。

利维斯所面临的文学家与受众的关系问题比起阿诺德时代要更为迫切。事实上，就文学家之生存依赖于智性受众的支持这一事实，他有过精彩论断。他的文学批评大多围绕这一主题，譬如对霍普金斯、亨利·詹姆斯和劳伦斯晚期创作生涯的衰落，利维斯的解释是他们缺乏与之有效回应的阅读公众。对布莱克晚期预言般的作品，利维斯讲道，由于缺乏足够的社会合作，他的艺术创造性未能得到充分发展，而“依他个人的禀赋，本应得到完满的发展”[⑦]。无论利维斯如何评价智性作家的晚期创作，然而毫无疑问他们都曾经历过剧烈的孤独之苦——被阅读公众遗忘的痛苦。他们本应受益于一群给予积极认可和肯定的受众，从这一意义上讲，作家需要来自阅读公众的“社会合作”(social collaboration)[⑧]。如果艺术家需要与受众的合作，这意味着负面批评乃至正面批评肯定都是必要的，这是利维斯解读W. H. 奥登诗歌作品时得出的主要观点。[⑨] 利维斯发现这些诗歌不能

---

① F. R. Leavis. '*Anna Karenina' and Other Essays*, p. 192.

② F. R. Leavis. *Valuation in Criticism and Other Essays*, p. 244.

③ Matthew Arnold. In R. H. Super (Ed.). "*The Complete Prose Work of Matthew Arnold*," Vol. V: Culture and Anarchy. p. 146.

④⑤ F. R. Leavis. *Nor Shall My Sword: Discourses on Pluralism, Compassion and Social Hope*, p. 213.

⑥ F. R. Leavis. *Thought, Words and Creativity: Art and Thought in Lawrence*, p. 141.

⑦ F. R. Leavis. "*Literature and Society*," The Common Pursuit, p. 188,

⑧ R. P. Bilan. "*The Literary Criticism of*," F. R. Leavis, p. 55.

⑨ F. R. Leavis. "*This Poetical Renascence*," For Continuity, p. 194.

够进步，是因为“缺乏自我认识的信心，缺乏那种对基本目标的认识。总之，这种缺陷正是在失去智性受众的情况下出现的消极反应”[①]。利维斯同时认为造成受教育公众缺席之因也与诗歌结构中浪漫主义的创作思想有关。安东尼·可罗宁(Anthony Cronin)曾讲道：“现在可以看到谁应为好的诗歌的出现负责任了，是受众，是受过训练的批评家，他们才是最重要的。”[②]他的话的确触及问题的根本：假如对诗人的失落境地可以归咎于受众的缺失，那么，诗人的进步同样得益于这样一些受众的存在。因此，在利维斯看来，只有智性受众的存在，才能给予作家以支持，促其进步和发展。

这意味着作家面临着认同危机。在新的技术时代，受教育公众不再表现出从前为美好价值观而参与到合作创造性活动中的热情。利维斯讲道，“真正的受教育公众”应具备“远胜于技术边沁主义的盲目假定，而关注人性、人类需求等具有深远的积极意义的知识”[③]。利维斯认为，若未能将那些盲目的、冷漠的个体重新融合成一个具有恰当意识和影响力的受众，就不可能出现一个“有着普遍感受性的时代，个人的感受性总是与时代密切相连的”[④]，因为“时代的感受性存在于一个积极感应的受教育公众”[⑤]。对利维斯而言，受教育公众的消失同样不可避免地将导致英国“意识延续性”的断裂以及“集体经验”的完全丧失：这种人类主体性的缺席，“流失的永远失去了，不再作为活的记忆而存在”，过去的文学不再具有“活生生的影响力”了。[⑥] 利维斯争辩道，哪里有“强大而至关重要的、(代表)活生生的文化延续性”并抵抗技术边沁主义文明的“受教育公众”，哪里就有活的原则的生动在场。[⑦] 在不断变化的现代文明的进程中，在历经众多状况的演变之后，利维斯仍然感到受教育公众作为“文化延续性的代表和保证者”的必要性。他感叹道：“缺失了这样的读者群，将无望检验和遏制开明政治家、知

---

① F. R. Leavis. “*This Poetical Renascence*,”For Continuity. p. 194.

② Anthony Cronin. “Toward School with Heavy Looks,” A Question of Modernity, Secher and Warburg, 1966, p. 121.

③ F. R. Leavis. *Nor Shall My Sword: Discourses on Pluralism, Compassion and Social Hope*, p. 205.

④ F. R. Leavis. In G. Singh(Ed.). *Valuation in Criticism and Other Essays*, p. 247.

⑤ F. R. Leavis. “This Poetic Renascence,” *Scrutiny II*, 1933, p. 68.

⑥ F. R. Leavis. *Thought, Words and Creativity: Art and Thought in Lawrence*, pp. 144—148.

⑦ F. R. Leavis. *The Living Principle: ‘English’ as a Discipline of Thought*, p. 69.

识分子、官僚、教育改革家们自以为是的破坏性愚蠢行为。”[①]

那么，为何当今有“反精英的”大众以及“现代主义的”大众，而没有批评家可欣喜与之产生共鸣的普通读者公众(public of Common Readers)呢?[②] 佩里·安德森指出：利维斯的认识论需要“一个共享而稳定的信仰和价值观系统”[③]的支持。他在《重新评价》中建构的“文学地图”，在《伟大的传统》中建立的“文学经典传统”，旨在寻求“一致赞同”，并希望阅读公众对这样的“文学地图”和“伟大的传统”表示赞成，认可英国文学的基本秩序，希望读者在“审视自己的经验时，感觉的确看似如此”[④]。然而，利维斯未能料到“一个稳定的信仰系统”会随着时空的改变而变化，一旦时空改变，有着共享价值基础的信仰系统便会坍塌，这就是利维斯面临的文化危机。他没有看到他所面对的阅读公众，在经历了工业文明的洗礼后，他们的信仰体系已经发生了改变，逐渐远离了传统价值观。因此，利维斯的认识论是一种想象的，具有超现实性的信仰体系。然而，文化危机意识促使利维斯清醒地认识到这样一个事实，即根据阿尔都塞(Althusser)的意识形态国家机器学说，在当今阶段，只有大学能够建立有效的受教育公众。[⑤]

多数情况下，利维斯将这两类受教育人群并称为“受教育公众”。这样的区分也有一个明显的缺陷：谁属于这样的受教育公众？因为，不存在一个确定的标准来认定何人为前者或者后者。利维斯在《细察》宣言中讲道，“问题是受教育公众并不组成一个少数人团体，他们是分散的、未经组织的……”[⑥]。这种相互间的分散和独立使得他们知识的积累和传播变得困难。一个分散的少数人并不构成连贯的、具有持久影响力的“小团体”，但是他们代表着这个公众的核心。他坚信这个核心仍然存在。在1971年的演讲中，他讲道：“我们的奋斗不是徒劳无益的，我们会创造一个受教育的、有意识的受众，他们将具有责任心和影响力。”[⑦]正是这一目标促使他看到他的工作更为广阔的意义。利维斯从一开始就将沉重的担子压在了这些

---

① F. R. Leavis. *Nor Shall My Sword: Discourses on Pluralism, Compassion and Social Hope*, p. 159.

② *Scrutiny: A Menifesto, Scrutiny: A Quarterly Review Vol. I*, (1932—1933), No. I, 1932, Cambridge University Press, 1963, pp. 2—3.

③ Perry Anderson. *Components of the National Culture, Student Power*, pp. 269—272.

④ Anderson. *Components of the National Culture, Student Power*, pp. 273—274.

⑤ F. R. Leavis. *English Literature in Our Time and the University*, p. 183.

⑥ Scrutiny; *A Menifesto, Scrutiny; A Quarterly Review Vol. I*, (1932—1933), No. I, 1932, p. 5.

⑦ F. R. Leavis. *Nor Shall My Sword*, pp. 213—214.

少数人身上，因为他们承担着改变现代社会精神健康状况的重任，[①]甚至在他晚年的著作中仍在强调受教育公众的重要性：

> 活的文学传统与经验所代表的感受性之间存在某种至关重要的联系和传递(communication)……这种传递大多依赖于一个具有影响力的和真正受教育的公众(truly cultivated public)的存在，一个延续着潜在生命力的公众(a public)。[②]

受教育公众的作用就是使“所思所想的最美好的东西”具有广泛的影响力，并将社会健康基本的价值标准和价值意识传递下去，事实上这成为一个引导技术社会必要的价值中心。在利维斯“受教育公众”的思想中，其“少数人”观念未有改变，代之以“智性公众”或者“受教育公众”，并主张通过教育来改造普通民众的知识结构，提高其感受性和判断力，使之提升至可与作家和批评家有效呼应的“受教育公众”。这也是利维斯的大众观和大众文化观具有积极意义的一面。1933 年，利维斯在《论延续》中提出了新的大众文化观：

> 文学艺术传统能体现一种文化——那种代表着人类更为美好意识的传统，提供了美好生活的通币——只有当这一传统与真正的文化，即广大人民共享的文化(a real culture shared by the people at large)有着活生生的联系时，才能处于一种健康的状态。[③]

这番话道出了利维斯对“一种健康的文化状态”的设想，特别是他提出的“人民共享的文化”这一概念，英文中“人民”(people)是一个具有积极意义的概念，与该词含义接近的词组，如“普通百姓”(common people)、“劳动人民”(working people)、“一般百姓”(ordinary people)等均被视为具有正面意义的词汇。[④] 在这段话中，利维斯首先肯定了“人民共享的文化”是一种“真正的文化”，表现出利维斯对人民的文化的认同与尊重。其次，这种

---

① R. P. Bilan. *The Literary Criticism of F. R. Leavis*, pp. 40—41.

② F. R. Leavis. *The Living Principle*, p. 12.

③ F. R. Leavis. *For Continuity*, p. 164.

④ Raymond Williams. *Keywords, a Vocabulary of Culture and Society*, p. 194.

文化只有与“代表人类美好意识传统”的文学艺术所体现的文化存在一种“活生生的联系时”,才能处于“健康状态”。这表明利维斯对人民的文化现实状况的关切,是以一种向着未来、向着进步的观点来看待的,即只有以优秀的文学作品来馔食读者大众,实现两种文化的“活生生的联系”时,广大人民才能真正享有蕴含着“美好生活”的文化。

那么,如何实现两种文化的结合呢?利维斯给出的答案是:训练有素的批评意识的培养。利维斯的教育计划旨在恢复和重建受教育公众,他坚信大学教育的功能是培养新的受教育公众,以此建立起文学艺术与人民的文化之间的联系。为此,他将意识的提高与感受性训练纳入大学教育的教学计划中。他指出:

> 在现代世界,功能构想严肃的教育将侧重以下两方面的训练:(1)训练对整个文明进程的感受性;(2)训练对当前环境的感受性。这包括身体与心智两方面,即趋向于影响品味、习惯、预见、对生活的态度和生活质量的方式,因为我们致力于意识的提高(more consciousness)。唯有如此,方有可能获得救赎。我们不可能像在健康的文化状况中那样,任由一个普通公民于无意识中由其环境来塑造。若要保持令人满意的生活这样有价值的观念,他必须接受辨识力和抵抗能力的训练。
>
> 这种必要的训练,若辅之以得当、积极的方法不仅会有效果而且具有启示作用。本书中这样的启示或提示在所难免,并以含蓄的方式示之。但是,以周密的方式训练对于文化环境的批评感悟性即是训练辨识力,这必然包括明确的标准。①

这两段话阐释了利维斯的大众教育功能,感受性训练的目的和提升大众文化素质的教育课题是相关的。首先,利维斯提出他的大众教育功能:将身心两面的感受性训练纳入到教育计划中,它包括“对整个文明过程”和“对文化环境”的感受性两方面训练。在此,文学批评的“语言感悟性”训练的内容进一步扩展,进而演变为文化批评中,更为扩大地对“文明过程”和“文化环境”的感受性。事实上,三者形成一个互为前提、相互依存的“三位一体”的内循环系统。语言的质量关切到文化环境的质量,进而影响到整

---

① F. R. Leavis , Denys Thompson. *Culture and Environment*: *The Training of Critical Awareness*, p. 5.

个文明进程。具体来说,文化健康密切关系到人们的品位、习惯、生活态度和生活质量等方面。其次,这种感受性训练的目的是“意识的提高”,它包括分辨广告的真假信息、理性消费、抵御大众文化的“标准化”“平庸化”等影响。同时,为达到训练目的,利维斯提出“辅之以得当、积极的方法”和“明确的标准”,所谓标准即是严格的文学批评标准。最后,大众文化素质的提升。利维斯整个的“意识提高”课题饱含着他所倡导的人文精神。在文化健康令人担忧的状况中,他无法容忍“普通公民”任由“环境来塑造”,换句话说,他不愿看到人民的生活在日益注重“金钱”和“利益”的商业社会中受到污染和损害,为此提出:普通公民“必须接受辨识力和抵抗能力的训练”。目的是为了保护他们的身心健康,保护他们的消费利益,以确保“令人满意的生活”的质量。

诚然,这是利维斯大众文化观具有进步意义的一面,然而从另一个角度来看,利维斯无法认同和接纳大众文化,因为这种文化是“标准化”“平庸化”“低俗化”和“美国化”的象征,是需要用传统文学经典来修正和抗衡的对象。由此推论,利维斯及其《细察》集团对大众文化所持的态度是否定的,虽然他“寄予大众及大众文化除同情之外,还有一种责任感”[①]。利维斯大众文化观的重要意义还体现在其文化批评中加入的流行文化新成分——广告分析。

五、文化研究具体例证——广告分析

至19世纪上半叶,英国已是世界上第一个完成工业革命的国家,并成为世界广告兴起的中心。自印刷术传入英国以后,英国人威廉·坎克斯顿(William Caxton)于1472年利用印刷技术制成了第一张英文广告,用以推销宗教书籍,这标志着西方印刷品广告的开端。17世纪以后,经历了资产阶级工业革命洗礼的英国,出现了报刊业发展的新势头。1666年,《伦敦报》正式开辟了广告专栏,这是世界上第一个报纸广告专栏,随后各报纸争相效仿,报纸广告从此占据了报纸一角。[②] 进入19世纪以后,英国工业生产力得到极大提高,商品供给量大大增强,新兴工业城市陆续出现,这些因素促使英国消费市场的发育和成熟。随着供求矛盾的日益尖锐,工业企业和商品经销商为推销商品、争夺市场,加大了广告宣传力度,从而进一步推

---

① R. P. Bilan. *The Literary Criticism of F. R. Leavis*, p. 44.

② 查灿长:《英国:19世纪末20世纪初世界广告中心之一》,《新闻界》2010年第5期。

动了英国广告业的快速发展。到了20世纪，影视媒体的发展为英国的广告业注入了新的科技元素，五花八门的报纸广告、杂志广告、影视广告、高科技广告等比比皆是，并逐步蔓延至寻常百姓的日常生活。现代的英国伦敦以其广告的新颖性、独创性和规模则成为世界三大广告中心之一。

然而，广告业的发展几乎与广告传达的虚假信息、欺诈行为相伴相随。广告自诞生之日起，其基本功能就是推销产品或服务，它不仅推动着社会经济的发展，而且已经成为现代产业的一个重要组成部分。但是，我们还应该注意到广告在发挥其基本功能的同时，它夸大的产品信息、虚假广告以及广告承诺与实际情况之间的差距等不仅对社会诚信造成伤害，而且在无意识中，潜移默化地影响着消费者的思维方式和行为方式。广告正是利用种种令人目眩神驰的虚假意象来"影响人的情感、渗透人的无意识，并在潮水般的灌输中按照商品化的逻辑左右人的消费心理和行为"[①]。正是看到广告对人的精神生活造成的负面影响，诸如人文精神的失落、享乐主义的盛行以及对社会诚信的伤害等，利维斯等人将广告分析纳入其大众文化批评的课题，尝试探讨和揭示广告的"虚假性"和"欺骗性"本质，一来警示广告从业人员的道德自律行为，二来提高普通民众识别真假广告的能力，以此达到提高民众素质、抵御低俗文化影响的能力。

在《文化与环境》的广告研究中，利维斯等人通过广告案例分析和消费文化研究给予普通读者或者受众以实用性忠告，他讲道：

> 一般类型的广告吸引的方式非常明显，如果通过教育的方式，训练大众完全认识到广告运作的隐秘机制，便不难识破广告目的，从而微笑面对广告的自动反应设计。[②]

就如何"微笑面对广告的自动反应设计"，如何抵抗广告的有害影响，如何抵制大众文化的日益"标准化""平庸化"和"美国化"倾向，利维斯坚信教育的普及和文学经典的影响力。那么，在利维斯等人的广告研究中，为什么如此强调教育和文学经典的作用呢？原因在于，受众的价值判断有两个参照系：一是受众自身所拥有的认知系统和价值体系，这种价值参考系统所体现的是群体内部通行的价值规范，它包含着一个民族世代相传的思

① 严峰、韩玉芬：《TV风景线——电视与电视文化》，中国人民大学出版社1993年版，第196页。

② F. R. Leavis , Denys Thompson. *Culture and Environment* , p. 12.

想、观念、意志、道德、行为规范等，此为内部参照系统；二是外界提供的参照标准，即受众通过不同媒介渠道所获得的，并可能内化为自身的价值判断系统。受众的认知取向和价值判断在多大程度上倚重于前者或者后者，是与这个参照系在不同的时代所处的地位有关。①

英国在经历了两次世界大战之后，传统文化遭到新的文化形态的极大冲击，受众的内部参照系统——传统的文化观念、价值体系——受到震动并出现紊乱。在外在参照系的强烈攻势下，在未能成功梳理和调整自己的价值意识之前，受众的价值认同会有三种走势：一是坚守传统价值观；二是依附于外在参照系统，特别是阅历和经验较浅的受众；三是介于两者之间，忽左忽右。受众对广告产品的价值认同也不例外。倘若受众对外在参照系统过分依赖不可避免地将导致价值取向上的良莠不分，造成所谓消费时尚的盲从，成为文化"平庸化"现象推波助澜的帮凶。利维斯等人坚持文化传统价值观在新时代的重要意义，倡导通过教育来普及文学经典所代表的文化传统，从而帮助受众建立、强化和巩固价值观念的内部参照系统。在《文化与环境》中，利维斯讲道：

> 英国文学研究可以有多方用途。实用批评——对于诗歌散文的分析——通过具有代表性的新闻用语(passages of journalese)(新闻体)和通俗(流行)小说(popular fiction)之间的比较，可以扩展到对于广告的分析(广告的吸引力及其风格特征)。此外，莎士比亚(Shakespeare)可以为探讨影响其作品生成的文化和社会背景，以及探讨英国戏剧和戏剧传统的本质提供契机。②

为此，文学经典发挥着榜样的作用，而文学的"实用批评"方法则具有了新的用途，由对文学文本的分析转向对非文学文本/文化文本——广告文本的分析，从而扩大了文学批评的功能，进而成为文化研究中广告研究、消费文化研究所借鉴的批评方法。就如何以批判的方式来阅读大众出版物和辨别虚假广告等问题时，利维斯等人将其研究结果奉献给读者大众，并提出忠告：

---

① 张殿元：《广告传播负面影响的文化解读》，2006-11-03〈www. 100xwcb. com/20100417/DetailD95〉

② F. R. Leavis , Denys Thompson. *Culture and Environment* , p. 7.

> 广告已然成为一种基于市场调查的高度专业化的一门知识。广告专家经多年观察、详细记录、精心策划的实验(当时已经有广告学校了),设定“科学的”研究方法以获取设想的、既定的大众反应。这些相关的大众购物反应特征好似精确的知识一般成为他们的研究所得。他们设计其广告吸引力,深信普通大众会自动反应。①

依据利维斯等人的观察,广告已然声称更近似一门科学,并已理所当然成为一门“应用心理学”(a branch of applied psychology)②。成功的广告文案依据对人们心理活动的洞悉,而非依据个人心理印记,它是以对普通人的思维、行为以及他们对种种暗示反应的研究观察为基础的。③在现代环境中,广告的作用和影响力非常之大,颇具讽刺意味的是到20世纪30年代,“广告已然成为无可辩驳的唯一的艺术了”④。利维斯等人的研究给人们的启示是人们在小的时候就被训练来适应广告吸引消费者的方式。在对广告吸引力的分类研究中,利维斯指出:广告利用人们简单明显的心理诉求,来诱使消费者机械行事。⑤ 那么,消费者应该如何行事才能防止落入商业广告的陷阱呢?利维斯等人在深入分析广告商所利用的一系列广告策略的基础上,建议消费者要学会质疑广告的目的和作用,譬如广告就某一产品给出了多少有用的信息,广告的不同策略对消费者会产生怎样的影响等。利维斯和汤普森建议读者去了解专门从事消费研究的出版物,从这些出版物中他们会发现在毫无防范的消费者身上起作用的种种骗人把戏,从而洞悉广告神话。⑥ 利维斯一针见血地指出了商业广告的运作机制和目的:

> 今日的广告商不会说,“大众要买某种商品是出于某种动机”:他们利用所谓的市场调查来弄清大众的购物动机,甚至可以精确到购物时间、金钱和购物时机。(Gilbert Russell, *Advertisement Writing*)⑦
>
> 现代文明的物质繁荣依赖于引诱人们购买他们不需要的东

---

① F. R. Leavis, Denys Thompson. *Culture and Environment*, p. 12.

②③④ 同上, p. 11.

⑤ 同上, p. 17.

⑥ 同上, pp. 11—15.

⑦ F. R. Leavis, Denys Thompson. *Culture and Environment*, p. 11.

西，而要他们买不该买的东西。[①]

广告策略的目的是引导大众需求，使其适应生产商想要生产的产品。[②]

在此，利维斯对广告运作内幕的研究揭示出商业广告对消费者的欺诈本质。依据消费文化理论，人与商品的关系完全颠倒了，不是商品为了满足人的需要而存在，而是人为了使商品得到消费而存在。在这一意义上，消费文化是一种"异化"的文化，它根据商品生产的逻辑，而不是人类全面发展的要求来生产个人的需要。[③] 在现代社会，文化已经演变为消费文化，一切文化产品都以商品的形式被生产、交换和消费，就像商品一样，它为了获取利润被大规模地生产出来，然后在一个"异化"的社会体系中被消费。赫伯特·马尔库塞(Herbert Marcuse)指出：这种消费文化是一种肯定的文化(affirmative culture)，它为社会提供了一种补偿功能，它提供给异化现实中的人们一种自由和快乐的假象，用来掩盖这些事物在现实中的真正缺失。[④]消费文化使人产生错觉，以为主体与客体、个人与消费之物之间已经融合无间，这种认同实际上表明，"个人已经完全被物化了"[⑤]。之所以人被"物化"，马尔库塞认为，物质需要并不是人的本质需要。人与动物的不同在于，人非但不满足于物质享受，而且力图摆脱物的束缚，追求更加高尚的境界。[⑥] 在此，马尔库塞的消费文化观与利维斯的大众文化观十分接近，但不同的是马尔库塞是消极地看待大众的，而利维斯则看到了消费大众的主观能动性，因此寄希望于大众自我保护意识的提高和改变，来积极应对低俗文化的有害影响。为培养读者大众对广告的分辨能力，利维斯提示：

读者应进行"实地考察"(field work)，除考察和搜集不同种类的广告之外，还要考察并关注广告对于他们自己和朋友的影响。广告不仅会对消费者的购物习惯产生影响，而且会对他们的语

---

① F. R. Leavis，Denys Thompson. *Culture and Environment*，pp. 27—28.

② 同上，pp. 43—44.

③④ 赫伯特·马尔库塞：《爱欲与文明》，黄勇、薛民译，上海译文出版社 1987 年版，第 112—115 页。

⑤ D. 施奈特：《消费文化与现代性》，林祐圣、叶欣怡译，弘智文化 2003 年版，第 33—42 页。

⑥ ［德］H. 马尔库塞：《爱欲与文明》，黄勇、薛民译，第 112—115 页。

言、肢体手势和思想方面都会产生影响。①

利维斯和汤普森在《文化与环境》中，Q. D. 罗斯在《小说与阅读公众》中均系统考察了通俗读物和广告用语带来的语言低劣之风。利维斯指出语言的低劣(debasement of language)②不仅影响到语词的使用，而且影响到生活情感和生活质量。利维斯讲道：

> 如果语言在当代的使用趋于贬值(debased)，而不是使其富于生机活力，那么，我们只有寄希望于文学，只有文学保持了语言最精微、最精妙的使用，与我们的精神传统相连，与“精选时代经验”相连。只有受教育者保持着传统的品位，文学传统才得以保持其活力。传统驻足于个体，是你和我做出的判断所展示的品位，一如优秀的批评家或者具有智性判断的人，他们展现的绝不仅仅是个人的品位。③

利维斯一方面重申了他的文化定义，即文化乃“最精微、最精妙的语言使用”，另一方面强调指出语言乃“我们的精神传统、道德传统和情感传统得以传承”的媒介。对于文学语言的“仔细阅读”(close reading)遂成为利维斯《细察》集团实践批评的重要方法。利维斯式的批评表明“仔细阅读”可以由文学文本转向文化文本/非文学文本的批评分析。这样，利维斯与汤普森合著的《文化与环境》的副标题“批评敏悟性的训练”便有着更为深远的意义。这一文化转向非常重要，不仅在于分析方法本身，而且在于借助于这一方法使得“阅读和理解日常生活文化”成为可能(尽管在这种情况下，往往是指陈低俗生活的有害影响)。随着文化研究形式的不断发展，这些大众文化形式不会为这种简单的价值评判所排斥。利维斯式的文化分析也可以称为自助式(do-it-yourself)文化分析，这种文化分析不仅让读者洞察广告的运作机制，而且具有很强的实用性。鉴于当今互联网为人们提供越来越多的信息，这种文化研究的实用性及其与当代文化研究的互文性

---

① I. A. Richards. *Principles of Literary Criticism*, p. 203—204. E. J. O'Brien。*The Dance of the Machines*, p. 122.

② F. R. Leavis, Denys Thompson. *Culture and Environment*, p. 82.

③ 同上，p. 82.

更是显而易见。[①] 因此,对于大众文化的“细读”是从利维斯开始的。正如伊格尔顿所言,《细察》集团实际上开启了英国“文化研究”的先河。[②]

利维斯及其《细察》集团可谓英国境内第一批研究大众文化的学者,并为后继的文化研究学者在广告、电影、电视等大众传媒的研究方面奠定了基础。利维斯和汤普森在《文化与环境》中对当代社会广告现象的研究在广度、深度、全面性方面已粗具规模。书中极富智慧的警句格言比比皆是,展现出对商品社会本质的深刻认识。所探索的范围不仅包括繁复的广告诱惑类型、广告运作机制(包括广告与期刊的依赖关系)、广告策略、广告目的、广告设计、广告风格、广告心理学、消费心理、批量生产与消费、广告与小说、标准化与大众口味等,而且侧重点明显偏向保护消费者大众的利益一方,尤其关注到广告与大众这一双向、对立的精神实体中读者大众面对广告陷阱的正确判断、识别能力和应对策略方面,并切实落实到教育规划中、融入教学安排中,正如利维斯所言:

> 班扬(Bunyan)……有助于阐明英国文化的性质,其得与失适宜于结合《乡村变迁》和《车轮店》的部分章节一起阅读。其他作者之作品也可成为学生的可读之物。显然,历史学者在教授文化史方面也可协作……其早期历史学方面的训练对他们助益甚微,且可资利用的书籍又偏少。凭借历史知识,在广告方面也可有所作为,探讨广告在现代经济中的地位等。[③]
>
> 音乐可做调整——民间歌曲可与现代流行音乐做比较(这种比较可以延伸至缘起的条件)。随后是理查兹先生提到的公共纪念碑(public monuments)等事,《警世指南》(*Cautionary Guides*)和《造假艺术》(*Art of Counterfeit*)中的方法也应调整,以适新需。在这些方面,显然有与历史相关的契机。[④]

我们可以看到利维斯与《细察》集团的广告研究已具雏形。他们的研究揭示出广告往往利用人们渴望健康和安全、青春和美丽、名利和地位等求好心理以及恐惧和不安的自卑情结,不失时机地向消费者做出承诺,构

① *The Leavisites and T. S. Eliot Combat Mass Urban Culture*, pp. 37—39, 〈www. sagepub. com/upm—data/25067_03_Walton_Ch_02. pdf. 〉

② Terry Eagleton, *literary Theory*, p. 29.

③ F. R. Leavis, Denys Thompson. *Culture and Environment*, p. 6.

④ 同上, p. 7.

筑出“梦幻般的世界”，让人深陷其中、乐而忘返。然而，在广告迷人的光环之下却隐藏着巨大的黑洞。利维斯等人的广告研究提示受众：分辨广告的训练应尽早开始，并在教师的指导下收集广告案例，进行分析，并从中得出自己独立的分析判断。广告商往往利用人们简单的心理诉求设计不同的广告吸引力。利维斯等人的研究对此做了分类，诸如利用人们的恐惧心理、“良好形象”压力、从众心理、追求个性或“同中求异”[①]等心理。为此，利维斯在《文化与环境》中为读者示范了几种广告案例的分析：

例一

十有八九
年龄超过30岁的男男女女
都会遭受毛细血管萎缩(Capillary Atymosis)的困扰，一夜之间头发变白。
可能没有任何预先的征兆——然而……
但是聪明的人会尝试
一瓶“安塌泰墨”(ANTATYMO)，按照简单的说明便可保证完全的免疫力。[②]

这是一则明显利用人们的恐惧心理的广告。利维斯提示初学者从报纸、杂志上来收集到此类广告样本进行分类和分析。

例二

更多的情况是广告诱惑会微妙地作用于人们“对社会非认同感的恐惧”(The Fear of Social Non-conformity)。广告利用一系列视觉符号：一位顾客的形象——面部呈现出(地位低人一等的人)强烈的自卑表情——与他对话的却是一位职业推销员，以意味深长、咄咄逼人的目光逼视着他。画面的解说文字是：

你抽次等香烟，别人会做何感想？[③]

例三

广告还会利用人们对“良好形象”的压力(“Good Form”Pressure)，来诱使人们盲目地崇拜和模仿，比如一类颇为阴险的广告会以某种“社会责任”的面目现身：

---

① F.R. Leavis, Denys Thompson. *Culture and Environment*, p.17.

② 同上，p.13.

③ F.R. Leavis, Denys Thompson. *Culture and Environment*, p.13.

> 说到着装，我们认为一个人在着装方面应负有一定的社会责任，着装应做到“得体”，因为日常的饮食起居不过是个人的私事，但是若着装不得体，达不到社会认可的程度，就会有碍旁人的观瞻。①

这则广告的对象显然是有教养的、“开明”的读者，为那些优越于普通的、粗俗的人群而自鸣得意的读者设计的。这类广告或许避免了例二中露骨的恐吓，但是仍然利用了人们对衣着不得体的恐惧(Terror of Incorrectness in Dress)。

例四

某些广告还会利用人们“趋炎附势的倾向”(The Snob Appeal)，比如：

> 切斯特鞋罩(The Chester Spat)配得上这样的人：懂生活、有情趣、会高雅，去歌剧院是出于对音乐的喜好，而非因歌剧的宏大……套上切斯特鞋罩——就像脸上挂着的微笑一样自然。②

这则广告利用人们追逐“时髦”的心理。时尚在不断变化，但是时尚的轮回却是反复出现的，它有着特别丰富的样式，其直接或者间接的目的是对那些经不起“有品位的人才配得上品牌香烟”诱惑的弱者的利用和剥削。

例五

另一类广告属于“两头受益”(Getting It both Way)型，比如：

> “仅为少数人创作的书”——与名人为伍、合大众潮流。③

这则广告通常被描述为“投好人票”似的邀请，即“只给一流乘客的优惠票”(The Good fellow Ticket for First-Class Passengers Only)④。这种邀请式广告是普通人最易自然反应的种类，任何人都会对给人以“一种社会共同体”似的温暖感觉的事物心生好感。那么，如何理解“两头受益”这一概念呢？这则广告体现的依然是“良好形象”的吸引力，它一方面利用人

---

① F. R. Leavis, Denys Thompson. *Culture and Environment*, p. 14.

② F. R. Leavis, Denys Thompson. *Culture and Environment*, p. 15.

③ 同上，p. 15.

④ 同上，p. 16.

们"害怕不合群"的心理,另一方面表明一个外表"得体的"人会显示出更强的个性和独立性。这不仅恭维了外表得体之人,而且巧妙地利用了他害怕"不得体"的恐惧心理。因为尽管我们希望"像别人一样",但是我们都感到自己是与众不同的,而且是独一无二的。这类广告的吸引力来自于它们迎合了人们"同中求异"的心理。①

利维斯等人注意到,广告商在广告设计中会细致地考虑到某些受教育者的自我意识——他们认真对待广告并自以为不会受到广告的影响。为此,某些广告会设计出更细微的吸引力,直接针对有鉴别力的受教育大众,譬如像《旁观者》(*The Spectator*)和《新政治家》(*The New Statesman*)等报纸的有知识修养的读者。吸引这一读者群的是他们被归入有品位的文化人之列。②

由以上广告案例分析可以看出,利维斯等人的广告研究不仅体现出广告心理分析的准确性、广告类型的多样性,而且关注到大众消费意识提高方面的内容和应对策略。利维斯集团的广告分析对"当代文化研究"中的广告研究具有重要的启示意义。在此,利维斯的文化批评实践与当代文化研究接轨了。

---

① F. R. Leavis , Denys Thompson. *Culture and Environment* , p. 18.

② 同上, p. 17.

第四章　文学研究与文化批评

利维斯的文学批评具有社会批评的功能，因为他专论“文学”的著作关注的焦点仍然是“文化”问题。为此，利维斯的学说也被称作“文学文化”(literary culture)批评。[①] 依照威廉斯的解说，以文学为文化作为对现代文明的一种抵抗，是英国观念史上的一个悠久传统，而利维斯将之提升到了一个孤立突出的位置，并为之构建了一套完整的理论体系与实践方案。也恰是在此意义上，有人将阿诺德的文化学说概括为“文化宗教”(cultural religion)，而将利维斯的学说概括为“文学文化”的。[②] 所谓的“文学文化”学说：一方面表明利维斯的文学研究与文化批评有着水乳交融的联系，另一方面则显示出利维斯的学说与英国文化观念史的历史渊源。利维斯以其“完整的理论体系与实践方案”扩展了这一传统，并成为他批评思想的创辟之处。利维斯曾在《决断》中申明自己的文学批评思想：“文学批评关注的不只是文学……对于文学的兴趣不能仅仅是纯文学的……还要具备一种必要的先决条件——来自于对社会公正、社会秩序以及文化健康等问题的一种洞识力。”[③]这段话无疑回荡着阿诺德的声音：

> 文学批评最重要之功能就是考证书籍的影响力，就它们对单一国家总体文化的影响力抑或对全世界文化趋势的影响力进行评价。文学批评是这种文化注定的守护者。[④]

---

① 利维斯最初阐释其文学文化的思想是在 1943 年，应伦敦经济与政治学院的邀请，利维斯为该院学生做了题为《文学与社会》的著名演讲，该演讲于同年发表于《细察》季刊第 12 卷，第一期。该文后来收录于 1952 年出版的《共同的追求》。

② 黄卓越：《定义“文化”：前英国文化研究时期的表述》，见童庆炳：《文化与诗学》2009 年版，第 107 页。参见 F. R. Leavis，‘Preface’，*Education and the University*，pp. 8—12. F. R. Leavis，*Literature and Society*，The Common Pursuit，pp. 191—193.

③ F. R. Leavis，*Determination*，p. 2.

④ Matthew Arnold. *The Bishop and the Philosopher*//*Macmillan's Magazine* 7，January 1863，pp. 241—256.

这段文字精准概括了阿诺德的文学批评观:“文学的最终目的乃是”对生活的批评,[①]同时也是利维斯文学批评思想的写照。为了解利维斯的文学研究或者文学批评及其与文化批评的关系,我们需要从对利维斯相关的论述入手来理解利维斯提出的“文学的兴趣不能仅仅是纯文学的”这一观点,其中蕴含着利维斯的“文学文化”多元思想。利维斯本人曾在《教育与大学》(1943)的绪言中,在《细察文选》(*A Selection of Scrutiny*)(1968)中,谈到“文学文化”这一概念,而比较集中论证这一概念的则是在1943年,在他为伦敦经济政治学院的学生所做的著名演讲《文学与社会》(*Literature and Society*)一文,文中四次提到“文学文化”,其中心含义并未脱离他对文化概念的认识。在此,我们不妨对此做一比较分析:

> 班扬本人据实证明和展示了民间文化(the popular culture)与文学文化(literary culture)可以在很高的文学水准达到融合。文学家们所欣赏的这种优势在英国文学从莎士比亚到马维尔(Marvell)都非常显见,其劣势在此不必赘言。[②]
>
> 提及布莱克的这一方面(其作品中表现的18世纪英国社会的“优雅和礼貌”)有助于比照华兹华斯式的田园生活兴趣的意义。从根本上讲,这不是浮于表面的,对于他所属世界的外在的兴趣感受,远不如此。华兹华斯表现出对18世纪的抵触,并不意味着他刻意要在文学文化(literary culture)与普通生活活力源泉之间重新搭建那种古老的有机联系(the old organic relations)。到华兹华斯去世之时,工业革命已大功告成,人们的传统文化,除去少许残留碎片,已了无踪迹。[③]
>
> 要拥有那种充满活力的文学文化(a vital literary culture),我们必须有一种生意兴隆的公司(a going concern)式的文学,那将是在当今文明条件下文学存在的状态。在此,文学只能由文学批评家来评价判断。[④]
>
> 通常,人们通过敦促政治家和社会学者,告知以文学研究的重要性,因为这要求真正接受过文学教育的思想者来思考政治和

---

① Matthew Arnold. In R. H. Super(Eds.). *The Complete Prose Work of Matthew Arnold*, Vol. III: Lectures and Essays in Criticism. U of Michigan P, 1962, p. 274.

② F. R. Leavis. Literature and Society, *The Common Pursuit*, p. 191.

③ Leavis. *The Common Pursuit*, p. 192.

④ 同上, pp. 192—193.

> 社会问题，并且要在充满活力的文学文化(a vital literary culture)的知识氛围中进行。①

总体看来，这四段话中的“文学文化”仍然是指以“文学”为中心的文化，属于文化传统中“最好的、最精微、最脆弱”的部分，即莎士比亚、马维尔、班扬所代表的文化遗产，这近似于阿诺德的观点。这里的文学可以理解为文化的同义反复，从而限定了文化的内涵，由此可见它不属于纯然孤立的美学范畴，而是与文化、社会等更大的文化语境相联系的。

分别来看，第一段中，利维斯赞扬班扬的文学成就在于它融合了“文学文化”和“民间文化”两个方面。在此，“文学文化”不可被看成是纯文学或纯美学的方面，而应该包含文学家的心智成分。以利维斯前文提到的班扬的著作《天路历程》(*Pilgrim's Progress*)为例，这部作品蕴含着作者对生活敏锐而深刻的观察和思考，产生于作者内心精神成长的历程，表现出非凡的心理洞察力。然而，班扬却没有受过正规文学教育的熏陶，一本《圣经》(*The Bible*)是他读不释手的典范。《天路历程》不仅汲取了《圣经》中的生活智慧，而且吸收了丰富的乡村日常生活经验，即班扬所说的“民间文化”，从而成为一部融文学艺术价值和文化批评价值于一体的艺术佳作。

第二段中的“文学文化”应指华兹华斯的诗歌，在此代表19世纪浪漫主义诗歌。在浪漫主义时代，文学实际上已经成为“想象性”和“创造性”诗歌的同义词，与世俗生活划清了界线。同时它又被作为非异化性劳动的一个现象而创造出来，可以对奴役于“事实”的理性主义或经验主义意识形态提供生动的批判，②因此是一种与“工业革命”相对立的对生活的批判。在此，利维斯似乎并不分享华兹华斯的美学立场，但是两者有关艺术与社会关系的观点并不矛盾，因为我们可以清楚地看到，华兹华斯的诗歌一方面高于生活，而另一方面又是对生活的切入，通过对工业社会的对抗而表现出与现实生活的联系，因此利维斯与华兹华斯的观点并无二致。

第三段中的“文学文化”意指与“当今文明条件”相对峙的文化，即文学。在此，利维斯强调的是它的“活力”。有趣的是利维斯借用了一个工业社会中产生的新词“公司”来做类比，并且期望文学文化要具有这种活力，以有效抵抗工业文明的不利影响。

第四段中利维斯强调文学研究对于思考政治和社会问题的重要性。

---

① Leavis. *The Common Pursuit*, p. 193.

② Terry Eagleton. *Literary Theory*, pp. 17—19.

以他的观点，探讨社会问题应由在文学方面训练有素的文学家或者文学批评家来担当，并且学术的氛围也应该是“文学文化”的，而不是政治或者历史的。此处的“文学文化”无疑与社会密切相连，尽管利维斯似乎有些夸大了文学的作用。总之，将利维斯式的批评称作“文学文化”批评是适当的、有据可查的。

以上是对利维斯的一个文化批评术语的考证，它印证了利维斯的文学批评观，即对社会文化的批评，其“文学文化”观具体体现在他对文学作品与活动，及其对诗歌和小说的分析与评价活动中。因此，要把握利维斯的文学批评观与文化批评观的相互关系，我们还需走进利维斯具体的诗歌批评和小说批评著作，深入了解其批评思想中来自于其他批评家的影响、借鉴和发展，通过领会其在诗歌批评和小说批评中所倾注的关注与关怀，把握其文学观的基本特征。

第一节　诗歌观

早在20世纪初攻读博士学位之时，利维斯就尝试将其研究领域——博士论文中探讨的文学社会学(the literary sociology)研究——与文学批评结合起来。他最早将现代诗歌与现代社会结合起来的文章《英国诗歌与现代世界:当代状况研究》[①]完成于1929年底。在该文于1930年以法文在法国出版之后，利维斯决定进一步扩大他的批评创作，通过出版新作来提升自己的学术地位。他准备写一部新书，取名为《诗歌:现代世界》(*Poetry: The Modern World*)，并把在法国面世的《英国诗歌与现代世界》一文作为该书的第一章。1931年，经数月的勤奋写作，到当年的8月，利维斯带着他重新命名的诗评著作《英国诗歌新动向:当代状况研究》(*New Bearings in English Poetry: A Study of the Contemporary Situation*)与查图与文图斯(Chatto & Wintus)出版公司商讨该书的出版事宜。[②] 1932年，《英国诗歌新动向》正式出版。

《新动向》描述了20世纪自T. S. 艾略特和埃兹拉·庞德等重要诗人的出现所带来的英国诗歌的新景观。利维斯不仅重新解读了从19世纪杰拉

---

① F. R. Leavis, *English Poetry and the Modern World: A Study of the Contemporary Situation*, In New Bearings in English Poetry, 1932.

② Ian MacKillop. *F. R. Leavis: A Life of Criticism*, p. 119.

德·曼利·霍普金斯和威廉姆·巴特勒·叶兹到20世纪T. S. 艾略特和艾兹拉·庞德等杰出诗人的诗作，特别对庞德的著名诗作《休·赛尔温·莫布里》(*Hugh Selwyn Mauberley*)进行了重新定位，坚持这首诗在庞德诗歌创作中的重要地位，同时盛赞燕卜荪的诗歌及其诗评著作《含混七型》(1930)，认为该书所提出的文学批评的"细读法"为剑桥文学批评提供了重要的范式。[①] 同时他用大量篇幅称赞罗纳德·波特莱尔(Ronald Bottrall)的诗作，而在当时波特莱尔仅是位初出茅庐、鲜为人知的青年诗人。

《新动向》不仅对久负盛名的诗歌进行了重新评价，而且尝试发现和评价"真正的"(real)诗歌，利维斯所谓"真正的"诗歌是指"用灵魂铸就的诗歌"[②]。在利维斯看来，17世纪的诗歌(或者具有类似品质的现代诗歌)，特别是约翰·邓恩(John Donne)等人的诗作具有这种品质。利维斯不仅在其"克拉克演讲"(*Clark Lectures*)中数次提及邓恩及其诗歌，而且还著文《向约翰·邓恩致敬》(*Homage to John Donne*)表示敬意。弥尔顿可以说代表着浪漫主义时期诗歌的最高成就，对此利维斯并不表示怀疑，其诗才丝毫不逊于邓恩。然而，在利维斯看来，作为"玄学派诗人"的邓恩，其诗歌展示的是思想与精神的完美结合，其风格表现出的是来自于灵魂的纯正。弥尔顿具有19世纪吟游诗人(bard)的风格，有着激发实践精神的诗人之创作活力，但逊于源自于"灵魂"的精神实质。[③] 而"灵魂"这一概念恰与阿诺德对于"文化"精神的阐释如出一辙，也与利维斯强调的"文化"内涵有着异曲同工之妙。

1932年，利维斯举办了一系列诗歌讲座，探讨从17世纪玄学派诗人到19世纪约翰·济慈这两百年间英国诗歌的新领域。这个系列讲座被称作"英国诗歌的传统与发展"(Tradition and Development in English Poetry)。在这一系列讲座的基础上，利维斯于1936年推出另一部诗评力作《重新评价:英诗传统与发展》(*Revaluation: Tradition and Development in English Poetry*)，[④]从而完成了《新动向》中提出的前半部分诗歌史及诗歌的重新评价。

---

① MacKillop. *F. R. Leavis: A Life of Criticism*, pp. 119—120.

② F. R. Leavis. *New Bearings in English Poetry*, pp. 7—9.

③ Ian MacKillop. *F. R. Leavis: A Life of Criticism*, pp. 135—136.

④ 同上，p. 135.

一、来自艾略特的诗评影响

艾略特对其所处时代的诗歌批评曾产生过重大影响，他的诗评著作不仅重新评价了早期的英国诗歌，而且几乎颠覆了英国的诗歌传统。美国文学家和社会批评家埃德蒙·威尔逊(Edmund Wilson)曾在1931年出版的《艾克塞尔城堡》(*Axel's Castle*)(早于《新动向》和《重新评价》)一书中评论道：艾略特在他那一代人中产生了惊人的影响，他那些短小的文章在陈旧文学的基础上建立起了一套新的文学思想。由于艾略特的影响，伊丽莎白时代的戏剧流行了起来，而19世纪的诗歌却退潮了，弥尔顿的诗歌声誉陡降，而德莱顿(John Dryden)和蒲伯(Pope)的声誉渐升。① 利维斯无疑是一位深受艾略特批评思想影响的批评家。艾略特于20世纪上半叶出版的《神圣之林》(1920)可以说是利维斯批评思想的启蒙之作，书中的批评文章向他展示了：

> 何为文学的无功利和有效运用于文学的智性感悟，何为趣味的纯粹，原则意味着什么，(正如艾略特先生的表述)“当评价诗歌时，一定要视其为诗歌，而绝不是其他任何东西”。②

这本小书的篇篇文章都激励着利维斯要为清楚界定文学的“无功利性”“智性感悟”和“趣味的纯粹”等批评话语而努力，这一尝试成为贯穿他一生批评事业的主线。他于30年代早期出版的两部诗评著作《新动向》和《重新评价》就是这种批评精神的实践尝试。在《重新评价》中，利维斯站在艾略特的诗评立场批评弥尔顿和雪莱，褒扬了属于“诗才之列”(line of Wit)③的诗人——特别是邓恩和蒲伯。④ 一般认为，在《重新评价》中利维斯有些盲从艾略特的评价，⑤而韦勒克则认为利维斯的《新动向》“阐释、发展和实践了艾略特的诗歌观”⑥，《重新评价》则“可以被描述为是对艾略特英

---

① Edmond Wilson. *Axel's Castle*, 1931, pp. 116—117.

② Ian MacKillop. *F. R. Leavis: A Life of Criticism*, p. 18.

③ F. R. Leavis . *Revaluation: Tradition and Development in English Poetry*, pp. 37—39.

④ 同上，p. 17.

⑤ R. P. Bilan. *The Literary Criticism of F. R. Leavis*, p. 86.

⑥ Rene Wellek. *The Literary Criticism of F. R. Leavis*, Literary Views: Critical and Historical Essays, p. 177

诗历史观和方法论的应用，这是以 20 世纪的观点重写英国诗歌史的首次尝试”[①]。当看到利维斯这两部诗评著作中艾略特的影响时，韦勒克的结论是：利维斯有他自己的见解。那么，利维斯的诗评思想中哪些来自于艾略特，哪些是他自己的独创呢？这一问题值得进一步考察，以看出两者的异同。在《新动向》的前言中，利维斯讲道：

> 这本书……从对诗歌的某些基本观点入手，特别是从诗歌与现代世界的关系问题开始。我不好说这本书有多少独特之处，读后便知分晓：这要感谢一位批评家和诗人。[②]

由此可见，《新动向》主要探讨的是诗歌与现代世界的关系问题，很显然这是本书的宗旨，是他诗评的基调。书中他批评了 19 世纪的诗歌观：这种“诗歌观”体现的是思想与情感的分离及其与现实世界的分离。[③] 利维斯将 19 世纪中叶以后的诗歌描述为充斥着梦幻般世界的创造，[④]并承认是艾略特在其早期的一部小册子《向约翰·德莱顿致敬》(*Homage to John Dryden*，1921)中指出了这一缺陷。[⑤] 在该书稍后的一篇文章中，利维斯简短批驳了维多利亚诗歌，“批评家完全有理由认为维多利亚时期的诗歌传统并不令人满意……是艾略特先生使我们完全认识到了这一传统的缺陷”[⑥]。进而，利维斯特别指出要感谢“一位批评家和诗人”，这当然指的是艾略特，这种感激之情在前言中可明显看出。

无论是对诗人的具体评价还是诗歌传统的建立，或者将诗人与传统联系起来等方面的尝试，利维斯的诗评著作均显示出艾略特的影响。在文章《文学与社会》(1943)一文中，在解释传统问题时，利维斯明确表示艾略特的批评引导着他的思想，但同时也道出了两者的不同。利维斯认为艾略特构想的文学传统理念令人折服，对当今每一位对文学有着严肃兴趣的人都产生了重大影响。这一传统理念代表着在艺术批评领域对社会的重新重

---

① Rene Wellek. *The Literary Criticism of F. R. Leavis*, Literary Views: Critical and Historical Essays, pp. 177—178.

② F. R. Leavis. *New Bearings in English Poetry*, p. 11.

③ F. R. Leavis. *New Bearings in English Poetry*, p. 139.

④ 同上，pp. 14—15.

⑤ T. S. Eliot. *Homage to John Dryden: Three Essays on Poetry of the Seventeenth Century*, Hogarth Press, 1924, pp. 3—12. T. S. Eliot. *John Dryden*, Selected Essays: 1917—1932, Faber & Faber Ltd., 1932, pp. 305—316.

⑥ F. R. Leavis . *New Bearings in English Poetry*, pp. 25—26.

视。但是，利维斯转而补充说明："'社会'这个词可能未曾出现在艾略特的经典作品《传统与个人才能》中。"[①]可见，虽然利维斯追随艾略特的诗歌传统理念，但是他追加的一句"社会"这个词未曾出现在艾略特的经典著作中，旨在表明他的诗歌传统观与艾略特仍有不同之处，即利维斯更强调"艺术成就的社会功能"，强调诗歌与"现实世界"的关联性。

利维斯在晚年已不再将《传统与个人才能》视为"经典"(classical)，事实上他在不断抨击这篇文章，然而在他早期的两部诗评著作中，我们仍可清晰地看到艾略特的影响，[②]并以其独特的视角和诗评观展示出他独具个性的创辟性。利维斯在提及《新动向》时，称其为一部具有"开拓意义的书"(pioneering book)[③]。利维斯如此相称是有道理的，之所以具有"开拓性"在于《新动向》将一组特殊的诗人群体罗列起来——从而将利维斯自己一以贯之的批评标准应用于对他们的诗歌作品的分析中，并且多数评价是独立完成的。书中，利维斯专辟一节讨论艾略特的诗歌，并尝试将艾略特树立为开拓新方向的最重要的一位现代诗人，[④]但并未视其为不可逾越的现代诗人和批评家。利维斯为当时现存的有关艾略特作品的阐释体系提供了一种更具文学批评倾向的解读，譬如对庞德诗歌和霍普金斯诗歌的理解就展现出两者的不同：其一，利维斯利用艾略特的诗歌观来论证庞德以及艾略特本人的诗歌，借以反驳艾略特诗评中出现的诗歌技巧与诗歌内容相分离的分裂式批评。其二，他并不赞成艾略特对庞德的《诗章》(*The Cantos*)[⑤]的过高评价，而坚持《休·赛尔温·莫布里》(*Hugh Selwyn Mauberley*,1920)[⑥]是庞德的主要成就。其三，利维斯对霍普金斯诗歌的一个修正也出于一个非常重要的独立判断。他写道："在半信半疑地重新审视艾略

---

① F. R. Leavis. *Literature and Society*, The Common Pursuit, p. 183.

② R. P. Bilan. *The Literary Criticism of F. R. Leavis*, p. 88.

③ Leavis writes: "Thirty years ago, I wrote a pioneering book on modern poetry that made Eliot a key figure and proposed a new chart." ——*Nor Shall My Sword*, 1972, p. 63.

④ F. R. Leavis. *New Bearings in English Poetry*, pp. 75—130.

⑤ 《诗章》是埃兹拉·庞德创作的一首长诗，分为120个诗段，每一诗段构成一篇诗章。这首诗创作于1915至1962年间，历时47年，陆续于1922年后分阶段发表，逐步形成一部厚厚的书，但最终并未完稿。其中的深奥费解颇令读者望而生畏。有批评家称该诗为"20世纪最为意味深长的现代主义诗歌"。

⑥ 《休·赛尔温·莫布里》(1920)是埃兹拉·庞德创作的另一首长诗。利维斯认为该诗是庞德诗歌生涯的重要转折点。标题中的"赛尔温"据称是向莱默思俱乐部(Rhymers' s Club：1890年成立于伦敦的诗人俱乐部)的一位成员赛尔温·伊梅泽(Selwyn Image)表示敬意。该诗由18个短诗构成，共分为两大诗段，第一诗段可视为埃兹拉·庞德本人的小传；第二诗段是对诗人莫布里跌宕起伏的人生经历的描述。

特对霍普金斯的评价——将他描述为一位'自然景观诗人'(nature poet)时,这一认识实际上是一个明显的局限。"①这既是利维斯与艾略特的一个不同的看法,又是利维斯唯一一次推翻自己早期诗歌判断的例子。其四,利维斯对叶芝、哈代和爱德华·托马斯(Edward Thomas)的赞赏性评价是艾略特早期批评中所没有的。利维斯认为哈代的伟大之处在于他的十几篇诗作,有6篇他做了评价,有四篇收录进了理查兹的批评著作中。他特别赞赏哈代于1912年至1913年间为亡妻创作的系列悼念诗歌。② 利维斯也对叶芝诗歌做了深入讨论,明确指出叶芝诗歌的品质、风格的变化、产生的影响及其优点和局限等。《新动向》中的"开拓意义"自有其价值。作为一种活的批评,从某种意义上来讲,这是艾略特的《传统与个人才能》所不具备的。

利维斯于1936年出版的《重新评价》一书可谓是一部更具影响力的诗评著作。从该书的副标题"英语诗歌的传统与发展"(*Tradition and Development in English Poetry*)足可见其对艾略特的《传统与个人才能》更为明显的借鉴。该书比《新动向》晚四年出版,其中的改进和完善自不必说,正是对已经确立地位的诗人的重新评价,他能够比对当代诗人的"案例"研究做出更为全面的分析。书中艾略特的影响仍然明显,特别体现在前两章和对雪莱的评价中。在该书开篇的第一章"诗才之列"中,利维斯讲道:"这项工作完成了,涉及重新定位:十年前的异教邪说(heresies)现在成了正统学说(orthodoxy)。艾略特的成就是一个学术评价的问题,他的诗歌得到认可,他早期对玄学派诗人(the Metaphysical poets)和马维尔的评价已经通行于大学课堂。"③

在评价弥尔顿诗歌的文章《弥尔顿的诗句》(*Milton's Verse*)中,利维斯高度评价艾略特的评判:"弥尔顿两百年来备受推崇的诗歌地位,在过去十年中被剔除出'诗才之列',引起了不小的争议。这一不可抗拒的论点其实是艾略特的成就之一,这使得他的批评话语富于效力。"④这篇文章在该书中无疑是最著名的,或许是利维斯最具争议的文章,引起学术界一直延续至今的激烈论争(就所引发的争议而言,《伟大的传统》的第一章和评价狄

---

① F. R. Leavis. *Evaluation (IV): Gerard Manley Hopkins*, Scrutiny Vol. XII, No. 2, Spring, 1944.

② Ian MacKillop. *F. R. Leavis: A Life of Criticism*, p. 398.

③ F. R. Leavis. "The Line of Wit," *Revaluation: Tradition and Development in English Poetry*, p. 17.

④ 同上, p. 42.

更斯的《艰难时世》这一章引起的争议可与之相匹敌)。原因在于,尽管艾略特对弥尔顿的负面评价在先,但是全面对此加以论证的是利维斯。[①]

他像艾略特一样也在描述"诗才之列",但仍显示出两者的不同:其一,利维斯对稍欠诗才的考利(Cowley)和弥尔顿的《科摩斯》(*Comus*)做了重新评价。在此,他引入"感受性分离"(dissociation of sensibility)的话题,[②]这一概念即来自于艾略特,但得到利维斯进一步的阐释和深化。其二,他的论述还牵涉了更多的诗人和批评家,比如雪莱也遭到利维斯的批评,不过他指责的是雪莱的诗歌语言形式,不同于艾略特将批评的矛头指向雪莱的诗学思想。此外,利维斯另外一些关于18世纪古典主义传统的文章并未受到艾略特太大的影响,尽管利维斯始终认为艾略特有关18世纪诗歌的文章是其批评著述中最优秀的。[③] 其三,利维斯对蒲伯、华兹华斯和济慈(John Keats)的重新评价是独立完成的。与艾略特在《向约翰·德莱顿致敬》中对德莱顿的赞扬不同,利维斯认为蒲伯更为出色,他十分赞赏蒲伯诗歌中的玄学成分。[④] 同时利维斯深入阐释了他对"诗才"(wit)的认解:"那种语调和态度的变化对读者产生的影响……一种敏锐反应,批评回应中涌动的某种单纯的愿望,最初的惊奇迅捷转换为一种含蓄的认识。在任何一点,认可特定意义之时,都存在其他的、互补的可能性。"[⑤]对华兹华斯和济慈的重新评价同样展示出利维斯独具个性的关注和标准。对华兹华斯的评价重点落在社会—道德方面,提出了一种利维斯式的诗人观,不过出人意料的是在对华兹华斯诗歌的评价中,利维斯关注到其诗歌中的宗教特质,对宗教意识(religious sense)的理解和强调使得利维斯有别于艾略特。[⑥]他热情赞扬济慈(Keats)诗歌中展示出的"天然的英国特点",特别是在《秋颂》(*To Autumn*)中,这种评价明显是利维斯式的。[⑦]

就以上分析可见,利维斯的《新动向》和《重新评价》均显现出艾略特的诗评观,但是利维斯独具个性的批评意识不仅保留了自己的特色,而且使他在现代诗评中占有重要地位。正如韦勒克于1937年在《细察》季刊上发

① R. P. Bilan. *The Literary Criticism of F. R. Leavis*, p. 90.

② F. R. Leavis. *Revaluation: Tradition and Development in English Poetry*, p. 39.

③ R. P. Bilan. *The Literary Criticism of F. R. Leavis*, p. 90.

④ F. R. Leavis. "Pope," *Revaluation: Tradition and Development in English Poetry*, p. 62.

⑤ F. R. Leavis. *Revaluation*, p. 65.

⑥ 同上, pp. 160—168.

⑦ 同上, pp. 199—215.

表的与利维斯交换意见的文章《文学批评与哲学》(*Literary Criticism and Philosophy*)中所述:利维斯的诗评是以20世纪的眼光重新改写英国诗歌史的第一次连贯的尝试,尽管仍属一种经典诗评。[①] 柏兰则认为,"甚至那些不赞同利维斯对弥尔顿或者雪莱的评价的人,[②]都会肯定书中利维斯积极的赞赏评价,特别是对蒲伯、华兹华斯和济慈的评价,这为解读这些诗人提供了新的、独特的视角"[③]。

在利维斯中后期的批评生涯中,艾略特的影响逐渐消散。他于1949年发表的文章《艾略特先生与弥尔顿》(*Mr Eliot and Milton*)便是两人思想观点的分界线。[④] 利维斯将这篇文章置于《共同的追求》的首篇,可见他对两人之间的分歧的重视。利维斯与艾略特之间关系的变化主要源自对劳伦斯的不同看法。但是,这一"分手"并不是绝对的,利维斯直到后期仍称赞艾略特对马维尔和玄学派诗人的评价及其对"感受性分离"的洞识。无论两者之间有着怎样的分歧,不可否认的是利维斯的两部诗评著作均得益于艾略特的影响。

二、诗评标准

利维斯诗歌批评强调的一个重要方面是:创造性诗歌语言观,莎士比亚式的英文使用一直处于利维斯文学思想关注的中心。这关系到利维斯诗评标准的三要素:英语口语(English spoken language)是诗歌语言的活力源泉,诗歌语言要体现出具体真实性(concrete realization),诗歌语言最终体现的是探索性的创作(exploratory creation)。

第一,创造性诗歌语言观是利维斯诗评的基本标准。这一标准不仅隐含于他的批评评价中,而且明确书写于他重要的批评著作中。利维斯反复

---

① Rene Wellek. "Literary Criticism and Philosophy," *Scrutiny Vol. VI*, No. 2, September, 1937.

② 自艾略特在《玄学派诗人》(1921)一文中提出,英国诗歌"'感受性分离'的趋势到了17世纪的两位诗人——弥尔顿和德莱顿时期益发严重"的断言之后,他将该文收录于1924年出版的《向德莱顿致敬》一书中,后于1926年,在"克拉克演讲"中又进一步渲染这一主题,将弥尔顿称作"阻隔感受性长城的建筑师"。在随后的几年里在英国境内,特别是在剑桥大学引发了一场"反弥尔顿诗歌"的运动,但是直到20年代末期仍有一些学者支持弥尔顿,比如以E. M. W. 提尔亚德(E. M. W. Tillyard)为首的剑桥英语系的部分教师,形成与艾略特和利维斯相对立的诗歌立场。——Ian MacKillop, *F. R. Leavis: A Life of Criticism*, p. 212.

③ R. P. Bilan. *The Literary Criticism of F. R. Leavis*, p. 91.

④ F. R. Leavis. *The Common Pursuit*, pp. 9—32.

申明的一个重要观点是诗性语言与口语的密切关系。有时,他甚至对口语(英语惯用语的使用)的魅力有一种莫名的崇拜(a mystique)。① 他特别称赞霍普金斯和济慈对英语语言资源的利用。就霍普金斯的诗歌语言,利维斯写道:

> 并不是说他继承了莎士比亚……我们确信他谙熟莎士比亚,倘若他从中受益,他做到了,因为他直接的兴趣在于视英语为活的语言(a living thing)……相似性产生于对语言资源和语言潜能的相似探索。霍普金斯属于莎士比亚、邓恩、艾略特和后来的叶芝(Yeats)一类……霍普金斯使用的介质不是文学语言而是口语。这就是他反复要求大声朗诵来检验其诗歌韵律的意义所在。②

利维斯所强调的是:文学应该使用口语,而非文学语言,这是因为口语是一种活的语言,是与现实生活密切相连的,是有生命力的。为此,利维斯以霍普金斯的诗歌语言为例,认为他的语言富于质感,是由各种不同的材料构成的,在细微和精微的交流方面有着很强的潜力,而 19 世纪的其他诗歌仅仅利用了一少部分的英语资源,维多利亚时期的诗歌在知识和精神上的"贫血"则与其缺乏"主体性"(a lack of body)和质感密切相关。③ 利维斯欣赏的正是语言中的这种"质感"和"主体性",济慈的诗歌也因这方面的特征得到肯定。在《重新评价》中,利维斯讲道:

> 那种"长满苔藓的农家小院里的树木"代表一种力量……那种诉诸感官的确定性——它带给人一种触觉形象——一种具体可感的活力……④

在小说批评中,利维斯同样提出他所倡导的"英文"质量,但在诗歌中这是语言的"英文"使用。在文章《艾略特先生与弥尔顿》中,他更明确地阐述了英文力量(English strength)的本质。在此,他以济慈的诗歌为例对比分析了弥尔顿诗歌中所欠缺的诗性语言效果。

---

① R. P. Bilan. *The Literary Criticism of F. R. Leavis*, p. 94.

② F. R. Leavis. *New Bearings in English Poetry*, p. 139.

③ Leavis. *New Bearings in English Poetry*, p. 151.

④ F. R. Leavis. *Revaluation*, p. 216.

早在《细察》创办的第二年，利维斯便转向对弥尔顿诗歌的研究，同时还将一位新的人物带入有关弥尔顿诗歌的讨论中，即诗人詹姆斯・乔伊斯。[①] 1933 年 7 月，利维斯写了两篇文章分别探讨弥尔顿和乔伊斯的诗歌，并于当年 9 月份发表于《细察》季刊。其中一篇为《弥尔顿的诗句》(*Milton's Verse*)[②]，另一篇是对乔伊斯诗歌的评论，标题为《乔伊斯与"语词的革命"》(*Joyce and the "Revolution of Word"*)[③]。利维斯虽未对两人做直接的比较，但将两篇评论两位语言大师的文章发表在了同一期《细察》刊物上，则似有专门的用途。两篇文章集中探讨的主题是"诗歌语言的内涵"(what is "behind" the language of poetry)[④]。对于弥尔顿，利维斯用了几个段落来描述其诗歌的特点。首先，他坦诚地称赞弥尔顿的《科摩斯》(*Comus*，1637)的优点，认为这首诗中的某些诗行"具有莎士比亚式的活力"(Shakepearean life)，"那种真实的声音的质感、元音与辅音交织错落的流动，辅之以行动与效果的多样性，富于微妙的类推暗示，让人不由得读出声来……"[⑤]，在这些文字的背后涌动着的是"情感与洞识交织的质感"[⑥]。其次，与对《科摩斯》的赞扬形成对照的是，利维斯对弥尔顿的诗歌《利西达斯》(*Lycidas*，1638)提出了批评。他认为《利西达斯》的诗行中却明显缺乏这种"质感"，其语词与诗歌"内核"(core)是分裂的。[⑦] 最后，利维斯之所以选择《科摩斯》和《利西达斯》进行分析，原因在于从这两首诗的比照分析中可以看出诗中不易察觉的缺陷，而这一缺陷在《失乐园》(*Paradise Lost*，1667)中尤为明显。在利维斯看来，《失乐园》是一个糟糕的案例，因为这首诗明显缺乏"内涵"(inwardness)，其语词多为声音的奴隶，其介质与口语几乎是分裂的，罕与"神经系统相呼应"[⑧]，结果未能达到如"玄学派诗人"邓恩等人在诗歌中表现出的思想与情感的融合。[⑨]

利维斯认为弥尔顿诗句表现不出英语语言的本质和活力，这是因为他

---

① Ian MacKillop. *F.R. Leavis: A Life of Criticism*, p. 213.

② F. R. Leavis. "Milton's Verse," *Scrutiny Vol. II*, No. 2, September, 1933, Cambridge University Press, 1963, pp. 10—20.

③ F. R. Leavis. Joyce and "The Revolution of the Word", *Scrutiny Vol. II*, No. 2, September, 1933, Cambridge University Press, 1963, pp. 200—220.

④ Ian MacKillop. *F.R. Leavis: A Life of Criticism*, p. 213.

⑤ F. R. Leavis. "Milton's Verse," *Scrutiny Vol. II*, No. 2, September, 1933, p. 13.

⑥ 同上，p. 14.

⑦ 同上，p. 16.

⑧ 同上，p. 18.

⑨ Ian MacKillop, *F.R. Leavis: A Life of Criticism*, p. 214.

创造的语言介质脱离了口语。[①] 在《新动向》中，利维斯评价道："弥尔顿仅利用了英语的一小部分资源，来自他自己话语的诗意习语微乎其微……一个人最富活力的情感经验和感性经验与他实际说的话密切相关。"[②]他对口语重要性的强调在《弥尔顿的诗句》一文中得到详细的论述：

> 一个直接相关的方面是：弥尔顿的语言介质脱离了口语。这于他当然已成习惯，然而习惯化不会使其敏于一种脱离口语的介质——口语属于实际的活生生的情感和感官结构，与神经系统产生共鸣——这只能证明是一种感受性的贫乏(an impoverishment of sensibility)。无论如何，"宏大风格"(the Grand style)妨碍了他使用曾经掌握的基本的英语表达资源。[③]

文章中，利维斯试图解释弥尔顿的"语言感受性分离"之因，即其语言的使用受拉丁语和"宏大风格"的困扰而与活生生的英语习语相分离，即"弥尔顿已全然忘记了英语语言了"[④]。利维斯认为口语中存在一种力量——某种语言表达的活力资源，借此他试图表明一种观点：文学创作中完全依赖于一种特殊的"诗化的语汇"(poetic diction)或者文学语言(literary language)其实是一种缺陷。[⑤]

当然，在利维斯看来，语言使用并不是全部的起点，重要的是应当让介质屈服于思想自然流动的需求，这一特点极其鲜明地体现在他对莎士比亚式的语言的评价中。利维斯并未另行著文讨论莎士比亚诗歌，而是结合讨论其他作家时附文评说。他对莎士比亚语言运用的最佳阐释集中见于他的两篇文章：《乔伊斯与"语词的革命"》和《弥尔顿的诗句》。在《乔伊斯与"语词的革命"》一文中，利维斯以莎士比亚的诗歌为典范，深入讨论了语言介质的问题。利维斯认为在莎士比亚的诗歌中：

> 介质处于完全从属的地位，并得到巧妙而复杂的使用。那些奇妙的、令人惊叹的语言表达完全说明诗歌创作的一个道理，即介质必须被严格地用作介质，它只是兴趣的对象。在创造力的驱

---

① F. R. Leavis. "Mr Eliot and Milton," *The Common Pursuit*, pp. 10—11.

② F. R. Leavis. *New Bearings in English Poetry*, p. 71.

③ F. R. Leavis. "Milton's Verse," *Revaluation*, p. 49.

④ 同上，p. 50.

⑤ 同上，pp. 49—50.

动下，它与所表达的内容浑然天成。[1]

莎士比亚的诗歌语言“表层”(surface)与“内核”(core)之间不存在裂隙，是浑然一体的，而弥尔顿和后来的乔伊斯则偏爱某种“修辞风格”(rhetorical style)，而这种修辞风格的“表层”与“内核”是分裂的，成为某种“令人不可思议的东西”[2]。利维斯对乔伊斯的晚期作品做了如下分析：

> 乔伊斯语言使用的随意性基本上不同于莎士比亚。莎士比亚的语言并不是将其“介质发挥到极致”(develop his medium to the fullest)的结果，而是迫于转达某种思想的产物……有人坚持认为对莎士比亚戏剧的研究应从字词入手，但是莎士比亚并不是从字词开始的：字词之所以重要是因为它们引向它们来的地方……在成熟的戏剧中(特别在晚期戏剧中)，话语成了负担。那种来自内心的精确把握决定着表达的效果。这就是莎士比亚的伟大之处：使介质完全屈从于不妥协的、复杂的、细微的思想需求。[3]

利维斯对乔伊斯的批评在于其兴趣主要落在字词、介质上，而非他所要表达的内容上。而莎士比亚认为，“表达的实质在于：词语是内在的冲动或者秩序原则的奴仆，它们由内在精神强有力地控制和驾驭着……而在乔伊斯的《进展中的工作》(*Work in Progress*)中，甚至在写得最好的部分，我们感觉到他的语言组织是外在的(external)、机械的(mechanical)”[4]。无论在诗歌还是在小说中，利维斯追求的正是这种内在的秩序原则。他之所以反对弥尔顿的语言使用，也是因为与莎士比亚相比，他的词语的背后缺乏那种驱动力，而取代这种需要精确限定和持续张力的是对语言的流畅和圆润的专注。

利维斯对弥尔顿诗歌的负面评价曾招致广泛的非议。首先，多数人认为利维斯的批评有失公允。事实上，利维斯说得没错，弥尔顿的确“仅利用了英语的一小部分资源”，因为他的诗歌多受拉丁文的影响，拉丁式措辞、

① F. R. Leavis. Joyce and “the Revolution of the Word”, *For Continuity*, p. 208.

② Ian MacKillop. *F. R. Leavis: A Life of Criticism*, p. 215.

③ F. R. Leavis. Joyce and “the Revolution of the Word”, *For Continuity*, p. 208.

④ 同上，p. 210.

造句、词序、句法被糅进了英语，创造出弥尔顿式的史诗语言风格，并被称作“庄严体”。然而，这种风格的独创性在于它不按常规句式停顿，而是用拉丁语式的长句和独特的诗段形式，形成弥尔顿诗歌特有的节奏，有如“江河奔腾、气势磅礴”，[①]这或许应该看作是弥尔顿的优点。其次，有人认为利维斯诗评中存在形式与内容的脱节现象，比如与《失乐园》的内容相比，利维斯更关注该诗的语言形式。为此，伊格尔顿认为艾略特和利维斯的诗歌批评流露出“语音中心”论的偏见。“这两位批评家通过‘视觉’和‘听觉’想象对邓恩和弥尔顿进行对照，发现弥尔顿的罪过是一种不可简化的多余的表意，损害了符号真正的再现作用。”[②]用利维斯的话来说，弥尔顿显示出“对词语的感觉，而非通过词语进行感觉的能力”[③]。尽管利维斯也说得不错，或许“正是因为《失乐园》缺乏一种自我同一性(self-identity)，所说与所示持久地相互干涉……话语互相纠缠，表意从一个层次滑向另一个层次。这首诗公然对抗单纯的现实主义的阅读方式，将自己搞得扭曲变形、伤痕累累，直至形式本身也成了这首诗的所指”[④]。所有这些对利维斯来说，都是大逆不道的，然而他却未能看出这是一种挑衅性冒犯，而将诗中一些粗笨吃力的语言看作是对“感受性”的破坏，从而未能从诗的内容去理解弥尔顿。[⑤]威廉斯也曾针对艾略特和利维斯对弥尔顿的指责提出质疑：

> 三十年代你们对弥尔顿的评价过分苛责，你们偏爱玄学派诗人，这样做竟改变了17世纪英国文学的版图……你们旁征博引、分析论证都在说明这一点。同时你们也在透过政治和文化危机探索生活……在社会危机时期，每一位高度自觉的人都会有两种可能性：其一，牵涉到对于所处时代的难题、文学风格等的一种献身和投入。其二，一种复杂的意识，其复杂性在于化解危机而不是成为危机的一部分。[⑥]

这段文字中，威廉斯提醒批评家不仅要关注诗歌批评的内容与形式的结合，而且还要关注到诗人所处的社会历史语境的现实。利维斯的确指出了弥尔顿诗歌的形式缺陷，但他并未对其内容做深入的分析，也未解读这

---

① John Carey. *The Poem of John Milton*, Longman Group, 1968, p. 453.

② 特里·伊格尔顿：《历史中的政治、哲学、爱欲》，马海良译，第35页。

③ F. R. Leavis. "Milton's Verse," *Revaluation*, p. 50.

④⑤ 同②，第43—44页。

⑥ Raymond Williams. *Politics and Letters*, New Left Books, 1979, pp. 335—336.

些"缺陷"的深层含义。

第二,具体真实性(concrete realization)是利维斯诗评的另一重要标准。利维斯在其诗歌评价中,经常交替使用"具体性""真实性"和"具体真实性"这些批评术语,它们往往表示某种内在的把握及来自内心深处的想象性拥有,如他认为莎士比亚的诗句之所以优于德莱顿和雪莱,是因为莎翁的诗句具有更强烈的"具体真实性"。经对莎士比亚的戏剧《安东尼与克莉奥佩特拉》(*Antony and Cleopatra*)与德莱顿《一切为了爱》(*All for Love*)[①]做比照,利维斯盛赞了莎士比亚戏剧中诗句"生命感"(life)的优势——具体性中的优势,而认为德莱顿的诗句中,则是"雄辩"(eloquence)而非"生命感"占据了优势。与德莱顿的雄辩相比,莎士比亚的诗句在表演着意义(enacts its meaning)。在利维斯的分析中,"表演"(enactment)几乎等同于"真实性",即赋予语言以创造力和表现力的真实再现,而不仅仅依赖于言说的力度。在《重新评价》中,利维斯对比分析了雪莱的戏剧《钦契一家》(*The Cenci*)和莎士比亚的《请君入瓮》(*Measure for Measure*)之后,评论道:"那种拼贴足以暴露出雪莱写作的模糊、一般化的外在性。克劳迪奥(Claudio,莎剧中的人物)的话语却是从特定、生动的情境中奔涌而出的,是特定人物于特定危急时刻发自内心深处的情感体验——那种活的语言——具有鲜明的具体独特性(concrete particularity)。"[②]从而展示出某种内在的感受。利维斯谈道:

> 尽管具体真实性存在于雪莱的思想中,并成为恰当时刻的"灵感"(inspiration),然而被赋予灵感的段落除话语繁复的情感概括(wordy emotional generality)之外空无一物。它没有抓住和展现任何内容,而仅仅摆出要达到自以为适当的某种效果的夸张姿态。[③]

在此,利维斯批评术语中的"具体真实性"与"诗意性"(poetic)几乎具有同一含义。他也使用了"繁复的情感概括"这一评语,一方面将情感与

---

① 《一切为了爱》或称《失却的世界》(*The World Well Lost*)是约翰·德莱顿于1677年创作的英雄诗剧。德莱顿尝试以素体诗的格律形式使这部肃穆的悲剧重现活力。据称这部诗体戏剧是模仿莎士比亚的悲剧《安东尼与克丽奥佩特拉》写成的,集中描写了男女主人公生命的最后几个小时里发生的事情。

② F. R. Leavis, *Revaluation*, p. 187.

③ 同上, p. 188.

“繁复”和“概括”联系起来，另一方面将智性与“准确性”(precision)、“独特性”(particularity)联系起来，并得出这样的结论：“在较差的诗歌中，伴随模糊(vagueness)表达的往往是过度的清楚(excessive explicitness)。”[①]这是利维斯有关诗歌评价标准的一段非常明确的阐述。因此，利维斯诗评中看重的“具体真实性”标准是指诗歌对生活的真实体验，只有真实反映生活的作品才具备这样的品质。

第三，利维斯诗评的另一个重要标准是对探索性创造特质(exploratory creation)的强调。他对诗歌创造性语言的使用(the poetic-creative use of language)的阐述主要见于刊登于《细察》的三篇文章中，均写于同一时期，他对未能抓住这一诗评标准的批评家做了评说。其中有两篇文章是关于赛缪尔·约翰逊(Samuel Johnson)的：《批评家约翰逊》(*Johnson as Critic*, 1944)[②]和《约翰逊与古典主义》(*Johnson and Augustanism*, 1946)，另一篇名为《悲剧与“介质”》(*Tragedy and the “Medium”*, 1944)[③]。对这一问题的探讨原是从与桑塔亚纳(Santayana)的论争开始的。利维斯的观点是：要解释诗歌创造性语言的使用不能脱离创作过程以及思想与语言之间存在特殊的联系。他十分赞同 D. W. 哈丁在评述 I. 罗森伯格(Isaac Rosenberg)[④]的语言使用时阐明的观点，以为罗森伯格与其他许多诗人一样，在最初的展开阶段，语言就表现出了最初的思想。不过，他不是将显现的思想稍加敲打以适应语言形式之需，而是锻造词语以适应思想之需。[⑤]“罗森伯格从一开始就以创造性思想驾驭着语词，往往不受逻辑和清晰度的束缚。”[⑥]与这一语言使用形成对照的是 18 世纪古典主义的语言特色(the Augustan)，而现代诗人在古典主义的语言使用中，所表现出的思想是已知的，语言则是一种明喻，恰似思想的外衣。相比之下：

---

① F. R. Leavis . *Revaluation*, p. 196.

② F. R. Leavis. “Johnson as Critic,” *Scrutiny Vol. XII*, No. 3, Summer, 1944. pp. 187—204.

③ F. R. Leavis. Tragedy and the “Medium”: A Note on Mr Santayana's “Tragic Philosophy”, *Scrutiny Vol. XII*, No. 4, Summer, 1944.

④ 伊萨克·罗森伯格(1890—1918)是“一战”时期的一位诗人，被称作是英国描写战争场景的最伟大的诗人之一。他那些“来自战壕的诗歌”(Poems from the Trenches)被誉为是第一次世界大战期间最杰出的诗歌。

⑤ D. W. Harding. “Aspects of the Poetry of Isaac Rosenberg,” *Scrutiny Vol. III*, No. 4, March, 1935. F. R. Leavis. “The Recognition of Isaac Rosenberg,” *Scrutiny Vol. VI*, No. 2, September, 1937.

⑥ F. R. Leavis. “Johnson as Critic,” ‘*Anna Karenina' and Other Essays*, p. 206.

> 莎士比亚的“思想”具体呈现于戏剧诗展开的过程，其思想明确、复杂……语言表达凝练而灵活，因此兼具约翰逊评论的活力与严格。古典主义者构想不出这种语言使用的必要。其思想表达已有现成模式——无论诗歌还是散文均如此——都有通用的术语。①

在1946年评论约翰逊的文章中，利维斯再次对比了诗歌语言使用与古典主义的语言使用之异同：古典主义诗文的每个字的使用都可以说出其选择和排列的理由。古典主义作家所要表达的思想已有普遍通行的现成的概念框架；而基于经验基础的语词的探索创造性使用涉及以灵活的方式进行概念创造，传统上既定的诗行排列不存在终极性。因此，即使是约翰逊也不能很有把握地欣赏莎士比亚式的创造性。②

这是一种创造性思想模式（a creative mode of thought）的诗歌观。利维斯认为语言的诗化使用（the poetic use of language）不是一个陈述和讲述的问题，而是让经验自身去言说、行动和表演。利维斯的文章《悲剧与“介质”》或许提供了有关语言诗意创造性使用的最为重要的表述。在文章开篇利维斯即指出桑塔亚纳的评论未能抓住语言的诗意性使用，即莎士比亚式的创造性语言使用，因为“要求诗歌应为‘先在既定’思想的‘介质’是没有根据的，并透露出一种难以理喻的疑惑。桑塔亚纳先生所说的‘莎士比亚的介质’创造了转达的内容，被装入一种‘清晰而透明的’介质中的先在确定的思想对莎士比亚的目的并不十分确定”③。只有来自自我深处的语言探索性—创造性使用才能达到经验体验的程度，即通过独特的语言诗意性使用来重现生活的创造性本质。

利维斯写于20世纪30年代的两部诗评著作《英国诗歌新动向》(1932)和《重新评价》(1936)是现代诗歌批评革命的重要著作，加上《共同的追求》(1952)中收编的诗评文章以及《活的原则》(1975)中的有关艾略特《四个四重奏》的长篇评论文章等，它们共同构成了一整套具有影响力的诗评序列。通过对这些批评著述的分析，不难看出利维斯的诗歌观体现的始终是其坚持不懈的文化批评思想——诗歌乃是对生活的批评。尽管利维斯的诗歌观多承接于艾略特，但是他不是僵化、机械地接受，而是注入了自己对诗歌

① F. R. Leavis . “Johnson and Augustanism,” *The Common Pursuit*, p. 109.

② 同上，p. 109.

③ F. R. Leavis. Tragedy and the “Medium”, *The Common Pursuit*, p. 124.

新的感悟和理解,进而倡导诗歌与社会和文化的密切联系,而文学的至高重要性是它所体现的创造性生活体验和感性经验。

综合来看,利维斯作为诗歌批评家取得了令人瞩目的成就。然而,其诗评仍不及他小说批评出色。乔治·斯坦纳在《语言与沉默》(*Language and Silence*,1967)一书中,曾对利维斯这两方面的成就做过评说,他认为利维斯的主要成就在于他的英国小说批评,"《伟大的传统》重构了品味的内在景观,堪与罕见的几部文学评论著作并驾齐驱,譬如约翰逊博士的《诗人之生命》(*The Lives of Poets*)、阿诺德的《批评文论》(*Essays in Criticism*)等"①。斯坦纳接着讲道:"任何认真探究英国小说发展的人们都必须从利维斯的观点开始,即使是那些与其观点相左之人。"②然而,利维斯有关诗歌批评的言论大都有前人说过,他的小说批评观主要来自一位前辈——亨利·詹姆斯的小说评论。

第二节 小说观

自20世纪20年代利维斯踏上批评之路开始,他的诗歌批评与小说批评即呈现为此消彼长、并行不悖的双线。利维斯早期的研究兴趣主要在诗歌批评,但小说批评仍随行左右。到了40年代中期,利维斯的批评兴趣出现了一个明显的小说批评转向,但其诗歌批评依然绵延不断,一直延续至晚年。从历时的角度来看,除去早期对劳伦斯小说的兴趣,他20世纪30年代初对小说家的关注多集中于约翰·多斯·帕索斯(John Dos Passos)、威廉·福克纳(William Faulkner)和詹姆斯·乔伊斯。他第一篇正式评论小说家的文章是《D. H. 劳伦斯》,于1930年发表于《英语评论》,另一篇是关于詹姆斯晚期的小说创作,完成于1937年(后收入《伟大的传统》),但这篇文章并不标志着利维斯研究兴趣的真正转折。1938年他撰写了评论E. M. 福斯特(E. M. Forster)小说的文章,③为他30年代起的小说批评画上了句号。从40年代起,他对小说的评论并不多,只有两篇有关康拉德小说

---

① George Steiner. *F. R. Leavis*, *Language and Silence*, Atheneum, 1967, p. 229.

② 同上, p. 229.

③ F. R. Leavis. "E. M. Forster," *Scrutiny Vol. VII*, No. 2, September, 1938.

的重评[①]和一篇有关弗吉尼亚·沃尔夫《到灯塔去》(*To the Lighthouse*)的评论[②]。但是,在1945—1946年间,利维斯在《细察》上连续刊登了三篇评论乔治·艾略特小说的系列文章,冠名为《重新评价:乔治·艾略特》(*Revaluation: George Eliot, I、II、III*)。[③] 1946年12月,Q. D. 罗斯在《细察》发表了第四篇评论乔治·艾略特小说的文章《乔治·艾略特(四)》(*George Eliot(IV):Daniel Deronda and the Portrait of a Lady*)。[④] 这篇文章与利维斯的评论文章形成了重新评价乔治·艾略特小说的一个完整序列,最终构成利维斯于1948年出版的小说批评巨著《伟大的传统》的重要组成部分。《伟大的传统》的诞生可以说是利维斯文学批评转向的关键转折点,从此小说批评遂成为他批评事业的核心。1946年,利维斯在给戈登·考克斯(Gordon Cox)的一封信中提及那一年的夏天,《伟大的传统》诞生的前夜发生的事情:

> 今年这个漫长的暑假,在我终于完成评论乔治·艾略特的序列文章这个巨大工程之时,我猛然发现我把它写成了一本书。因此,我决定在这个暑假完成《伟大的传统》这部书,评价乔治·艾略特、亨利·詹姆斯和康拉德等小说家的创作……我要把它写成一本展现"英国小说新动向"的书。[⑤]

利维斯将《伟大的传统》称作一部展示"英国小说新动向"的著作,无疑希望它能够像《英国诗歌新动向》重建英国诗歌传统那样,重塑英国小说的传统。这部著作与利维斯夫妇后期创作的《小说家:D. H. 劳伦斯》(1955)、《安娜·卡列尼娜》(1967)和《小说家:狄更斯》(1970)等著作共同构成英国

---

① F. R. Leavis. Revaluations (XIV): Joseph Conrad (I), *Scrutiny Vol. X*, No. 1, June, 1941. F. R Leavis. Revaluations (XIV): Joseph Conrad (II), *Scrutiny Vol. X*, No. 2, October, 1941.

② F. R. Leavis. After "To the Lighthouse" between the Acts, *Scrutiny Vol. X*, No. 3, January, 1942.

③ F. R. Leavis. Revaluations (XV): George Eliot (I), *Scrutiny Vol. XIII*, No. 3, Autumn—Winter, 1945. F. R. Leavis. Revaluations (XV): George Eliot (II), *Scrutiny Vol. XIII*, No. 4, Spring, 1946. F. R. Leavis. Revaluations (XV): George Eliot (III), *Scrutiny Vol. XIV*, No. 1, Summer, 1946.

④ Q. D. Leavis. George Eliot (IV): Daniel Deronda and the Portrait of a Lady, *Scrutiny Vol. XIV*, No. 2, December, 1946.

⑤ Ian MacKillop. *F. R. Leavis: A Life of Criticism*, p. 252.

小说批评的一个系列，对英国文学批评产生了重大的影响。

利维斯批评课题的重心由诗歌转向小说主要出于以下两方面原因：第一，他曾讲过对英国诗歌的评论他能讲的几乎都已经讲过了——除布莱克（在《重新评价》中，他对布莱克仅简短提到）之外，在早期岁月里，他几乎对早期和同时代英国诗人的作品都做了评说。[①] 第二，自 19 世纪起，小说家对个人生活与社会的联系方面的描写比诗人更频繁、更具效力。优秀的小说家如艾略特、狄更斯等便是工业时代最有影响力的批评家，到了当今工业文明的阶段，小说家的影响力仍然存在。[②] 小说更适合于利维斯关注社会和道德的课题。利维斯从 20 世纪中期开始对小说的关注是与当时英国文学与社会发展的"新动向"密切相关的。

20 世纪英国文学发展的一个最鲜明、最重要的特征体现在现实主义和现代主义两大文学思潮的同时并进、交替上升，以两次世界大战为分野，分别形成不同阶段英国文学的主要潮流。[③] 据 A. C. 沃德(A. C. Ward)所言："从1901—1925 年，主导英国文学的心理状态、道德理想和精神价值与维多利亚时代文学的态度、理想和价值几乎是背道而驰的。"[④]现代主义在 19 世纪末从欧洲传入英国，在诗歌领域，主要见于 T. S. 艾略特和叶芝的后印象主义及此前的意象派诗歌。艾略特的《荒原》(*The Waste Land*)堪称现代主义的里程碑，以荒凉凋敝的原野比喻现代文明，尽力展现出现代人的精神衰竭和心理危机。20 世纪 20 年代是英国乃至欧洲现代派文学的黄金时期。在小说领域，亨利·詹姆斯率先从心理题材和叙述程式上进行改革，而后约瑟夫·康拉德和 E. M. 福斯特(E. M. Forster)的创作继续从心理方面探求人物的精神世界，推动了现代主义在英国文学中的崛起。伴随 D. H. 劳伦斯小说的问世，现代主义文学达到了鼎盛时期。劳伦斯通过对无意识领域和性主题的挖掘，揭示出资本主义工业文明对人性的压抑和对自然的破坏，具有丰富的心理学探索意义和社会批判价值。这些现代主义作家的作品恰恰折射出利维斯对于现代社会的看法，与他抗拒现代文明蔓延的思想十分吻合。

---

① R. P. Bilan. *The Literary Criticism of F. R. Leavis*, p. 104.

② P. J. M. Robertson. *The Leavises on Fiction: A Historic Partnership*, The Macmillan Press Ltd, 1981, p. 4.

③ David Lodge. *Working with Structuralism*(1), 1981. C. B. Cox. *The Twentieth Century Mind*(3), 1972.

④ A. C. Ward. *Twentieth Century English Literature*, The English Language Book Society, 1965, p. 2.

在小说批评著作中，利维斯赋予当今文学研究以人类价值观和人文价值观的探索显示出逐渐加强的印迹。他开始将主要的关注集中在“伟大的小说”与当今生活的关联性上。在《小说家：狄更斯》中他写道：

> 《小杜丽》(*Little Dorrit*)以一种人与社会全然了无生气的观点看待技术—边沁世界，这种“了无生气”体现的正是社会疾患。[①]

利维斯对狄更斯的重新重视，正是因为“狄更斯是这种精神的见证人，这是我们所需要的精神”[②]。同时，这也是小说家引起利维斯更多的关注，而诗人淡出其视野之因。除艾略特和布莱克之外，利维斯发现现代诗人中无人能与“伟大的传统”中的狄更斯、劳伦斯等小说家匹敌，原因是“自 19 世纪以降，英语的优势——那种富于诗性和创造性的优势——转向了小说，与诗歌相比，小说滑入了中心”[③]。

当然，利维斯的这种转向也与其诗歌批评的某些理念有一定的联系，比如他认为有些重要的小说作品具有与莎士比亚戏剧同样的诗性、复杂性和叙事结构，那些最好的小说范例会直接源自莎士比亚的戏剧诗。对利维斯而言，莎士比亚不仅是诗歌批评的典范，而且是小说批评的里程碑，“伟大的小说家是莎士比亚‘天然的继承人’(natural successors)”[④]。利维斯提出的“小说是戏剧诗”(the novel as dramatic poem)[⑤]的概念及其坚持的“伟大的小说家和诗人具有向心性”[⑥]等观点，使得小说作为一种主要的艺术形式在 20 世纪批评界获得了严肃的认可。

一、小说批评的早期探索

早在 20 世纪 30 年代，利维斯夫妇在最初发表他们有关小说的见解时，即发现了小说中严肃的美学旨趣。但是，当时的英国除去詹姆斯的后继者之外，批评界一般都怀有一种对诗歌的偏好，少有人看重小说的价值。人

---

① F. R. Leavis , Q. D. Leavis. *Dickens the Novelist*. Chatto & Windus, 1970, p. 273.

② 同上，p. 274.

③ F. R. Leavis , Q. D. Leavis. *Dickens the Novelist*, p. 19.

④ F. R. Leavis , Q. D. Leavis. *Dickens the Novelist*, p. 19.

⑤ F. R. Leavis. “The Novel as Dramatic Poem (I): Hard Times,” *Scrutiny Vol. XVI*, No. 3, Spring, 1947.

⑥ P. J. M. Robertson. *The Leavises on Fiction: A Historic Partnership*, p. 5.

们对小说的态度受到来自于布兰德里式的(Bradleyan)戏剧态度的影响,当时广为接受的观点是小说家与戏剧作家一样主要是创造有趣的人物。[①] 小说这种被人轻视的地位使得所有严肃而敏感的小说家从詹姆斯、康拉德、乔伊斯、弗吉尼亚·沃尔夫(Virginia Woolf)等都十分苦恼。

利维斯夫妇与《记事》的主编们感到:仅仅从美学的角度探讨小说不会触及问题的根本。技巧批评家能够解释小说的结构,但是他解释不了,或者不去解释小说产生的整个影响,也不会解释某些小说尽管技巧超群,但缺乏生命力的原因。[②] 因为他不能够有效解释赋予小说以生命力的源泉是什么。利维斯夫妇感到技巧批评家忽略了一个基本真理:文学的价值在于它转达的是人性和人类经验的洞识。结果,他们并未适当地从必要的、评价的前理论方面入手来进行小说批评。[③] 要对小说做出正确的评价,仍然需要从构成小说的内容和形式二要素入手,不仅要建立分析小说这种庞大结构的评价标准和实用而精练的批评方法,而且还要探索赋予小说以生命力的真正源泉。

苦于这方面指导的匮乏,利维斯夫妇向亨利·詹姆斯、I. A. 理查兹、C. H. 利克伍德以及弗农·李(Vernon Lee)求教。他们将道德标准作为小说评价基础的想法得到詹姆斯和理查兹的鼓励。从理查兹和李那里利维斯夫妇学到了他们的批评方法,比如将小说视为某种诗歌散文的想法即来自于理查兹和利克伍德的鼓励。[④] 为寻找一个可靠的批评基础,利维斯夫人详细分析了詹姆斯的文章《小说艺术》(*The Art of Fiction*)中讨论优秀小说中"道德意识"和"艺术意识"之间的关联性问题。她引述詹姆斯的话说,"显在的事实是艺术品最为深刻的品质永远是创作者的心理品质……优秀的小说不会产生于肤浅的心灵"[⑤]。《小说艺术》展示出看似利维斯式的观点:

> 从广义的角度来看,小说是一种个人对生活的直接感受:这是小说存在的价值。这种感受的强烈程度决定着小说价值的大

① C. H. Rickwood. A Note on Fiction,*Calendar for Modern Letters*, 1926.

② 正如利维斯夫人所言,"像乔治·摩尔先生(Mr George Moore)那样追求小说技巧形式完美的小说家也未能避免其小说在完美的形式中死亡"。——*Fiction and the Reading Public*, p. 233.

③ F. R. Leavis. *The Common Pursuit*, p. 214.

④ P. J. M. Robertson. *The Leavises on Fiction: A Historic Partnership*, p. 6.

⑤ Q. D. Leavis. *Fiction and the Reading Public*, p. 233.

> 与小……作家要从自己的经验写起，那么需要怎样的经验？始于何时，止于何时？经验是无限的，永远不是完全的。它是一种深刻的感悟性……人们最善于述说自己的品位，因此我敢说现实感……是小说的至高品格，是其他品格的基石。恰是在此，小说家在与生活竞赛……一部小说是一个活物，如同其他任何生物一样，是一个延续不断的整体，其各部分环环相扣，相互包容。"①

由此看来，小说包含了生活的强度、现实感、经验的无限性、描写范围的无限性以及小说结构的动态连接，所有这些都是詹姆斯小说批评的信条，正如《伟大的传统》篇篇页页上所展示的。甚至詹姆斯的评价术语都影响到利维斯，当然《伟大的传统》也包括了对詹姆斯小说的评价。不过，詹姆斯的文章仍停留在理论论述的水平，而利维斯则将这些建议组织成了小说批评的有效方法。利维斯夫妇对詹姆斯的晚期作品逐渐失去了兴趣，原因在于他们感到詹姆斯的晚期小说脱离了《小说艺术》中阐释的真理，过分关注形式结构，破坏了小说的"生命感"。但是，在《伟大的传统》中，利维斯却用了不少篇幅称赞詹姆斯作为形式批评家的许多优秀之处，②并著文《批评家詹姆斯》(*James as Critic*)③向他表示敬意。

在探索小说批评方法的过程中，利维斯在早期的小册子《如何教授阅读》(1932)中，曾考虑到小说需要与诗歌不同的批评方法。在解释了对诗歌和莎士比亚戏剧的评价需要适当的批评方法之后，利维斯讲道：

> 散文要求以同样的批评方法，但不适于现成移用——小说批评尚未起步是有原因的。就小说而言，批评方法更难应用，小说家利用语词来构造他的世界，基于同样的原因，一如诗人，他也被称作艺术家。诗歌作品以精炼、短小见长，成与败局部即可见分晓……而小说一般依赖于累积的效果。如此一来，作为小说中重要的一页可能会显得没什么特色，甚至会是糟糕的。④

---

① Henry James. In Morris Shapira(Eds.). "The Art of Fiction," *Selected Literary Criticism*, Harmondsworth, 1968, pp. 83—88.

② F. R. Leavis. *The Great Tradition*, pp. 126—172.

③ F. R. Leavis. "James as Critic," *A Selection of Henry James's Criticism*, Cambridge University Press, 1957.

④ F. R. Leavis. ,*Education and the University*, pp. 125—126.

虽然利维斯承认小说与诗歌之间的差别，相同的方法不能精确应用于两者，但是在其后期的论述，比如在《走向批评标准》(1933)中，他认为同样的方法可适用于评价诗歌和小说。这主要得益于I. A. 理查兹在《文学批评原理》(1924)中的诗歌分析方法[①]。利维斯从第一部诗评著作《英国诗歌新动向》开始，就对理查兹就诗歌"韵律"(rhythm)的讨论产生了兴趣。在《走向批评标准》中他提出，这种方法可以应用于对莎士比亚戏剧的分析。假如这种方法同样适用于对小说的分析，没有人会认为这会有什么不妥，因为这两种文学形式探索的中心是人物。[②] 在同一篇文章中，利维斯还高度赞赏利克伍德的《小说札记》(*Notes on Fiction*)，该书明显将小说与诗歌联系了起来：

> 这种将小说与诗歌联系起来的方法更具启示意义……尽管小说与抒情诗、莎士比亚戏剧之间存在某种差异，但是为着某种根本的目的小说得到同等的重视，必须坚持这种共通性。[③]

就如何提炼长篇小说中的精华内容问题，Q. D. 罗斯提议："要按照弗农·李在《驾驭文字》(*The Handling Words*)一书中所讲的，通过对有意义的段落的分析来增强总体印象。"[④]利维斯采纳了这一建议，同时他认真听取来自理查兹、利克伍德的建议和G. W. 奈兹反对布兰德里的观点，即莎士比亚的戏剧富含象征诗。[⑤] 这些建议和观点最终促使利维斯萌发"小说即戏剧诗"的概念，这一概念最初被用在评价狄更斯小说《艰难时世》(1947)的文章中，[⑥]后来这一术语一直贯穿于利维斯小说批评所有主要的著作。这似乎表明他将小说和诗歌看成同等重要的文学艺术，并引导我们关注小说语言。"语言的问题，所有方面的介质使用是任何文学作品的基本问题"。[⑦] 重要的是小说语言与诗歌语言同样重要，利维斯对小说语言仔细分析的关注具有诗歌批评的特色，他解释道：

---

① Q. D. Leavis. *Fiction and the Reading Public*, p. 212.

② F. R. Leavis. *Towards Standards of Criticism*, p. 21.

③ 同上，pp. 19—20.

④ Q. D. Leavis. *Fiction and the Reading Public*, p. 233.

⑤ F. R. Leavis. *The Common Pursuit*, pp. 142—166.

⑥ F. R. Leavis. "The Novel as Dramatic Poem (I): Hard Times," *Scrutiny Vol. XVI*, No. 3, Spring, 1947.

⑦ F. R. Leavis. '*Anna Karenina' and Other Essays*, p. 228.

> 小说，一如诗歌，是由语词构成的……我们说小说家是在“创造人物”，然而这一“创造”过程是语词组织的过程。我们讨论其“观点”的质量，但是我们唯一可以达到的批评评价直接来自于其作品中可观察到的部分——特殊的语词组织——所引发的回应质量。批评首要的是感悟性问题，对书页上的文字的敏锐反应和精确识别。但是，还必须关注到更大的效果。[①]

最后一句话表明利维斯认识到了问题的关键，他理论上关注于语言，关注于“书页上的文字”，那么如何理解“更大的效果”呢？利维斯后来有关道德关怀（moral concern）的论述实际上解释了“更大的效果”这个问题。在小说批评中，利维斯并不像在诗歌批评中那样给予两者同样的语言关注，而是更多地关注道德想象力的质量。利维斯在有关《艰难时世》的评论文章中，深入讨论狄更斯对生活积极回应的本质。在肯定狄更斯作为诗人的成就的同时，利维斯写道：

> 《艰难时世》展示出令人难以置信的丰富性……那种得心应手，那种博大精深……由此可说狄更斯是一位伟大的诗人：他巧妙多变的表达折射出他知识的丰厚，表现出对生活非凡的感受力。[②]

在这段文字中，利维斯高度赞扬狄更斯的语言使用，“除莎士比亚外无人可比的英语大师”[③]，然而他对语言的把握则聚焦于对生活的积极回应。在此，我们可以认定利维斯小说批评中强调的“更大的效果”乃是通过语言“感悟性”而“精确识别”到的“道德关怀”和“对生活非凡的感受力”。在利维斯看来，小说是无法与现实生活断然分开的，小说是对现实生活的反映，是密切与现实世界联系在一起的。

虽然利维斯在诗评和小说批评中均使用“感受性”这一批评术语，但仍有差别：诗人主要表现的是对语言和生活的感悟性，而小说家主要表现的是对道德和生活的感悟性，或者称为道德意识和生活意识。在《如何教授

---

① F. R. Leavis. ‘*Anna Karenina*’ *and Other Essays*, p. 230.

② F. R. Leavis. *The Great Tradition*, p. 247.

③ 称狄更斯的语言使用可与莎士比亚式的语言相匹敌是利维斯所能给出的最高赞扬。值得一提的是在 1947 年以前，利维斯并未看好狄更斯的创作，并称其为一位“娱乐高手”（Entertainer），后经深入研究狄更斯的作品，利维斯改变了自己的看法，肯定了狄更斯的小说创作天赋。

阅读》中,利维斯曾就诗歌中的技巧概念与庞德发生争执。庞德视技巧为独立的"美学"范畴,而利维斯认为这是对"技巧"概念的误解:

> 我们必须将"技巧"看作是某种与"感悟性"不同的东西,但是只有在感悟性表达的条件下才能对技巧做出判断。不被作为特定感悟性表达的"技巧"研究是一种无效的、抽象的,远离批评的有用目标。①

这是理解利维斯诗歌批评的一个重要陈述,技巧有助于推动感受性。这种拒绝诗歌中技巧与感悟性的分离与拒绝小说中形式与道德意识或者道德关怀的分离具有一致性。利维斯进一步阐述了他的小说批评观:

> 有哪一位小说大家对"形式"的专注不是取决于他对丰富的人性关怀(human interest),或者复杂多样的关怀,所抱有的一种责任感呢?——那被具体形象所深刻再现了的责任感?这种责任感,在本质上就包含了富于想象力的同情、道德甄别力(moral discrimination)和对相关人性价值的判断——试问,有哪一位不是这样呢?②

这段文字更鲜明地展现出利维斯小说批评中关注的"更大的效果"与语言形式的关系问题。强调小说家对"形式"的关注不能脱离对"人性关怀""责任感""价值评价"和"道德甄别力"等多方面的关怀。虽然利维斯并不常用"道德意识"(moral sense)或者"生活意识"(sense of life)这样的概念,但是他真正关心的是伟大的小说不仅具有体现道德意识和生活意识的完美"形式",而且还要展示出与现实生活密切相关的更大的社会维度和文化维度。那么,利维斯是遵循着怎样的批评原则来体现小说评价的社会文化维度的呢?

---

① F. R. Leavis. How to Teach Reading, *Education and the University*, p. 113.

② F. R. Leavis. *The Great Tradition*, p. 29.

二、小说批评标准

作为诗歌和小说批评家，利维斯多方受益于理查兹。他批评话语中惯用的许多评价术语，比如“具体性”(concreteness)、“真实感”(realization)、“平衡性”(poise)、“感悟性”(sincerity)以及“非个人性”(impersonality)等均可追溯到理查兹。但是理查兹和詹姆斯一样，与其说他们是批评家，不如说他们是理论家，他们的批评思想仍然需要通过利维斯的身体力行来应用到具体的文本分析中，才得以创造性地发挥和拓展。总体看来，利维斯的小说批评主要侧重于三个方面：小说的道德关怀(moral interest)，优秀小说中所蕴含的“生命感”(life)，小说的“创造性探索”(creative exploration)[①]等品质。

第一，利维斯对小说道德维度的思考呈现出一定的复杂性，关涉对一系列相关问题的思考，其中涉及小说的形式概念，小说作为道德寓言(moral fable)和戏剧诗的概念，道德价值观的探索观念等。尽管利维斯并未就这些思想给出一个明确的理论阐释，对之的理解却隐含于他所有的小说批评著述中，并与利维斯的小说传统观相联系。就这一问题，利维斯的一个重要论点是伟大的小说都会展示出对生活强烈的道德关怀，这种道德关怀决定并限定了对形式要求的特征。在《伟大的传统》的第一章中，利维斯曾评述奥斯丁(Jane Austen)的创作：

> 简·奥斯丁的情节，就其总体的小说而言，是经非常“精心刻意地”构筑出来的……然而，她对“谋篇布局”(composition)的兴趣，却不是什么可以转而抵消掉她对生活兴趣的东西；她也没有提出一种脱离道德意味的审美(aesthetic)价值。她对生活所抱有的独特的道德关怀，构成她作品的结构原则和情节展开的原则，这种关怀首先又是生活加在她身上的一些所谓个人性问题的专注……倘若缺失了这一层道德关怀，她原是不可能成为小说大家的。[②]

---

① F. R. Leavis. *Nor Shall My Sword*, p. 56.

② F. R. Leavis. *The Great Tradition*, p. 7. 译文参考袁伟翻译的利维斯的著作《伟大的传统》，第 8 页。

利维斯反对将艺术与生活、美学或者形式与道德断然分开的做法。他坚持认为：

> 实际上，细察一下《爱玛》(*Emma*)的完满形式，我们便可发现，道德关怀正是这位小说家独特生活旨趣的方面，我们也只有从道德关怀(the moral preoccupation)的角度才能够领会之。若以为这是个"审美问题"(aesthetic matter)，是"谋篇布局"之美与"生活之真"(truth of life)的奇妙结合，那么人们将无法解释清楚何以《爱玛》会被视为一部优秀的小说，也完全无法对其形式之美做出一点见慧见智的说辞。[①]

利维斯关于小说中形式与道德关怀的正确关系的观点与其某些评价一样成为有争议的问题，以上的段落常被引述并引来质疑。比如大卫·洛杰(David Lodge)在《小说的语言》(*Language of Fiction*)一书中，颠倒利维斯的术语，提出了《爱玛》的"道德关怀"只能从"形式完美"的角度加以欣赏。[②] 这已经成为现代批评的信条，即道德与形式是构成成功作品的重要二元素。但是利维斯的公式将道德置于形式之上，比形式更为重要，似乎造成两者的分离。利维斯并不否认有些作品形式不甚完美，结果使得这样的作品进不了最优秀的小说之列。利维斯坚持认为关注于形式的小说大家离不开其强烈的道德关怀的责任感。就这一问题利维斯在有关托尔斯泰的《安娜·卡列尼娜》(*Anna Karenina*)的文章中做了阐述，文中利维斯反驳了詹姆斯的观点，即托尔斯泰的小说在结构布局方面不甚完美。利维斯认为使得《安娜·卡列尼娜》成为伟大艺术作品的是其谋篇布局和对生活关怀的完美结合：

> 正是艺术家(托尔斯泰)对生活如此强烈地、更为全面和深刻地投入，他在艺术中对生活的关怀反映出他在日常生活中对生活的强烈专注……在托尔斯泰去世前不久，有人问他是什么力量驱动他去创作的，他的回答是："实际上，一个人去写作，是出于对全

---

① F. R. Leavis, *The Great Tradition*, p. 7. 译文参考袁伟翻译的利维斯的著作《伟大的传统》，第8页。

② David Lodge. *Language of Fiction*, Routledge and Kegan Paul, 1966, p. 68.

人类的道德意识。"①

在利维斯看来，有意义的形式无法脱离对生活的道德探索，结构布局的结果——全部的方案——是道德寓言（moral fable）或者道德模式的结构方案。《艰难时世》可以说是利维斯将小说称作"道德寓言"的最著名范例，但是事实上他在《伟大的传统》中称赞的大部分小说，比如《神秘特工》（*The Secret Agent*）、《诺斯特罗莫》（*Nostromo*）、《欧洲人》（*The Europeans*）、《一个女士的画像》（*The Portrait of a Lady*）、《织工马南》（*Silas Marner*）等都被称作是"道德寓言"，偶尔也将小说家称作"道德家"。然而，我们又不可从教条的意义上来理解利维斯的这两个称谓。在讨论乔治·艾略特的小说《费利克斯·霍尔特》（*Felix Holt*）之时，利维斯写道："若把乔治·艾略特说成是个'道德家'，那就错了。她完全是一位伟大的艺术家——一位小说大家，具有小说家把握人性心理洞察力和知人论世的感悟力。"②在对其小说进一步的分析中，他讲道："没有一点儿说教的味道，而是一种戏剧化的判断，深刻犀利而又令人信服。然而个中所隐含的道德教训乃是建立在形象演示的必然性之上的，这是一个心理现实主义者所认识到的那种教训。"③由此可见，利维斯首要考虑的是将小说家看作小说家，而不是道德家，并且在批评中，他也不把小说当作道德说教的小册子。这有助于理解利维斯将小说称作"戏剧诗"这一概念。利维斯将小说理解为一种以"戏剧与诗意"的术语演示的、对文明标准及其可能性的探索。④

然而，利维斯在其小说批评中，仍未能以他建立的标准一以贯之地评价重要的小说家，这一做法引来广泛争议。就其小说批评中的道德关怀评价标准而言，他将哈代剔除出"伟大的传统"，似乎没有提出令人信服的理由。他引用詹姆斯的一个评价来说明他的观点：

> 关于哈代（他多得益于乔治·艾略特），亨利·詹姆斯提出了一个恰当的观点："托马斯·哈代，这个好人凭借《德伯家的苔丝》（*Tess of the D'urbervilles*）而大获成功，这部小说漏洞百出，竟然魅力十足。"⑤

---

① F. R. Leavis. *'Anna Karenina' and Other Essays*, pp. 11—12.

② F. R. Leavis. *The Great Tradition*, p. 56.

③ 同上，p. 59.

④ R. P. Bilan. *The Literary Criticism of F. R. Leavis*, p. 122.

⑤ F. R. Leavis. *The Great Tradition*, p. 33.

哈代的《苔丝》获得巨大成功，的确因其"魅力十足"，其魅力在于它体现出的人性关怀和道德力度，其影响力甚至远远超过了利维斯欣赏的G.艾略特的《葛温德琳·哈雷斯》和亨利·詹姆斯的《一个女士的画像》，主要原因是哈代成功塑造了苔丝这一女性形象。苔丝这一形象丰富立体，具有强烈的道德魅力，她的命运不是她个人的，而是代表着19世纪末工业文明冲击下的英国农民的整个命运。这体现出哈代作为小说家的宽阔视界。《苔丝》可以说是一部集艺术形式和人文关怀于一体的优秀作品。然而，利维斯或者詹姆斯却未能对之做出一个恰当的评价，这或许说明他们不是哈代合适的批评家。若依据利维斯的批评标准进行推论，他拒绝哈代的原因或许是，哈代有时会显示出蹩脚的语言或者他所怀抱的对社会的悲观态度，然而这样的理由似乎仍十分勉强。此外，经比照利维斯对弗吉尼亚·沃尔夫的负面评价也可突显利维斯对哈代评价的不准确性。[①] 利维斯拿沃尔夫与康拉德做比较：

> 这一比较展示出沃尔夫女士的人生经验和生活圈子是多么狭小。环绕她富于戏剧化敏感性的外界或许是"半透明的"，似乎遮蔽了所有的经验领域，那些伴随先见、意志和道德范围的经验，一种不以个人感触为前提的外部世界。这一前提，以意识的微妙变化隐含的"意义"，连同不断闪现的视觉意象和"妙笔生花"的描写，以及道德关怀和行动兴趣的缺失，产生的效果显然近似于一种矫揉造作的唯美主义(a sophisticated aestheticism)。[②]

此处，我们得到的不仅有评价，而且有准确说明的评价理由，我们可以不赞成利维斯，然而我们不能抱怨他没有据实描述。但是，他反对沃尔夫的理由并不适用于哈代——哈代确实以严肃的道德意识来写作，并关注人类活动和广阔的人生经验。哈代可以不属于这个伟大传统，但是利维斯未能给出令人信服的理由。这表明文学评价的不确定性，因而从另一个角度说明批评评价如果要有理据支撑，它只能是向着有益的讨论开放的。

第二，小说中所蕴含的"生命感"。这是利维斯批评话语中另一个重要的评价标准。在《伟大的传统》中，他借助劳伦斯(1885—1930)的作品，赞

---

① R. R. Bilan. *The Literary Criticism of F. R. Leavis*, p. 157.

② F. R. Leavis. After "To The Lighthouse", *A Selection from Scrutiny*, Cambridge University Press, 1968, p. 99.

扬其源自于"生命"(life)之泉的活力，与此类似的术语还有"活力"(vitality)或者"生命—活力"(life-vitality)，这是利维斯强调小说应具备的重要品质"生命感"时，常用的一些术语。雷纳·韦勒克曾对利维斯所使用的"生命感"提出异议："我担心理论家大都感到难于理解利维斯的最高评价标准'生命感'，由此而产生歧义、无助和模糊。"①韦勒克的这一担心不无道理，因为英语中"life"一词本身就是一个多义词，但主要有两个含义：一曰"生命"，二曰"生活"。利维斯批评术语中的"life"主要是就小说中展现的生命活力即"生命感"而言的。

利维斯最早是在劳伦斯的小说中发现了这一品质的，之后在狄更斯的小说中也观察到相似的特点。在分析狄更斯小说所表现的生命意识的同时，利维斯解释了他对"生命感"的理解，即"自发的、真实的、创造性的"生命活力。在《小说家：狄更斯》中他讲道：

> "生命感"或许被看作是一个大词。当然，这是一个不可或缺的词，毋庸置疑是一个重要的词。其重要性在于它本身所具有的显见的难于抽象定义的特点，难于通过我们对之的使用而达到那种精确、力量或者价值来解释它。当我们考察狄更斯的《小杜丽》时，我们感到的是更强的无助感，我们切实看到一个发挥作用的过程，似乎可适当称其为创造性方式(creative means)。②

这便是对赋予文学重要性的一个术语"生命感"的独特理解，利维斯指出艺术家提供定义的过程即是一种非常真实的思想过程，具有反理论的特征。利维斯看重的"生命感"品质在劳伦斯的小说中得到绝佳体现。劳伦斯曾结合自己的艺术和文学的创作实践得出这样的感悟："我真正明白了一幅伟大的画卷中注入了怎样的生命力，每一根线条，每一个动作里都注入了强大的生命。以纯净的精神、敏锐的意识、强烈的渴求描画出内心深处的景象，一切就这样自然而然、水到渠成。"③在劳伦斯看来，艺术创作的全部价值在于它是否具有生命力。无论是画作还是小说都要使人感觉到

---

① Rene Wellek. The Literary Criticism of F. R. Leavis, *Literary Views: Critical and Historical Essays*, p. 190.

② F. R. Leavis , Q. D. Leavis. *Dickens the Novelist*, p. 296.

③ D. H. Lawrence. *The Paintings of D. H. Lawrence*, Mandrake Press, 1929, pp. 14—15.

"活生生"的生命感,没有生命感的作品不过是"墙上死气沉沉的斑点"[①]而已。为此,劳伦斯在其每一部作品中都倾注了真挚的情感和对生命的感悟。尽管劳伦斯著述丰厚,利维斯特别赞赏劳伦斯的两部小说《虹》(*The Rainbow*,1915)和《恋爱中的女人》(*Women in Love*,1920)。依利维斯的观点这两部小说是构成劳伦斯小说成就的巅峰之作。[②] 其中,《虹》可以说是一部浓缩的"生命史诗"、一部"灵肉合一"的文化启示录。[③]

《虹》写的是从 19 世纪初至 20 世纪中叶近一百年间,布兰文一家(the Brangwens)祖孙三代从农业化社会向现代工业化社会迈进的过程中,家庭成员中男女两性的婚恋史。从深层结构上看,它写的则是人类从远古农业文明向现代工业文明过渡的整个历程中生命意识的演变。19 世纪中叶,第一代主人公汤姆·布兰文(Tom Brangwen)和丽蒂娅(Lydia)缔结婚姻关系之时,正值英国社会经历着农业文明的高级阶段。在这一阶段,人与自然、男人与女人都还处于均衡和谐的状态,生命还没有受到工业文明的冲击和宗教教条的压抑。男女之间的生命激情抑或小小摩擦,最终都在生儿育女的劳作和美丽自然的笼罩下,归于消融、归于和谐。[④] 19 世纪中叶,第二代主人公安娜·布兰文(Anna Brangwen)和威尔(Will)的婚姻恰与农业文明向工业文明的过渡期相吻合,并与基督教的发展、衰落相始终。在此阶段,人与自然的和谐统一开始向着分裂状态过渡。男人与女人、宗教与现世、情感与理智开始出现了不和谐音符。这场对抗体现为安娜的自然活力、自然神论与威尔的宗教男权、宗教神论之间的斗争。[⑤] 然而,此时男女双方还处于一种积极的对抗状态,男人还未最后割断与诗意自然和天赋本能的内在联系,农业文明最终维护了"人的存在的完整性"[⑥]。在此,劳伦斯高度评价了农业文明对生命的肯定,这与他批判工业文明对生命的否定形成鲜明对照。19—20 世纪之交,第三代主人公厄秀拉·布兰文(Ursula Brangwen)和安东(Antony)面对的是资本主义工业文明的全面推进。这是一个人与自然、人与社会、人与宗教、信仰与行动、男人与女人都处在对

---

① Lawrence. *The Paintings of D. H. Lawrence*, p. 16.

② Leavis. *D. H. Lawrence: Novelist*, pp. 19—20, 113—121.

③ 张冰月:《古今浓缩的生命史诗、灵肉合一的文化启示》,2010 年 6 月 2 日 blog. sina. com. cn/s/blog_5173bc750100j2ju. html,2015 年 6 月 3 日。

④ D. H. Lawrence. *The Rainbow*, Wordsworth Editions Ltd, 1995, pp. 9—32.

⑤ Lawrence. *The Rainbow*, pp. 87—115.

⑥ 同③

抗和分裂的时期。[①]

利维斯从劳伦斯的小说中看到的是一个“人的全面异化”的工业社会，这是一个导致人的灵与肉分裂的时代。劳伦斯对工业文明的批判旨在警示现代人面临的严峻的生命危机。生命的异化必然会导致男女两性关系的崩解，而男女两性关系的崩解则必然导致人类文明的解体。劳伦斯是从生命本体意识来看待男女两性的性关系和生命状态的。他通过厄秀拉与安东灵肉搏杀、生机全无、诗意丧尽的变态之恋，揭示出男女两性间深度的对抗。少女时代的厄秀拉曾视安东为追求“极限自我”的理想情人，幻想在他的热吻中，“她的女性之花将如一团烈焰，美丽绽放”，然而这不过是纯情少女的梦幻而已。在现实中，工业文明的异化之网笼罩着男人女人的自然生机和活力，和谐的两性关系已荡然无存。无论在月华遍地的玛斯舞会上，还是在壮美无比的英吉利海峡边，安东都无法给予她天人合一的欢愉。女人的自然本能被异化为恐惧意识和仇恨意识，一种歇斯底里的酒神魔女式的疯狂毁灭欲和报复欲。物质的增长与生命力的衰竭恰成正比，这就是工业文明无法摆脱的二律背反的怪圈，也是人类生命演化史的一个悲剧性结论。[②]

《虹》是一部对生命的启示录，它形象地告诫人们：人类的生命与两性关系正不可避免地落入衰退，至工业文明已陷入绝境。人类若想获得新生和幸福，就必须从宗教文化、科学文化、工业文明中解放出来，把生命、直觉、个人放到理性社会之上，放到本体与主体的地位之上。在劳伦斯看来，什么也不如生命重要，“生命就是一切”[③]，而生命的真正内涵是“人与其周围世界之间微妙而完美的关系”，“它具有永恒与完美这种四维空间的性质”[④]。他全部的学说就建立在这种审美的生命信仰基础之上，这是他“血液意识”的基本内核。这种“生命信仰”是支撑他一生全部创作的支点。对于生命的关注，很少有人像劳伦斯那样大胆彻底、见底深邃。恰是劳伦斯作品中展示的“生命感”，利维斯才将他置于英国小说“伟大传统”胜利的最高峰。[⑤]

第三，“创造性探索”品质。利维斯对小说与道德的关系以及小说“生

---

① D. H. Lawrence. *The Rainbow*, pp. 289—323.

② D. H. lawrence. *The Rainbow*, pp. 289—323.

③ 穆勒：《血肉之躯——劳伦斯传》，张健等译，湖南文艺出版社 1993 年版，第 276—277 页。

④ D. H. 劳伦斯：《灵与肉的剖白——D. H. 劳伦斯论文艺》，毕冰宾译，漓江出版社 1991 年版，第 10—11 页。

⑤ Terry Eagleton. *Literary Theory: An Introduction*, p. 39.

命感”评价标准等中心问题的思考，决定性地影响了现代文学观念：小说是一门重要的艺术。除去以上小说二标准之外，利维斯同样追求小说所具备的“创造性探索”的品格，侧重小说家对人物内心世界的挖掘。这一品质不仅体现于早期现实主义小说，而且更多地展现在现代主义小说作品中，因为与现实主义小说注重反映外部物质世界相比，现代主义小说更注重人的内心精神世界的探索。

20 世纪危机丛生的现代西方社会造成一种普遍的失望和恐惧心理，异化和危机的感觉几乎渗透到生活的每一个方面。现代主义小说热衷于表现这种文化氛围里个人的经验和感受，展示其潜意识和无意识活动，描绘个人被扭曲的灵魂和受伤害的心灵，并塑造了众多的“反英雄”人物。这些人物或像康拉德的《黑暗的心灵》中的科兹一样灵魂受到腐蚀，或像劳伦斯的《儿子与情人》中的保罗一样身心分裂，[①]或像乔伊斯的《尤利西斯》中的布鲁姆一样庸俗猥琐。现代主义小说中这个精神苦闷、神志失常、行为怪异的“英雄”是从 20 世纪西方畸形社会里孕育出来的畸形胎儿，他们的身上集中体现出从社会母体带来的种种疾患。如果说传统小说像平面镜一样如实反射外部现实，那么现代主义小说恰如三棱镜一般多角度地映照出现实世界。[②]

以劳伦斯的小说为例，其小说创作一方面继承了 19 世纪英国现实主义小说的社会批判传统，无情鞭挞“工业社会的丑恶”[③]，另一方面开拓了对于人物内心世界创造性探索的新领域。劳伦斯写道：“记住，一个人的‘自我’有其自主的法则，不是随‘他’而动的法则……活生生的‘自我’只有一个目标——充分实现他自己的生命。”[④]劳伦斯作品中热心探索的“自我”是人的无意识活动，一种自发的生命活动。[⑤] 他早年受西方心理学，尤其是弗洛伊德心理学影响颇深。他赞同弗洛伊德关于本我与自我之间的对立，无意识和有意识两种精神活动的对立冲突。用他自己的话说，就是“肉体与精神”“黑暗与光明”之间的对峙。为此，他反对文明的发展须以压抑无意识本能和欲望为代价，如果真的要付出如此高昂的代价，那么这种文明是否值得拥有就很值得怀疑。他声称遭到压抑的本能并非罪恶，那种压抑本能的行为反而是罪恶。他反对建立在恐惧基础上的性压抑。这正是劳伦

① F. R. Leavis. *D. H. Lawrence: Novelist*, Penguin Books, 1964, pp. 155—156.

② 侯维瑞：《英国文学通史》，上海外语教育出版社 1999 年版，第 605 页。

③ D. H. Lawrence. “Democracy,” *A Collection of Essays*, 1917, pp. 91—92.

④ Raymond Williams. *Culture and Society*, p. 207.

⑤ F. R. Leavis. *D. H. Lawrence: Novelist*, p. 125.

斯创作的核心，也是劳伦斯作品社会意义和心理学意义的基点。探索一种新的“两性关系”[①]是劳伦斯创作的基本动机，实现一种富于生机活力的“自然完美”的两性关系来摆脱工业化对人性的压抑，[②]是劳伦斯作品的普遍主题。[③] 劳伦斯的艺术诊断出，“工业社会的弊端是造成个人身心分裂、心灵扭曲等心理疾患”[④]，这与利维斯对现代社会和现代人的诊断如出一辙。为此，利维斯称劳伦斯是一位人类内心经验的探索者(a explorer of inner human experience)，[⑤]一位致力于人物心理分析、不断挖掘小说家艺术潜质的作家。[⑥]

尽管劳伦斯生前在批评界备受瞩目，但对他的评价始终是毁誉参半，特别是遭到T. S. 艾略特的苛评。利维斯的《小说家劳伦斯》给人的突出印象是他以一种挑战批评界的姿态为被人误解的伟大作家正名。书中利维斯盛赞劳伦斯：他“首先是一位伟大的小说家，是我们时代最伟大的小说家之一，他将会作为英国文学传统中一流的小说家而闻名于世”[⑦]。《小说家劳伦斯》同样是以劳伦斯归属于英国的文明这样一个深切的意识基础为背景的。就劳伦斯的小说，利维斯评说道：

> 小说《虹》所涉及的内容如此丰富，任何一位读者都会清楚地看到，劳伦斯作为一个社会历史学家在小说家中无人匹敌……《虹》展示给我们的是现实社会中精神遗产的传承……《恋爱中的女人》则以其惊人的波澜壮阔来展现当代的英格兰……然而《虹》自有其深厚的历史底蕴。[⑧]

利维斯感叹道：“仅这两部小说本身就足以使劳伦斯居于英国最伟大的小说家之列。”[⑨]可以说劳伦斯的作品生动再现出利维斯所看重的小说三品质，是对人类精神世界“创造性探索”与深厚的“道德关怀”和“生命感”的完美结合。在阐释劳伦斯小说的过程中，利维斯的批评成为一种对价值观

---

① F. R. Leavis. *D. H. Lawrence*: *Novelist*, p. 132.

② 同上，p. 215.

③ Raymond Williams. *Culture and Society*, pp. 212—213.

④ F. R. Leavis. *D. H. Lawrence*: *Novelist*, p. 181.

⑤ 同上，pp. 357—358.

⑥ 同上，pp. 115—171.

⑦ F. R. Leavis. *D. H. Lawrence*: *Novelist*, p. 18.

⑧ 同上，p. 19.

⑨ 同上，p. 20.

的探索和定义的过程。换言之，他展示的是一种对价值观和标准的根本探索。

利维斯在诗评著作《英国诗歌新动向》和《重新评价》以及《伟大的传统》中，对“经典”的严格要求折射出T.S.艾略特的深刻影响。在借鉴前人思想的基础上，利维斯在对照现代文学与过去文学的分析中，倾注了自己的见解。然而，在他完全认识到劳伦斯的重要性时，艾略特在他心目中的地位陡降，尤其在艾略特对劳伦斯的小说持鄙夷的态度时。艾略特在《追随异教》(*After Strange Gods*，1934)中，指责劳伦斯是个异教徒，缺乏良好的教养，没有文化根基和幽默感，在性爱问题上表现出病态般的狂热，只有一般的智力能力，写不出像样的东西等。[①] 艾略特只是从劳伦斯的出身背景和教育背景来贬低他，而未能从他小说的创作质量和创作天赋来评价他，因此这番评价的真实性和可信度颇令人怀疑，但它出自在当时的批评界声名显赫的批评家“艾略特”之口，因而所造成的负面影响可想而知。

利维斯在《小说家劳伦斯》中与艾略特针锋相对，对他提出批评。这并不像许多人认为的那样，是出于一时的情绪激动，而是出于一种正直心。这本书将利维斯内心深处的忠诚危机戏剧化了。如何在这两位作家之间达成一种积极的平衡，如何独立于他们而把握好自己，做一名负责任的批评家和思想家，这样的问题处于利维斯批评的中心。他感到自己必须在艾略特和劳伦斯这两位他最仰慕的20世纪伟大作家之间做出抉择：谁更正确地体现了生活与艺术的真谛。这是一种精神危机，关切到利维斯作为思想家和批评家的身份和独立性。他感到自己被迫区分他所珍视的两位作家重要而对立的信仰。他珍视艾略特和劳伦斯两者身上最优秀的思想。确切地说，利维斯的批评在追寻生活和艺术哲学的学术航线上，被夹在这两股强大、对立的力量之间而变得极富戏剧性。一如艾略特，利维斯接受过“经典”教育，相信批评是一种严格的“经典”学科。起初他追随艾略特，反对劳伦斯的“浪漫主义”情调。[②] 然而，一如劳伦斯，利维斯本质上是一个非国教徒，在学术道路上摸索和开辟自己的道路。最终，他毅然走向具有创造性探索精神的、真诚个性特征的劳伦斯。换句话说，他选择了浪漫主义想象力的创造性。[③] 在后期出版的《我们时代的英国文学与大学》一书

---

① T.S. Eliot. *After Strange Gods: A Primer of Modern Heresy*, Faber and Faber, 1934.

② F.R. Leavis. *For Continuity*, pp. 130—148.

③ F.R. Leavis. *D.H. Lawrence: Novelist*, pp. 366—377.

中,他重申了自己的观点。这本书实质上是在向艾略特表示敬意的,[①]但同时收入了一篇评价劳伦斯的文章,使得劳伦斯成为艾略特“必要的对立面”(the necessary opposite)[②]。

三、小说传统观

利维斯视小说为道德寓言、戏剧诗,具有“生命感”和“创造性探索”等品格还得到另外一个重要而具有影响的概念的支持,即小说传统的概念:伟大的传统理念。利维斯是在《伟大的传统》的第一章中提出“伟大的传统”这一理念的,此前无人提及。利维斯认为这个伟大传统是由“几个真正的大家”构成的。换句话说,利维斯所指的传统概念部分是与“伟大”同一的,是伟大的就属于这个传统:

> 如此一来,坚持要做重大的甄别区分,认定文学史里的名字远非都真正属于那个意义重大的创造性成就的王国,便也势在必行了。我们不妨从中挑出为数不多的几位真正大家着手,以唤醒一种正确得当的差别意识。所谓小说大家,乃是指那些堪与大诗人相匹敌的重要小说家——他们不仅为同行和读者改变了艺术的潜能,而且就其所促发的人性意识——对于生活潜能的意识而言,已具有重大意义。[③]
>
> 如此强调为数不多的几位出类拔萃的大家,并不是漠视传统,相反理解传统之意正该由此入手。当然,“传统”一词含义颇多,但又空无一物。如今,人们有个习惯,说“英国小说”有个传统,说这一传统的全部特征就是你要“英国小说”是什么,它便是什么。本着这一精神我提倡去找出小说大家,这意味着树立英国更加有用的传统观(要认识到过去英国小说的那个约定俗成的观点需做重大修订了)。传统所以能有一点意义,正是就主要的小说家们……而言的。[④]

---

① F. R. Leavis. *English Literature in Our Time and the University*, pp. 83—105.

② 同上, pp. 135—150.

③ F. R. Leavis. *The Great Tradition: George Eliot, Henry James, Joseph Conrad*, p. 2. 译文参考 F. R. 利维斯:《伟大的传统》,袁伟译,第 3—4 页。

④ F. R. Leavis. *The Great Tradition*, p. 3.

利维斯过去就关注过诗歌批评传统——诗才之列，不过是以不同的方式。在诗歌批评中，他认为重要的诗人是传统的代表，他们拓展了这一传统，而在小说批评中，传统的要素是伟大性（greatness）。在这一传统中，利维斯对简·奥斯丁的意义和作用的描述清楚说明了他的传统理念的出处：

> 这里，我们看到了英国文学史的一条重大脉络：理查逊（Richardson）—范妮·伯尼（Fanny Burney）—简·奥斯丁。言其重大是因为简·奥斯丁属真正的大家之列……实际上，就师承他人而言，奥斯丁提供了一个揭示原创性本质的极富启发意义的研究对象，而且她本身就是“个人才能”（individual talent）与传统关系的绝佳典范……她与传统的关系是创造性的。她不单为后来者创立了传统，对我们而言，还有一个追溯的效用：自她回追上溯，我们先前在过去看到的，且因了她才得以看到，其间蕴含着怎样的潜能和意味，以致在我们看来，正是她创立了我们看到的传承至她的那个传统。她的作品，一如所有创作大家所为，让过去有了意义。[①]

在此，利维斯的传统观深受来自T. S. 艾略特的文学传统观的影响。事实上，《伟大的传统》这本书的一个特点是它反映出了T. S. 艾略特对利维斯批评作品的影响方式。但是，倘若他的传统观来自于艾略特，那么体现于这一传统的小说形式观则源自劳伦斯。利维斯解说道：倘若决定简·奥斯丁小说形式的法则同决定乔治·艾略特、亨利·詹姆斯还有康拉德的是一样的，这肯定是说得通的。在他看来，简·奥斯丁乃是英国小说伟大传统的奠基人。这里的“伟大传统”指的是英国小说的伟大之处构成其特征属性的那个传统。[②] 这一传统的小说家们均关注“形式”，但与福楼拜（Flaubert）不同。福楼拜将形式和风格作为其写作的目的，而英国传统的小说家们专注的是对生活的深刻的道德关怀。利维斯赞扬这一传统的小说家们具有至关重要的经验能力，一种面对生活的虔敬豁达，以及一种显著的道德专注。[③] 利维斯坚持认为：“确实存在……一个英国的传统，英国

---

① F. R. Leavis. *The Great Tradition*, pp. 4—5.

② F. R. Leavis. *The Great Tradition*, p. 7.

③ R. P. Bilan. *The Literary Criticism of F. R. Leavis*, p. 139.

小说的这些伟大的经典都从属其间。”[①]

在此，利维斯似乎认定在这些大家之间存在一种传统的“延续性”，即作家间存在一种接近性、相似性（affinity），或者他们之间存在清晰的相互影响的痕迹。追溯作家间的影响这件事有时似乎是件微不足道的工作，但对利维斯而言，这是在建立英国文学的伟大传统，不仅仅是传统的存在。在他后来有关《亚当·彼得》（*Adam Bede*）的评论文章中，他讲道：

> 具有启示意义的是艺术家中的每一位都在向他们的前辈学习。乔治·艾略特广泛而深厚地扎根于过去的文学，同时对她身后的重要小说家，譬如詹姆斯、哈代和劳伦斯有着决定性的影响。她处于……英国文学史上创造性成就的中心，并激励着人们对艺术延续性的具有重要意义的思考：我们看到确实存在一种英国文学——远非个体作品的堆积或者单独作家的聚合。[②]

利维斯对比了这些作家的相似性，并以此为线索将他们串联起来，连接成一个传统。他的这一看法却遭到后来的批评家的质疑，比如约翰·格罗斯（John Gross）认为，一种文学传统可以指两类情况中的一种：其一，由持同一语言、处于同一地区或社会阶层的作家共享的文化而形成的松散的、阔大的历史延续性。利维斯的伟大传统显然不属于这一类型。其二，存在一个作家群体，他们在影响力、直接的借用、明显的接近性、相似的形式和主题的使用等方面存在着特殊的关系。然而在利维斯的传统中，仅有五位作家有资格获得确定的位置，因此他们之间可能存在的第二类关系就相对的稀薄。乔治·艾略特对詹姆斯的影响可以说较为确定，可是詹姆斯对劳伦斯、奥斯丁对康拉德有过怎样的影响呢？难怪利维斯坚持他关注的不是建立互惠（indebtedness）关系的传统。“但是，我们谈的是传统，假如传统不是历史延续的问题，也不是互惠的关系，那么它是什么？他认为这几位作家无可限量地优越于其他小说家，他完全有权力高声如此说，但是要把自己所偏爱的作家正式列出一个传统却完全是另一回事。”[③]就格罗斯的批评来看，这个为利维斯创立的传统的确存在着令人难以满意的、使人

---

① F. R. Leavis. *The Great Tradition*, p. 9.

② F. R. Leavis. '*Anna Karenina' and Other Essays*, p. 49.

③ John Gross. *The Rise and Fall of the Man of Letters*, Weidenfeld and Nicolson, 1969, p. 278.

困惑之处。

利维斯在写作《伟大的传统》之时，仅仅以五位小说家来构造这个传统，到了1952年，他解释道："追随莎士比亚的后继者中有简·奥斯丁、狄更斯、霍桑(Hawthorne)、马维尔、乔治·艾略特、亨利·詹姆斯、康拉德和劳伦斯。"[①]美国小说家也出现在这一传统中，狄更斯被完全接受了进来。利维斯声称，"我的意思是说这个单子并非完全的、没有遗漏掉相关的作家……"[②]。由此可以看出，利维斯建立的"伟大传统"具有很大的随意性、主观性和不确定性。伊格尔顿对此颇有微词："根本就没有本身(in itself)即有价值的文学作品或传统……所谓的'文学经典'以及'民族文学'那无可怀疑的'伟大传统'，却不得不被认为是一个由特定人群出于特定理由在某一时代形成的建构(construct)。"[③]彼得·威德森(Peter Widdowson)则提出更具意义的经典解构：从本质上讲，经典是排他的、高高在上的，倘若不是在某些地域自然而然地形成，从而不证自明，无可争辩地存在在那里，倘若不是通过审美趣味和爱好等批评"鉴别"创作出来，那就显然可以看作是通过个人的中介(批评家)虚假地挑选出来的。这就会产生巨大的危险，就会剥夺许多文学作品的选举权，剥夺它们被严肃认真地研究的权利。这也就是为什么在60年代以后的批评界，经典遭到解密和解构的原因，"只有把经典解构了，那些'深藏而未能被批评鉴别'的文学作品，例如哥特式小说、通俗作品、工人阶级文学和妇女文学等，才能在相对宽松和没有先发制人的环境中被置于它们本应占有一席之地的批评鉴别的议程中去"[④]。

第三节　与英美新批评

学界历来将利维斯式的批评归入英美新批评派，原因是两者均关注于文学的"内部研究"，即专注于文本的"细读"，若单从利维斯式的文学批评对"文本自身"的具体关注和对"书页上的文字"的特殊兴趣而言，两者具有

---

① F. R. Leavis. *'Anna Karenina' and Other Essays*, p. 145.

② R. P. Bilan. *The Literary Criticism of F. R. Leavis*, p. 145.

③ Terry Eagleton. *Literary Theory: An Introduction*, p. 10.

④ Raman Selden, Peter Widdowson. "The American New Critics," *A Reader's Guide to Contemporary Literary Theory*, p. 14.

相似之处，这也是有学者称他为“新批评家”①或者“新批评派中重要的理论家”②之因。但是，他们多数都未注意到这两种“细读”的不同。此外，除含义不同的“细读”，利维斯式的批评与新批评派的不同还体现在利维斯式批评特有的道德关怀，文学文化批评特征，反理论化倾向等方面。因此，有必要对两者做进一步的区分。

一、含义不同的“细读”

对“书页上的文字”的“细读”是利维斯《细察》集团重要的诗评和小说批评方式之一。在1943年出版的《教育与大学》的第三章关于“文学研究”中，利维斯即谈到“我们对‘书页上的文字’(the words on the page)要有适当的敏悟性”③。于早期编辑出版的《走向评判标准》(1933)的序言中，利维斯有三处谈到对“书页上的文字”要有一种训练有素的感悟能力。对其的理解，我们需要对照原文并同时考察这几段文字出现的前后语境：

> 批评，即首先必须(并且永远都应该如此)是以准确的辨识力对“书页上的文字”的感悟性、敏锐反应的问题，但是这当然必须与对文本组织的“整体反应”的、更大的效果联系起来。④ 问题是要把握超越于“书页上的文字”，并与这些文字密切相关的东西。⑤

在讲完上段话时，利维斯自问自答“何为整体反应”？那便是“形式”。就文学“形式”，他有如下解说：

> 小说之形式仅仅存在于与读者方面的平衡反应。因此，与这种反应相呼应的图解情节是由读者来建构的，这仅仅建立在与文本的图解关系上……小说的技巧一如戏剧的技巧，在叙事节奏的控制和表达方面的动态方式上要达到某种程度的和谐与独立，仿佛交响乐一般。不过，虽然小说具有依赖性，一如腿依赖于肌肉

---

① Raman Selden , Peter Widdowson. “New Criticism, Moral Formalism and F. R. Leavis,” *A Reader's Guide to Contemporary Literary Theory*, p. 25.

② 朱立元:《当代西方文艺理论》(第二版)，华东师范大学出版社2005年版，第124页。

③ F. R. Leavis. “Literary Studies,” *Education and the University*, p. 70.

④ F. R. Leavis. “The Standards of Criticism,” *Towards Standards of Criticism*, p. 17.

⑤ 同上，p. 18.

> 出于运动的方式，而非运动的理由……有机性是批评关注的方面。[①]

这两段话明确传达出利维斯的文本“细读”观。首先，批评解读是一种对“书页上的文字”以及超越于“书页上的文字”的敏悟性反应，是与“更大的效果”联系起来的阅读。那么，何为超越于“书页上的文字”的、更大的效果呢？这里不仅指文学文本语词中表达的字面含义，而且包涵字里行间中蕴含的“弦外之音”，这些“弦外之音”的体察是与批评家的敏悟反应及其情感体验和生活经验密不可分的，而人的情感体验和生活经验背后积淀的是整个社会文化，因此阅读不可能是“封闭的”。其次，这种反应是读者或者批评家的阅读反应，这必然涉及读者的“创造”和“再创造”问题。麦克·贝尔指出：

> 在利维斯最出色的批评著述中，他对于创造性的理解（使其批评活动）成为一种恰当的创造性活动。有时可以说所有的批评欣赏均属于第二序列的创造（a second order of creativity）：它建立起一种相邻结构，并由此可以透视原初的结构。[②]

依据贝尔的解释，文本不可能作为一个“孤立的”对象加以阅读，由此来看利维斯的观点似与读者反应派的观点更为一致。最后，在提出文学文本形式以及读者与文本之间建立的互动关系的观点时，利维斯用了两个生动形象的比喻：一如“交响乐”的演奏和人体运动时机体的协调状态。在此，利维斯有双重含义：一方面指文本内部各构成成分的有机互动的协调状态；另一方面指读者与文本建立起来的“整体反应”的动态关系，这是一种文本与读者之间情感与思想生动的互动状态，而人的思想与文本的思想是无法与现实生活割裂开来的。这与新批评派的“语言结构分析”有很大不同，因此利维斯声称批评关注的是文本这个有机体，从而为他的文学批评注入了生命的活力。

英美新批评运动肇始于20世纪20—30年代，主要理论家J. C. 兰色姆于1934年在《诗歌：本体论札记》一文中，提出“本体论批评”的观点，强调诗本身的本体存在，认为批评应当成为一种客观研究或者内在研究，它不

---

① F. R. Leavis. The Standards of Criticism, *Towards Standards of Criticism*, pp. 17—18.

② Michael Bell. *F. R. Leavis*, p. 88.

应当探讨文学与各种社会生活现象的联系，而应当把文学作品看作是一个“封闭的、独立自足”的存在物。[①] 他于1937年发表的著名文章《文学批评公司》(*Criticism*, *Inc.*)进一步强化了他的本体论思想：

> 批评家要将一首诗看作是一个绝对本体或者抽象的技巧策略。诗人苦心经营、巧妙布局，以创造出这一意义上的诗作。诗作中诗人使得一种存在秩序(the order of existence)得以永恒，而在现实生活中它一触即碎(constantly crumbling beneath touch)。[②]

在兰色姆看来，诗这个孤立的“存在秩序”与“现实生活”是脱节的、没有联系的，是缺乏生命力的，因此在现实中才会“一触即碎”。诗成为“一个绝对的本体或者抽象的技巧策略”，理由是：诗是一个“封闭自足”、超现实的、脱离生活的客体。他强调这一点仅仅侧重于诗歌的纯美学价值。按照新批评的观点：诗意味着它所意味的东西，无论诗人的意图或者读者由之而产生的主观感觉是什么，意义是公共的和客观的，并直接镌刻在文学文本的语言之中。意义既不是去世已久的作者头脑中的某种通常被信以为真而其实虚幻的冲动，也不是读者可以附会到他的文字上去的种种武断的、一己的会解(significances)。诗是一种像耳瓶或圣像一样结实的和具有物质性的自足客体。[③] 这一理论可以追溯到艾略特，艾略特把艺术品称作我们获得的经验的“客观对应物”(objective correlative)：一种非个人的再创造，一种自动关注的客体，这种“客观对应物”与庞德诗学、意象主义和艾略特个人诗歌创作中的“意象”十分接近。在“新批评”种种不同的发展语境中，最突出的是艾略特思想中的反浪漫主义倾向，对“科学”“客观性”“非个人性”“媒介”等作为分析焦点的强调。[④] 利维斯强调严格的批评分析似乎多受艾略特的影响，包括对“书页上的文字”的专注，但是他与艾略特的不同在于：这种专注是一种对“书页上的文字”的“训练有素”的关注。伊格尔顿指出：“利维斯力主这一点不仅出于技术的或美学的原因，而且也是因

---

① 朱立元：《当代西方文艺理论》，第105页。

② Ransom. John Crowe. “Criticism, Inc,” *The Virginia Quarterly Review*, Autumn, 1937, pp. 586—602.

③ Terry Eagleton. “The Rise of English,” *Literary Theory*: *An Introduction*, pp. 41—42.

④ Raman Selden, Peter Widdowson. “New Criticism, Moral Formalism and F. R. Leavis,” *A Reader's Guide to Contemporary Literary Theory*, pp. 14—15.

为文学与社会、文学与现代文明的精神危机紧密相关。”[①]恰如利维斯在《社会学与文学》一文中阐明的：

> 坚持文学批评是一种特殊的智性训练，并不意味着对于文学的严肃兴趣可以局限于与“实用批评”相关的那种集中的、局部的分析——对于“书页上的文字”的细察落在了文字的细微联系、意象效果等等，但是对于文学真正的兴趣是对于人、社会以及文明的兴趣，无法在他们之间划出界线。[②]

由此看来，利维斯对“书页上的文字”的细察真正关注的是对于“人、社会以及文明的兴趣”，从而将微观的文本细读与宏观的现实世界联系起来。可见，利维斯《细察》集团与新批评派的“细读”有着不同的兴趣点和意义。

二、道德关怀

“新批评”与产生于20世纪20年代的俄国形式主义，以及后来的捷克与法国的结构主义可以说是将文学的“形式”推举到极致的形式主义理论。俄国形式主义认为构成文学作品的是它的“文学性”，“文学性”主要指文学的语言形式，而与作品中的社会历史内容无关。“新批评”派专注于文学文本，视其为独立于作者与读者经验和意识之外的“自足体”，认为文本研究的任务仅限于对语言形式本身的美学结构的分析，而将历史理性和道德关怀剔除于文学之外。兰色姆一贯认为“作品的审美效果本身就是目的，它独立于宗教、道德或者社会政治效果”[③]。在新批评派的重要理论著作《新批评》(1941)中，兰色姆极力反对文学研究中的道德批评，并将批评中的“道德关怀”说成是“道德说教”。他宣称“道德说教式的批评家不是健全的批评家”，“在批评家的眼里，道德说教是稗草，不是谷禾”[④]，并对批评家伊沃尔·温特斯(Yvor Winters)在诗歌评论中表现出的伦理趣味进行指责：

> 作为批评家，温特斯沉溺于这种道德主义，因而有失分寸，从

---

① Terry Eagleton. “The Rise of English,”*Literary Theory*: *An Introduction*, p. 27.

② F. R. Leavis. “Sociology and Literature,”*The Common Pursuit*, p. 200.

③ 约翰·克罗·兰色姆：《新批评》，王腊宝、张哲译，第91页。

④ 同上，第146—158页。

这个意义上来说，他对新批评的影响是有害的，因为新批评并不在道德问题上大做文章，它努力要做的是对文学的批评。①

这条道德禁令遂成为新批评派的重要批评原则，进而束缚了批评家的思想。在《文学批评公司》(1937)一文中，兰色姆态度鲜明地把六种批评方法视为非本体论批评而予以剔除，它们分别是：

批评家阅读文学作品的个人感受记录；作品内容的归纳和解释；历史研究，指对一般文学背景、作者生平、作品所涉及的作者自身的那些内容以及文献书目的校订考证等；语文学研究，如外来语、罕用词语、典故等等研究；道德研究；其他特殊研究，如弥尔顿诗歌中的地理学研究，哈代小说中的地名研究等等。②

很显然，“道德研究”被驱逐出了新批评的现实主义文学批评。兰色姆所剔除的主要是从道德的角度以及从其他非“内部研究”的角度所进行的研究。新批评不关注语境，不论这种语境是历史的、生平传记的，还是理性的等等；它对“意图”或“感受”也不感兴趣，反而称之为“谬误”；它关注的是“文本本身”，这包括文本的语言、结构；它不寻求文本的“意义”，但却要搞清楚文本是怎样“言说自身”的，正如阿奇鲍尔德·麦克里什在《诗艺》中，开门见山地讲道：“诗歌绝不表示意义，只有存在。”③

新批评语言结构分析中“道德研究”的缺失，同时违背了英国文学在学术界兴起之时的初衷。伊格尔顿在《文学理论导论》中指出：

“英国文学”的兴起几乎是与“道德”一词本身的意义的历史转变同步，而阿诺德、亨利·詹姆斯和利维斯则是这一意义转变的重要的“道德”批评阐释者。道德不应再被理解为一套公式化了的规范或明确的伦理体系。④

伊格尔顿紧接着提出：应该以一种更精微的传达道德价值标准的方

---

① 约翰·克罗·兰色姆：《新批评》，王腊宝、张哲译，第146页。

② John Crowe Ransom. "Criticism, Inc.," *The Virginia Quarterly Review*, pp. 586—602.

③ Raman Selden, Peter Widdowson. *A Reader's Guide to Contemporary Literary Theory*, p. 18.

④ Terry Eagleton. *Literary Theory: An Introduction*, pp. 23—24.

式，一种不靠讨厌的抽象而借助"戏剧性的表演"(dramatic enactment)的方式来发挥文学的作用。[①] 然而，抽象的语言结构分析是无法"精微"地体现文学作品的道德意识的。利维斯倡导的"仔细阅读"恰是为了建立文本那种"感觉到的生活"(felt life)的活力，为了更接近"经验"，为了证明文本的道德力量，为了通过"细察"展示文本的精彩。利维斯对道德的热衷使他与新批评家们那种抽象的或审美的形式主义截然不同。[②] 伊格尔顿指出："F. R. 利维斯的著作最为生动地阐释了文学这一特质：文学是现代的道德意识形态(moral ideology for the modern age)。"[③]

新批评派对20世纪西方文学中现代文本理论的形成和发展、文学语言和文学作品结构的研究等方面都做出了杰出的贡献，其理论和方法对文学的"内部研究"的确有不少可资借鉴的地方，但是它极端的文本中心主义和现实主义却割裂了文学与作者、文学与读者、文学与社会历史、文学与现实生活的联系，具有明显的狭隘性、保守性、片面性，这是它缺乏生命力的原因所在。利维斯致力的文学研究关注时代的脉搏，不仅关切文学的现实、批评的现实，而且密切关注社会生活的现实，这正是利维斯式的批评赋予生命力的关键。

三、策略性的反理论倾向

利维斯的批评著作具有实用的、经验的、策略上反理论的性质。在提出英文学院的设想之时，利维斯就将其文学批评课题构想为一种非专业化的、特殊的训练。为此，他多次阐说，反对冒险尝试将文学批评转化为一门被哲学术语或者理论术语抽象化了的、更具专业化的学科。[④] 1937年，批评家雷纳·韦勒克就《重新评价》一书写给利维斯的著名信件中，表明多数利维斯的观点他都赞成，接着他讲道：

> 但我仍心存疑虑，这些观点的表述没有以一种明确有效的方式或者理论加以阐释……我想请你以更为抽象的方式阐述自己的观点，并且要自觉意识到阐释中关涉到伦理、哲学，最终还要有

① Eagleton. *Literary Theory: An Introduction*, p. 24.

② Raman Selden, Peter Widdowson. *A Reader's Guide to Contemporary Literary Theory*, pp. 29—30.

③ Terry Eagleton. *Literary Theory: An Introduction*, p. 24.

④ Leavis. *The Common Pursuit*, p. 135.

美学方面的内容。[1]

韦勒克的论点是：批评家应该将其观点或者"假定"以更为明确、系统和"抽象的"理论表达出来，理论中要提出"伦理的"(ethical)、"哲学的"(philosophical)和"美学的"(aesthetic)等方面的假定。[2] 在与韦勒克交换意见的著名文章《文学批评与哲学》(*Literary Criticism and Philosophy*, 1937)中，利维斯直接的回答是文学批评中的"哲学训练"(philosophical training)造成的结果是"以别人的习惯破坏一种规则"[3]，因为文学批评与哲学分属非常不同的学科领域。依利维斯的观点，"非专业化的"的文学批评与"专业化的"哲学分属不同的话语秩序。换句话说，"诗歌所要求的阅读是一种不同于哲学的阅读"[4]。利维斯对文学批评中的"完美"(perfect)阅读或者"完全"(complete)阅读做了详尽论述：

> 诗歌语词吸引我们的不应是"思考"(think about)和判断(judge)，而应是"感受"(feel into)或者"转变"(become)——领会语词中转达的复杂经验。它们不仅要求全身心的回应，而且要求完全的感应，一种回响。那是一种与司法判决不相容的、与一只眼睛盯着标准的方法完全不同。批评家——诗歌的读者的确关注评价，但是若认为他带着某种标准来衡量物体，外在地应用标准，那便误解了这一过程。[5]

这段话暗含着两种不同的话语秩序的对照：假如理论话语(thc thcoretical discourse)是以"外在"的标准"评价"诗歌语言的，那么文学批评话语(the literary-critical discourse)则是以"全身心的回应"来"感受"或者"领会"诗歌的，也就是说，前者之长处在于对特定文本的综合概括，而后者之优势在于进入一个文本"具体的完满性"之中。[6] 文学批评家是以"具体的

---

① Rene Wellek. "Correspondence: Literary Criticism and Philosophy," *Scrutiny*, *Vol. VI*, No. 2, Sep. ,1937, p. 195.

② Rene Wellek. "Correspondence: Literary Criticism and Philosophy," *Scrutiny*, *Vol. VI*, No. 2, Sep. ,1937, pp. 195—196.

③ F. R. Leavis. "Literary Criticism and Philosophy," *Scrutiny*, *Vol. V*, No. 4, March, 1937. F. R. Leavis, *The Common Pursuit*, p. 212.

④ F. R. Leavis. *The Common Pursuit*, p. 212—213.

⑤ 同上，p. 212—213.

⑥ Leavis. *The Common Pursuit*, p. 213.

评价和特殊的分析”从事批评工作的。[①] 以利维斯的观点，同时也是阿诺德的观点，文学批评不仅依据具体文本而定，而且它所追求的“完全的”阅读绝不是教条式的。

倘若要求批评家以“外在的标准”进行文学批评，利维斯认为也只能依据“活的原则”(living principle)，一种“对语言记载的、已在远古人类生活中确立的东西的完整性理解”(an apprehended totality)。[②] 所谓“完整性理解”是指活的原则始终是处于具体的、暂时性的、不确定的、未完成的评价过程中。这意味着“活的原则”不是通常意义上的理论假设。从某种意义上讲，对“活的原则”的概念化可以看作利维斯回答理论化要求的独特方式。这建基于他坚定不移的信念：第一，在当今时代“有必要严格对待文学批评，从而证明文学批评作为一门独特、独立学科的正确性”[③]。第二，利维斯坚持其“活的原则”的文学批评观，原因在于诗歌最佳地体现出了这种“活的原则”。每一首诗都打开了一种话语的可能性，诗歌语言吸引着我们去感受，而不是思考和评价。诗歌语言中蕴含着复杂的经验，这种“回应”方式与司法判决式的——一只眼盯着标准的——做法大相径庭。[④]

韦勒克站在哲学家的立场，认为批评家根本的职责是对优秀诗歌中美的特质进行抽象定义；而利维斯所要申明的是批评家是以活的价值意识(a living sense of value)进行批评实践的。颇给人以启发的是韦勒克很难理解利维斯为何如此欣赏劳伦斯和艾略特，因为以抽象的方式分析，两者的价值观相去甚远，由此可清楚看出利维斯式的凭借价值意识的直觉回应的优势。

在《如何教授阅读》这本小册子中，利维斯指明“分析”在感受性训练中的中心地位：“一切都要与感受性训练相关，要通过持续不断的、变化的练习而获得这种分析能力……文学是由文字组成的，因此一切与诗歌和散文相关的批评评价均与‘书页上的文字’的特殊组织有关。”[⑤]I. A. 理查兹可谓是借助分析进行感受性训练的先驱，但是利维斯发现：理查兹将批评分析重新铸就成一种“实验室技术”(laboratory technique)[⑥]，并使英国文学这种

---

① Leavis. *The Common Pursuit*, p. 215.

② F. R. Leavis. *The Living Principle*, p. 68.

③ F. R. Leavis. *The Common Pursuit*, p. 212.

④ F. R. Robert Boyers. *F. R. Leavis: Judgment and the Discipline of Thought*, University of Missouri Press, 1978, p, 8,

⑤ F. R. Leavis. *Education and the University*, p. 120.

⑥ F. R. Leavis. *Literary Studies//Education and the University*, p. 72.

活生生的文化沦为机械的"基础英语"(Basic English)[①]。因此,利维斯放弃了理查兹的"实用批评"(practical criticism)观念:一方面因为这种批评观从理论讨论的角度隐含着绝对的二元论,另一方面暗示其批评为"一种专业化的,经培养和实践而获得的某种分裂的机械技能"[②]。依理查兹的观点:文学经验"为着新科学的目标"必须是"可缩减为单一的冲动,如此一来,评价即是可量化的"[③]。与之相对,利维斯提出了自己的"评价与分析"观点:

> 分析……是我们力求要达到的一个完整的诗歌阅读过程——一种尽可能接近几乎完美的阅读。这种阅读在性质上绝不是"扼杀肢解"(murdering to dissect),也绝不表明诗歌可以借助于实验室的方法,(laboratory method)来完全曲解它。我们只有以一种内在的拥有才能领会一首诗,我们所能做的就是以一种深思熟虑、细致入微的敏悟反应……来回应"书页上的文字"。[④]

这是一段有关分析之本质的非常简洁、明晰的描述。利维斯力求说明的是文学批评分析的目的是要达到"一种尽可能完美的阅读"。对此,利维斯进一步阐释道:

> 分析不是对某种已经存在之物的被动肢解(dissection of something)。我们所说的分析,当然是一种建设性的或者创造性的过程(a constructive or creative process)。那是一种伴随创造性过程深入诗人语词的更为审慎的阅读。这是一种再创造,在这种再创造的过程中,我们倾注了细致入微的关注以确保一种特殊的忠诚和完满。[⑤]

在利维斯看来,分析是一个创造性过程,文学文本的有机性是文学批评专注的核心,而绝非借助语言学"实验室的方法"将诗歌进行结构主义的"扼杀肢解",来破坏其有机性,来"曲解"诗歌的意义。依据利维斯的观点,

---

① F. R. Leavis. *Education and the University*, p. 168.

② F. R. Leavis. *The Living Principle*, p. 19.

③ F. R. Leavis. *The Common Pursuit*, p. 134.

④ F. R. Leavis. "Literary Studies," *Education and the University*, p. 70.

⑤ 同上, p. 70.

在批评活动中，不仅要有真诚的个人评价，而且批评是一种合作劳动。在批评家合作的相互作用中，“既建立了价值观，又创立了一个世界”①。在他将“分析”限定为“一种对书页上的文字的创造性回应”和深思熟虑的思考过程之时，利维斯旨在使批评活动等同于创造性活动本身。对利维斯而言，正是这样的文学批评成为一种再创造，在这种再创造中，通过审慎思量的专注，我们确保收获一种超越于一般的“忠诚和完满性”。这与 I. A. 理查兹技术主义的“实用批评”方法有所不同，在理查兹看来，批评应该力求更为科学化和系统化。② 伊格尔顿曾就新批评的分析“解剖技术”做过评论：新批评家们有意精心培养最结实、最实用的批评解剖技术。正是他们那种坚持强调作品的“客观性”的冲动引导他们提倡一种严格的“客观性”作品分析方法。对一首诗的典型的新批评阐释是对它的种种“张力”（tensions）、“因是因非之言”（paradoxes）和“情感矛盾”（ambivalences）进行极为严格的分解，指出它们如何被这首诗坚固结构消解并整合为一体。“新批评运动本来是作为技术专制主义社会的人文主义的补充或替代物开始其生涯的，但它却在自己的方法中重复了这种技术专制主义（technocracy）。”③

曾有人提出质疑：难道利维斯的文学批评是与理论或者哲学彻底割裂的吗？利维斯的反理论倾向难道是由于他缺乏深厚的理论素养吗？倘若我们仔细审视利维斯的批评著作，我们会发现这些著作不乏有关文学特征、批评功能、传统经典等理论见解。严格地讲，利维斯的观点不只受到一种理论的影响，而是受到多种较为传统的哲学观、艺术观、文学观等理论影响，而这些理论得到融会贯通之后形成了独具一格的利维斯式的理论。从他的诗评著作到小说批评著作，利维斯无疑遵循着一整套特定的原则：要以坦诚虔敬之心面对生活，要以敏悟洞识之力体现对人性的道德关怀，要以高度的严肃性表现一种传统意识。“审美”“谋篇布局”等形式技巧要服务于思想内容这一宗旨。他的这些原则，近则可以追究到亨利·詹姆斯和 T. S. 艾略特的批评思想，远则可以追溯到柏拉图（Plato）、亚里士多德（Aristotle）等人代表的古典主义文论。比如利维斯一再强调诗人必须超越所处时代的局限，要追求一种文学的秩序（a literary order）或者文学形式的正

① F. R. Leavis. *Valuation in Criticism and Other Essays*, p. 223—277.

② F. R. Bilan. *The Literary Criticism of F. R. Leavis*, p. 75.

③ Terry Eagleton. *Literary Theory: An Introduction*, pp. 42—43.

确性，从而进入一种“理想的社会”(ideal community)[①]。由此可以看出，利维斯对“理想社会”的追求与柏拉图主张的“理想国”理念并没有本质区别。正如柏拉图在五彩缤纷的表象世界的背后看到一个理念世界一样，利维斯认为在变动不居的时空背后有一种“绝对精神”的存在，支撑这种绝对精神存在的是“必不可少的健康文化”[②]。事实上，利维斯有着深厚的理论素养，成长于有着深厚哲学学养的剑桥学府，他不可能不受到剑桥哲学家，如约翰·穆勒(John Stuart Mill)、伯特兰·罗素(Bertrand Russell)和维特根斯坦等人的影响，而他们的思想又多秉承于约翰·洛克(John Locke)、T. E. 休姆(T. E. Hulme)等人，并试图更贴近文学活动本身而不是某种哲学框架。

那么，利维斯为何常以“反理论”自居，甚至自称为“反哲学家”呢？除了受到英国本土经验主义思维传统的影响，他的自觉意识还表现在：其一，利维斯并非绝对拒斥理论，而是要更高超地运用理论。有感于某些理论家僵化地套用理论，使理论脱离文本的实际，利维斯致力于理论与批评实践的结合，将自己坚持的批评原则灵活应用于具体的阅读实践。安娜·萨姆森曾称赞利维斯是通过“拥抱具体”而“增加抽象概括的分量”[③]。其二，他的“反理论”姿态有助于自己兼收并蓄各家之长。利维斯不是一位循规蹈矩的批评家，他的批评评价常常会偏离某些标准，依据具体文本做出切合实际的评价，利维斯对批评原则既有所遵循，又有所偏离，但绝不是背离，因为他心中自有一把标尺，即“活的原则”。其三，避免陷入生搬硬套的教条主义。利维斯对理论应用的误区有着高度警惕，即使是完美的理论在与实践结合的过程中都免不了落入被机械使用的危险。正是因为利维斯谙熟诸家哲学思想，他才有资格提出“反理论”的立场。[④] 坦纳(Tanner)曾总结道：“利维斯对哲学中危险区域的直觉有着超常的敏悟性，他就如何应对这些危险区域的见解也属于一流的哲学思想。”[⑤]

劳伦斯的一段话可以说是对利维斯“活的原则”的最好注解：“批评永远都不会成为一门科学。首先，批评是一种非常个人的事业，其次，文学批

---

① F. R. Leavis. *Revaluation*, p. 19, pp. 110—123, 128.

② F. R. Leavis. *New Bearings in English Poetry*, p. 78.

③ Anne Samson. *Modern Cultural Theorists*: *F. R. Leavis*, p. 108.

④ 殷企平：《用理论支撑阅读——也谈利维斯的启示》，《外国文学》1999 年第 5 期，第 52—53 页。

⑤ M. Tanner. “Literature and Philosophy,” *New University Quarterly*, Vol. XXX, Winter, 1975, p. 62.

评关注的价值观恰是科学所忽略的。”[①]在有关批评是艺术还是科学的论争中，利维斯实际的立场是反对任何一种观点，他认为这种论争会造成一种虚假对立(a false opposition)。利维斯想要阐明的是批评分析绝不是技术的，甚至科学的，而是创造性的，根本上是一种训练。[②] 利维斯的批评观着眼于文学本身的特殊性上，譬如诗歌中微妙的情感体验、“戏剧性诗歌”中所展示的道德力量、文学作品描述的内在的和外在的世界、隐在的和显在的事物之间密切的相互联系以及数不清的细微之处等等，这往往是系统理论无法测量、无能为力的方面。而利维斯坚持的批评家具备的智性评价能力——那种于细微之处表现的感受性、明察秋毫的感悟力，于不拘一格中洞悉美的闪光点的观察力，这恰是展现文学艺术特性和个性的最为适当的批评评价方式。

利维斯诗评术语中强调的创造性语言使用的三方面：英语口语、具体真实性、探索性创造是与现实生活中富于活力的语言资源、情感体验和生活经验密切相连的。他小说批评中看重的道德关怀、“生命感”以及“创造性探索”等要素均源自他对生活的深刻思考，体现出人类价值观和人文价值观的重要标准。一首诗、一部小说绝不是一个用语言编织的自足封闭的“语言偶像”(verbal icon)或者“精制的瓮”(well-wrought urn)[③]，而接近一首诗或者一部小说不仅需要批评家对同期以及其他时期“诗歌(或者小说)本身的熟悉，以及智性的文学批评”能力，而且还需要来自对于社会生活的深切感受和细致观察。由于批评家面对的宏大的社会生活是变动不安的、复杂多元的，因此无法将批评话语套入到一个一成不变的、固定的理论模式之中。为此，“只有立足于活生生的现在才能通往过去”，因为“历史的想象使得过去具有当代性”[④]，正如利维斯所言：

“只有从现在、出于现在、在现在，你才能理解过去的文学。”[⑤]

---

① D. H. Lawrence. “John Galsworthy,” *Phoenix*, 1936, Heinemann, 1970, p. 71.

② R. P. Bilan. *The Literary Criticism of F. R. Leavis*, p. 75.

③ Terry Eagleton. *The Function of Criticism: From the Spectator to Post-Structuralism*, Verso, 1984, p. 85.

④ F. R. Leavis. *New Bearings in English Poetry*, p. 78.

⑤ F. R. Leavis. *English Literature in Our Time and the University*, p. 68.

第五章　利维斯文化诗学与当代文化研究

直到 20 世纪 50 年代，利维斯式的批评在英国境内依然是一种重要的学术经验，它是前文化研究时期文化批评的重要标志，深刻影响了 20 世纪英国文学研究、英国文化批评，乃至其身后的“当代文化研究”。然而到了 20 世纪 50 年代中期以后，利维斯式的批评面临着深刻的社会危机和严峻的时代的挑战，新的“文化”概念的阐释预示着一个“文化研究”新时代的到来，利维斯式的批评才预感到了确然的退场。新的文化概念立足于雷蒙·威廉斯早期的两部划时代著作《文化与社会》(1958)和《长久的革命》(1961)，书中他对“文化”概念做了新的阐释，将文化定义为“整体生活方式”[①]，从而将文化聚焦在了日常生活的意义上，将流行文化所涵盖的影视传媒等文化新形式纳入到了研究视野，颠覆了精英与大众、精英文化与大众文化的对立。文学艺术所代表的精致文化从此由中心滑向边缘，成为文化研究的文本之一。

今日论及 20 世纪 60 年代“当代文化研究”创始时期的历史，我们往往按照斯图亚特·霍尔的分类方式，将早期“文化研究”三大家理查德·霍加特、雷蒙·威廉斯和 E. P. 汤普森的文化论著《识字的用途》(*The Uses of Literacy*, 1957)、《文化与社会》和《英国工人阶级的形成》(*The Making of the English Working Class*, 1963)作为英国文化研究的三个“奠基性文本”[②]。然而威廉斯曾就此说提出过异议，强调指出“文化研究”的渊源不能仅限于几个有幸面世的孤立文本，还要考虑到更大的生成语境，“早在 40 年代后期……甚至 30 年代，文化研究在成人教育中就非常活跃了。然而

① Raymond Williams. *Culture and Society*, pp. 16—18, 229—235, 285—311. Raymond Williams. *The Long Revolution*, pp. 35—70.

② Stuart Hall. In S. Hall, D. Hobson, A. Lowe and P. Willis (Eds.). *Cultural Studies and the Center: Some Problems and Problematics*, Hutchinson and the Center for Cultural Studies, 1980.

只正式出版了后面这几本书,并获得了某种普遍的学术认可”①。威廉斯的这一补充旨在说明三点:其一,以影视传媒为特征的新的大众文化形式在20世纪30—50年代的英国已蔚然成风,并成为学术界无法回避的社会现象;其二,“文化研究”的出现绝非学术界的个别偶然事件,而是代表社会转型期学术发展的总趋势;其三,成人教育是文化研究的诞生之地。基于此,当代英国文化研究的“奠基性文本”恰恰是那些被淹没于学术大潮中的隐形文本的代言,更是新时代的代言,共同构筑了英国文化研究史上的里程碑,开启了注重文化与社会的互动关系,开辟了在社会语境即社会的物质环境中来解读文化的新方向,形成了时至今日仍然活跃的一派学说。

威廉斯在《文化与社会》一书中,考察了英国工业资本主义以来的文化批评传统,追述了这一传统在埃德蒙·伯克、威廉·科贝特、马修·阿诺德、约翰·罗斯金、威廉·莫里斯以及I. A. 理查兹和F. R. 利维斯等人的著作里所展现的“文化”一词的语义史,其中蕴含了“阶级”“艺术”“工业”“民主”等词语的社会史,与此同时,威廉斯对“二战”后社会上助长的文化不平等的政治经济结构展开了有力的批判。他所阐释的文化不是由少数人建构,而是由普通人接受和体验的“少数人文化”;不是将现有的价值和意义从一个阶级转授予另一个阶级手中的静物,而是不仅被共同地占有,而且被共同参与创造和共同掌控的“共同文化”。他的理论表现出鲜明的社会主义理想。他所指的“文化”宽泛地包含了从具体的艺术作品和学术著作到展示事态万象的流行文化,乃至“整体生活方式”的“感觉结构”的多重意义。当然,重要的是诸意义之间的相互联系。他发现在浪漫主义初期,这些不同意义既有各自的界限,又相互联系,作为思想创造的文化与作为一般生活经验的文化是相互转承的,作为艺术、价值、风尚以及信念的文化与作为社会政治经济生活等形式的文化是结合在一起的。换言之,前英国文化观念史中所谓的“文化与文明”的对立到了威廉斯时代,已演变为“文化与社会”的平等关系,并共同构成“一枚文化硬币的两面”②。

我们不禁要问:文化与文明的传统在20世纪英国社会转型期的历史背景下产生了怎样的变化?有着怎样的历史依据?利维斯的退场为什么说是历史的必然?利维斯式的批评与后继者霍加特、威廉斯等所代表的当代文化研究有着怎样复杂的关系?传承在哪些方面?对立在哪些方面?

---

① Raymond Williams. *What I Came to Say*, Hutchinson-Radius, 1989, p. 154.

② 黄卓越:《定义“文化”:前英国文化研究时期的表述》,见童庆炳:《文化与诗学》2009年版,第96页。

突破在哪些方面？在当今文化研究的视野下，利维斯主义有着怎样的启示意义？要回答这些问题，我们不仅需要考察文化研究诞生的外在社会历史机缘，还需探讨20世纪中叶出现的几部重要的文化文本内在思想的发展理路。本章主要以霍加特的《识字的用途》和威廉斯的《文化与社会》为主，并以它们为起点分别向他们后期的论著，如霍加特的《对话》(*Speaking to Each Other*，1973)和《我们现在的生活方式》(*The Way Now We Live*，1995)，以及威廉斯的《长久的革命》和《马克思主义与文学》(*Marxism and Literature*，1977)等逐渐推演开去，以便清晰见出两者与利维斯渐行渐远的思想发展历程。将《识字的用途》和《文化与社会》作为评述两人思想衍变的起点基于两方面的考虑：其一，无论从时间上还是思想上它们都是距离利维斯最近的，借助此时的写作能更真确地看到其与利维斯的关联。正如弗朗西斯·穆勒恩所说的，《识字的用途》《文化与社会》或者《长久的革命》属于特殊历史时期的"分裂的文本"(a text of break)①，它们与利维斯的批评思想密切地交织在一起，"扯不断，理还乱"，正是由于这个原因，文化研究和"文化转向"才有可能建基于这一开放的可能性之上。② 其二，以这两个文本为参照来检阅两者后期的著述，大体可以见出他们与利维斯在重要的核心问题上的转承、脱钩、反驳和突破的曲曲折折的思想线索。而通过他们出现的先后顺序的考察，则可将利维斯置于一个"文化"概念变迁的历时性和共时性交叉的节点，以此而使我们对利维斯价值升降的认识"语境化"。

第一节　文化研究的缘起与成人教育

虽然霍尔在《文化研究：两种范式》一文中曾讲道，"真正具有批判性的学术工作既没有绝对的开端，也少有一以贯之的连续性"③，但是在考察文化研究的发展和衍变的谱系之时，其最初的缘起仍是一个不可回避的问题。论及其最初的起源，弗雷德·英格利斯曾讲道："主导人文科学的英文

① Francis Mulhern. "Culture," *Metaculture*, Routledge, 2000, p. 174.

② Stuart Hall. "Richard Hoggart, The Uses of Literacy and the Cultural Turn," In Sue Owen (Ed.). *Richard Hoggart and Cultural Studies*, Palgrave Macmillan, 2008, p. 23.

③ Stuart Hall. "In Jessica Munds , Cita Raja(Eds.). Cultural Studies: Two Paradigms," *A Cultural Studies Reader: History, Theory, Practice*, Longman, 1995.

研究……成为文化研究的第一母体(the first parent of Cultural Studies)。"[①]从20世纪初英文的兴起到20世纪50年代文学研究的式微有力地证明了这一点。爆发于20世纪上半叶的两次世界大战先后催生了改变世界学术版图的两门重要学科:英文研究和文化研究。从历时的角度来看,两者共同的母体是英国文学。因此,从某种意义上来看,也可以说当代文化研究脱胎于利维斯式的文学批评。[②] 然而,客观地看,文化研究的主要研究对象是"二战"后由幕后走向前台的大众文化、青年亚文化以及20世纪70年代后出现的性别文化和种族文化等,它们曾经是利维斯努力要去抵御的思潮,也是"二战"后社会转型期出现的一系列社会变革的结果和学术格局发生"文化转向"的产物。既然如此,它就不可能完全单单是从英文研究与利维斯主义中"转出",而是还存在其他的动因。那么,哪里是孕育文化研究的第二母体?

格雷姆·特纳(Graeme Turner)在《英国文化研究》一书中指出,"文化研究"(Cultural Studies)这个术语诞生于20世纪60年代霍加特在伯明翰大学正式成立"当代文化研究中心"之时[③]。以伯明翰"当代文化研究中心"的建立作为"文化研究"的缘起,标志着文化研究作为一门学科正式进驻大学,真正建制的时间。有学者认为,可以将文化研究的历史追溯到20世纪50年代中叶,因为这是文化研究三大家"奠基性"文化论著相继面世的重要时期。[④] 而威廉斯则认为不能以现今对文化研究的理解来想当然地推断其缘起:"它(文化研究)始于成人教育:在工人教育协会、在大学校外的成人课堂上……有些介绍将《识字的用途》《文化与社会》《英国工人阶级的形成》一字排开来确定最初的时间,但是事实上,在40年代……甚至30年代,文化研究在成人教育中已非常活跃了。"[⑤]经对文化研究发展谱系的考察,汤姆·斯蒂尔(Tom Steele)在《文化研究的诞生》(*The Emergence of Cultural Studies*,1997)一书中指出:"这些著作并非孤立的文本,它们置身于20世纪30—40年代,围绕艺术与文学教育的论争展开,并广泛扩展和渗透

---

① Fred Inglis. *Cultural Studies*, p. 30.

② 同上, pp. 30—56.

③ Graeme Turner. *British Cultural Studies* (3rd ed.), Routledge, 2003, pp. 33—37.

④ Stuart Hall. In Robin Archer (Eds.). The First New Left, *Out of Apathy*, Verso, 1989, pp. 35—40.

⑤ Raymond Williams. *What I Came to Say*, p. 154.

到成人教育实践的文化背景中。”[①]以上几位文化批评家的表述清楚地说明文化研究与成人教育的密切相关性以及成人教育对英国文化研究的重要意义，是成人教育的经历成就了他们的文化研究事业。因此，可以说成人教育是文化研究的第二母体。在此，我们有必要对这一历史进行简要回顾。

英国的成人教育对于文化研究有着非同寻常的重要意义：它为新左派知识分子施展文化政治抱负提供了重要舞台。英国成人教育的历史可以追溯到18世纪初的“基督教知识促进会”(the society of Promoting Christian Knowledge)和18世纪末的“周日学校运动”(Sunday School Movement)。前者为成人识字班，旨在帮助普通人提高阅读《圣经》的能力；后者是慈善教育组织，主要目的是提高工人阶级的识字能力和道德修养。[②] 早期的成人教育多针对下层阶级的识字和教化目的，并多由慈善机构组织。斯蒂尔在《文化研究的诞生》中详细介绍了成人教育的发展对英国文化研究的推动作用，他指出19世纪的“大学扩建运动”是在高等教育的层次上大力推进成人教育的重要因素。到了19世纪末，英国的老牌大学如剑桥大学、牛津大学和伦敦大学开始雇用自己的科班教师给成人上课。这一办学理念起初主要在北部的城镇实施，而后许多工业城市纷纷创办了大学学院(University Colleges)招收成人学生，这一举措迅速传遍全英伦乃至欧洲和美国。“大学扩展运动”使得工人阶级有了更多的接受教育的机会，而20世纪的“平装书革命”也为下层阶级接触到伟大的作品创造了条件。值得一提的是1903年成立的“工人教育协会”(the Association of Working-class Education)也发挥了重要作用。作为一个工人阶级的组织，“其目的是激发工人民众对教育的热情，使他们相信教育是获取解放的关键”[③]。正是“大学扩建运动”和“工人教育协会”的支持和影响，形成了英国成人教育这一伟大传统。霍加特认为成人教育的蓬勃发展“得益于社会的关注，特别是对没有文化的‘劳苦大众’(toiling masses)的关注，得益于人们对教育力量的信仰……大学有责任通过学校扩建和开办夜校，为成人志愿者提供

---

① Tom Steele. *The Emergence of Cultural Studies: Adult Education, Cultural Politics and the 'English' Question*, Lawrence & Wishart Ltd., 1997, p. 14.

② Wendy Redal. *Imaginative Resistance: The Rise of Cultural Studies as Political Practice in Britain*, University of Colorado, 1997, pp. 185 195.

③ Tom Steele. *The Emergence of Cultural Studies*, p. 88.

受教育机会"[①]。许多知识分子都积极投身于成人教育事业，并为能成为其中的一员而自豪。成人教育的发展带来的重要成果是有文化的英国工人阶级的出现，他们对于自身的文化地位有了深入的认识，阶级意识得到提高。

"第二次世界大战"的爆发为成人教育的发展带来了新的契机。1942年的"贝弗里奇报告"和1944年颁布的"巴特勒教育法案"进一步推动了成人教育的发展。随着反法西斯战争的胜利，战后教育民主化运动深入发展，要求民主公正和教育机会均等的呼声越来越高。1945年工党在大选中的获胜进一步扩大了成人教育的规模。在利兹大学和牛津大学的带动下，英国许多大学纷纷开设自己的成人教育学院。同时战后福利制度的完善和社会的普遍富裕也为成人教育提供了支持。创办成人教育的初衷是为那些无缘于正规大学教育的工人阶级子弟提供人文学科方面的训练，帮助他们理解社会，进而认识社会变革的重要性。这一宗旨得到当时的改良派和激进派的认可，因此起步时期的成人教育得到两方面政治力量的支持：一是保守的费边社改良主义，一是左派激进人文主义，他们都在成人教育中寄托着自己的社会理想。前者视成人教育为消除愚昧、建立理想社会的有效方略；后者把成人教育当作思想交流的论坛，提供启蒙式教学，帮助工人阶级子弟成为有知识、有文化的人。左派知识分子的政治意图是以人文教育塑造激进的社会意识，促进社会变革。他们中许多人为此放弃了正规大学里提供的正式教职，而投身于成人教育事业，譬如文化研究的主要奠基者霍加特、威廉斯、汤普森和霍尔。威廉斯于1945年受聘于牛津大学成人教育学院，教授文学和国际关系课程，从事成人教育工作长达15年，直到1961年接受剑桥大学的邀请担任英语系的戏剧教授。霍加特于1946年进入赫尔大学的成人教育机构，担任成人教育的指导教师，教授文学课程，时间长达13年。汤普森于1948年担任利兹大学校外成人教育教师，在那里工作了8年时间。霍尔则将大段的职业生涯奉献给了开放大学(Open University)的成人学生。与此同时，成人教育的经历也给他们带来了丰硕的学术思想回报。成人学生可说是流行文化最快的接受者，报纸、收音机已经成为他们日常生活的随身物品。因此，教师的职责应该是因势利导，采取社会学、文学批评的方法和视角帮助他们分析这些文化现象，感受英国在战后出现的社会和文化变化。对于20世纪40—60年代的"文化研究"

---

① Richard Hoggart. "An Imagined Life: 1959—1991," *A Measured Life: The Times and Places of an Orphaned Intellectual*, Transaction Publishers, 1994, p. 93.

学者来说，"文化研究的形成首先是一项为工人阶级成人教育的大众教育而进行的政治事业"[①]。为开创一个真正社会主义的民主社会，许多教师将工人教育和对日常生活的分析看作是一场政治斗争。成人教育是一项扎根于工人阶级日常生活的教育实践课题，这是正规教育从未向人们提供的一种新型的教育实践形式。正是这种将人文教育与社会认知和教育实践精神相结合的成人教育为文化研究奠定了发生学基础。这段成人教育经历成为一片培育新思想的沃土，孕育出文化研究领域的重要著作：从霍加特的《识字的用途》(1957)、威廉斯的《文化与社会》(1958)、《长久的革命》(1961)到汤普森的《英国工人阶级的形成》(1963)等，甚至在20世纪80年代以后CCCS蓬勃发展的文化研究新课题中，仍可追寻到威廉斯等人在成人教育活动的渊源。[②]

一、边缘写作与教育抵抗

这批文化研究学者的工人阶级出身背景使他们更易于接近工人阶级底层民众，并在成人教育的实践中投入更多的热情。成人教育机构在英国处在正规高等教育部门的边缘，因此可以说这批文化学者是这一政治事业的成人教育家。在这里他们有机会接触到来自社会底层的学生，教授那些没有优越出身的学生并与他们交流思想，从而保持了文化研究教育的实践精神。然而，他们所处的文化意识形态背景使他们与英国传统教育始终存在着一种张力。面对这一现实，霍加特、威廉斯、汤普森以一种与生俱来的理解和同情来审视工人阶级文化，并站在工人阶级的立场来反驳那种将所谓的"文化衰落"归罪于工人阶级对大众文化的推助的论调。这些知识分子中许多人早期都接受过利维斯式的批评训练，深受利维斯思想的影响，然而他们亲身经历的成人教育实践促使他们认识到：利维斯式的教育传统走的是一条日益脱离时代的精英教育路线。利维斯所坚持的"少数人"是文化传统的传承者的观点，表明了他维护精英化教育的立场。这一立场可以追溯到阿诺德的教育观："接受高等教育的少数人，而不是接受初等教育的多数人，将成为传承人类知识和真理的载体。"[③]这一观点将多数人排斥在了高等教育之外，在精英与大众之间画出一道分界线。虽然阿诺德和利

---

① Tom Steele. *The Emergence of Cultural Studies*, p. 15.

② 同上，pp. 9—30.

③ Matthew Arnold. *Complete Prose Works*, University of Michigan Press, 1960, p. 43.

维斯高度怀疑普通民众接受经典文化的能力，但是他们还是积极主张通过教育来传播经典文化。而在艾略特那里，依靠全民教育来普及经典文化则被视为一件愚蠢的事情，他认为文化传统要依靠家族和社会集团世代相传来发扬光大，为此他曾激烈抨击全民教育："毫无疑问，当我们草率实施全民教育之时，我们事实上是在降低教育的标准，并放弃那些传播'文化精髓'的研究课题，是在猛烈地摧毁古老的知识大厦，而为那些游牧蛮族……的安营扎寨腾出地盘。"①威廉斯认为这种保守主义的教育观折射出保守主义者的社会观，两者互为因果。对于维护高贵教育的保守主义者来说，要保证文化传统的延续性，首先必须维护社会等级制，特别是统治阶级地位的稳定性，因为它是精英阶层的栖身之所。因此，这种教育观表面宣称保卫文化传统，却隐含着对旧的社会秩序的维护。② 这种将教育局限于少数人的思想体现了英国长达数世纪以来的精英教育传统，尤其是在牛津、剑桥这样古老的大学长期存在着学科设置和学生人数的严格限制制度。这种贵族化教育大大制约了英国在经济、文化和科技方面的发展。随着工业社会的到来，这种教育体制逐渐显示出其局限性，而 20 世纪初出现的面向普通人的教育形式，比如校外学习班、工人讲习所、成人教育学院等开始冲击旧的大学教育体制，特别是"二战"后出现的政治、经济、文化方面的巨变，促使教育家们认识到教育面向社会的重要性。《1944 年教育法》的出台大力推动了"一战"前一直未能实现的中等"教育机会平等"的理想，而后到 70—80 年代推行的一系列教育改革政策，如"职业教育学院"的设立以及"无阻碍"招生法等措施均扩大了接受高等教育的人数。③ 这些教育改革动摇了传统的精英教育体制。

利维斯赞成"教育机会平等"的口号，因为这与他"重建受教育大众"的教育目标是一致的，而受教育大众则肩负着将"所思所想的最美好的东西"传递下去的使命。在教学实践中，他尝试用文学分析的方式来研究流行文化，以摆脱学院化教育的刻板。但是其教学内容仍然以文学经典为主，通过教育使民众接触到"伟大的传统"，从而达到普及经典和提高民众批评鉴别力的目的。这样的教育实践依然未能摆脱精英意识，与"二战"后出现的"文化转型"期的教育实践之间存在着很大的不适应性。正如斯蒂尔所说："利维斯主义的文学教育忽视了学生自身的兴趣和习惯，而是自以为是

① T. S. Eliot. *Christianity and Culture*, Mariner Books, 1960, pp. 102—106.

② Raymond Williams. *Culture and Society* 1780—1950, pp. 231—233.

③ 实言：《战后英国教育改革实践对我们的启示》，《外国教育资料》1992 年第 2 期，第 7 页。

地将学生应该学习的东西灌输给他们……学生们自己的生活经历、判断和趣味对他们来说毫无意义，在他们看来，他们/她们正是商业出版物的牺牲品，因此文学教育者就需要通过'文本细读'来教育他们。"[①]正是利维斯主义对大众文化的否定和救赎的态度，忽略教学对象自身需求的教育实践，才激起这批文化学者尝试一种新的教育实践和文化教育路线。

在实际的教学中，霍加特发现只包括经典文学作品的传统教学内容和灌输式教学方法对老师和学生都提出了严峻挑战。不可否认，一些成人学生的确对语言的作用和诗歌的情感缺乏感受性。[②] 与此相反，他们却对被大学文学教授嗤之以鼻的流行文化——流行报刊、流行小说、流行歌曲兴趣盎然。霍加特在后来接受采访时说："我们中的大多数都对流行文化感兴趣……我们的学生以利维斯的方式来学习经典文学，但是他们却生活在另一个世界。"[③]这种现象有力地证明：学院化的教学难以适应成人教育的特征，不适应因材施教的教育理念。基于这一认识，许多教师对成人教育的传统教学内容和教学方法进行大胆改革，在教学过程中引入学生们熟悉的流行文化内容。霍加特深有感触地说："如果我们以一种开放的态度对待它（流行文化），我们常常会欣喜地发现它与我们的生活有着密切的联系……几乎我们从日常生活中读到的东西都有一种特殊的诉求。"[④]正是从这个时候起，霍加特对"文化"的传统观念提出质疑。他认识到，成人教育的目的不是让学生仅仅达到读书识字的程度，而是要使他们通过学习培养一种批评素质（critical literacy），能够识别和判断日常生活中存在的种种假象和骗局，并形成自己的看法。这一思想贯穿于霍加特的整个文化批评生涯，并成为理解其著作和社会批评实践的基础。对这一问题的思考使他对一直以来深受利维斯主义影响的传统文化观和成人教育思想产生了怀疑。1946 年他在写给导师的一封信中明确表示，要在利维斯主义和强调社会责任的教育之间走出自己的路。[⑤] 他坚信：人性中有着善的一面，这是抵抗文化衰落的重要力量，而教育者的责任和义务则是唤醒这些潜在的素质。重

① Tom Steele. *The Emergence of Cultural Studies*, p. 84.

② Richard Hoggart. "A Sort of Clowning: 1940—1959," *A Measured Life: The Times and Places of an Orphaned Intellectual*, Transaction Publishers, 1994, pp. 131—132.

③ John Corner. "Studying Culture-Reflections and Assessments: An Interview with Richard Hoggart," *The Uses of Literacy*, Transaction Publishers, 1998, p. 271.

④ Richard Hoggart. "A Sort of Clowning: 1940—1959," *A Measured Life: The Times and Places of an Orphaned Intellectual*, p. 127.

⑤ Tom Steele. *The Emergence of Cultural Studies*, p. 124.

要的是要使自己从高高在上的位置上走下来，走进普通人的生活，了解他们与流行文化之间的关系并深入探讨流行文化的“流行”之因。他逐渐无法接受Q.D.罗斯在《小说与阅读公众》中流露出的对流行文化的否定态度。① 多年后霍加特在谈到自己对流行文化由最初的拒绝到后来的接受的转变过程时写道：

> 我读过Q.D.罗斯的《小说与阅读公众》《细察》和其他类似杂志上的文章。我尊敬他们，但并不觉得是他们中的一员。这些作品中有许多东西被忽略掉了，我用了很多年去找回被他们漏掉的东西……在奥威尔和C.S.路易斯的影响下，我开始关注人们使用那些材料的方式，我逐渐认识到即使是那些明显蹩脚的东西也能唤起一种良好的本能，读者的头脑并不是白板一块……要想充分自信地谈论那些可能被我们当作垃圾的东西的影响，就必须熟悉人们使用这些东西的方式。②

基于这样的认识，霍加特萌生了书写一部有关流行文化的书，书写他所了解的工人阶级的文化。经五年的辛勤写作，《识字的用途》于1957年面世，在社会上引起广泛影响，并被尊为文化研究的奠基性著作。这是一部带有自传性色彩的作品，书中交替使用利维斯对流行文化的文学分析方式和利维斯夫人的“人类学文学”方法，虽然它存在浓厚的利维斯主义思想的影响，但不乏对当代文化的积极解读。类似的经历也发生在威廉斯身上，他在接受《新左派评论》采访时说，他写《文化与社会》乃是出于对文化保守主义的愤慨。他们常常以保卫文化传统之名对抗战后蓬勃发展的民主意识、民众教育和社会主义理想，否认流行文化和工人阶级文化，认为民众教育降低了文化标准，助长了迎合下层社会民众口味的大众文化。为此，他强烈质疑那种把下层民众当作愚昧无知的大众的论调。1958年，威廉斯在《文化是平常的》一文中向文化二元对立的观点发起挑战，即反对那种将一方看作是“远离人民的、自我得体的高深文化”，而另一方是“麻木的

---

① John Corner. “Studying Culture-Reflections and Assessments: An Interview with Richard Hoggart,” *The Uses of Literacy*, p. 272.

② Richard Hoggart. “A Sort of Clowning: 1940—1959,” *A Measured Life: The Times and Places of an Orphaned Intellectual*, pp. 134—135.

大众”的说法。[①] 威廉斯认为这种论调表现出一种对底层文化居高临下的轻视态度，实质上反映出他们维护社会等级秩序的用意。这是对人类生存平等性的否定，与民主社会主义精神背道而驰。威廉斯始终认为文化教育是唤起民主意识、争取民主权利的有效手段。为达此目的，他尝试在写作和成人教育中将传统的人文主义思想与左派政治思想结合起来。他虽然也十分推崇理查兹、燕卜荪的实用批评，特别是利维斯对于流行文化的分析方法，但同时突破了实用批评和《细察》式专注经典的做法，积极关注当代流行文化新形式，诸如电影、电视、广告、广播、大众出版物等媒介形式，因为它们也承载着社会意义和价值观念。由此看来，威廉斯是从历史和社会文化的角度，而不是从纯美学的角度来审视流行文化的。他这种为流行文化正名的做法与学院派对流行文化的轻视态度判然有别。这种冲破世俗的见解与当时英国学术界保守沉闷的学术氛围格格不入，因而适应这种大胆思想生长的最佳环境莫过于正统传统思想薄弱、学术成见不深的成人教育。左派批评家汤普森的《英国工人阶级的形成》一书也是立足于他在约克郡西部工业小镇当工人阶级辅导教师的直接体验。经过对工人阶级群体的深入考察，他得出这样的结论：各种社会阶级，特别是工人阶级并不是自然形成的，而是社会历史变迁的伴生物，“阶级是一种历史现象”，在这一过程中教育发挥着重要的作用。[②]

值得一提的是三位作者在20世纪50年代书写文化研究巨著之时，从未有过写作方面的交流。正是看到了利维斯主义文化观、教育观存在的某些方面的缺陷，他们才不约而同地将关注的目光投向流行文化，将日常生活的内容纳入到文化概念之中，缝合了长期以来存在于文化与日常生活形态之间的裂隙，同时为工人阶级文化赢得了应有的尊重和地位。这些在文化研究界影响了几代文化学术传人的启迪新思想之作均是“来自底层”的史学典范。[③] 文化研究正是出现在处于英国主流话语之外的一批知识分子对工人阶级文化内涵的思考以及对成人教育的目标和责任的积极探索之中。这些凝聚着新思想的作品是处于社会边缘民众呼声的代言，同时是将最初处于边缘地位的文化研究推至英国学术中心地位的阿基米德式的撬杠。成人教育给了文化研究一个新的支点，改变了英国乃至世界的学术版

---

① Raymond Williams. In John Higgins (Eds.). “Culture is Ordinary,” *The Raymond Williams Reader*, Blackwell Publishers, 2001, p. 24.

② E. P. Thompson. *The Making of the English Working Class*, Victor Gollancz, 1963, pp. 3—7.

③ Tom Steele. *The Emergence of Cultural Studies*, pp. 9—30.

图。斯蒂尔在总结文化研究产生的历史时写道："文化研究是从独立的工人运动的余烬中腾飞的凤凰。"[①]

二、解读工人阶级文化

英国文化研究的划时代著作《识字的用途》(1957)、《文化与社会》(1958)、《长久的革命》(1961)以及《英国工人阶级的形成》(1963)共同改变了文化分析的构成要素，将工人阶级文化纳入文化研究的版图。不是将工人阶级视为中产阶级细察的对象，而是将其尊为有着自己的文化和思想的人民。[②] 霍加特等文化学者在探寻文化新概念的道路上与其前辈——利维斯夫妇——渐行渐远，旨在为工人阶级"从实际上没有希望的物质生活中争取到应有的尊严"[③]。《识字的用途》尝试对"二战"后出现的社会问题予以解答：通俗报刊与它们专门面对的工人阶级读者有着怎样的关系？受商业驱使的大众传播形式以怎样的方式正在改变着工人阶级的观念和价值观？其论证的中心议题是：想要理解工人阶级读者，就需要认识到他们并不像一般认为的那样会轻易受到外界的影响。[④]

那么，如何理解20世纪初叶英国工人阶级文化？霍尔在《理查德·霍加特：〈识字的用途〉与文化转向》一文中指出：在《识字的用途》的第一部分中，"工人阶级文化"这个术语似乎可以交替指两种情形的文化：一种是战前几十年中工人阶级的生活方式、特定的生活态度和价值观等，另一种是流行于他们中间的通俗文化、娱乐形式和出版物等。两种文化形式有着非同寻常的渊源——后者不是由工人阶级自己创造的，而是由商业阶级为工人阶级制造的。[⑤] 因此，我们需要首先弄清"工人阶级"与"通俗文化"这两个概念的含义，才能理解工人阶级的生活方式与兴盛于"二战"前后的通俗文化之间充满张力的关系。

工人阶级(working class)又称劳工阶层(laboring class)或者劳动人民

---

① Tom Steele. *The Emergence of Cultural Studies*, p. 9.

② Sue Owen. *Richard Hoggart and Cultural Studies*, University of Sheffield, Palgrave Macmillan, 2008, p. 1.

③ Richard Hoggart. "Schools of English and Contemporary Society," Inaugural Lecture at University of Birmingham, *Speaking to Each Other*, Vol. 2, 'About Literature', Penguin, 1973, pp. 231—243.

④ Sue Owen. *Richard Hoggart and Cultural Studies*, p. 1.

⑤ Stuart Hall. "Richard Hoggart, The Uses of Literacy and the Cultural Turn," *Richard Hoggart and Cultural Studies*, p. 21.

(working people),马克思主义认为工人阶级是那些不拥有生产资料,但是为社会创造财富的劳动者。在英国,欧文(Owen)于1813年在《穷人与工人阶级》(*The Poor and the Working Class*)一文中首次使用“工人阶级”一词,它表达的是不同群体或者阶层之间的社会关系、经济关系和政治关系。[①] 在资本主义社会抑或社会主义社会,工人阶级业已成为社会构型的重要组成部分,在政治、经济、文化等领域发挥了巨大的作用,是推动社会进步不可忽视的力量。对于工人阶级的生成史,汤普森在《英国工人阶级的形成》一书中一反传统工人阶级历史写作中“自上而下”地将工人阶级的形成视为工业革命的后果的做法,他开创了“自下而上”书写历史(history from below)的传统,强调激进的文化传统在工人阶级形成中的作用。[②] 用汤普森的话来说,“英国工人阶级形成于他们的阶级意识形成之时”[③]。他从发生学的角度考察工人阶级形成的历史,得出的结论是:英国工人阶级不是随着资本主义工业制度的出现而自动产生的,而主要是工人阶级自己的阶级意识形成的结果,只有当工人阶级明确认识到自己的阶级利益时,它才算是真正形成。[④] 因此,在汤普森看来,工人阶级文化等同于工人阶级意识形态,它包括工人阶级传统文化、阶级意识和价值观念。这近似于威廉斯在《关键词》中给出的工人阶级文化的定义:“工人阶级的构成意义、价值观和机构或者工人阶级的品位和生活方式。”[⑤]两者的定义均近似于霍尔给出的工人阶级文化的第一定义,但未明确包括第二定义中的“通俗文化”因素。三者对于“工人阶级文化”的阐释,一方面揭示出他们不尽相同的对待“通俗文化”或者“大众文化”的态度,另一方面揭示出文化研究工程中存在的通俗文化或者大众文化的身份认同问题,并关系到20世纪70年代以后CCCS文化研究工程出现的两种范式转向——从文化主义到结构主义。那么如何理解大众文化和通俗文化?两者有着怎样的不同?它们与工人阶级文化有着怎样的关系?

通俗文化(popular culture)与大众文化是英国历史上毁誉参半、饱受争议的两个概念。Popular一词在英语里意指“广受欢迎”,Popular culture可译作“流行文化”或者“通俗文化”。通俗文化意指“普通百姓自己创造的文化”,其现代含义可以追溯到18世纪赫尔德的著作《民间文化》。赫尔德

---

① Raymond Williams. *Key Words*, pp. 64—66.

② Harvey J. Kaye. *The British Marxism Historians*, Polity Press, 1984, p. 178.

③ E. P. Thompson. *The Making of the English Working Class*, p. 1—5.

④ Thompson. *The Making of the English Working Class*, pp. 1—3.

⑤ Raymond Williams. *Key Words*, p. 68.

认为通俗文化近似于民间文化(the culture of the folk),[①]它不同于伴随工业化、都市化进程而来的都市大众(urban masses)的大众文化。都市大众文化的兴起与20世纪30到60年代发生在英国社会、政治、经济领域的巨大变化有着密切的关系。英国资本主义在经历了30年代的经济危机之后,经凯恩斯主义宏观调控理论的疗救,逐渐走向资本主义稳定发展的"黄金时代"。"二战"后伴随"贝弗里奇"福利制度的实施,英国经济呈现出空前的繁荣,绝对的贫困现象逐渐消失,"富裕的工人阶级"开始出现,阶级界限渐趋模糊。同时经济富裕直接导致消费主义的膨胀,带来了以通俗性、娱乐性为特征的大众文化的盛行,并开始挑战传统的文化观、经典观和价值观。面对这种来势凶猛的新的文化现象,越来越多的知识分子倾向于复兴"英国文化传统",主张不可盲目抛弃传统。

战后成长起来的一批知识分子以其与生俱来的阶级情感将学术关注的视角投向经战争洗礼和大众文化冲击的"工人阶级文化",对社会上流传的"工人阶级消失"论、"无阶级社会"等论调展开分析讨论,希望重新认识工人阶级文化。《识字的用途》即是对这一论争分析讨论的尝试,书中霍加特流露出对传统"工人阶级文化"的怀旧和对"商业文化"的不满。威廉斯在《文化与社会》中提出的文化是"整体的生活方式"则出于对工人阶级文化的关注。他同时指出,不应将大众文化看作"普通人"的文化,而应看作是被剥夺了文化继承权的人的文化。他反对那种人为将伟大的传统分离出来,而使这种被剥夺的状态继续下去的做法。[②] 基于这一认识,威廉斯反对那种将工人阶级文化看作是人为的"批量生产"的商业文化的观点,而认为工人阶级生活方式自然自发地生长于特定的社会环境。[③] 在对《识字的用途》的一篇早期评论中,他指出,"将'工人阶级文化'等同于20世纪日益占主导地位的大众商业文化会产生破坏性的后果"[④]。汤普森的《英国工人阶级的形成》关注工人阶级的生活、经验、信仰和实践,强调工人阶级文化在其自身形成过程中的积极作用。文化研究三大家通过肯定工人阶级文化的自发自然性,向以阿诺德、利维斯为代表的文化精英主义发起挑战,将包括工人阶级文化和大众文化在内的"整体生活方式"纳入总体文化叙事

---

① Williams. *Key Words*, p. 237.

② Raymond Williams. *Communications*, Harmondsworth, Penguin, 1971, p. 120.

③ Lesley Johnson. *The Cultural Critics: From Matthew Arnold to Raymond Williams*, p. 161.

④ Raymond Williams. *Working-Class Culture*, *The Uses of Literacy Symposium*, *Universities and Left Review*(2), 1957, p. 30.

的中心。但是，三者在肯定工人阶级文化的同时，却不同程度地抗拒50—60年代在英国青年中盛行的美国通俗文化——一种工人阶级文化与消费文化结合的亚文化形态，从而表现出新的文化保守主义倾向。文化研究对于大众文化的接纳经历了从利维斯主义的否定到文化主义的矛盾肯定和批判肯定的复杂过程。

第二节 从利维斯到霍加特，再到威廉斯

据《新左派评论》于1960年刊登的一篇有关霍加特和威廉斯的访谈录介绍，两者均谈到他们分别出版第一部大作时的惊人巧合：几乎诞生于同一时刻[《识字的用途》(1957)、《文化与社会》(1958)]。两部著作都表达了相似的关注和兴趣，然而两人之前从未谋面。这一巧合有着非同寻常的意义，[①]它们预示着20世纪中叶在世界局势风云变幻的背景下英国社会的“行事方式和存在方式”[②]的变化。霍加特和威廉斯相似的阶级背景以及对阶级问题的共同关注，使得后来聚焦于“文化与社会”传统的大讨论常将他们相提并论，《识字的用途》和《文化与社会》自然也就成为这场大讨论的中心议题。到了20世纪60年代，CCCS的内部记载正式将霍加特和威廉斯的著作纳入“回应工业革命问题”的组成部分，成为威廉斯规划的“用文学的想象来思考工业社会问题”的组成部分。[③] 显然从这些方面来考察两部著作之间的关系是很有意义的，但是斯特凡·科利尼(Stefan Collini)认为这同时会引起对霍加特著作的严重误解。原因在于，《文化与社会》是从一个宏大的视角探讨了一系列思想家的文化观念，他们尝试在价值观方面寻求某种“工业社会逻辑”之外的选择，所有的探索都围绕着“文化”这一命题，并将关注的焦点集中于英国社会存在的结构性不平等现象，具有激进的消除社会不平等和争取民主的新左派政治志趣。《识字的用途》并未以同样的方式来寻求威廉斯所称的“中产阶级社会思想”之外的选择，而是将焦点投放在了受19世纪末和20世纪初出现的工业主义、民众主义、平等主义与物质繁荣的结合带来的双重打击下的奋斗精神和自制力缺失的道德

---

① Lesley Johnson. *The Cultural Critics*, p. 175.

② Fred Inglis. *Cultural Studies*, p. 44.

③ 在《CCCS第五个年度报告》(*The Fifth Annual Report of CCCS*)中，有关“当代语境中的‘文化研究中心’”这一部分就是按照斯图亚特·霍尔于1967年所做的演讲写成的，其中记录了霍加特和威廉斯的著作中探讨的工业社会的问题。

危机。[①] 从英国文化研究的发展谱系来看，霍加特相对而言是一位在思想上更接近利维斯的文化批评家，他的《识字的用途》是开启新时代的先声，是连接利维斯文化批评思想与“当代文化研究”的重要纽带。

一、文化悲观主义阴影下的《识字的用途》

霍尔在《理查德·霍加特：〈识字的用途〉与文化转向》一文中指出，“没有霍加特，就没有‘文化研究中心’(CCCS)”，点明霍加特在20世纪60年代在英国著名的“文化转向”中发挥的重要建构作用。[②] 然而，他的成就不仅在于对文化研究建制的贡献，而且还在于其他方面：“二战”后短短20年的时间里他促使“工人阶级”走进学术关注的视野，他对“通俗文化”的解读及其论证的合法性，他对广播以及其他公共媒体服务事业的支持，所有这一切都恰如其分地与他的名字连在了一起，得益于他不懈的努力。[③]《识字的用途》是继《小说与阅读公众》之后研究大众文化的又一部重要著作：一方面由于它内在的趣味性、质量、写作方法和论点的新颖性，另一方面也在于它与战后有关社会转型期文化方向的大讨论相关。大众文化的日益商业化、电视的诞生、青年文化的萌芽以及大众消费的兴起促发了著名的“富裕社会的论争”[④]。霍加特将自己亲身经历的30年代英国工人阶级文化与战后大众文化放入同一历史语境下考察，通过“新的秩序”与“旧的秩序”的对比，揭示出大众文化在工人阶级文化的发展过程中扮演的角色，以及大众文化带来的挑战和反思。《识字的用途》开篇即陈述了这一写作意图：“这是一部有关过去30—40年前工人阶级文化变迁的书，尤其是在受到大众出版物冲击的工人阶级文化的变化。”[⑤]这些变化引起霍加特本能的警觉和担忧：这些变化首先意味着文化的变化，其次是与之相应的价值观和道德观的变化。《识字的用途》即是对这些变化的回应。

在此，我们需要重新审视《识字的用途》与“二战”后英国文学批评实践

---

① Stefan Collini. In Sue Owen, Palgrave Macmillan (Eds.). “Richard Hoggart: Literary Criticism and Cultural Decline in 20th Century Britain,” *Richard Hoggart and Cultural Studies*, 2008, p. 51.

② Stuart Hall. “Richard Hoggart, The Uses of Literacy and the Cultural Turn,” *Richard Hoggart and Cultural Studies*, p. 20.

③ Stefan Collini. *Richard Hoggart and Cultural Studies*, p. 33.

④ Stuart Hall. *Richard Hoggart and Cultural Studies*, p. 28.

⑤ Richard Hoggart. *The Uses of Literacy* (Preface), Boston: Beacon Press, 1966, p. II.

的关系及其与文化衰落假说之间复杂而隐含的联系。霍加特在他后期的著述中总是坚持说,他并不分享艾略特和利维斯等人的文化著作中表现出的文化悲观主义。这一点不假:自60年代以后,每当有机会公开发表自己有关这些问题的见解时,他总是响亮地提出对当代社会转型期更富洞识的评价,而不是沉湎于怀旧情绪之中,[①]强调自己与利维斯式的"居高临下"的态度保持着一定的距离。[②] 本书将从两方面摆脱这些公开声明:第一,回到《识字的用途》前后两部分呈现的不同的写作方式和话语建构的策略中,而不是仅关注作者后期对该书目的的自我陈述。早期的创作也许是霍加特带有目的性的自我辩解的可能性最低的阶段,而后知后觉的选择性倾向更有可能潜伏性地存在于他后期的学术和职业生涯的重构之中。[③] 第二,将该文本置于历时和共时交叉的历史语境中来考察其整个批评实践,这一点在其经典著作中会有更完整的体现。需要探讨的是:当我们回到《识字的用途》本身,这种关系是如何呈现自身的?霍加特的著作与当时的主导批评实践保持着怎样的关系?这种批评实践体现着怎样的价值观?这种批评话语与文化转型时期利维斯的悲观主义有着怎样内在的和外在的联系?

综观20世纪初西方文学批评的发展史,直到《识字的用途》出版之时,英国文艺理论界一直存在以"文本中心论"为主导的两个学术分支:一是以艾略特的诗歌批评、I. A. 理查兹和他的学生威廉·燕卜荪开创的语义分析研究为代表。这种研究把文学作品看作是独立、客观的象征物,是与社会历史语境绝缘的自足的有机体,认为批评的任务就是通过对文字的分析来探究诗歌结构各部分之间显在和隐在的联系,尝试通过对文本的孤立分析,使文学批评学科化和科学化。这种批评思想为30—40年代兴起于美国,并在"二战"后发展到鼎盛时期的"新批评"提供了理论和方法论资源。二是以利维斯为代表的"细察"集团,他们在英国境内的影响力远远超过了同期的"新批评"。这一批评流派借鉴和吸取了理查兹实用批评的"细读法",但继承了阿诺德文学批评关照的社会视角,侧重批评实践中的道德维度。它既不能容忍延续于"二战"之前的纯美学的文学鉴赏,也反对那种对文学作品进行历史细节的研究。总之,这种批评实践致力于诊断体现于语言的特殊使用中的人类生活质量。文学语言研究被看作是以"真实性"和

① Richard Hoggart. "The Condition of England Question," *Times Educational Supplement*, Chatto & Windus, 1973, p. 63.

② Stefan Collini. *Richard Hoggart and Cultural Studies*, p. 35.

③ 同上, p. 34.

"具体性"等方式对人类经验所做的独特探索。"伟大的文学"提供了这种语言使用的最富创造性的、最具说服力的例证,因而成为评判和衡量那些肤浅的、有缺陷的、非真实性的语言使用的评价尺度。以这种方式评判一件作品的内在"精神"和"张力",揭示的是"生活"态度所蕴含的"健康性"和"成熟性"品质。所有重要的批评术语都应包含着这种道德评价。然而,利维斯式的批评体现的是文化悲观主义的历史逻辑:工业革命之前英国是一个有机和谐的社会,艺术家与受众分享共同的感受性,因而记录着"人类对过去最佳体验的"伟大的文学传统得到传承和保护。但是,工业革命之后,这种有机的社会秩序已被具有进步特征的现代工业社会毁掉了,大众社会带给知识分子的可怕威胁是"受众的分离"以及精神和道德的危机。[①] 利维斯将强烈的道德关怀与一致认同的自信假定结合起来的批评,不可避免地造成两极对照:一面是"基于真诚的""代表人性"的过去,另一面是"受商业利益驱动下的""肤浅的""非真实的"现世的腐败。它促发了另一种趋势,即将过去的完美与现在丑陋的"没有根基的"、缺乏共享经验和活力的生活方式联系了起来。[②] 这构成了利维斯式的"文化与文明"的批判性话语。

这种文学批评实践在战后的岁月里迅速兴盛于各大学,特别为成人教育学院的辅导教师们所青睐,[③]霍加特在20世纪40年代末到50年代分享了这种批评理念,并由此而奠定了他的学术身份,如被应用于他早期的奥登研究中。同样的批评腔调和亲缘关系明显见于他在40年代末写给《成人教育》(*Adult Education*)和《高速路》(*Highway*)的文章(这两份杂志广为成人教育教师阅读),[④]以及发表于《批评文论》的一篇有关英国文学批评家格雷厄姆·格林(Graham Greene,1904—1991)的文章。那么,《识字的用途》是否揭示出一种与这种文学批评实践及其文化衰落诊断的密切联系?

《识字的用途》包含着一个松散的历史叙事,它体现出利维斯式的历史

---

① Lesley Johnson. *The Cultural Critics: From Matthew Arnold to Raymond Williams*, p. 177.

② Stefan Collini. *Richard Hoggart and Cultural Studies*, p. 38.

③ John Mcllroy. In W. John Morgan and Peter Preston (Eds.). *Teacher, Critic, Explorer, Raymond Williams: Politics, Education, Letters*, Macmillan, 1993, pp. 23—30.

④ 有关霍加特的文章,请参阅他于1947年至1949年间发表于《高速路》杂志的文章(1947年7月刊第198页、1948年11月刊第17—20页、1949年6月刊第194—195页);1948年发表于《成人教育》杂志的文章(6月刊第187—194页),以及威廉斯于同年同一期刊上发表的文章(第21卷,第96—98页);另可参阅 Raymond Williams, *Politics & Letters: Interviews with New Left Review*, New Left Books, 1979, p. 84.

逻辑:第一部分“旧的秩序”(An “Old ” Order)展示出20世纪30年代英格兰北部城市利兹(Leeds)的工人阶级生活所具备的道德素养,这是他们所经历的艰苦岁月磨炼的结果。考虑到当时的艰难处境,工人的自尊、充满活力的生活以及相互间的支持都是适应环境的反映。那是一个创造自己的娱乐和自我表现形式的世界,他们的文化是内因性的,而非屈从于“外部商业”传媒的压力。由此这也是一个当时多数中上层阶级成员知之甚少的世界。霍加特充满温情地描述了这个世界。第二部分原本是《识字的用途》的主体部分,原名为《识字的误用》(*The Abuse of Literacy*),后来霍加特加上该书的第一部分,描述了自己熟悉的30年代工人阶级的生活和文化。然而,到了50年代,一种新的力量打破了工人阶级原有的生活状态,因此第二部分取名为“让位给新时代”(Yielding Place to New)。“二战”后,“美国化”大众文化的动态形式——好莱坞电影、流行音乐、商业广告、青年文化等开始入侵英国本土文化,不断扩张的大众市场和大众消费主义逐渐腐蚀着工人阶级的文化,它们以强劲的当代形式猛烈冲击着传统的“旧的秩序”。面对这种文化趋势,霍加特忧心忡忡,痛惜这种文化形式中知识和道德因子的缺失:

> 多数大众娱乐形式最终是D. H. 劳伦斯所描述的“反生活的”(anti-life),充斥着颓废的俗丽、不良的诱惑和道德的缺失……这类文化倾向于一种世界观,即进步被构想成物质财富的追求,平等表现为道德的平庸,自由等同于无休止的、不负责任的享乐。[①]

霍加特以比照的方式说明,好的艺术(无论是精致艺术还是通俗艺术)在所有的细节上都能体现其道德内涵:它能鼓舞受众,“以人民的意识和经验态度达到一种内在的智慧、感受力和辨识力”。他指出假如我们要保持独立的判断力,我们不仅要坚守好的艺术品质的信念,而且要坚持通俗出版物的基本要求,这是非常重要的。[②] 霍加特的这些主张明确表明他与人文主义文学传统之间错综复杂的内在联系。在霍加特的批评话语中,具有积极意义的术语都用来描述旧秩序,而含有贬抑的术语则用在了新秩序上。书中一个著名的策略是:坚持工人阶级受众并不是中产阶级和大众媒体投射和倾倒其出版物的容器,不能将工人阶级简单地看作是“虚假意识”

---

① Richard Hoggart. *The Uses of Literacy*, p. 277.

② 同上, p. 339.

或者“文化毒品”的受害者,[①]因为他们具有甄别和抵抗能力。然而就50年代青年工人阶级文化现象来看,他认为,实际上却被列举出的大量大众出版物的腐蚀力推翻了,原因是旧秩序的价值观还未完全消失。换句话说,这并未真正避开对新的文化形式的悲观主义解读。

我们需要进一步从文本中追寻利维斯式的话语逻辑。该书第二部分中充斥着大量传统的道德评价术语。在这些语汇中,19世纪世俗化的新教伦理思想的残余十分突出,尽管适应于准存在主义的,特别是兴盛于战后初期艰苦创业的目的,但是处于这种对照的核心:一面是奋斗、自制的生活目标,另一面则是被动的、缺乏自制的生活态度和自私自利。艰苦生活对前者是一种激励,而繁荣富裕对后者是一种懈怠。这便为“新的出版物”的影响和所预示的社会变化提供了一种思考框架。简言之,旧的美德让位于“温和的大众享乐主义”“自大而灵活的同一化”和“毁灭性的自我夸耀”。一个不言而喻的情形是所有的变化只朝着一个道德方向“自我放纵的诱惑力”[②]。对工人阶级来说,物质生活得到改善,但是这带来的威胁是会使他们产生“物质崇拜”,“诱使人们……朝着所谓的‘享乐主义和个人主义’的方向发展”。这种道德规训在普通术语中得到进一步强化:“这些方面的影响是不会成功的,假如我们都拒绝轻松的道路,而选择艰难之路的话。”然而对于这样的规训,工人阶级几乎难以做到:他们现在有钱了,也有自由了,“他们也有进出于有着逼人诱惑力的巨大名利场的自由了”[③]。在这些段落中我们可以清晰地听到新教牧师的伦理腔调。这样的分析有助于我们得出一种文化观而不是一个归纳式的传记观察结果。

该书的第二部分弥漫着大量类似意义的词汇,从修辞学的角度来讲也是一种很有效的论证形式,诸如这样的话语:“我们是一个民主政体,但它的劳动人民却以与生俱来的权力来交换一堆美人贴画儿。”[④]这是一个“巧妙而空洞的木偶世界”,“适合于很低智龄的一种被动的、糟糕的大众艺术(bad mass-art)”[⑤];那些“刺眼的野蛮”“没有经验的”“仙境中的野蛮人”[⑥],

---

① Stuart Hall. In Raphael Samuel, History Workshop Series (Eds.). “De-constructing the Popular,” *People's History and Socialist Theory*, Routledge & Kegan Paul, 1981.

② Richard Hoggart. *The Uses of Literacy*, p. 142.

③ Hoggart. *The Uses of Literacy*, pp. 142—145.

④ 同上, p. 177.

⑤ 同上, p. 167.

⑥ 同上, p. 159—160.

尽管有时仍会有些“较健康的残余之物”[①],比如过去的老歌“在用语上很有力度而且健康”,富于“质感”“活力”和“个性”;而新歌“没有活力”,表现出“空洞的喧哗”,仿佛是“幽闭恐惧症患者”的低吟。[②] 新近的出版物有“一种口嚼廉价泡泡糖式的粗鲁流滑”,这些出版物“削弱了道德规范”[③]。不断有人提醒说“自我放纵在蔓延”[④],有“精神颓废的危险”和“幼稚的情感满足的催眠术”等等。[⑤] 仅在一页纸上“道德”一词就反复出现了五次,[⑥]在另一处则跳动着如下道德话语:“精神”和“活力”“道德源泉”“一位尊贵的道德领航人”“道德力度”“道德资本的积累”等等。[⑦] 由此不难看出“道德评价”成为霍加特区分新旧秩序、好的与坏的艺术,差别看待30年代工人阶级文化和50年代青年文化的批判性话语。他关注文化生活的质量问题,担心大众社会带给高级文化的不良影响。自始至终道德失望与文化悲观主义互为强化。霍加特对四处蔓延的大众文化持批判的态度,因为大众文化日趋“琐碎化(fragmentation)和简单化”(trivilisation)。[⑧] 在他看来:

> 新式出版物之所以失败并不因为它们是《泰晤士报》蹩脚的替代品,而是因为它们仅仅是想要得到的东西的苍白仿制品,正是由于它们苍白无力,反而成为19世纪快乐主义的巧妙延伸,一种从伊丽莎白时代的作家遒劲的(sinewy)快乐主义的巨大堕落。[⑨]

这段话包含了该书论点的诸多信息。首先,霍加特似乎默认一种不太可能的标准要求:在此,《泰晤士报》似乎成了衡量任何通俗报刊的价值基准。同样的策略在书中数次反复,哀叹通俗小说中人物刻画方式的粗糙,结果使得人们不大情愿投入任何细致的阅读。他写道:“他们不愿意梳理亨利·詹姆斯的小说《大使》中斯特利瑟(Strether)的处境,这没什么遗憾

---

① Hoggart. *The Uses of Literacy*, p. 179.

② Richard Hoggart. *The Uses of diteracy*, pp. 187—189.

③ Hoggart. *The Uses of Literacy*, p. 194.

④ 同上, p. 193.

⑤ 同上, p. 195—196.

⑥ 同上, p. 231.

⑦ 同上, p. 193—194.

⑧ 同上, p. 193.

⑨ 同上, pp. 276.

的。”[①]另一处在否认下层人物有可能成为上层人物的看法时，他写道：“商业出版物仅使多数民众达到阅读一般读物的水平。”[②]在以上三种情形中，通过比照自己的立场与那些非现实主义的观点，他轻易得出结论：这些出版物本身缺乏严肃性和真实性。实际上，霍加特对于他反对的这种非现实主义的观点摆出一种赞同的姿态。其次，这段话的另一个特点是将伊丽莎白时代的政论小册子强行混同于20世纪中期流行的大众报刊。从艾略特以降的英国批评传统智慧大都包括这样的信念：只有在伊丽莎白时代才能看到真正的共同文化，在这种共同文化中无论是知识分子的生花妙笔还是普通人的流行写作都具有创造性特质。此外，熟悉利维斯批评话语的人也许会注意到“遒劲”(sinewy)是这位大师评价优秀散文时喜欢用的术语之一，他认为多数现代作品明显缺失这一品质。这种引喻的随意性、缺乏对可能性极小的对比关系的说明是这段话最显著的问题。最后，两阶段衰落观的隐形在场。许多读者都会看出一种经典的利维斯式的话语韵律：从伊丽莎白时期到19世纪曾出现过文化衰落，但是即使在那时共同文化的因素仍然存在，而后逐渐消失殆尽。尽管这一过程的演进显示出停顿和不平稳性，却表现出显著的单向性。在这种批评话语中，似乎不存在这样的可能性：当代通俗小说标志着维多利亚时期快乐主义的进步，更毋庸说伊丽莎白时期通俗小说家的进步了。[③] 从《识字的用途》中也未能解读出通俗读物的进步意义，因为霍加特认为，通俗读物为读者提供了他们潜意识中渴望得到的东西，这是一个没有现实生活的苦恼和道德律令限制的世界，有的只是对欲望的迎合、对现实的逃避。而它的肤浅直白和价格低廉加快了它的流通速度，拥有了越来越多的读者。其结果是生产了大批思想单一，受大众文化潮流控制的、缺乏独立判断和批判能力的“单向度的人”。下面我们分别选取霍加特和利维斯式的话语来做进一步的比较分析，探讨两者的异同：

> 这类文学……是目前那类更普通的群体写出的最前卫的东西，只追求轰动效应而不承担责任义务。然而最终这不过是一种

---

① Hoggart. *The Uses of Literacy*, 193.

② 同上，197.

③ Stefan Collini. *Richard Hoggart and Cultural Studies*, p. 44.

雌雄同体和自我安慰的文学……[①]（霍加特的《识字的误用》）

即使有一百个D.H.劳伦斯，他们都会以真诚的想法来反对这种无休止的、弥漫的、自我安慰的"科学"宣传的控制。商业化带给通俗艺术又是怎样相似的货色？[②]（利维斯的《论延续性》）

在通俗报刊中，现代环境几乎鼓励最肤浅和最直接的兴趣，最表面、自动和廉价的心理和情感反应，这一趋势正灾难性地显示出来。[③]（利维斯的《文化与环境》和Q.D.罗斯的《小说与阅读公众》）。

在以上三组选段中，我们可以清晰地看到霍加特与利维斯夫妇以同样的腔调批评和指责通俗艺术和通俗读物。首先，这些通俗读物和流行艺术作者以"最前卫"的、具有"轰动效应"的东西吸引受众的眼球，因为抓住读者即是擒住了商机。其次，他们利用"煽情和产生幻想"[④]的大众文化来迎合人们"最肤浅和最直接的兴趣，最表面、自动和廉价的心理和情感反应"，诱使受众沉湎于浅薄愚昧的享乐主义幻觉。霍加特使用了与利维斯夫妇极其相似的话语表述，表现出对大众文化的拒斥和忧虑。进而霍加特又以利维斯式的批评话语分析了通俗报刊及其他商业化的文化形式受到指责的原因：

并不因为（它们）未能达到经典文化的程度，而是因为未能真正展示出具体性和个体性。生活的品质、那种生动的回应、那种扎根于智慧和成熟性的深厚渊源，这是所有通俗艺术以及非经典艺术应该具备的品质。唯有如此，它们才能像经典艺术一样具有价值。但是，"新的"出版物并不具备这些品质，而且它们不大可能使受众达到一种内在的智慧和以人民的意识和态度体验到和感觉到的辨识力。毁掉旧的根基容易，但是以相当品质的东西替

① 这段话来自霍加特的《识字的误用》(*Abuses of Literacy*)的原稿，转引自 Sue Owen, "The Abuses of Literacy and the Feeling Heart: The Trials of Richard Hoggart," *The Cambridge Quarterly*, 2005, pp. 174—175.

② F.R. Leavis. *For Continuity*, p.102.

③ F.R. Leavis, Denys Thompson. *Culture and Environment*, p.102. Q.D. Leavis, *Fiction and the Reading Public*, p.136.

④ Richard Hoggart. *The Uses of Literacy*, p.191.

代之却不容易。[①]

在这段文字中，霍加特并未跳出利维斯式的话语模式，未能摆脱传统的高等/低等、好的/坏的大众文化论争的范畴。他以“具体性”“个体性”“成熟性”“艺术品质”等利维斯式的话语作为评价标准来评判大众文化，批评其劣质性和感受性的缺失，并认为通俗艺术与经典艺术是不可同日而语的。在霍加特看来，“具体性”和“感觉到的辨识力”这些文学批评的基本价值观似乎被永久地拴在了“旧的根基”上。按照这样的话语逻辑：变化带来的只能是破坏性的。[②]

霍加特对50年代新一代工人阶级文化的批判中值得注意的一个方面是他对“美国化”的忧虑。“二战”后，英国本土文化受到美国式大众文化的大举入侵，英国的传统文化，尤其是青年文化日益受到美国大众文化潮流的威胁。霍加特在《识字的用途》的第二部分中对青年工人阶级文化中体现的“美国化”成分深为忧虑。因为，在美国文化的冲击下，英国工人阶级文化逐渐“失去了张力”，与传统工人阶级文化之间出现了断裂。[③] 这种将文化衰落与“美国化”联系起来的文化批评观可以追溯到19世纪以降的阿诺德、利维斯等英国知识分子。据斯特里纳蒂的分析，美国文化之所以遭到英国知识分子的拒斥主要基于三方面原因：其一，由美国平民主义、大众民主和大众教育催生的“反—鉴赏力革命”动摇了高雅文化的神圣地位；其二，美国文化的风行同时威胁到英国知识分子作为文化领导者的地位；其三，“美国威胁论”在更深层的文化含义上与美国在政治、经济上的崛起以及大英帝国的衰落有关。[④] 阿诺德曾不无鄙夷地说：“总体上，在心智和文化方面，美国不但未能超过我们，而且赶不上我们。”[⑤]然而到了利维斯时代，阿诺德式的宣言已经成为一种无力的精神安慰。当利维斯为美国的好莱坞电影、福特式工业批量生产肆无忌惮地闯入英国本土而痛心疾首之时，[⑥]他不得不面对的现实是：英国文化的优越感在与强势的“美国化”大众文化的对峙中日渐式微。原因之一是“二战”后象征美国大众文化的好莱

---

①② Richard Hoggart. *The Uses of Literacy*, p. 277.

③ Richard Hoggart. *The Uses of Literacy*, pp. 179—223.

④ Dominic Strinati. *Introduction to Theories of Popular Culture*, Routledge, 1995, pp. 30—37.

⑤ 同上，pp. 30—31.

⑥ F. R. Leavis. "Mass Civilization and Minority Culture," *Education and the University: A Sketch for an 'English School'*, pp. 146—147.

坞电影、爵士乐、麦当劳快餐业、“嬉皮士”(Hippie)、汽车旅行、牛仔裤等对抗主流文化的思潮已影响到英国人的生活，并逐渐成为一种文化时尚吸引了众多英国人，尤其为青年一代所青睐。霍加特对美国文化的批评中，主要谈了自己作为一个英国人出于“美国是英国的衍生物的情感上”的一种对美国文化的鄙视情结。在自传中，霍加特写道，美国给人一种“不真实的感觉”[①]，而未对如下问题进行详细探讨：为什么美国式的大众文化在世界各地(不仅在英国)流行如此之快、之广？如果说美国式大众文化带给人们一个虚幻的世界，那么这个世界又有着怎样的吸引力？

自20世纪初以来，携带着现代消费理念的美国大众文化产品开始风靡欧陆、英伦三岛以及北欧，这些地区的人们为美国文化的影响而惴惴不安。早在一百多年前，英国著名记者威廉·斯特德(William Stead)出版了《全世界的美国化》(*The Americanization of the World*，1901)一书，该书最早发出了“美国化”的警告呼声。该书书名一方面发出了20世纪美国文化将主导世界发展总趋势的预言，另一方面预测出人们的诸多担忧：担心民族语言和文化传统的消亡，国民性也会随着美国理念的重压而消失殆尽。直到20世纪末，学界人士纷纷哀叹文化同一性的趋势已经出现，他们甚至将全球化等同于美国化，担心最终将出现世界大同，美国文化一家独秀的局面。然而，近年来从所发生的一系列世界事件来看，“世界大同”的局面并未如预测的那样现身，而“美国化”的担忧应该提醒我们进行深入反思：是什么原因促使美国大众文化在世界普遍流行？在回答这一问题时，一方面不可忽略美国作为超级大国，在政治、经济和军事方面所具有的其他国家无可匹敌的实力，并成为美国向世界输出文化产品的后盾。另一方面还要考虑到促使美国文化盛行的文化因素。

针对这一问题，美国国务卿国际观察员理查德·佩尔斯(Richard Pells)在《美国文化属于美国吗?》(*Is American Culture "American"?*)一文中，提出三方面文化因素：首先，现代主义在欧洲的崛起于不经意间造就了美国大众文化。美式大众文化可以追溯到20世纪初欧洲现代主义流派对19世纪文学、音乐、绘画和建筑的批判，特别是现代主义表现出的拒绝高等与低等文化的传统分野。现代主义倡导的即兴创作(improvisational)、兼容并蓄(eclectic)和非相关性(irreverent)等艺术诉求与美国流行文化元素一拍即合，超现实主义带有虚幻色彩的艺术风格在美式大众文化的应用

---

① Richard Hoggart. *A Sort of Clowning*：1940—1959，*A Measured Life*：*The Times & Places of an Orphaned Intellectual*，p. 168.

中，最佳展示出广告、漫画和主题公园的语言技巧和精神象征。鄙视精英文化势利的达达主义(Dadaism)更适合“下层”口味，特别是美国外来移民的口味，如自动点唱机(nickelodeons)、杂耍表演(vaudeville)等娱乐活动，而斯特拉文斯基(Stravinsky)式的非正统无调式音乐则为美国爵士乐奠定了基础。作为美国化经典的爵士乐在20世纪初已发展成集非洲、加勒比、拉美和现代欧洲音乐之大成的艺术形式。现代主义与美国新文化不谋而合，然而，美式大众文化并未转向现代主义，也未追随欧洲风格，而是经对这一工程的改造，重新开发出引领时代的文化潮流。其次，美式大众文化另一个推助力是广泛应用于大众传媒的语言——英语。英语始终是美国文化被广泛接受的基本原因。在世界三大语系：汉藏语系、印欧语系和阿尔泰语系中，英语的结构和语法最为简单，倾向使用短句，句法简洁。在歌词创作、广告语言、漫画解说、新闻标题以及电影和电视的对白中，英语具有很大优势，因此作为一种语言使用，英语得天独厚，非常适合美国大众文化的需要和传播。最后，另一个因素是美国受众的多民族背景。美国人口的多样性包括地区、种族、宗教和民族等的多样性，这一特征迫使媒体从20世纪初开始摸索，力求采用适应多文化广泛需求的信息、图像和情节。好莱坞电影、大众化杂志和电视网络等都不得不学会如何与国内各类各型的群体和阶层交流，同时也收获了相应的技巧，适应国内外多样性受众的需求。正是得益于以上三方面因素，融各种文化风格于一炉，美国媒体才能成功跨越国内社会各阶层的界线，冲破国际边界和语言的樊篱。①

然而，随着美国文化在世界各地登陆，引来各国程度不同的保卫民族文化，抵制美国商业文化的运动，呼声最高的是有着深厚文化传统渊源的德法英三国，以霍克海默、阿多诺为代表的法兰克福学派对“美国化”大众文化的批判揭示出大众文化是欺骗和奴役大众的文化工业，反映出当代精英知识分子由于精英文化地盘的萎缩而威胁到他们精英领袖地位的失落心态。一度以“日不落之国”著称于世的大英帝国也难以接受“英国的权威正在消亡这一事实”②。正因如此，利维斯及其追随者在对大众文化的批判中，于美学和道德批评之外，又加入了保卫本土文化的民族主义立场。利维斯终其一生都在为英国文化的衰落而哀叹，他的文学批评、文化批评在

---

① Richard Pells. “Is American Culture ‘American’,” *The Challenges of Globalization* (IIP), 01, Feb. ,2006.

② Richard Hoggart. “A Sort of Clowning: 1940—1959,” *A Measured Life: The Times & Places of an Orphaned Intellectual*, p. 168.

很大程度上是与这一趋势的抗争。“利维斯的忧虑”影响了许多早年追随他文学批评思想的知识分子——霍加特、威廉斯即是其中的代表。从《识字的用途》到《我们现在的生活方式》，霍加特尝试对大众文化和通俗文化做出新的区分，这一过程反映出霍加特对大众文化认识的不断深入，同时体现出他在传统的精英与大众文化观之间所做的矛盾性折中。霍加特敏锐地感到大众文化是一个值得探索的领域，并看到它本身所具有的复杂性和多样性，但是未能完全跳出美学判断的二元区分。霍加特对“美国化”的担忧无疑影响到他对 50 年代青年亚文化的认识。

作为霍加特第一部重要的文化著作，《识字的用途》集中体现出他文化观的矛盾性和复杂性。这种矛盾性在对 20 世纪 30 年代的“旧的秩序”和 50 年代的“新的秩序”的对照描写中展现出来。《识字的用途》原名为《识字的误用》，出版商为避嫌，要求霍加特对原稿和书名进行修改，遂被冠以现在的书名。[①] 似乎原来的书名更明确地表达了霍加特的文化观。在第一部分中，霍加特从工人阶级的日常生活、生活态度和文化模式入手，对 20 世纪 30 年代的工人阶级文化进行了客观而生动的描写，肯定了工人阶级文化所蕴含的积极性、有机性和丰富性因素，在这一意义上，霍加特实现了对利维斯式的精英文化观的超越。然而，在第二部分中，在比照分析“过去的文化”和“当今的文化”的关系，特别是考虑到大众文化对工人阶级文化的负面影响时，霍加特又回到了精英主义的立场，认为大众文化与经典文化相比缺乏必要的“具体性”“成熟性”“健康性”“教益性”等品格，实质上是一种商业骗局。换句话说，霍加特一方面强调通俗文化和日常生活在当代文化研究中的中心位置，而另一方面又以传统的道德判断和价值标准来评判大众文化，“旧的文化”实质上成为抵抗“新的文化”的批判性话语，从而于无意识中落入文化衰落的悲观主义和怀旧情绪之中，并陷入利维斯式的历史逻辑。利维斯等人所怀念的是 17 世纪未被工业文明污染的“有机社会”，而霍加特怀念的则是 20 世纪 30 年代的工人阶级文化。也就是说，霍加特追缅的“有机文化”正是利维斯主义者批判的工业社会的文化，在此霍加特对工人阶级文化的肯定正是对利维斯主义的批判，不同于利维斯将工人阶级文化混同于大众文化的完全否定，他对新一代工人阶级文化怀有一种矛盾肯定的态度。他虽然摆脱了简单化的精英与大众、有机与无机的二元论，却落入了新与旧、好与坏的二元轮回。为此，他使得自己成为新一轮

---

① Richard Hoggart. “A Sort of Clowning: 1940—1959,” *A Measured Life: The Times & Places of an Orphaned Intellectual*, p. 144.

文化研究学者批判的文化保守主义者。

《识字的用途》属于爆发于19世纪乃至延伸于20世纪的"英国状况论争"传统的延续,尤其是它加入了个人的声音,一种对当代文化标志性方面的关注和显著的道德情怀。① 它在两方面打破常规:其一,将个人回忆录与社会历史和文化分析结合起来。其二,关注阶级问题,特别是将工人阶级文化作为批评细察的对象。此外,在与利维斯式的批评思想和方法错综复杂的联系中,霍加特的文化批评也实现了三方面的突破:第一,他以自己的声音颠覆了学界一直以来占据主导地位的精英文化与大众文化对立的批评传统,"将注意力引向多数人的文化经验及其价值"②,将文化的内涵扩大到广阔的社会所包含的"整体生活方式",突破了利维斯的经典文化观。在这一方面霍加特的《识字》与威廉斯的《文化与社会》一样具有原创性贡献。第二,霍加特对工人阶级文化构成中能动因素的肯定又一次突破了精英主义文化观的局限。霍加特对工人阶级文化自身"恢复力"(resilience)的信心成为他面对文化衰落危机的信念支撑。③ 霍加特认为工人阶级文化具有弹性"恢复力"。这反映在过去的生活方式在语言、讲话方式、各种文化形式、工人俱乐部、业余爱好等方面得到保留,并通过家庭得到传承。这些文化的传承和保留与其说是工人阶级一种自发的抵抗,不如说是工人阶级对社会转型和文化变迁的积极适应。④ 然而,在文化精英的眼里,工人阶级作为"大众"的构成成分只是些抽象的符号。他们教养低下、判断力缺乏,容易被大众文化中传播的消极意识形态观念所左右和"异化",因此他们有赖于掌握着"文化"领导权的少数人的启蒙、教化和救赎。这些文化精英将筛选好的知识灌输给他们,使他们成为"有文化"的人。这一教化过程中,"大众"只是被动的接受者,但是工人阶级在应对文化变迁带来的挑战方面表现出的能动反应是对精英大众观的有力反驳。在霍加特看来,"工人阶级文化具备一种抵御资本主义文化诱惑的能力……但是在新的大众传媒时代,这种能力正在被严重削弱"⑤。霍加特对工人阶级主观能动性的信心和肯定,与法兰克福学派视"大众"为被"异化"的"单向度"的人的观点判然有别,也不同于利维斯将"大众"看作是救赎对象的看法。这一点成为英国文

---

① Stefan Collini. *Richard Hoggart and Cultural Studies*, p. 53.

② Jim McGuigan. "Unbending the springs of action," *Cultural Popularism*, Routledge, 1992, p. 54.

③ Richard Hoggart. *The Uses of Literacy*, pp. 260—282.

④ Hoggart. *The Uses of Literacy*, pp. 260—269.

⑤ Tom Steele. *The Emergence of Cultural Studies*, p. 28.

化研究与法兰克福学派文化批判的分水岭。第三,《识字的用途》的开拓性意义还体现在它为之后的文化研究提供了一个多视角的跨学科研究方法。它在将工人阶级文化和大众文化引入文化研究视野的同时,又借鉴文学、社会学、人类学等学科的研究方法来考察和分析多姿多彩的工人阶级文化和大众文化现象。值得注意的是文化研究三大家均是从文学批评的背景走向文化研究领域的。霍加特所关切的问题近似于利维斯对文学的社会学研究,也十分接近于威廉斯对"艺术与社会"或者"文化与社会"问题的关注。他主张文学对于个人和社会的同等重要性:艺术不仅有助于提高人们的感受力和道德意识,而且艺术是一个社会的人性基础。他坚信自己探索的领域的至关重要性:"文学"即是"对生活的批评"[①],并具有道德教益。我们从他直接引用利维斯的话语中,可以看出他与利维斯乃至阿诺德批评思想的亲缘关系。然而,霍加特并未停留在理论的层面,而是将他的文学观辅之以文化研究的批评实践。

霍加特于1964年创建伯明翰当代文化研究中心(CCCS),并首任中心的主任。他在就职演讲中谈到他建立中心的动机:将文化研究构想为文学研究内部的一个新领域,[②]然而令他始料未及的是文化研究却扩大了文学研究的边界,竟至将文学研究收编入内。霍加特对通俗文化的研究兴趣得益于成人教育大学的学生向他提出的问题:文学与日常生活有着怎样的联系?在《识字的用途》中,他诠释了两者的关系。在就职演讲中,他激励教师同道研究日常文化,以扩展文学研究的边界。文化研究的跨学科性主要体现在三个方面:其一,文化研究与历史和哲学相关;其二,与社会学不可分割;其三,也是最重要的,与文学有着深厚的渊源。[③] "历史与哲学"方法主要沿着雷蒙·威廉斯在《文化与社会》中开辟的路线,侧重"文化论争"中历史语境的探索性研究。社会学方法包括对作家和艺术家创作背景的关注,了解不同层次的读者受众、舆论制造者及其传播渠道、书面语生产和分配的组织机构,包括"平装书革命"的影响以及将书籍看作商品的意义,商业化与文学声誉之间的关系等。霍加特进一步指出:

> 关于所有类型的相互关系我们知之甚少:作家与受众之间的

---

① Richard Hoggart. *Speaking to Each Other*, Vol. 2, Penguin, 1973, p. 18.

② Richard Hoggart. Inaugural Lecture at University of Birmingham. "Schools of English and Contemporary Society," *Speaking to Each Other*, Vol. 2, pp. 231—243.

③ Richard Hoggart. "Schools of English and Contemporary Society,"*Speaking to Each Other*, Vol. 2, p. 239.

> 相互关系，他们共同的假定；作家与舆论机构之间的相互关系，作家与政治、权力、阶级等方面的联系与冲突；精致艺术与通俗艺术之间的相互关系，既有功能方面的也有想象性的。[①]

由此可见，文化研究的探索领域有着复杂而独特的多学科性和跨学科性。霍加特尤其强调文学批评方法的重要性，它有别于社会学方法的原因在于：文学批评的训练激励着人们“对语言的生命和对未经加工的经验肌质的强烈敬重”[②]。因此，文学批评家在揭示大众出版物及其制造商对于语言的滥用方面具有得天独厚的潜质。这是一种有效的政治立场。霍加特强调文学之于理解社会的重要性方面无疑与利维斯一脉相承，体现出利维斯倡导的跨学科文学研究方法和文学的道德批评使命，所不同的是霍加特将利维斯的思想真正付诸文化研究实践，尽管是从相反的方向推进了这一进程。

然而，从霍加特对大众文化的解读到青年亚文化研究，我们发现由于他未能摆脱文化悲观主义情结，他对大众文化的态度始终摇摆于肯定与否定的矛盾态度之间。首先，在文化价值观和标准观问题上，从《识字的用途》到《我们现在的生活方式》又不可否认地展示出利维斯式的大众文化观。这集中体现在他对大众文化的矛盾肯定的态度上。在霍加特看来，大众文化在当代工人阶级文化的构成中扮演了一个入侵者的角色，而青年工人阶级对大众文化缺乏鉴别地接受又进一步推动了大众文化的兴盛，致使工人阶级文化的本色难以为继。他一方面肯定传统工人阶级的主观能动性，另一方面否认青年工人阶级具有这一品质。霍加特对大众文化的批判态度引来多方指责，他也意识到这一问题，并尝试对“大众文化”与“通俗文化”做出新的区分，以期突破这种认识论上的局限，但这一尝试并未从根本上摆脱精英主义思想的话语逻辑。汤姆·斯蒂尔曾这样评价《识字的用途》：“在对利维斯式批评方法的借用上，这是第一部以严肃态度研究流行文化的作品。”[③]威廉斯则在 1957 年发表的评论文章《工人阶级文化》中，在赞扬霍加特对本阶级人民的忠诚，肯定他对工人阶级文化富于智慧的阐释的同时，将《识字的用途》看作是对 Q. D. 罗斯的《小说与阅读公众》的继承

---

① Richard Hoggart. “Schools of English and Contemporary Society,” *Speaking to Each Other*, Vol. 2, p. 241.

② 同上，p. 234.

③ Tom Steele. *The Emergence of Cultural Studies*, pp. 5—6.

和完善。[1] 其次,从审美的角度寻找大众文化的合法性,使他陷入文化悲观主义的评价。霍加特在自传中谈到他在《识字的用途》的第二部分是采用利维斯式的批评方法来解读大众文化的。[2] 这意味着霍加特在大众文化的研究中仍然沿用了文学批评中的审美标准和道德评价的传统批评方法。霍加特文化批评中的审美趣味也直接体现于其著作中正文前对文学名家和批评家言论的引用。它们往往成为他思想的代言,而这些只言片语大多引自保守主义批评家和作家,集中反映的是文化悲观主义情调,譬如第二部分"让给新时代"的开篇引言是引自法国政治思想家和历史学家德·托克维尔(De Tocqueville)的话语:

> 以这种方式,一种富于效力的物质主义最终会出现在这个世界上,它不会腐蚀人的灵魂,但会使人意志消沉,并致其在悄无声息中失去行为的张力。[3]

这段文字恰如其分地反映出霍加特对青年亚文化的看法,即物质生活的提高带来的是青年人精神生活的贫困。在大众文化"这种方式"的侵蚀下,青年人不仅会"意志消沉",而且会道德沦丧,最终他们的文化生活会失去生机和活力。威廉斯在评论《识字的用途》的文章《工人阶级文化》(1957)中,对霍加特将工人阶级生活的富裕片面地理解为"物质主义"的观点提出严肃批评。[4] 在稍后出版的《文化与社会》一书中,威廉斯指出:"大多数英国工人要的只是中产阶级的物质生活水平,而其余的人还是想继续他们的现状。你不必急着把这称作庸俗的物质主义。人们想尽可能多地得到充足的生活资料,这无可厚非。"[5]鉴于霍加特在引述一个额外的例子时常说,这是"物质生活的改善与文化失落之间相互印证的又一例证",科里尼指出:"以此推断似乎文化向着好的方向发展的可能性预先被删除掉了。"[6]换句话说,依据霍加特的逻辑,生活富裕与德行是成反比的,而贫困

---

① Raymond Williams. "Working-Class Culture," *The Uses of Literacy Symposium*, *Universities and Left Review*(2), p. 31.

② Richard Hoggart. "An Imagined Life: 1959—1991," *A Measured Life: The Times and Places of an Orphaned Intellectual*, Transaction Publishers, 1994, p. 5.

③ Richard Hoggart. *The Uses of Literacy*, p. 141.

④ Raymond Williams. "Working-Class Culture," *The Uses of Literacy Symposium*, *Universities and Left Review*(2), pp. 31—32.

⑤ Raymond Williams. *Culture and Society*, p. 311.

⑥ Stefan Collini. *Richard Hoggart and Cultural Studies*, p. 46.

艰苦与美德是成正比的。《识字的用途》第二部分引述的悲观话语恰与第一部分“旧的秩序”前引用的苏联作家、戏剧家契科夫的话语形成鲜明对照：“在我的血管里流淌着农民的血，你向我宣讲农民的美德不会使我感到惊讶。”①这句话可以说是霍加特与工人阶级亲缘关系的写照，并生动地概括了霍加特在第一部分中对工人阶级文化饱含深情的赞扬和显而易见的怀旧情结。这样的话语对照突显的是利维斯式的悲观主义历史逻辑。尽管他对早期工人阶级怀有浪漫主义情结，但他并不期望复兴这种文化。他说，“一种都市乡村文化是不适宜的”②。这也反衬出霍加特捍卫文学经典神圣地位的立场。1997 年 9 月，霍加特在接受《国际文化研究》(ICS)的采访时说：

> 通俗文化值得研究——我们在伯明翰中心一直是这样说的，因为通俗文化是典型的，但不是在道德意义上，而是作为一个具有文化性质的模本的意义上。你或许会问：那么乔治·艾略特的《米德尔马契》和简·奥斯丁的《爱玛》怎么样？难道这种通俗作品与《爱玛》一样值得研究吗？答案是否定的，通俗读本有它的意义，可以进行分析，但是在最好的小说中，其分析类型有着全然不同的侧重，其人物的刻画、描写社会的深度以及你感受到的力量也大不相同。③

在霍加特看来，通俗文化与经典文化相比属于某种另类的文化，其价值在于它作为文化概念的一部分，是对传统经典文化的补充和完善，因此具有典型意义的通俗文化是值得研究的，但是“工人阶级文化与英国智慧与想象的伟大成就之间存在着区别”④，它们在思想深度和道德教益等方面无法与文学经典相提并论。霍加特的审美意识再次体现出利维斯式的美学趣味。如果一定要在工人阶级文化中寻找传统的审美合法性的话，是无法从根本上救赎工人阶级文化的。为此，霍加特转而倡导通过教育来帮助工人阶级达到感受力和“批评素质”(critical literacy)的提高，以便抵抗现代

---

① Richard Hoggart. “Part I：An “Older” Order，”*The Uses of Literacy*，Penguin，1969.

② Lesley Johnson. *The Cultural Critics：From Matthew Arnold to Raymond Williams*，p. 181.

③ Mark Gibson，John Hartley. “Forty Years of Cultural Studies：An Interview with Richard Hoggart，”*International Journal of Cultural Studies*，1997.

④ 同上，1997.

大众传媒的诱惑和控制。霍加特在《读书识字还不够》(*Literacy Is Not Enough*)一文中对这一关键术语做了界定:“这是一种具备批判性觉悟(*critical awareness*)的素质,它不轻易接受,而是能够鉴别存在于语调、选择、仅凭喜好而定的错误决定和欺骗性。”①霍加特呼吁:“没有捷径,至少在一个自诩为开放的民主社会里是这样……最好的武器是采取严肃而积极的措施来推动教育,尤其是培养‘批评素质’的教育。”②在霍加特看来,良好的批评素质有助于人们识破统治阶级用谎言掩盖的阶级差别和社会不公,有助于建立一个真正平等、民主的社会。特纳指出,“批评素质”是霍加特批评思想的核心话语,并被赋予了“通过学习使思想更敏锐”,以此来“审视社会及其存在的问题”,并对文化产物进行“质量比较”等意义。③ 霍加特强调的“批评素质”的提高与利维斯等人在《文化与环境》中倡导的“批评意识的训练”几乎同出一辙,他的教育思想与利维斯在《文化与环境》《教育与大学》和《我们时代的英国文学和大学》等著作中提倡的以“敏悟性训练”和文学的教化作用来提高人们的“批评意识”,从而洞穿商业骗局、抵抗低俗文化的影响的教育理念并无二致。

霍加特文化批评思想中显著的利维斯主义倾向遭到学界批评家的指责。威廉斯就大众文化研究中存在的“选择性偏见”的现象提出质疑:“为了证明他们的论点……当代研究通俗文化的历史学家往往把注意力集中在低劣的东西上,而忽略了优质的东西。坏书固然很多,好书的数量也相当可观……从电影中看到的,从广播中听到的,优秀的作品占有相当大的比例。”④在威廉斯看来,尽管这一比例离我们的期望相差甚远,但是这种优秀的作品是不容忽视的。霍尔在《理查德·霍加特:〈识字的用途〉与文化转向》一文中,在肯定《识字的用途》的重要性——“没有《识字的用途》,就没有文化研究”⑤——的同时,他客观地指出霍加特在认识论上存在的局限性。霍加特提出的“新的大众文化在某些重要的方面远不及它们所取代的‘自然文化’更健康”这一断语,⑥几乎是不折不扣的利维斯式话语的翻版,

---

① Richard Hoggart. “Literacy Is Not Enough: Critical Literacy and Creative Reading,” *Between Two Worlds*, Aurum Press, 2001, p. 175.

② Richard Hoggart. *First and Last Things*, Aurum Press, 1999, p. 113.

③ Graeme Turner. *Cultural Literacies, Critical Literacies, and the English School Curriculum in Australia*, *International Journal of Cultural Studies* (Vol. 10), 2007, p. 106.

④ Raymond Williams. *Culture and Society*, pp. 296—297.

⑤ Stuart Hall. *Richard Hoggart and Cultural Studies*, p. 20.

⑥ Richard Hoggart. *The Uses of Literacy*, p. 183.

只是变换了时空而已。[1] 对此，霍尔指出：不仅“健康”一词提醒我们霍加特的文化思想受惠于何人，而且他摆出利维斯式的论辩姿态，采取 Q. D. 罗斯在《小说与阅读公众》中文化衰落的核心话语，站在利维斯在《大众文明与少数人文化》和《细察》课题宣言中所坚持的文化抵抗立场，分享了保守主义批评家和作家批判大众文化的悲观主义思想。他引自托克维尔、阿诺德、劳伦斯、艾略特、约翰·杜威等批评家和作家的话语，更增强了他对文化衰落叙事话语的权威性。[2] 弗朗西斯·穆勒恩在对文化研究的不断批评中，不遗余力地试图说明，除雷蒙·威廉斯之外的其他任何人无论怎样努力摆脱这种“文化批评”(Kulturkritik)的文化元话语，但最终都落入重复这种元话语的窠臼。尽管霍加特付出巨大的努力尝试抗拒这一倾向，但是穆勒恩断言他还是一如既往地加盟到这一传统话语之中。霍尔引用穆勒恩的观点指出：

> 一个有趣的方面是：《识字的用途》尝试摆脱这种文化衰落宏大叙事的过程，反而使它成为“一个分裂的文本”(a text of the break)，在穆勒恩看来，雷蒙·威廉斯的《长久的革命》也是一个分裂的文本，基于此因文化研究和“文化转向”才有可能建基于这一开放的可能性之上。[3]

霍尔所指的“分裂的文本”包含双重含义：一方面指《识字的用途》打破了“文化是少数人的权威”的精英文化观，为工人阶级文化在文化概念中赢得了一席之地，同时又不自觉地陷入工人阶级文化与大众文化的利维斯式二元对立的批评话语。另一方面指 CCCS 的文化研究到了 70—80 年代进入到一个与《识字的用途》这个“分裂的文本”开创的混合着新的发展机遇的“分裂”阶段：拒绝《识字的用途》中的文化叙事，深入探讨认识论方面的突破，这方面的进展可由方法论方面的创新得到证明。通过与欧陆理论的对话，将阿尔都塞的意识形态理论，尤其是葛兰西的“文化霸权”理论移植到文化研究的批评课题中来，从而使得文化研究与符号学、后结构主义和话语理论联系了起来，实现了文化研究内部由文化主义向结构主义的“理

---

① F. R. Leavis, Denys Thompson. *Culture and Environment* ,Chatto & Windus, 1950, p. 87.

② Stuart Hall. *Richard Hoggart and Cultural Studies*, p. 23.

③ 同上，p. 23.

论转向”。霍尔断言，倘若没有欧陆理论的引入，“文化研究将难以摆脱走向还原论的宿命”①。尽管霍加特与当时的主流思想倾向有着明显的亲善关系，但是并不完全属于他们中的任何一支，他不属于那些“快乐的农民”，他们将某种前资本主义的乡村秩序作为基准，也不属于那些坚持以某种新的社会秩序来取代资本主义的社会主义激进主义者。② 与50—60年代出现的同类作品，譬如与《文化与社会》相比，霍加特的著作较少探究历史、政治和理论，更多地关注个人、家庭、道德，尤其是文学素养等方面的问题。包括他尝试从工人阶级文化和大众文化中寻求美学价值和道德意义的努力，使得他不可避免地走向一种矛盾循环论。基于这一认识，科里尼指出：与其将《识字的用途》与《文化与社会》并列，不如将它视为散文版的《儿子与情人》，其中密切交织着更新版的《小说与阅读公众》③和《文化与环境》，因此有人称霍加特为“左派利维斯主义者”也就不难理解了。如何走出霍加特思想上的矛盾徘徊，促使边缘文化真正为文化研究所接纳，有待于新的思想突破。

二、威廉斯的突破：从整体生活方式到共同文化，再到感觉结构

在英国文化批评史的谱系中，真正完成文化—文明的审美批评并文化政治诠释转向的是雷蒙·威廉斯。综观威廉斯文化批评的思想历程，我们可以明显看到他的认识也经历了一个不断发展、渐进和成熟的过程。霍尔回忆说，在《识字的用途》面世之时，有些学生已在与雷蒙·威廉斯交流并传阅印成小册子的《文化与社会》的部分章节。它们在不同阶层产生了很大反响，牛津左派学生为之展开了激烈的讨论，论辩主题包括战后资本主义的性质、冷战的影响、帝国主义的复兴、马克思主义的价值以及在新的历史条件下左派的前景等。与此同时，威廉斯也在《大学与左派评论》(*University and Left Review*，1958)第二期上发表了一篇关于《识字的用途》的评论文章并引起极大反响。在这种环境下，文化并不被看作是某种绝对的价值，而是所有社会实践的条件，因此文化成为政治和社会演变中的一种

① Stuart Hall. “Black Diaspora Artists in Britain: Three Moments in Post-war History,” *History Workshop Journal*, 2006, p. 61.

② Stefan Collini. “The Literary Critic and the Village Laborer: Culture in the 20th Century Britain,” *Transactions of the Royal Historical Society*, pp. 93—116.

③ Stefan Collini. *Richard Hoggart and Cultural Studies*, p. 53.

积极力量。[①]

文化研究与“第一代”新左派有着密切的关系。[②] 以雷蒙·威廉斯、E. P. 汤普森和斯图亚特·霍尔为代表的第一代“新左派”形成于20世纪50年代中期，直接诱因是发生于1956年的两件震惊世界的大事：苏联粗暴干涉匈牙利内政，镇压匈牙利的民主革命，制造了匈牙利事件；英法两国悍然入侵苏伊士运河区。这两件事情使英国左派知识分子对西方资本主义和社会主义产生了双重幻灭。[③] 正是看到社会剧变带来的“马克思主义危机”，以雷蒙·威廉斯、E. P. 汤普森和斯图亚特·霍尔等人为代表的新左派知识分子开始对50年代以来的社会转型、文化变迁和阶级关系等问题进行深入思考。他们站在西方马克思主义人道主义立场，反对庸俗马克思主义的基础——上层建筑的“经济决定”还原公式，将专注的目光投向马克思主义创始人极少论述的“文化”问题，同时将被精英主义者排斥在外的工人阶级文化纳入文化研究的视野。文化遂成为一个包含着个人经验、文化政治和文化分析的一个政治斗争领域。

作为一场思想运动，新左派坚守其文化阵地《新左派评论》(*New Left Review*)，发掘本土传统反抗资源，并借鉴欧陆新思想。这份杂志是由两家刊物合并而成：一是牛津左派学生斯图亚特·霍尔和查尔斯·泰勒等创办的《大学与左派评论》(*University and Left Review*)，一是E. P. 汤普森和约翰·萨维尔等创办的《新明理者》(*New Reasoner*)。前者创刊于1957年，刊名中的“大学”表示创办者的身份与读者对象，刊名的后半部分取自20世纪30年代产生过重要影响的《左派评论》。两者合一展示出左派新生代复兴传统的立场和决心。《新明理者》的核心人物多以退党的英国共产党员知识分子为主。他们大多像威廉斯和汤普森那样，经历过人民阵线和反法西斯战争的洗礼，并与工人阶级有着深厚的渊源关系。[④] 新左派有着激进的民主政治诉求：寻求在资本主义和苏联社会主义道路之外的民主社会主义的第三条道路。在理论上，新左派成员虽然分歧较多，但有几点共识：第一，反对庸俗马克思主义的基础——上层建筑决定论。通过结合英国社会主义思想传统，实现马克思主义的本土化和民族化，创造出文化马

---

① Stefan Collini. *Richard Hoggart and Cultural Studies*, p. 30.

② Stuart Hall. In The Oxford University Socialist Discussion Group (Eds.). "The First New Left," *Out of Apathy*, Verso, 1989, pp. 3—6.

③ 同上, p. 13.

④ Dennis Dworkin. *Cultural Marxism in Postwar Britain: History, New Left and the Origins of Cultural Studies*, Duke University Press, 1997, pp. 40—51.

克思主义这一具有鲜明英国特色的理论新形态。第二，政治上，以社会主义人道主义反对斯大林主义，批判和清算斯大林主义对马克思主义教条主义的诠释。第三，强调文化的重要作用。深入发掘英国的社会主义传统，提出人道主义和道德功能对于英国社会主义革命的重要性。[①] 文化研究延续了新左派的政治批判志趣：以社会批判为己任，来推进社会平等和民主发展的进程。

20 世纪 50 年代新左派知识分子中的许多人都曾在成人教育机构担任过教师，他们将成人教育视为推进社会民主、营造社会意识、促进社会变革的政治舞台。他们思想的结晶《文化与社会》《长久的革命》《英国工人阶级的形成》以及霍加特的《识字的用途》均诞生于成人教育这片沃土。威廉斯曾在《文化是平常的》一文中提到，他的思想形成与两种学说有着密切的关系：第一是马克思主义，第二是利维斯的教导。[②] 这两方面的影响经威廉斯创造性地发展和完善成了他身后留给英国文化界的重要思想遗产：第一，发展出马克思主义文化唯物论，第二，对利维斯坚守的文化传统提出了另类解读，[③]这两方面的工作为创立文化研究的新范式奠定了思想基础。威廉斯就是从这两方面开始他的创造性工作的：首先，以“文化与社会”传统对“文化与文明”传统进行反驳，甚至某种程度上的颠覆，从而将“文化”从“少数人文化”的精英主义话语中解放出来，使其与“大众文化”一道成为“整个生活方式”的组成部分，尤其是尊重工人阶级文化的成就，从而为后来的“文化研究”开辟了道路。其次，从马克思主义创始人对“经济基础与上层建筑”的论述入手，把“文化”从“上层建筑”中拯救出来，探讨文化的物质性和生产性，这构成其文化唯物主义思想的基础。基于这两方面的探索，他为大众文化正了名：它们也承载着社会意义和价值观念，参与了“共同文化”的建设，同时反映出“一个时期，一个群体的”的“感觉结构”[④]。从此，“文化”问题不仅成为威廉斯的中心论题，而且也成为英国乃至西方马克思主义者关注的重要问题之一。

对“文化”一词最为完备的阐释当属威廉斯，他的《文化与社会》《长久

---

① Dennis Dworkin. *Cultural Marxism in Postwar Britain: History, New Left and the Origins of Cultural Studies*, Duke University Press, 1997, pp. 52—53.

② Raymond Williams. In John Higgins (Eds.). “Culture is Ordinary,” *The Raymond Williams Reader*, Blackwell Publishers, 2001, p. 8.

③ Leonard Jackson. *The Dematerialization of Karl Marx: Literature and Marxist Theory*, Longman, 1994, p. 211.

④ Raymond Williams. *Culture and Society*, pp. 99—119.

的革命》和《马克思主义与文学》等著作均对文化一词进行了长篇累牍的阐释。在《文化与社会》中，他以“文化与社会”传统为主题对英国文学批评传统进行了阐述，以“工业”“民主”“阶级”“艺术”“文化”五个关键词为主线，选取1780—1950年间活跃于英国思想界的40位著名作家和思想家，来完成他对这一传统的复杂呈现。其中“文化”无疑占据了最重要的地位。威廉斯归纳出“文化”的四层含义：文化指心灵状态或习惯，知识发展的普遍状态，艺术发展的普遍状态，文化是一种物质、知识与精神构成的“整体生活方式”。[①] 威廉斯指出：“文化”一词含义的发展，记录了人类对社会经济以及政治生活中这些历史变迁所引起的一系列重要而持续的反应。[②] 在威廉斯看来，“文化”与这四层含义所产生的关联性蕴含了一种与个人情感、社会经验和物质环境密切交织的文化总体结构，因此文化概念包蕴了无限丰富的内涵，它不仅是知识和想象性作品的总和，而且实质上是“整体生活方式”，甚至等同于我们的日常生活。

在《长久的革命》中，威廉斯总结出文化的三种主要定义：第一，“理想的定义”，文化被看作是人类完美的状态或过程，具有绝对或普世的价值。第二，“文献式的定义”，文化是知识和想象性作品的集合体。第三，“社会学定义”，文化被定义为某种“特殊的生活方式”，不仅用来描述艺术和学问中的价值和意义，而且也表现出机制和日常行为的价值和意义。[③] 在《关键词》中，他进一步阐释了文化的三种主要意涵，对文化的“社会学定义”的范围做了补充说明：文化是关于一个民族、一个时期、一个群体或全体人类的“特殊的生活方式”，还特别列举了被利维斯等人极力排斥的现代传播形式——电影。[④] 由此可见，文化不仅指高雅艺术这一端，而且从根本上来说，文化是指“一个群体、一个民族”，乃至“全体人类”在特定时期的“特殊的生活方式”，文化是普通的。威廉斯认为，只有这样理解，文化才有可能包括大众生活方式和日常生活实践，文化研究才能从专注主流文化实践转向大众日常实践。从中不难看出，威廉斯的文化思想渗透了他的民主政治意识，并为当代文化研究开创了“文化与社会”的研究模式。

威廉斯接下来把文化理论定义为是“对整个生活中所有要素之间相互关系的研究”[⑤]。相比之下，利维斯以“文学”为中心的文化批评就显得狭窄

---

① Raymond Williams. *Culture and Society*, p. 16.

② 同上, p. 16.

③ 同上, p 41

④ Raymond Williams. *Key Words*, pp. 90—91.

⑤ Raymond Williams. *The Long Revolution*, pp. 41—42.

局促。由于利维斯将文学视为唯一代表人类最高精神成就的文化形式，将文学作品以“伟大的传统”为界划分为高低两类，将流行小说等通俗读物排斥在“文化”范畴之外，显示出其思想上的偏狭保守。对此，威廉斯评说道：

> 我们能吸取其他经验的方法，除了文学还有很多。对已往记录的经验，我们不但可以在丰富的文学资源里找到，还可以在历史、建筑、绘画、音乐、哲学、神学、政治和社会理论，在物理、自然科学、人类学和所有的知识中找到……我们还可以借助以其他方式记录下来的经验：机构、礼仪、家族回忆录。①

在威廉斯看来，对文化的全面研究涉及包括科学和哲学在内的所有知识，这些“经验之路”就是威廉斯所谓的“文化分析”。可以说，《文化与社会》是威廉斯从文学研究走向文化研究的重要转折点。霍尔曾对威廉斯的文化阐释予以充分肯定：“它把论辩的全部基础从文学或道德的定义转变为一种人类学的文化意义，并把后者界定为一个‘完整的过程’。在这一过程中意义和惯例都是社会地建构和历史地变化的，文学和艺术仅是其中一种形式。”②这样，威廉斯新的文化阐释决定性地打破了利维斯二元对立的文化叙事。

威廉斯在《文化与社会》中追述的从19—20世纪四十多位英国思想家中，利维斯的思想体系是对威廉斯影响最大也是他必须面对的理论体系。威廉斯说：“很清楚，我写作的目的就是要反对艾略特和利维斯及其文化保守主义者——他们已经使英国的文学内容空洞。在这个意义上，《文化与社会》体现了一种十分特别的民族意识。”③利维斯的批评传统无疑为他提供了认识论和方法论基础，但是他拒绝了它所残存的社会等级观念。④他反对利维斯把理想的社会建筑在对过去的“有机社会”的追缅，将“混乱、无序”的现在与“有序、快乐”的过去对立起来的做法。⑤依照利维斯的观点，在过去某个“有机社会”里，艺术与普通生活息息相关，但在商业主义唯利是图的当今社会语境中，两者已由19世纪以来(或者更早)的分裂转向20

① Raymond Williams. *Culture and Society*, p. 248.

② Raymond Williams. *The Analysis of Culture*, Prentice Hall, 1998, p. 48.

③ Raymond Williams. *Politics and Letters*, Verso, 1981, p. 112.

④ Lesley Johnson. *The Cultural Critics: From Matthew Arnold to Raymond Williams*, p. 152.

⑤ Johnson. *The Cultural Critics*, p. 154.

世纪的对立，即“感受性分离”。因此，若要弥合“艺术”（文化）与“社会”之间的分裂，必须依赖少数人创造性的意识和行为并通过教育和个体成长过程来扩大高雅文化的影响。这种观点显然是19世纪自由人文主义的延续。① 用阿诺德的话来说，阐说和传递文化价值的责任落在了“局外人”的身上。这些为数很少但肩负着救赎社会使命的“局外人”本身具备人文主义精神，事关文化品质和道德活力，来抵抗一个野蛮的、非人性的、无望的社会。② 与此相反，威廉斯提出建立“共同文化”(common culture)的设想。

威廉斯是在《从易卜生到艾略特的戏剧》(1952)一书中提出“共同文化”的概念的。这一概念颇具工业革命之前的乡村式“有机社会”的味道，有着明显的利维斯影响的痕迹。在《文化与社会》的“结论”中，威廉斯重提“共同文化”的概念，并赋予它以新的内容。他坚信这样的理想，即共同文化将有助于消除社会差别和不平等现象。③ 这一文化平等思想可以追溯到20世纪初英国社会批评家和道德学家R. H. 托尼(R. H. Tawney)。他在《平等》(*Equality*,1931)一书中批判了当时英国存在的社会、经济和环境不平等现象及其严格的等级制度，提出在平等基础上建立“共同文化”的思路。④ 这一想法在威廉斯的思想中产生了强烈的共鸣。利维斯最初也在1933年出版的《文化与环境》一书中提及“共同文化”的概念，他所追念的即是17世纪英国乡村存在的“有机共同体”文化。到了20世纪60年代末，利维斯在《我们时代的英国文学与大学》(1969)一书中重申其“共同文化”的理想，阐释了他期待通过大学教育建立以人文主义理想为核心的共同文化，使所有社会成员“拥有一种共同文化”，从而将文化传统延续下去。⑤ 另一位热心于“共同文化”理想的英国思想家是艾略特，他相信可能有一种共同分享的文化修养，这就是他所称的“共同文化”：一个有着共同的信念、意义、价值和行为的社会。艾略特认定，充分自觉的文化只能是精英人物的专利品，而大多数人太愚笨，既没有能力掌握自觉的文化，也没有能力拥有自觉的信念。因此，需要精英人物有意识地筛选和培植那些价值，而后输入那些人狭窄单调生活的无意识区域。他的《基督教社会的理念》(*The Idea of Christian Society*)⑥和《文化定义的札记》就是为探讨这一共同文

---

① 特里·伊格尔顿：《历史中的政治、哲学、爱欲》，马海良译，第137页。
② Matthew Arnold. *Culture and Anarchy*, pp. 94—97.
③ Raymond Williams. *Culture and Society*, pp. 321—322.
④ Williams. *Culture and Society*, pp. 218—219.
⑤ F. R. Leavis. *English Literature in Our Time and the University*, pp. 54—55.
⑥ T. S. Eliot. *The Idea of Christian Society*, Faber & Faber Ltd., 1962.

化的问题而写的。利维斯的“共同文化”(“有机共同体”文化,即文化传统)和艾略特的共同文化(即基督教文化)与威廉斯的共同文化大相径庭。在威廉斯看来,由于当今社会仍然存在各种将我们区分开来的不平等现象,因此所有的社会成员之间不存在有效交流的基础。“如果没有一种‘共同文化’,缺乏一种真正的共同经验,我们的社会将不会长久存在。”[①]社会的发展依赖于这种必要的、“自然的”条件。威廉斯用这样的术语定义共同文化:

> 我认为我们……旨在创造这样一种社会,其价值观是共同创造的,在此对于阶级的讨论和否决要由普通的、平等的全体成员来决定。这就是共同文化理念,在发达的社会这一理念日益成为具体的革命实践。[②]

威廉斯认为一种平等主义的社会(an egalitarian society)是共同文化的基础。在为这种观点辩护时,他敏锐地发现围绕“平等”(equality)这个词存在的问题,遂强调他并未奢望人类在所有方面都是平等的,相反,他所看到的是现实社会中存在着的各方面的不可避免的不平等。他期望努力争取的唯一平等是“生存的平等”(equality of being)[③],因为生存平等的反面——生存的不平等——实际上是对其他人类的否定、人格的解体和剥蚀。威廉斯心仪的“共同文化”不再是利维斯对过去的“有机社会”的怀旧,不再是艾略特的无意识、单向道、单一性的播撒,而是一种向着多样性、丰富性、公平性、进步性和未知性敞开的“民主的共同文化”。威廉斯与保守主义的“共同文化”观的关键区别在于:威廉斯主张的共同文化不是由少数“文化精英”或者“局外人”选择、过滤后输送给大众,由大众被动接受和体验的“经典文化”,而是由社会全体成员平等参与、共同创造、共同分享、共同控制的“共同文化”。威廉斯的文化观强调的是所有社会成员完全自觉的合作,这里的“所有社会成员”包括知识精英、普通百姓、工人阶级,他们不分高低贵贱均是社会大家庭的一员,都有权为共同文化的构建添砖加瓦,共同推进社会主义民主进程。这种“共同文化”体现出威廉斯开阔的民

---

① Raymond Williams. *Culture and Society*, p. 319.

② Raymond Williams. In Terry Eagleton, Brian Wicker(Eds.). “Culture and Revolution: A Response,” *From Culture to Revolution*, Sheed & Ward, 1968, p. 308.

③ Raymond Williams. *Culture and Society*, pp. 304—305.

主思想、平等观念。

威廉斯对真正的“民主的共同文化”的向往，源自他工人阶级家庭的社会背景以及他作为“奖学金男孩”由社会底层通过剑桥大学三一学院的学习走入知识阶层的经历，这一特殊的背景始终使他处在两种基本责任之间的搏斗之中：一是对工人阶级及其传统的责任，二是对高雅文化和教育价值的责任。这种几乎难以调和的矛盾促使他尝试通过共同文化的观念来解决这两种基本责任之间产生的张力。[①] 威廉斯坚持认为工人阶级是参与民主进程、塑形共同文化的重要力量。他十分赞赏支撑工人阶级文化的团结意识和集体主义观念，以及由此衍生的思想机制、思想方式和思想习惯。这是与支撑中产阶级文化的个人主义完全相反的价值观念。威廉斯强调“重要的是要认识到工人阶级文化是一种集体主义民主制”[②]。

同时他反对把“大众(masses)＝工人阶级(working class)”与“大众(masses)＝暴民(mob)”混为一谈的做法。[③] 他从词源学和语义学的角度探讨了“大众”和“大众文化”的缘起、意义和用法，从而对精英主义文化观提出质疑。他指出“大众”一词实际上是“暴民”一词在20世纪的新用法，“暴民”概念被贴上了以下标签：反复无常、容易受骗、群体偏见、兴趣和习性低下。这近似于阿诺德的“未开化的、愚昧的大众”观。[④] 威廉斯认为大众的概念(the idea of masses)是社会精英有意创造的，实际上没有大众，有的只是把人看成大众的观点。[⑤] 由于“大众”一词在词源史上这一贬抑用法，因而“大众的文化”多被知识精英归为劣质文化。为此，威廉斯对“大众”和“大众文化”心存芥蒂，在其学术生涯中一直沿用“通俗文化”(popular culture)来代替“大众文化”一词，以表示对精英主义者轻视“大众”和“大众文化”的不满。早在《工人阶级文化》一文中，威廉斯就强烈反对将工人阶级文化混同于商业化的大众文化。[⑥] 在稍后出版的《文化与社会》中，威廉斯再一次申明：把新的传媒形式和出版物说成是“工人阶级的文化是不公平的，也是无效的。因为这些东西既不是专门为工人阶级生产的，也不是

---

① Lesley Johnson. *The Cultural Critics: From Matthew Arnold to Raymond Williams*, p. 160.

② Raymond Williams. *Culture and Society*, pp. 314—315.

③ 同上，p. 296.

④ Matthew Arnold. *Culture and Anarchy*, p. 69.

⑤ Raymond Williams. *Culture and Society*, p. 289.

⑥ Raymond Williams. *The Uses of Literacy Symposium*, *Universities and Left Review*(2), p. 30.

工人阶级自发创造的。在这个否定的意义上，我们必须加上另一个定义：在我们的社会中不能把‘工人阶级文化’理解为现存的、少量的‘无产阶级’的著作和艺术”[①]。不难看出，威廉斯与霍加特对工人阶级文化的理解非常接近，他们都反对将工人阶级文化等同于大众文化，或者政治运动的产物，而将工人阶级文化扩大到广阔的日常生活范畴。然而，在为“工人阶级文化”辩护时，威廉斯又极力以孰优孰劣的方程式来区别工人阶级文化与大众文化，于无意识中表现出新的文化保守主义倾向。因此，与霍加特一样，威廉斯也时常挣扎在对大众文化的矛盾态度中，仍然保持了对大众文化好与坏的道德评价。

综观《文化与社会》和《长久的革命》，威廉斯是从积极的方面肯定大众文化的，作为“整体生活方式”的组成部分，大众文化自有其社会价值和社会意义。大众文化的诸多形式如电影、电视、报刊、流行小说等产生的社会作用并非一概消极，它们有可能为主导意识形态所渗透和利用，诱使人们默认不平等的社会关系，但人们可以积极利用这些传播手段，参与“共同文化”的建设，因此作为社会大家庭的一员，“大众”或者“工人阶级”都有平等参与、共同建构、共同分享“共同文化”的权利。作为社会成员中的“大多数”，“大众”是绝不可能被排除在这一“充分的民主过程”之外的，否则所谓的“共同文化”便失去了存在的根基。因此，唯有积极肯定“大众文化”的意义和价值，才能真正体现出威廉斯“共同文化”所倡导的“生存平等”、社会公正、民主自由的宗旨。这样的理解就使威廉斯的文化观与利维斯主义区别开来，威廉斯的“共同文化”设想无疑超越了利维斯的传统文化叙事。然而，正如穆勒恩所说的《长久的革命》是一个“断裂的文本”，威廉斯早期的两部重要著作《文化与社会》和《长久的革命》在英国思想史上具有承上启下的重要意义，在寻求与利维斯主义的根本性突破的道路上，仍需进一步的理论创新。

威廉斯的文化理论经历了一个从利维斯主义向文化主义的转折，他的文化唯物论思想的构筑也经历了一个发展与完善的过程。威廉斯的思想是以利维斯的“文化激进主义”为起点，并在与利维斯思想的对话中展开的，其目的是以当时的马克思主义“社会主义文化立场”来改造和融合利维斯主义。尽管在19—20世纪英国文化观念史上，“文化与文明”传统和“文化与社会”传统基本保持既平行又互相交叉的关系，但是在西方对资本主义社会的批判中，前者明显处于主流地位，而后者则处于边缘地位。为此，

---

① Raymond Williams. *Culture and Society*, p. 307.

威廉斯才不遗余力地要恢复或重建"文化与社会"传统，将社会平等、民主公正的社会主义人道主义思想融入对这一传统的政治批判中，从而使文化与大众、民主联系起来，达到对"文化与文明"传统的颠覆和反驳。为此，他提出了"文化唯物论"(cultural materialism)的概念。何为文化唯物论？威廉斯在《马克思主义与文学》一书中解释道，文化唯物论是"历史唯物主义内部研究物质文化和文学生产特性的一种理论"①。其唯物之处在于，它强调社会生产、历史语境对文化生产的重要性。为创建其文化唯物论，威廉斯首先做的工作是重新阐释马克思的基本概念：

> 我们需要重新评估"决定论"以确立界限、转化压力，同时脱离预定的、控制之中的内容。我们需要重新评估"上层建筑"以确立文化实践的相关范畴，同时脱离得自他人的、再生的或者具体的依赖性内容。同时，最为关键的是，我们需要重新评估"基础"以脱离僵化的经济的或者技术抽象的观念，认识到真实社会与经济关系中的具体活动，其中包含着根本的矛盾和变化，这些变化和矛盾总是处于变动不安的过程之中。②

其中"最关键的"工作是威廉斯扩大了"基础"这一端。他在《马克思文化理论中的基础与上层建筑》(*Base and Superstructure in Marxist Cultural Theory*)一文中，③特别强调"基础与上层建筑"这一公式的重要意义。这篇论文的开拓性意义在于：当时反对经济决定论的学者多聚焦于政治、文化和意识形态等上层建筑因素上，而威廉斯却把重心移向"基础"这一端，"他把基础从狭隘的经济概念移向更宽阔的领域，直至人类活动的整个领域。基础不再是经济，也不再是固定的，而是成了'人文化的'(humanized)"④。这就能够用实践概念把基础和上层建筑结合起来，而不用把后者还原成前者。威廉斯说："任何当代马克思主义文化理论都必然始于对起决定作用的基础和被决定的上层建筑这一命题。"⑤威廉斯扩大的"基础"的

---

① Raymond Williams. *Marxism and Literature*, Oxford University Press, 1977, p. 5.

② Raymond Williams. *The Country and the City*, London, Chatto and Windus, 1973, p. 34.

③ 该文由两篇文章构成，分别发表于1972年和1973年，后收录于1977年出版的《马克思主义与文学》一书中。

④ Jonathan Joseph. *Hegemony: A realist Analysis*, Routledge, 2002, p. 70.

⑤ Raymond Williams. In John Higgins (eds.). "Base and Superstructure in Marxist Cultural Theory," *The Raymond Williams Reader*, Blackwell, 2001, p. 159.

关键内容是“脑力劳动的生产力”也具有物质性，因而也拥有社会性的历史。[①] 这一观点是对马克思理论的创造性发展。马克思在1859年出版的《政治经济学序言》中提出：物质生活的生产方式制约着整个社会生活、政治生活和精神生活的过程。不是人们的意识决定人们的存在，相反是人们的社会存在决定人们的意识。随着经济基础的变更，全部庞大的上层建筑也或慢或快地发生改变。“劳动工具属于生产力，是基础的一部分”[②]，这就是马克思主义的“基础—上层建筑”的基本命题。威廉斯对此提出异议，认为马克思忽视了“脑力劳动”的工具特殊性。他说：

> 这一点与“脑力”劳动的实际过程密切相关。在这一点上，即便我们保留他对“体力”和“脑力”劳动的类别划分，但很显然历史证明“脑力劳动”生产力自身也与物质不可分割，因此与社会历史也不可分割。[③]

如此一来，威廉斯明确提出了“文化生产力”这一概念，这一点对其文化唯物论来说是至关重要的。根据我们的理解，这仍然是威廉斯对“基础—上层建筑”的反思。文化既然是生产力的一部分，显然也就属于“基础”而不仅仅是上层建筑，与社会历史、物质是不可分割的。威廉斯在《马克思主义与文学》中进一步指出：“其实并不存在什么领域、什么世界、什么上层建筑，存在的只是带有特定条件和特定目的的、多样的、变化着的生产实践。看不到这一点，不但会丧失同这些实践的联系，而且还会在发现和描述所有这些实践之间的关系的过程中，不断地遇到难题，从而处于极端困窘、无能为力的境地。”[④]威廉斯认为，只有认识到社会秩序和政治秩序生产的物质性，才能理解文化秩序生产的物质性。[⑤] 吉姆·麦克盖根(Jim McGuigan)在反思威廉斯对“基础与上层建筑”新的阐释后指出：“在威廉斯看来，基础—上层建筑还不是‘彻底的唯物主义’，因为它倾向于将文化委

---

① Raymond Williams. “What I Came to Say,”*Raymond Williams' Sociology of Culture: A Critical Reconstruction*, p. 48.

② 中共中央马克思恩格斯列宁斯大林著作编译局：《马克思恩格斯选集》(第二卷)，人民出版社1972年版，第82—83页。

③ Raymond Williams. *Raymond Williams' Sociology of Culture: A Critical Reconstruction*, p. 49.

④ Raymond Williams. *Marxism and Literature*, pp. 92—93.

⑤ Raymond Williams. *Marxism and Literature*, 1977, p. 92

之于一种纯固定观念性的上层建筑，而文化生产实际上是一种物质现象。第一，作为一种社会互动中有意义的物质转换；第二，构成于决定性的经济关系之中（比如资本主义的循环）。事实上，文化是'基础'的一部分，在传播技术和文化产业有着巨大经济潜力的发达资本主义社会，更是如此。"①威廉斯对马克思主义做出的富有新意的分析是：文化实践与物质实践相比不应该被视为次一级的活动，而应看作是社会—物质过程这一总体的组成部分。既然上层建筑本身就拥有物质结构，那么艺术、哲学、美学以及意识形态领域内的文化实践都应理解为物质社会进程组成要素的"真实实践"②。因此，文化唯物论是"研究文化（社会和物质）生产过程的理论，它研究特定的实践和'各门艺术'，把它们视为社会所利用的物质生产手段，包括作为物质性'实践意识'的语言，特定的写作技巧、写作形式和电子传播系统等"③。这样"文化"囊括了十分广阔的内容。正是在不断创造性地汲取马克思主义思想精髓的过程中，威廉斯的文化唯物论逐渐完善和丰满起来，从而成功实现了对利维斯主义狭隘的"精英文化观"的超越。

与威廉斯文化唯物论相关的另一个重要概念是"感觉结构"（structure of feeling），又译"情感结构"。威廉斯发现，在研究过去任何一个时期、一个地域的文化时，最难以把握的是那种感觉到的对特殊时代、特殊地域生活性质的感知，即把特殊活动结合成一种思考和对社会方式的感知。威廉斯认为，我们或许能在一定程度上恢复一个特殊生活方式的概貌，描述出一种生活方式的特征。但是，"几乎任何形式的描述都过于粗糙，无法表现对一种特殊的和与生俱来的方式的独特感知"④。为此，威廉斯发明了一个术语——感觉结构，以描述某一特定时期人们对现实生活的普遍感受。这种感受包含着时人共有的价值观和社会心理。从一个时期的感觉结构入手，可以比较准确、生动地描绘当时人们的社会心理，进而勾勒出总体的社会状况。自20世纪50年代以后，"感觉结构"这一概念一再出现于威廉斯的著作中，并伴随对这一概念的分析和使用，其内涵也一直在发生着变化。但需要注意的一点是：威廉斯创造这个术语的初衷是通过链接文化与社会的物质过程，以此来反对利维斯主义和庸俗马克思主义。在威廉斯看来，

---

① Jim McGuigan. *Unbending the Springs of Action*, *Cultural Popularism*, Routledge, 1992, pp. 27—28.

② Raymond Williams. *Marxism and Literature*, pp. 93—95.

③ Raymond Williams. *Literature and Sociology: In Memory of Lucien Goldman*, *Problems in Materialism and Culture: Selected Essays*, Verso, 1983, p. 243.

④ Raymond Williams. *The Long Revolution*, pp. 47—48.

"感觉"(feeling)不唯知识精英独有,同时"感觉"一词的使用可以与传统正规的"世界观""意识形态"等术语区别开来。这样不仅表明我们可以超越正规的分析方式,参与了意义和价值的研究,而且表明这些意义和价值与传统体系的信仰之间的关系是变化的。"结构"(structure)一词用以说明感觉是以个体或集体的方式来把握的。

威廉斯最初是在 1954 年与大学时代的友人麦克·奥罗姆(Michael Oromo)合著的《电影导论》(*Preface to Film*)一书中提出"感觉结构"这一概念的,后来在《文化与社会》(1958)、《长久的革命》(1961)和《马克思主义与文学》(1977)等著作中,对这一概念进行了细致而漫长的思考,经历了一个不断认识、再认识的过程。威廉斯不仅尝试从社会环境、社会结构和文化生产状况等宏观角度把握一个时期的感觉结构,而且从戏剧作家的个人经历、戏剧形式和戏剧传播手段等微观角度来审视感觉结构的表征方式。[①]通过考察一个时期的感觉结构,威廉斯得以了解人们对社会生活的体验和感受,探讨社会环境和人的内心体验之间的对应关系。在《从易卜生到布莱希特的戏剧》(*Drama from Ibsen to Brecht*)一书中,[②]威廉斯揭示了感觉结构的潜意识特征,以此来说明:人们对世界的认知常常不是有意识进行的,往往是通过经验进行感知的。根据威廉斯的观点,一个时期的感觉结构多出现在统治阶级主导意识形态与普通民众的生活体验发生冲突之时。在《文化与社会》中,威廉斯分析了 19 世纪英国的工业题材小说,揭示出这些小说家看待工业资本主义社会的矛盾心理。这一时期的"感觉结构"主要强调艺术作品的整体性,不能把某些单一因素与整体分裂开来。考虑到威廉斯对"基础与上层建筑"的反思,我们可以看到,虽然他当时对马克思主义还未进行深入思考,但他对"感觉结构"物质性的思考已经表明他正在接近"文化唯物主义"的某些方面。

在《长久的革命》中,威廉斯全面分析了 19 世纪的英国社会,将感觉结构的适用范围扩展到社会批评领域。威廉斯写道:我所描述的感觉结构"如同'结构'一样严密而确定,然而它作用于我们的活动中最微妙、最不可捉摸的那部分。从某种意义上说,这种感觉结构就是一个时期的文化"[③]。在此,威廉斯强调感觉结构的"难以捉摸"的不确定性,旨在说明人的"感

---

① John and Lizzie Eidridge. *Raymond Williams: Making Connections*, Routledge, 1994, pp. 121—123.

② 该书由威廉斯的毕业论文《从易卜生到艾略特的戏剧》(*Drama from Ibsen to Eliot*)扩展而来,出版于 1968 年。

③ Raymond Williams. *The Long Revolution*, p. 48.

觉”的潜意识或无意识特征，除非在某一具体历史语境中，否则它是难以自明的。他用“感觉结构”来应对阿尔都塞结构主义理论中的“意识形态”概念，反对阿尔都塞“意识形态”对个体的控制力，使个体于无意识中被束缚于意识形态的塑造，从而抹杀了人的主观能动性。威廉斯的感觉结构具有“动态”、灵活地考察文化的特征。接着威廉斯区分出文化的三个层次：第一，特定时期特定地点活生生的文化（the lived culture），只有生活在同一时期的人们才能拥有的共同感觉；第二，记录下来的文化（the recorded culture），从艺术到日常事实无所不包，即一个时期的文化；第三，选择传统的文化（selective tradition），它将活生生的文化与阶段文化联系了起来。[①] 在威廉斯看来，这构成感觉结构的三层次。随着时代的更迭，一个时期的曾经“活生生”的文化会以各种方式，如艺术作品、文学读物、政论小册子，历史资料等等被记录下来。然而，这些记录并不能够穷尽一个时期全部的文化，我们只能通过这种经选择的记录来了解过去的文化，接近那种“活生生”的感觉，由此形成的文化传统即是一种选择传统的文化。这种感觉结构的三层次始终处于动态的循环过程中，但其中最重要的是活生生的文化，它既是感觉结构的直接来源，也是记录文化和选择传统文化的基础。

为进一步理解感觉结构，威廉斯引入“社会特征”（social character）这一概念。所谓社会特征即是一种占主导地位的价值观。[②] 那么如何理解感觉结构和社会特征之间的关系呢？威廉斯认为，感觉结构与社会特征存在相当的一致性，但从整个社会来看，两者仍有不和谐之处。社会特征多为理想化的价值观，而感觉结构往往是对社会特征的维护和修正，一种对现实生活的真实感受和体悟。为此，保罗·琼斯（Paul Jones）总结道：感觉结构三层次中的“传统选择过的‘记录的文化’显然等同于‘文献文化’，这就为解释威廉斯的文化概念之所以渗透着民主意识提供了方法论的答案：他不是为了‘低级文化’而拒绝‘高级文化’，也不是为了‘作为生活方式的文化’而拒绝‘高等文化’，而是相对于第一层次由感觉结构所构建的活生生的文化而言，承认所有被‘客观化’的文化都是‘文献’”[③]。如此一来，文化生活的“主体”便不是利维斯等人侧重的“少数人”，而是所谓的“大众”，特别是工人阶级，而文化研究的主要对象则成为体现着当代“活生生”文化

---

① Williams. *The Long Revolution*, p. 49.

② Williams. *The Long Revolution*, pp. 61—65.

③ Paul Jones. *Raymond Williams's Sociology of Culture, a Critical Reconstruction*, Palgrave Macmillan, 2004, pp. 21—22.

的、所谓的“大众文化”、工人阶级文化乃至“整体生活方式”。

威廉斯建构的“感觉结构”是不断变化的、发展的，它是考察文化的一种动态模式，并为解释新的文化现象提供了理论依据。威廉斯指出一个有趣的现象：

> 与社会特征相比，感觉结构在社群中有着非常广泛、深入的影响，确切地说，传播正是以此为依托……它似乎并不是以各种形式习得的。一代人训练自己的后继者，在社会特征或一般文化模式方面能取得尚好的成功，但是新一代却会形成他们自己的感觉结构，他们的感觉结构似乎并非“来自于”什么地方。极为特别的是：新一代人会以自己的方式对他们继承的独特世界做出反应，吸收许多可追溯的连续性，再生产出可被单独描述的新内容，可是却以某些不同的方式感觉他们全部的生活，将他们的创造性反应塑造成一种新的感觉结构。①

在此，威廉斯并未直接用“大众文化”或者“青年亚文化”来指涉“新的感觉结构”，但是这段话可以理解为威廉斯利用感觉结构模式来分析“活生生”新的文化现象的极好例子。首先，威廉斯进一步对比分析了感觉结构和社会特征之间的不同，突显出感觉结构的独特方面：它会产生“更深入、广泛的影响”，不受“习得形式”的限制。因此，它形成的渠道是多方面的，可以说是生活中方方面面的因素——家庭传承、教育影响、社会交往、志趣爱好、娱乐形式、传播媒介、生活方式等，体现出更强的无意识性和自觉意识。而社会特征的影响力要稍显逊色，因为它所传播的价值观多为传统、正统的主流意识形态观念，并主要通过较为正规的学校教育和家庭影响来实现的。而青年人的特点是喜欢新奇、向往自由、追求个性，反对被旧的传统思想束缚，因此容易与社会特征强调的价值观形成抵触和对立。其次，威廉斯发掘出新的文化形式的进步性、时代性和独特性特征。譬如青年人以“自己的方式”面对他们所继承的世界，他们的文化不仅汲取了传统的因素，而且融合了现代成分。他们以与父辈不同的方式感受着他们的生活，创造性地塑造出一种“新的感觉结构”。在此，我们看到的是一种与霍加特的青年亚文化批评、利维斯的大众文化批判全然不同的文化分析形式，其差别不仅体现在思想认识上，以全新的视角看待新的文化现象，体现出威

① Raymond Williams. *The Long Revolution*, pp. 48—49.

廉斯的文化唯物论思想，而且表现在方法论上，体现出逻辑推理的客观、严密、科学，摆脱了道德评价非此即彼的二元对立。为此，威廉斯坚定地迈出了霍加特的矛盾徘徊，突破了利维斯式的话语逻辑。

到20世纪70年代以后，威廉斯接触到大量欧陆的西方马克思主义新思想，尤其是意大利马克思主义思想家安东尼奥·葛兰西（Antonio Gramsci）的文化霸权理论。葛兰西的思想与英国新左派的理论追求非常吻合，并给了威廉斯以很大启发。在谙熟葛兰西霸权理论之后，威廉斯重新界定了感觉结构。他把一个社会的主导文化等同于文化霸权，而感觉结构则等同于反霸权的力量。据威廉斯的解说，“霸权”（hegemony）一词最初来自希腊文，意指一个国家对另一个国家的宰制。19世纪以后，霸权被广泛用来描述国家之间的政治支配关系，即所谓的“霸权主义”。到了葛兰西，这个词又被赋予了新的含义，用以描述社会各个阶级之间的支配关系，即统治阶级将其价值观、意识形态推广到社会各个阶层的过程。这一过程并不是通过强制性的暴力手段，而是依靠大多数人的“一致赞同”来实现的。因此，可以说霸权的实现是一个赢得价值共识的过程。“霸权”不仅包括政治、经济因素，而且包含了文化因素。[①] 在《狱中札记》中，葛兰西对霸权的强调集中于三点：首先，霸权不再像列宁所说的那样仅指无产阶级的领导权，而是也被用来分析其他阶层的霸权形式；其次，霸权被用来指“文化、道德和意识形态”领导权，而不局限于经济和政治领域；再次，霸权不仅仅是“统治”而是“协商”，是“强迫”和“同意”的过程。可以说葛兰西同样也在反思马克思主义的“基础——上层建筑”模式。霸权理论模式的优点在于：第一，避免了经济还原论，不再将一切都归结于“基础”。第二，以动态的观点审视文化，突显文化的重要作用。它使我们对大众文化的分析，既可以超越精英主义完全批判的立场，又可以超越民粹主义完全无批判的立场。第三，摈弃了阶级本质主义，从而将视野扩展到文化斗争的其他领域，如阶级以外的种族、性别、代际关系等。葛兰西把差异和矛盾看作文化和意识形态存在的基本方式，为研究这些领域的文化斗争提供了必要的理论基础。[②] 此外，“霸权”这个概念不同于原来的“统治”概念，原因在于：“统治”一词没有“协商”的含义，因此它抹杀了被统治阶级的能动性。“统治”的概念具有自上而下传达主导意识形态的意涵，而“霸权”一词却能捕捉到统治与被统治阶级之间的互动关系。这样就可以理解西方资本主义国家的“民众”为

① Raymond Williams. *Key Words*, pp. 144—145.

② 罗钢、刘象愚：《文化研究读本》，中国社会科学出版社2000年版，第18页。

何看上去会与统治阶级达成一致意见。[①] 葛兰西的霸权观念突出了包括文化在内的思想意识的社会变革的重要性，这正是威廉斯接受霸权理论，并将其付诸批评实践，引入文化研究的原因。

威廉斯对葛兰西文化霸权理论的阐述集中见于他于1973年发表的文章《马克思主义文化理论中的基础与上层建筑》、1977年出版的《马克思主义与文学》和1976年出版的《关键词》等著述中。在《马克思主义文化理论中的基础与上层建筑》一文中，威廉斯对葛兰西的霸权概念与卢卡奇的"总体性"概念进行了比较分析，认为与"总体性"相比，霸权概念渗透了"社会意识"，从而具有文化的维度。因此，他认为霸权优于总体性，因为它同时关照到统治的事实。[②] 在《关键词》中，威廉斯将文化霸权与世界观和意识形态做了区分。在威廉斯看来，文化霸权描述的是一个较为普遍的支配过程，这个过程包括看待世界的特定方式；文化霸权也不同于意识形态，因为它不仅表达了统治阶级的利益，而且它也被全体社会成员认可、接受，并被视为一种合理的"常识"[③]。受霸权观念这种动态过程的启发，威廉斯在《马克思主义与文学》一书中提出主导、残余和新兴文化的动态结构。他指出感觉结构是在某种前兴起(pre-emergence)的层面上发挥作用的，它孕育着反对资本主义文化霸权的种子，是工人阶级意识的萌芽。其中，主导文化(the dominant)是指在特定社会、特定历史时期占据霸权地位的文化，它不是静态、不变的，而是一直变动不安的，因为任何文化在其动态的发展过程中都会遇到前面说过的"选择传统"，选择就意味着有权力关系的变动。[④] 所谓残余文化(the residual)"乃是有效地形成于过去，但却一直活跃在文化过程中的事物。它们不仅是(或者全然不是)过去的某种因素，同时也是现在的有效因素"[⑤]。而新兴的文化(the emergence)是指新出现的价值观、文化实践及其意义，它对立于主导文化，有可能取代主导文化或者被主导文化所收编。它既可能源自新的社会阶级，也可能来自新的社会意识。[⑥] 新兴文化因素是反抗主导文化的主力，这一反抗过程就是一种反对文化霸

---

① 安东尼奥·葛兰西：《狱中札记》，曹雷雨等译，中国社会科学出版社2000年版，第201—202页。

② Raymond Williams. "Base and Structure in Marxist Cultural Theory," *The Raymond Williams Reader*, p. 159.

③ Raymond Williams. *Key Words: A Vocabulary of Culture and Society*, p. 145.

④ Raymond Williams. *Marxism and Literature*, pp. 123—124.

⑤ Raymond Williams. *Marxism and Literature*, p. 122.

⑥ Raymond Williams. *Marxism and Literature*, pp. 122—127.

权的斗争。在威廉斯看来，一种新兴文化需要某种新的形式，或者更新旧的形式。相对于主导文化，新兴文化形式的创新实际上还处于前兴起状态，尚未完全表露，感觉结构正是在这一层面上发挥着创新的作用。[①] 在这一意义上，感觉结构不仅代表一个时期的文化，而且预示着整体文化变迁的潜在因素。威廉斯对文化三因素的分析显然与葛兰西“霸权”模式密切相关，主导文化需要不停地和处于边缘的残余或者新兴文化成分进行谈判、协商，三者始终处于为争取文化领导权而进行斗争的动态过程中。

威廉斯对感觉结构的新阐释从根本上超越了利维斯的文化观。在此，我们有必要对威廉斯的“感觉结构”与利维斯的“感受性分离”做一比较分析。“感受性分离”这一概念最早出现在艾略特的《玄学派诗人》一文中，意指从17世纪末出现于英国诗歌中的某种“感受性分离”[②]。在利维斯看来，这种状况到了19世纪末至20世纪初更为严重，日益蔓延到英国社会的文化生活领域。虽然威廉斯和利维斯都关注“感觉”“感受性”这一心理学术语，但表达的意义可谓天壤之别。利维斯的“感受性分离”也包含三方面因素：文化传统、受众、当代文化。在他看来，三者的关系是：文化传统与当代文化的分离，文化传统与受众的分离。其中文化传统作为一种残余文化代表的是“过去的”生活经验，虽然在当代的生活条件下仍然有效，但已无法反映出“活生生的”当代经验。因此，它渐渐失去了与具体语境的联系，使自身陷入危机；而当代文化作为一种新兴文化是新时代催生的结果，在其成长中吸纳了新的因子，它是一种有生命力的文化。在两者的竞争中，新兴文化向残余文化发起了挑战，其中一个决定因素是受众的选择倾向和价值取向，他们的认同决定着某种文化的兴衰。而文化传统抑或经典文化面临的现实是受众的分离。

自20世纪初以来，在大众文化浪潮的冲击下，能够识取经典文学的读者日益减少，艺术家与读者之间出现了认同危机，他们不再分享共同的价值观和社会心理，因此文化传统的命运岌岌可危。应该说，文化传统是人类智慧和思想的结晶，保护和挽救文化传统无疑是我们的职责，是完全正确的。威廉斯认为，新生文化应与残余文化成分联手向主导文化发起挑战，[③]而不应该是对立的关系。这正是问题的症结所在：利维斯倡导的文化传统的传统主体是“少数人”。威廉斯在《文化与社会》中对这种“少数人”

---

① Raymond Williams. *Marxism and Literature*, pp. 133—134.

② T. S. Eliot. “The Metaphysical Poets,” *Selected Essays*, p. 288.

③ Raymond Williams. *Marxism and Literature*, pp. 124—127.

文化传统进行了概括：

> 对柯勒律治来说，少数派是一个阶级，一个受国家资助的知识阶级，主要任务是普及教养，效忠的对象是所有学科。对阿诺德来说，这少数派是一批来自于社会各阶层的，由个体组成的残余(remnant)，这些个体的特征是：他们跳出了习惯的阶级感受的局限。对利维斯而言，这少数人本质上是一个文学上的少数派，其功能是保持文学传统和最优秀的语言能力。这种演变缺乏固定的“中心”，这一点日益明显。[①]

这种文化“少数派”被葛兰西定义为“传统知识分子”，他们认同主导文化的权力关系，并有意无意地成为主导意识形态和价值观的传播者，为主导阶层提供道德和智力的领导权。与此同时，葛兰西提出“有机知识分子”的概念，这种知识分子试图为工人阶级提供道德和智力领导权。他将希望寄托于“有机知识分子”来培养集体主义的阶级意识，并努力赢得文化霸权地位。[②] 利维斯的“少数人”应该属于葛兰西所说的“传统知识分子”，可以说这种少数人文化与主导文化的关系十分复杂，存在着某种共谋关系。伊格尔顿指出：“传统文化价值不仅被看作艺术判断，而且被看作特定统治阶级的生活方式所产生的规范：文化是被看重的时尚、习惯和社会价值。”[③]

在这个意义上，文化传统在延伸的过程中出现了三条路线：以艾略特为代表的保守主义者反对这些价值的延伸；以威廉·莫里斯为代表的激进社会主义者认为传统价值的绝对性在于它们得以生长的具体历史经验和规范，因此经重新定义这些价值可以不断丰富其内涵；而以阿诺德、利维斯等为代表的自由人文主义者则设想将旧的价值移植到新的社会。利维斯主张以“有机社会”的理想来弥合这种“感受性分离”，以经典文化的普及来救赎新兴文化，以“敏悟性训练”来提高人们的感受性。他对当代文化“感受性分离”的判语属于英国传统中“过去好/现在糟”的文化悲观主义怀旧话语，事实上“感受性分离”与“文化衰落”是这种批判话语的同义反复。伊格尔顿认为：艾略特和利维斯所称的“感受性分离”是对 17 世纪英国特定

---

① Raymond Williams. *Culture and Society*, p. 248.

② 安东尼奥·葛兰西：《狱中札记》，曹雷雨等译，第 227—229 页。

③ 特里·伊格尔顿：《历史中的政治、哲学、爱欲》，马海良译，第 135 页。

意识形态的膜拜。[①] 它显示出与社会进步的不适应性，与时代发展的不协调性。在威廉斯看来，任何一种文化形式都有它存在的价值和意义，任何文化分析都要考虑到文化的复杂性、不平衡性和无序性，而不应该将文化视为从一个阶级转授予另一个阶级的封闭的静态物，结果使文化与社会相分离。在这种模式下，文化就完全成了博物馆的标本，等待着专家去分析，而不是把文化理解为"整体生活方式"。威廉斯的"感觉结构"模式是以动态的方式考察文化的有益尝试，它超越了"感受性分离"对新兴文化因素的美学责难，克服了传统批评方式的弊端。

从最初提出文化概念新解——"整体生活方式"到"共同文化"的设想，再到"感觉结构"的提出和创造性解读，威廉斯经历了一个与利维斯精英主义思想的继承、决裂到超越的三阶段，并由一位激进人文主义者成长为一名文化马克思主义理论家。然而，也应当在此指出，作为一位从学院化体制下成长起来的文学批评家和文化理论家，威廉斯与霍加特一样都深受利维斯文学批评和文化批评思想的影响。

在方法论方面，利维斯夫妇倡导"仔细阅读""人类学文学""文学社会学"和"民族志"等研究方法，所谓"仔细阅读"即是通过对"书页上的文字"的关注而产生的"真实评价"(actual judgment)；所谓"民族志"方法即是一种人类学的"田野调查"方法，通过深入特定群体的日常生活，广泛收集生活素材，从内部进行解读，把握这一群体特有的文化价值的研究方法，利维斯夫人的《小说与阅读公众》便是应用"民族志"研究方法的范例。利维斯夫妇在批评实践中把研究对象或文本放到广泛的社会和历史语境中进行考察。这种研究方法主要具有三方面特点：其一，这种批评具有开放性和民主性特征，它可以使很多没有"背景"的人直接进入到批评实践中，而无须太多的知识储备。这十分符合霍加特的写作愿望和威廉斯的政治目标，并为文化研究提供了方法论基础。其二，这种批评侧重文艺美学和道德评价，强调对文学语言和生活品质的智性和感受性训练。这样，既回避了意识形态问题，又回避了社会结构问题。其三，利维斯夫妇主编的《细察》季刊虽然主要关注文学，但是他们将文学批评方法运用到对社会和文化实践的广阔领域中，把广告、流行音乐、通俗出版物等当代传媒形式纳入到研究范围，虽然他们力主批判这些新出现的文化形式，对它们采取贬抑的态度，但研究面的扩大却给后来的文化研究者提供了先例。基于上述原因，威廉斯、霍加特等人在他们的批评实践中借鉴和继承了前辈的批评方法。以

① 特里·伊格尔顿：《历史中的政治、哲学、爱欲》，马海良译，第7页。

《文化与社会》一书为例，其结构布局就深受利维斯方法的影响。在这部著作中，威廉斯对所评论的思想家的作品进行了大量引用，其目的在于使用“细读”的方法分析文本中所蕴藏的意义。霍加特的《识字的用途》则实现了“民族志”研究方法和文本细读的结合。法国文化理论家让·克劳德·帕斯诺(Jean-Claude Passeron)在为法文版的《识字的用途》所做的序言中讲道:这部著作在民族志的传统中具有社会学的有效性。这使霍加特比人种学家更具优势，以切身的体验去书写。“这使得作家能够从恰当的社会学角度系统把握各种限定和态度的整体运作。”霍加特的风格“让他的研究对象言说自身”[①]，从而避免了局外学者对工人阶级研究可能出现的偏见。他的“零距离参与”使他能够“以实例来观察和阐释有着工人阶级背景的知识分子对工人阶级文化的深切感触”[②]。

在思想认识方面，首要的一点是霍加特和威廉斯都是从文学批评走向文化研究的。虽然霍加特强调文化本身的丰富性及其与日常生活的密切联系，但是在其整个学术生涯中仍然保持着对经典文学作品的崇敬及其至高地位的肯定。霍加特在晚年的著作《我们现在的生活方式》(1995)中仍然坚信:“伟大的”文学作品体现着文化意义，它们以洞见和真诚来探索和重建社会的本质和人类经验。伟大之作通过创造自身的秩序而产生意义，从而揭示出社会中存在的价值秩序，或似镜像反映之，或抵抗之，或以迂回的方式提出新的秩序。因此，富于表现力的艺术，尤其是文学本质上是社会的特殊向导。[③] 霍加特同时提出，文化研究专业的学生在研究肥皂剧之前应该从文学批评训练开始，比如从奥斯丁的《劝诫》开始。[④] 因此，霍加特对文学与社会之间关系的认识仍然延续了利维斯的文化观。威廉斯在其早期批评生涯中追随利维斯的思想，他的戏剧研究带有明显的利维斯的思想痕迹。其弟子特里·伊格尔顿曾于1976年在《新左派评论》上发表文章，称威廉斯为左翼利维斯主义者。这一说法虽说颇具讽刺意味，但并非无稽之谈。威廉斯的《从易卜生到艾略特的戏剧》一书就显露出利维斯式的批判资本主义机械文明的观点，例如他认为:在伊丽莎白时代，戏剧作家与观众有着共同的感受性，可是随着工业文明的兴起，这种共同的感受性

---

① Jean-Claude Passeron. Introduction to the French Edition of Uses of Literacy. *Working Papers on Cultural Studies* 1971, p. 124.

② Jean-Claude Passeron. Introduction to the French Edition of Uses of Literacy. *Working Papers on Cultural Studies*, p. 126.

③ Richard Hoggart. *The Way We Live Now*, Chatto & Windus, 1995, p. 87.

④ Hoggart, *The Way We Live Now*, p. 176.

日益式微，因为“机械环境的压力产生了机械性的思考、感觉和联想方式，对此艺术家和同道者所能做的只能是有意识地、下大力气去抵制和排斥”①。威廉斯在《文化与社会》中构想的超越阶级界限的文化理想，以及霍加特在《识字的用途》中对早期工人阶级文化的追缅，两者的思想路径与传统人文主义知识分子的“有机社会”观也并无二致。第二，他们与利维斯一样都关注教育改革，这为教育的普及提供了机会。虽然利维斯的大学教育目的是建立一个传承语言传统和文化传统的坚强堡垒，但他强调文学批评的核心是“批评意识”和感受性的训练和培养，这与霍加特提出的“批评素质”的提高，以达到“分析和拒绝我们身边所有骗局的能力”②的观点有着异曲同工之妙。第三，在对待工人阶级文化的问题上，威廉斯和霍加特由于“那种难以剥离的阶级情感”③都曾情不自禁地陷入以审美评价和道德批评的方式，差别看待工人阶级文化和大众文化的矛盾态度中，常常为利维斯式的二元批评话语所羁绊。

如此看来，威廉斯和霍加特的文化观非常接近，但是这并不意味着威廉斯与霍加特的文化观是完全一致的，两者在某些方面有着显著的不同：其一，与威廉斯对工人阶级文化投以严肃的政治关怀不同，霍加特的著作较少论及“工人阶级政治”，他将论述的重点集中在普通的大多数人，而不是“有目的的、政治性的、虔诚的、自我完善的少数人”身上。④《识字的用途》是一种对工人阶级生活内在的、日常的家庭化场景的描绘，几乎没有对激进工人阶级人物形象和商会的描述。但这并不意味着霍加特没有自己的政治立场，他在回忆录中写道：“我的社会主义立场……是一种托尼斯奎尔(Tawneyesque)式的民主社会主义(democratic socialism)，坚持自由平等基础上的友爱互助，而不是理论化的。”⑤这种朴素的“民主社会主义”立场使霍加特游离于左、右两派的论争之外。他认为政治立场的进步还是保守不能断然以所属党派阵营来判断。其二，与霍加特长期被笼罩在利维斯批评思想的阴影中不同，威廉斯在60年代之后经理论方面的激进拓展，特别是随着他的文化唯物主义思想的成熟，遂与利维斯渐行渐远，最终达到

---

① Nick Stevenson. *Culture, Ideology and Socialism: Raymond Williams and E. P. Thompson*, Avebury, 1996, p. 16.

② Richard Hoggart. “Culture and the State,” *Society*, 1999(11/12), p. 94.

③ Richard Hoggart. *The Uses of Literacy*, p. 18.

④ Hoggart. *The Uses of Literacy*, p. 86—88.

⑤ Richard Hoggart. *A Local Habitation: 1918—1940, A Measured Life: The Timed and Places of an Orphaned Intellectual*, Chatto and Windus, 1988, p. 130.

理论上的突破，不仅走出了霍加特受困于文化美学批评的桎梏，而且超越了利维斯主义的文化观。

综合来看，威廉斯的文化唯物主义思想至少在三方面实现了对利维斯主义的突破：第一，威廉斯社会学意义上的文化置换了利维斯所强调的具有永恒价值的“伟大的传统”的经典文化。文学绝不是人类精神创造的唯一表现形式，而是作为“整体生活方式”的一种形式。文学并不像人文主义批评家所说的那样表现人性的永恒真理，文学体现的是某些群体或者阶层的社会和文化价值观。[①] 利维斯不仅忽略了除文学以外的其他知识结构、行为方式、生活习惯等文化形式，而且夸大了文学美学批评的重要性，并以美学评价标准来衡量以影视传媒为特征的大众文化。此外，文学的演变与作家个人的天才关系不大，从宏观的角度来看，它与社会、历史、政治、经济和文化状况的变化息息相关。因此，文学研究大可不必将作家固定在“伟大的传统”的等级排列中，而应该考察文学作品得以产生和广泛接受的社会条件和文化语境，因为文学既反映社会的同时也作用于社会，所以它有助于塑造人们的社会意识。第二，威廉斯的“共同文化”的设想超越了利维斯的“有机社会”观。在威廉斯看来，利维斯试图以对旧秩序的“缅怀”而不是对旧秩序的批判来实现“新秩序”，这种“缅怀”所突出的是“精英”，尤其是知识或文化“精英”所组成的文化统治阶层对新秩序的重构。与艾略特相似，利维斯着力彰显的是文学的超越性，强调的是文学和文化在社会生活中的重要作用，同时对当代文化表现出悲观主义的情绪。莱斯利指出，“有机社会”观这个能指影射的是当今社会所欠缺的一切。对于社会的改革，利维斯等人期望将过去的某些优点重新投放到当代文化生活中，并寄希望于少数知识精英来重构这种社会，而未能依托于社会重构和重组的规划，因此有机社会“是一个无法实现的历史神话”[②]。威廉斯对“有机社会”观的批评揭示出这种观点赖以存在的基础是非常薄弱的：一方面它未能超越现代社会去人性化的显著特征，未能超越基本的经济因素。它在尝试改变都市工业主义生活方式的同时，却保留原有的经济制度和社会秩序，这是办不到的。另一方面“有机社会”观攻击都市社会的生活方式、诋毁工业主义，但是却不从资本主义的经济结构查找根源。[③] 由此可见，这一观点欠

---

① John Brannigan. *New Historicism and Cultural Materialism*, The Macmillan Press Ltd, 1998, p. 37.

② Lesley Johnson. *The Cultural Critics: From Matthew Arnold to Raymond Williams*, p. 154.

③ Johnson. *The Cultural Critics*, pp. 154—155.

缺严格的经济分析。第三，威廉斯与利维斯等人的重要不同也体现在民主思想方面。就民主与高雅文化之间关系的问题他们之间存在着很大分歧：艾略特认为两者全然对立，推行民主是对高雅文化的毁灭。利维斯虽然不像艾略特那样抵制民主，但是他主张调和民主与高标准之间的关系，使两者和平共处。他坚持民主原则对于人民福祉的重要性，民主的实施将有助于使当时的英国从苏联的困境中解救出来。利维斯主张由两类精英人物来管理社会：一类是政治精英，负责管理社会事务；一类是文化精英，负责监督和制衡政治精英，以确保在推行民主的过程中不致造成标准的降低。[①] 威廉斯认为：一个好的社会的基础是集体的责任和合作式的平等，不是个体占有和竞争式的平等。[②] 对社会主义者而言，相信共同文化的可能性就是相信"高雅"文化的力量，但这种文化是由全体社会成员共同创造和分享的。这个意义上的文化就必须让全体人民参与、控制作为"整体生活方式"的文化生成过程。现实地看，这个运作过程就是革命政治。[③] 与艾略特和利维斯相比，威廉斯的"共同文化"思想体现出真正的全民意识和民主平等观念，它最终将促使人民赢得文化领导权。艾略特则在狭义的文化与广义的文化之间划出了一道不可逾越的鸿沟，不仅消解了文化观念所固有的实践性，而且顺理成章地与英国传统统治阶级挂起钩来，将文化领导权拱手让给统治阶级。与艾略特相比，利维斯具有进步的民主意识，但是他最终将文化领导权交给了"少数精英"，因此利维斯的民主思想只是一种理想而已，社会不平等依然存在。从英国社会的民主进程来看，英国的教育、工业以及民主一直朝着整个社会对自身经验实行总体控制的方向发展，争取全民平等共享的文化仍是一场远未取胜的长久革命。

威廉斯文化唯物论的最大贡献在于它以"文化与社会"传统颠覆了"文化与文明"传统，从而促使英国社会走向更大的民主和平等。他的文化观彻底扭转了"文化"的整个方向：从少数人路线走向大众路线。与利维斯将批判的矛头指向工业文明以救赎文化的目的不同，威廉斯将批判的目光投向社会不平等、文化不平等现象，诸如阶级差别、代际冲突，直至70年代以后CCCS关注的种族、性别压迫等问题。与利维斯以"感受性分离"来指责和排斥大众和大众文化不同，威廉斯的"感觉结构"不仅平等看待大众文化，而且将大众纳入"共同文化"的建设者之中，从而将一直以来被忽视、遭

---

① Lesley Johnson, *The Cultural Critics*, pp. 98—99.

② Raymond Williams, *Culture and Society*, pp. 322—323.

③ 特里·伊格尔顿：《历史中的政治、哲学、爱欲》，马海良译，第143页。

拒绝、被批判的弱势群体、边缘文化纳入研究的视野。与利维斯专注于文学文化批评、忽略政治关注不同,威廉斯将民主政治引入学术研究的中心,在为边缘群体、边缘文化争取文化、政治、经济平等权利的同时,实现自己的政治抱负。英国文化研究在其发展过程中,在实现从利维斯主义到文化主义的转型中,它对大众文化的接纳过程也经历了由利维斯的否定到霍加特的矛盾肯定,再到威廉斯的批判肯定三阶段。这种变化体现出文化研究对于大众文化的渐进认识过程,生动记录了三位思想家承前启后,在社会转型期面对新的文化现象的挑战,积极探索理解文化新思路的艰辛历程。

第三节 文化研究视野下的利维斯主义

自20世纪60年代,由霍加特、威廉斯、霍尔等文化研究学者在英国境内燃起的“文化研究”星星之火,呈燎原之势扩散到世界各地。到80年代以后,美国、澳大利亚、加拿大等国的正规高校中独立的文化研究院系或中心纷纷成立,各种文化理论纷至沓来。利维斯作为老一代批评家渐渐淡出人们的视线,但是人们不会忘记:在20世纪初的几十年中,英文研究在面对世界性的现代主义的挑战时,它以取代政治和宗教意识形态的雄风,以全球为驰骋的疆场,以本土为安全的中心,在爱尔兰的克雷到马来西亚的吉隆坡之间的广大地域畅行无阻。[①] 然而,到20世纪中叶以后利维斯式的英文研究已预示到了确然的退场。正如希利斯·米勒(Hillis Miller)所言:“文学就要终结了,文学的末日就要到了。”[②]文学研究面临的危机缘于外在和内在的双重因素:其一,技术变革以及随之而来的新媒体的发展,正使现代意义上的文学逐渐死亡。昔日塑造一个国家的公民的行为方式、判断方式、心理意识和社会意识的主要途径——文学,现在逐渐由广播、电视、电影、互联网等所取代。当然,文学作品还会在一段时间内维持其文化力量,但它的霸权地位正在结束。米勒指出,“这不是世界末日,而只是一个由新媒体统治的新世界的开始”[③]。其二,文学研究行将灭亡的最显著征兆是全世界的文学系的大批年轻教师弃文学而去,转向理论、文化研究、媒体研究、后殖民研究、大众文化研究、女性研究、黑人研究等。他们的写作更接

① 特里·伊格尔顿:《历史中的政治、哲学、爱欲》,马海良译,第186页。

② Hillis Miller. *On Literature*, Routledge, 2002, p. 1.

③ Miller. *On Literature*, pp. 14—17.

近社会科学，而不是传统意义上的人文科学。无论在写作还是教学中，他们常常把文学边缘化，尽管他们中的很多人都接受过文学批评的训练，以及对经典文本的"细读"训练。① 这种研究取向的变化终将导致文学研究被文化研究彻底收编。其三，文学研究自身包含着自我解构的种子。CCCS的研究员麦克·格林(Michael Green)在《英文研究与文化研究：扩展文本》(*English and Cultural Studies Broadening the Context*，1987)一书中指出，在当代学术领域，传统的文学研究遭遇到如下方面的挑战：一是这门学科自身的解构因素，它所推崇的伟大经典和批评标准遭到日益广泛的质疑；二是对理论的致命反对；三是在大学教育中推行的"改变学习的文本资料库运动"；四是对"英文作为一种组织形式的重新定义"，其表现形式是全国越来越多的丛书和会议都在积极推动文学研究与社会学研究、文化研究相结合的尝试。格林认为，所有这一切在向传统的文学研究发出挑战，同时这也预示着新的开始——在"新的"主题和"旧的"主题的融合中走出一条新路。② 利维斯主义未能在文学研究的困境中寻找到这条"新路"，因此未能逃脱被历史淘汰的命运。而霍加特、威廉斯等人独出机杼，捕捉到了这条"新路"，"文化"经他们的重新阐释，包含了更为丰富的内涵，成为包括大众文化和经典文学在内的"整体生活方式"，并被平等纳入文化研究的新视野。

而今，利维斯早已作古，但是他似乎是一位不会被人遗忘的人物，今天重提他的名字、他的批评仍会引来巨大的反响和广泛的争论。他的某些观点仍然是学术界批判的靶子。从某种意义上说，当代文化研究就是在对利维斯主义的反驳、批判、决裂、超越的过程中发展壮大的，其中对利维斯以及T.S.艾略特批评最烈者莫过于伊格尔顿。他对利维斯及其《细察》集团的批评可谓"含讽带刺、不依不饶"、一批再批，然而这也恰恰说明这一传统是怎样地根深蒂固。当面对20世纪80—90年代"后理论"时期出现的"理论虚脱症"之时，当某些后理论专注于"快感"研究和"肚脐上挂饰件"的政治含义之时(当然，这只是极个别的例子)，这些无疑都属于文化研究的"整体生活方式"，伊格尔顿颇为怀念霍加特、威廉斯时代的"文化理论黄金时期"③。那种扎根于生活经验、充分认识到文化权力和社会平等重要性的研

---

① Miller. *On Literature*, pp. 16—18.

② Michael Green. Point of Departure: "New" Subjects and "Old", *English and Cultural Studies: Broadening the Context*, Humanities Press, 1987, p. 7.

③ Terry Eagleton. *After Theory*, Penguin Books, 2001, pp. 1—3.

究。当后现代主义碎片化、折中化、通俗化、世界化的文化铺天盖地而来之时，伊格尔顿认识到“这是符合晚期资本主义逻辑的文化，根本不是马修·阿诺德期盼的文化，而且还令人尴尬地羞辱了他为文化确定的前提”。当“有人动辄以‘反精英主义’的时髦名义对确凿可鉴的文化衰败视而不见”之时，伊格尔顿愤怒了：“不应该任由这些人去胡闹。”①当然，并没有单一的指数可以显示文化的荣与衰。在后帝国、后现代主义的文化里，“英文研究”无可挽回地要死去了，伊格尔顿失望地看着今日“英国文学”的守护者们，感慨地说：

> 重要的是：他们今天根本做不来《细察》所做的那种刚劲有力、凌厉进取的事情，只是一味依靠大国沙文主义的肠胃反应，还美其名曰精神直觉。利维斯没有看到与“理论”纠缠的必要性，那是自信的表现，也可以说是紧张不安的反映。他感到文化传统看得见、摸得着地“丰富地存在着”，可以进行具体的展示，能够激发起许多门徒的热情。②

伊格尔顿“不可救药地”陷入了利维斯式的“怀旧情绪”。他认为现在的文学批评家缺乏的正是利维斯式的“直觉论”，这是一种丧失了利维斯们的干劲的后卫行动。伊格尔顿对后现代主义的批评不能不引起我们的反思：今天我们为什么要重提利维斯？他对后继的文化研究有着怎样的启示意义？可以说，利维斯是文化研究话语逻辑推进的重要一环，是连接霍加特、威廉斯文化研究理论的必不可少的纽带，对当今文化研究有着重要的理论意义和存在价值。正如威廉斯在《长久的革命》中论述的“选择传统”的意义那样，其重要性在于：一方面在选择性传统的活动中，我们可以重新发现被当成故纸而弃之不顾的作品，为之翻案或者作为可资利用的资源；另一方面文化传统可被看作是对先人的持续选择和重新选择，梳理出特殊的发展路线。在当代文化分析中，选择性传统的现状至关重要，因为实际的情况往往是，这个传统的某种变化——确立过去的新路线、突破或重构现存的路线——是一种激进的当代变化。我们所做的是要通过显示历史的替代选择，使阐释变得有意识，将阐释与它所依赖的特定当代价值联系

---

① 特里·伊格尔顿：《历史中的政治、哲学、爱欲》，马海良译，第190—191页。

② 同上，第218—219页。

起来。[①] 在对利维斯的研究中,我们发现利维斯式的批评思想对于后期文化研究的发展蕴含着原创性思想的种子。

在思想认识方面,威廉斯在20世纪70年代接受《新左派评论》采访时,坦承利维斯主义是其理论起点,在回忆当年创办《政治与文学》(*Politics and Letters*,1947—1948)这份杂志时,他说:"当时我们想编这样一本杂志……将激进的左派政治与利维斯式的文学批评结合起来……利维斯最有吸引力的地方是他的文化激进主义。今天这么说似乎引来争议,但在当时的确如此。最先吸引我们的是利维斯对学院派、都市文学文化、商业出版物以及广告的攻击。其次,在文学研究中发现了实用批评,这种批评简直令人陶醉,那种感觉真是妙不可言。"[②]威廉斯心仪的是20世纪30年代盛行于英国剑桥大学以利维斯为首的《细察》文学批评。说利维斯激进是因为他们所践行的文学批评兼具美学和社会的考量,将文学经典视为文化的正宗,而将战后出现的流行文化视为文化水准降低的表征,其文化观兼具人文主义和保守主义色彩。与此相对,"一战"前英国的大学流行一种印象式文学批评。这种批评大谈作家的生平轶事,少谈作品思想、风格和结构,因而显得松弛散漫,缺乏严谨。其代表人物是牛津剑桥这些古老大学中占据早期文学教席的贵族化文学业余爱好者。《细察》集团与之针锋相对,力主回到作品,发掘作品与社会联系的细枝末节,从而纠正了文学批评散漫的业余之风,最终促使英文研究成为一门令人尊敬的严肃学科。[③] 在当时的背景之下,《细察》集团以其广受欢迎的见识和主张,迅速跻身于文学批评的正统之列。

在整个20世纪40—60年代,威廉斯深受利维斯的影响,这为他后来创造性地发展文化马克思主义埋下了思想的种子。霍加特也并不讳言自己与利维斯主义的继承关系。在1990年接受采访时,霍加特谈道:"当前,把利维斯称作'精英主义者'而加以排斥成为一种时尚,这实际上忽略了存在着每一种不同智慧的可能性,而看不到自己的愚蠢。"[④]霍加特指出:文化的定义包含两面:一面是《识字的用途》前半部分中给出的人类学意义上的定义,另一面是马修·阿诺德的文化定义,即"所思所想最好的那部分"。在

① Raymond Williams. *The Long Revolution*, pp. 52—53.

② Raymond Williams. *Politics and Letters*, pp. 65—66.

③ 赵国新:《新左派的文化政治:雷蒙·威廉斯的文化理论》,第19页。

④ John Corner. Studying Culture-Reflections and Assessments: An Interview with Richard Hoggart. *Uses of Literacy*, p. 278.

这一方面,“我是一个阿诺德主义者”[①]。因此,无论是威廉斯还是霍加特,他们都是利维斯文化思想的践行者。为此,托尼·贝内特(Tony Bennett)指出:“从历史的角度来看,利维斯主义者所做的工作具有非常重要的开创性意义,第一次尝试着将用于‘严肃’作品的文学分析运用到研究流行文化形式上面来。”[②]正是由于利维斯式批评的开创之功,才有当代“文化研究”在20世纪中叶在英国学界的迅速崛起,并成为一门显学。因此,这也从另一侧面证实了伊格尔顿的断言:利维斯与《细察》集团“实际上开启了”英国“文化研究”的先河。

从利维斯对语言的高度关注来看,他倡导的“文本细读”从方法论的角度影响了当代文化研究。这是利维斯将文学文本分析引入广告分析的文化批评实践,它通过对文化文本的细读来“精细地剖析社会生活的肌理”,从而使文本分析在审美分析和符号分析之间建立起某种联系。文化研究中的符号学一方面接受结构主义的影响,另一方面得益于利维斯的文本研究。符号学的重要性在于它为文化研究提供了一种方法论,使得非语言符号如声音、图像及其相互关系的分析成为可能。因此,利维斯对“语言使用”细致、敏锐的关注和研究,可以说是在文化研究中考察文化运作的符号模式的雏形。后经霍加特的继承和发扬,促使符号学研究在CCCS的历史语境中萌芽,直至霍尔创造性地引入欧陆理论,才有了文化研究与符号学、意识形态和霸权理论相结合的新景观。文化研究文本分析的目的不同于文学文本分析的评价目的。符号学应用于大众文化文本分析的目的在于它坚持将单个文本的分析作为考察更大的文化结构的场地。正如理查德·约翰逊所指出的:虽然文本分析在文化研究中占据主流,但文本只是文化研究的手段,不再是“只为研究而研究的对象”,而是为达成它所要实现的主体形式和文化形式。[③] 文化研究偏重于文化的意义和价值,因为文化研究指向特殊的目的:为的是理解工业社会中权力关系的运作方式。

利维斯的“有机社会”怀旧情结已成众矢之的,对此弗雷德·英格利斯却有另类解读。他认为“怀旧情结”不是一个该诅咒的词语。它既可以是一种朝向好的、积极行动的强大力量,也可以是一种消极的、美学的精神渗

---

① John Corner. Studying Culture-Reflections and Assessments: An Interview with Richard Hoggart. *Uses of Literacy*, p. 278

② Tony Bennett. *Popular Culture: Past and Present*, the Open University Press, 1982, p. 6.

③ Graeme Turner. *British Cultural Studies*, pp. 16—17.

透。它或许是所有有着幸福童年的男男女女的基本情结，他们永远都在生活中探寻，努力恢复早年幸福生活的完美意义。正如弗洛伊德(Freud)的猜测，所有的男男女女都渴望那失去的母亲怀抱，毕竟他们无从知晓童年在母亲怀抱中的温暖。[①] 然而，这是一种历史观。在此，永远流动的现在，相较那已逝的、引向怀旧的、过去的"有机共同体"总是招致批评。文化研究恰恰处在批评的怀旧与规划未来的批评形成的张力之间，在渴求与希望之间徘徊。正因如此，霍加特、威廉斯等文化学者总会于无意识中纠结于怀旧情结与未来向往的矛盾之中。霍加特和利维斯一样都痛惜旧的有机社会的消失，并将最后的时间和地点从 1885 年的诺丁汉郡的矿镇移至 1930 年的约克郡利兹市崎岖起伏的工人阶级的生活区。[②] 而威廉斯则代表着潘蒂(Pandy)地区铁路沿线的"有机社会"。威廉斯的第一部小说就是用来证明"有机社会"存在于那个地区。他追述了英国精神生活中文化概念的谱系，不时回到那里，以此来感受那种曾是一个多世纪以来英国"感觉结构"中不可抗拒的，却已被弱化了的怀旧之情的力量。[③] 特纳在《英国文化研究》中指出：威廉斯在其早期著作中流露出明显的利维斯式的"怀旧"倾向，并且"霍加特和威廉斯所提供的工人阶级文化是有些理想化了的版本，在某种意义上是作为当代英国文化模仿的范本提出的"。尽管如此，特纳认为："威廉斯……堪称传播新思想的种子……他从自己的研究中少有收获，却建立了一个由他人来不断扩展的传统。"[④]

对于利维斯式的"反理论"倾向来说，对"理论"的抗拒无疑是促使"文学研究走向末日"的重要原因之一，但也是利维斯式文学批评魅力的一个方面。利维斯的文学批评扎根于民族语言的丰富表现与独一无二的经验方式的密切联系之中，天然地反映出文学的美学内涵及其本质规律，这一规律不为抽象的理论意志所左右，显示出"活的"语言的生命力。这正是利维斯式的文学批评"在 20 世纪那么受欢迎，产生了那么深远的影响，直到最近竟然成了'文学研究'的正宗"的原因。[⑤] 佩里·安德森在《民族文化的成分》(*Components of the National Culture*)一文中指出，利维斯本人的批评成就非常卓著……他的作品不言自明，"作为批评家，利维斯至今是一位

---

① Fred Inglis. *Cultural Studies*, p. 47.

② Fred Inglis. *Culture*, p. 98.

③ Inglis. *Culture*, p. 100.

④ Graeme Turner. *British Cultural Studies*, pp. 46—48.

⑤ Raman Selden , Peter Widdowson. *New Criticism*, *Moral Formalism and F. R. Leavis*// *A Reader's Guide to Contemporary Literary Theory*, pp. 26—27.

无人超越的里程碑”[①]。在论及利维斯的“反理论”观点时，安德森认为，(利维斯)所谓理论缺失的意思是，存在的不是理论，而是“真实的判断”和以“生活过的经验”为依据的常识。利维斯的批评不需要理论，实际上也无法理论化。而这看似悖论费解的情形，恰是许多年来利维斯批评思想最强大的力量所在。[②]

---

① Perry Anderson. “Components of the National Culture,” *Student Power*, pp. 269—271.

② Anderson. *Components of the National Culture*, *Student Power*, pp. 270—272. Raman Selden , Peter Widdowson. *A Reader's Guide to Contemporary Literary Theory*, p. 26.

第六章 结 语

如今，利维斯所钟爱的批评事业已翻开了崭新的一页。在20世纪中后期，他的思想一度被后生可畏的“文化研究”所颠覆和取代，被拉康、福柯、德里达等人掀起的后现代主义浪潮所湮没。今日我们驻足回望、反思这段绵延不断的英国文化观念发展史中利维斯主义的发展、兴盛乃至衰落，感慨颇多。我们仍需追问：利维斯批评话语衰落的真正原因是什么？利维斯主义留给我们的是怎样的文化遗产和重要启示？它对我们今日的文学研究和文化研究有着怎样的意义？

从阿诺德到利维斯的文化批评，代表着20世纪50年代之前英国思想细脉中批判工业文明的文化传统，其文化批评模式折射出自由人文主义学者对于美好事物、心智健康等人文理想的追求。他们所坚持的文化批评理念对其所处时代随“机器文明”而来的工业主义、功利主义提出了生动的批判，具有鲜活的生命力。而到了50年代以后，利维斯式的批评话语面临着新的挑战和生存危机，究其原因，不同的学者曾给出了各自令人信服的解释（如前文所示）。然而，其根本原因可以追溯到这一文化批评传统所承载的人文主义精神的兴衰起伏。正如业师黄卓越先生的分析：“二战”后成长起来的追求平等意识的“公民社会”，逐渐将传统的人文主义拖入到极大的困境之中，而利维斯式单向度的文学文化批评日益难以回答和解决新的社会变化提出的深层次问题，诸如阶级问题、公民社会与文化民主问题、种族问题、性别问题、消费社会问题等等。同时利维斯学说所依附的人文主义理念遭到质疑，“它巨大的躯体开始退化、消涨之时，它的依附物也就因缺乏观念主干输送的补养，进入一个衰颓时期，被其他更新的话语所压迫和取代”①。因此，人文主义的危机预示着利维斯主义边缘化的历史趋势。

然而，利维斯主义给我们留下了珍贵的文化遗产和重要的启示。首

① 黄卓越：《离合之旅：英国文化研究与文学研究之关系考察》，见易晓明编《英语文学与文化研究》，第66页。

先，利维斯批评话语中的人文主义思想不仅在其起步之时具有积极意义，而且对于当今文化研究仍具有重要的价值。因为，对于人文精神的坚守关乎人文知识分子所肩负的使命问题。文化研究就其内容来看，关注的对象主要是社会群体、边缘民众，因此也包含着深厚的人文主义因子。其次，利维斯主义话语中强烈的批评意识展示出的社会批评维度，不仅为当代知识话语所必需，也同样得到当代文化研究的传承和保持。虽然利维斯式的文化批评与当代文化研究呈现出看似对立的价值取向，但是前者的驱弊功能与后者的现实主义意识并不矛盾，都关注现实社会，而且当代文化研究更接近当代生活。

此外，利维斯的文学文化批评对于当代中国的文学研究和文化研究有着不可估量的重要意义。就我国文学研究的现状来说，聂珍钊先生曾在《剑桥学术传统与研究方法：从利维斯谈起》一文中，总结了目前我国文学研究存在的两方面问题。第一，文学研究的异化问题。聂珍钊认为，现在一些文学研究往往脱离了文学本身，反而是“拿着各种理论标签像对货物分类一样去寻找作品，当找到可以对应的作品时，就贴上各类标签”[①]。文学和文学理论的关系被颠倒了，文学和理论的二律背反是这一现象的总体特征。他认为这并不意味着我们的理论水平提高了，反而是下降了。目前理论变成了一个使用频率极高的词语，也是最让人动心的话题，有人甚至对理论达到痴迷的程度，结果使得原本对文学作品的研究变成了对理论的抽象研究，从而导致文学研究的异化。第二，从理论到理论的文学研究倾向。在聂珍钊看来，现在的文学研究学派林立，似乎如果你不从属于某个流派，或者运用某一学派的理论，你的研究就不会有深度。在这种风气的影响下，学派理论变得空洞抽象，似乎成了装饰。事实上，我们学习和借鉴西方文学理论是为了理解文学、阐释文学、批评文学，而当这些理论被移植到我们这里时却发生了变异，成了从理论来到理论去，文学被边缘化了，文学被消解了，文学不见了。既然文学没有了，文学批评的基础和意义也就没有了。为此，聂珍钊建议我们“读一读利维斯的文学批评著作吧”[②]，看看他是怎样研究文学的。

利维斯的文学批评始终立足于文学文本，无论是诗歌批评还是小说批评，他都是在“文本细读”和谙熟作家作品的基础上进行批评评价的。他不

---

① 聂珍钊：《剑桥学术传统与研究方法：从利维斯谈起》，《外国文学研究》2004 年第 6 期，第 8 页。

② 同上，第 10 页。

仅依据文学的特点、文学批评的特点以及语言的特点进行分析阐释，而且还将文学与社会、文学与文化联系起来思考，因为利维斯坚信："真正对文学的兴趣也是对人、对社会和文明的兴趣，它是没有疆界的"[①]。同时，他的批评也是一种社会批评、文化批评，他遵循的批评标准是：文学作品要密切关注于现实，成为探索人生和自我的手段；要展示出强烈的道德关怀；内容和形式要融合成有机的统一体；思想和情感要熔为一炉。这就是利维斯的批评理论，一种来自于生活经验、文学体验和批评实践的真知灼见。或如殷企平所说的，利维斯并非真正拒斥理论，他之所以以"反理论"的批评家自居，就是为了更高超地运用理论，兼收并蓄各家理论之长，遵循特定的原则和标准，使文学批评更富效力，避免陷入理论生搬硬套的教条主义。[②] 虽然他的批评并非完美，有时落入空洞的溢美之词，有时显得冗长烦琐，有时缺乏严谨、观点抵触，但是他的文学批评为我们树立了一个榜样。在当下学界热衷于种种理论时尚、沉湎于各种叙事技巧、迷失于各种理论之时，我们不妨读读利维斯那独具锋芒的批评著作，听听他那掷地有声的文学见解，必会收获新的感悟和启示。

从我国文化研究的现状来看，自 20 世纪 90 年代将文化研究引入中国学术界开始，利维斯、霍加特、威廉斯、霍尔等人的文化思想和研究成果逐渐为我们熟悉和借鉴。众所周知，英国文化研究自诞生之日起，它就是以反学科化、反专业化、反体制化的实践精神现身的。然而，在历经几十年的发展过程中，文化研究自身也面临着学科化、体制化的命运。在中国文化研究领域，这一趋势正愈演愈烈，"文化研究"似乎已变成了一种时髦话语，然事实上许多学者对这一领域的渊源、基本问题和政治志趣缺乏深入思考，可以说，"中国学界一些学者是在没有弄清楚什么是文化研究的时候，就开始大搞特搞文化研究了"[③]。这一现状敦促我们反思：文化研究的真正渊源在哪里？理论化、体制化以后的文化研究与早期文化研究具有同样的价值和意义吗？英国文化研究的理论资源可以直接移用于中国语境吗？

就西方文化理论在中国的适用性问题而言，完全的"拿来主义"式的照搬理论是行不通的，其结果常常是悖论式的：一种批判性的激进理论被搬用到不同的语境中时，很有可能丧失其批判性，甚至蜕变为中心主义的保

---

① F. R. Leavis. *Sociology and Literature*, *The Common Pursuit*, p. 200.

② 殷企平：《用理论支撑阅读——也谈利维斯的启示》，《外国文学》1999 年第 5 期，第 52—53 页。

③ 马征：《文化研究在中国》，《文艺理论与批评》2005 年第 1 期，第 94 页。

守话语。比如英国是一个精英主义传统比较深厚、高级文化与大众文化之间界限较为分明的国家，其50—60年代的大众文化研究虽具有较强的批判性，但仍然未能摆脱精英主义的影响。70年代以后，以约翰·费斯克(John Fisk)等人为代表的文化理论家试图扭转这一趋势，试图建构一种积极乐观的大众文化理论。但是，在美国这样一个本身就缺少精英主义传统，大众文化占据较大比重的语境中，文化研究的批判性精神就大打折扣。因此，在借鉴西方文化理论的同时，我们应该"总结自己的经验并寻求差异"，促使中国文论建设"从话语盲视走向精神自觉"[①]。

正如霍加特、威廉斯等英国文化学者从利维斯的文化批评中多有借鉴，开辟出自己的学术之路一样，我们不妨以同样的精神来开拓中国语境下的文化研究事业。虽然利维斯的文化批评立足于文学研究，威廉斯的文化研究立足于日常生活，但是他们都强调文化批评的实践性、批判性、时代性品格，都强调文学批评与文化批评/文化研究、文化批评与现实生活的血肉联系。文学研究与文化研究也存在着内在的相互借鉴的互动关系。首先，从方法论方面，文化研究没有自成一统的理论体系的研究方法，它从文学研究中吸取了"文本细读"，从社会学和人类学中吸取了"民族志"的研究方法，从结构主义中吸取了"符号学"和意识形态批评方法等等，与利维斯式文学批评的跨学科性质相似。其次，虽然文化研究是对文学批评的反驳和超越，但是它不是踢开文学，相反文化研究开辟了分析文学作品的新语境。正如乔纳森·卡勒(Jonathan Culler)观察到的："从来没有过如此之多的关于莎士比亚的论文，人们从任何一个可以想象到的角度研究莎士比亚，用女权主义的、马克思主义的、心理分析学的、历史的以及解构主义的方法解读莎士比亚。"[②]因此，文化批评和文化研究虽然有着不同的视界，但是共同的渊源及其诸多方面的借鉴决定了两者学术上的亲缘关系。

然而，文化研究经半个多世纪跨越全球的激进式推进和发展，其学科化、制度化倾向日益明显，因此在新的社会语境中如何使文化研究"再语境化"，而不失原创者的精神即成为众多学者探讨的问题。为此，重温利维斯或者霍加特和威廉斯等人的文化著作必有裨益。比如以中国的语境为例，重要的是要在借鉴西方思想的基础上，在中国的语境中做出中国的文化研

---

① 王岳川:《从文学理论走向文化研究的精神动脉》,《文学自由谈》2001年第4期,第93—96页。

② Jonathan Culler. *Literary Theory: A Very Short Introduction*, the Oxford University Press, 1997, p. 51.

究。正如安娜·葛雷(Ann Gray)教授①在2009年6月北京语言大学主办的"全球传媒与文化研究"主题国际研讨会上所讲的:"就中国的情况而言,具有意义的研究是要探索出自己的文化研究版本,并从自身的视角出发获取理解世界的有益工具。对中国的过去、现在和未来的发展战略有着独到的观察和理解将会最大限度地缩小物质上和思想上潜在的盲区。"②她认为,中国所进行的文化研究,作为世界性思想课题纵深发展的一部分,有着巨大的重要性。我们满怀信心:伴随中西文化的深入交流和更多的利维斯研究专著的出现,中国的文学研究和文化研究将会呈现出一个长足发展的势头。谨希望本书能够起到抛砖引玉的作用,为利维斯学术思想的"中国之旅"铺路搭桥。

---

① 安娜·葛雷,现为英国林肯大学文化研究系教授。曾于伯明翰文化研究系(the Department of Cultural Studies in Birmingham)从事研究和教学工作多年,并于1997—2000年担任该系主任,为伯明翰系脉后期重要成员。她是《欧洲文化研究杂志》(*European Journal of Cultural Studies*)的创刊主编。曾主编两卷本的CCCS中心文化研究工作论文(working paper)集。2009年6月她受BLCU国际文化论坛之邀前来北京语言大学演讲。

② [英]安娜·葛雷:《全球媒体:文化研究问题考量》,张瑞卿译,《江西社会科学》2009年第11期,第256页。

附　录　F.R. 利维斯生平大事年表

1895　利维斯诞生于英国剑桥郡一个钢琴商的家庭。

1914—1918　第一次世界大战期间，利维斯奔赴法国战场，在“朋友救护队”当了一名担架兵。

1919　“一战”后利维斯重回剑桥，在剑桥大学伊曼纽尔学院攻读历史学。

1920　利维斯由历史学转向英国文学。

1924　完成博士论文《新闻业与文学之关系：早期英国新闻业之兴起与发展研究》(*The Relationship of Journalism to Literature: Studies in the Rise and Earlier Development of the Press in England*)，并获英国文学博士学位。

1925—1932　剑桥大学聘利维斯为英国文学试用教师。

1929　与 Q. D. 罗斯结婚。

1930　出版《大众文明与少数人文化》(*Mass Civilization and Minority Culture*)和《D. H. 劳伦斯》(*D. H. Lawrence*)。

1932　创办《细察》(*Scrutiny*)季刊。
出版《英国诗歌新动向》(*New Bearings in English Poetry*)。
出版《如何教授阅读：埃兹拉·庞德诗歌入门》(*How to Teach Reading: A Primer for Ezra Pound*)。
担任剑桥大学唐宁学院英文研究主任。

1933　出版《论延续性》(*For Continuity*)。
出版《文化与环境》(*Culture and Environment*)。
编辑出版《走向批评标准集》(*Towards Standards of Criticism*)。

1934　出版《决断：批评文论》(*Determinations: Critical Essays*)。

1936　成为唐宁学院正式教师和研究员。
出版《重新评价：英诗传统与发展》(*Revaluation: Tradition

and Development in English Poetry)。

1939—1945　“第二次世界大战”爆发。

1943　出版《教育与大学:英文学院的规划》(*Education and the University: A Sketch for an 'English School'*)。

1944　“巴特勒教育法案”(*The Butler Education Act*)出台。

1948　出版《伟大的传统》(*The Great Tradition: George Eliot, Henry James, Joseph Conrad*)。

1950　编辑出版《穆勒论边沁和柯勒律治》(*Mill on Bentham and Coleridge*)。

1952　出版《共同的追求》(*The Common Pursuit*)。

1953　《细察》季刊停刊。

1954　担任剑桥大学英语系董事会会员。

1955　出版《小说家:D. H. 劳伦斯》(*D. H. Lawrence: Novelist*)。

1959　晋升为剑桥大学讲师(University Reader at Cambridge)。

1962　退休,离开教学岗位,被唐宁学院授予荣誉研究员。

出版《两种文化? C. P. 斯诺的意义》(*Two Cultures? The Significance of C. P. Snow*)。

1964　辞去唐宁学院荣誉研究员一职。

1965—1967　应邀担任约克大学客座教授。

1966　在美国做演讲。

1967　在剑桥大学开设“克拉克讲座”(Clark Lectures)。任约克大学客座教授。

出版《安娜·卡列尼娜及其他文论》(*Anna Karenina and Other Essays*)。

1968　编辑出版《细察文选》(*A Selection from Scrutiny*)。

1969　应邀担任威尔士大学客座教授。

出版《美国演讲》(*Lectures in America*)。

出版《我们时代的英国文学和大学》(*English Literature in Our Time and the University*)。

1970　应邀担任布里斯托大学邱吉尔客座教授(Churchill Visiting Professor at Bristol)。

出版《小说家狄更斯》(*Dickens the Novelist*, with Q. D. Leavis)。

1972　出版《我的剑也不会(沉睡)》(*Nor Shall My Sword*)。

1975　出版《活的原则：英文是一种思想训练》(*The Living Principle: English as a Discipline of Thought*)。

1976　出版《思想、词语与创造性：劳伦斯的艺术和思想》(*Thought, Words and Creativity: Art & Thought in Lawrence*)。

1978　辞世。荣获荣誉爵士(Companion of Honor)。

参考文献

利维斯的著作

[1]LEAVIS F R. Mass Civilization and Minority Culture[M]. Cambridge: Minority Press, 1930. [2nd ed. For Continuity and Education and the University ,1948]

[2] LEAVIS F R. D. H. Lawrence[M]. Cambridge: Minority Press, 1930.

[3] LEAVIS F R. New Bearings in English Poetry: A Study of the Contemporary Situation[M]. London: Chatto & Windus, 1932.

[4] LEAVIS F R. How to Teach Reading: A Primer for Ezra Pound[M]. Cambridge: Minority Press, 1932.

[5] LEAVIS F R., THOMPSON DENYS. Culture and Environment: The Training of Critical Awareness[M]. London: Chatto & Windus, 1933.

[6] LEAVIS F R. For Continuity[M]. Cambridge: Minority Press, 1933.

[7] LEAVIS F R. Revaluation: Tradition and Development in English Poetry[M]. London: Chatto & Windus, 1936.

[8] LEAVIS F R. Education and the University: A Sketch for an "English School" [M]. London: Chatto & Windus, 1943.

[9] LEAVIS F R. The Great Tradition: George Eliot, Henry James, Joseph Conrad[M]. London: Chatto & Windus, 1948.

[10]LEAVIS F R. New Bearings in English Poetry: A Study of the Contemporary Situation[M]. New Edition with Retrospect. London: Chatto & Windus, 1950.

[11] LEAVIS F R. The Common Pursuit[M]. London: Chatto & Windus, 1952.

[12] LEAVIS F R. D. H. Lawrence: Novelist[M]. London: Chatto & Windus, 1955.

[13] LEAVIS F R. Two Cultures? The Significance of C. P. Snow[M]. Being the Richmond Lecture, 1962. With an Essay on Sir Charles Snow's Rede Lecture, by Michael Yudkin. London: Chatto & Windus, 1962.

[14] LEAVIS F R. Scrutiny: A Retrospect[M]. Cambridge: Cambridge University Press, 1963.

[15] LEAVIS F R. 'Anna Karenina' and Other Essays[M]. London: Chatto & Windus, 1967.

[16] LEAVIS F R. ,LEAVIS Q. D. Lectures in America[M]. London: Chatto & Windus, 1969.

[17] LEAVIS F R. English Literature in Our Time and the University [M]. The Clark Lectures, 1967. London: Chatto & Windus, 1969.

[18] LEAVIS F R. ,LEAVIS Q D. F. Dickens the Novelist[M]. London: Chatto & Windus, 1970.

[19] LEAVIS F R. Gerard Manley Hopkins: Reflections after Fifty Years[M]. The Second Annual Hopkins Lecture. London: The Hopkins Society, 1971.

[20] LEAVIS F R. Nor Shall My Sword: Discourses on Pluralism, Compassion and Social Hope[M]. London: Chatto & Windus, 1972.

[21] LEAVIS F R. Letters in Criticism. Edited and with an Introduction by John Tasker[M]. London: Chatto & Windus, 1974.

[22] LEAVIS F R. The Living Principle: 'English' as a Discipline of Thought[M]. London: Chatto & Windus, 1975.

[23] LEAVIS F R. Thought, Words and Creativity: Art and Thought in Lawrence[M]. London: Chatto & Windus, 1976.

Posthumous Publications

[1]LEAVIS F R. Reading Out Poetry and Eugenio Montale: A Tribute [C]. Together with the Proceedings of a Commemorative Symposium

on Leavis Held at the Queen's University of Belfast, with Lord Boyle of Handsworth as Guest Speaker. Belfast: The Queen's University of Belfast, 1979.

[2] LEAVIS F R. The Critic as Anti-Philosopher. Essays and Papers [M]. Edited by G. Singh. London: Chatto & Windus, 1982.

[3] LEAVIS F R. Valuation in Criticism and Other Essays[M]. Edited by G. Singh. Cambridge: Cambridge University Press, 1986.

[4] LEAVIS F R. More Letters in Criticismby F. R. Leavis and Q. D. Leavis[M]. Edited by M. B. Kinch. Bradford-on-Avon: M. B. Kinch, privately printed, 1992.

Books Edited or Introduced by F. R. Leavis

[1]LEAVIS F R. Towards Standards of Criticism: Selections from The Calendar of Modern Letters 1925—1927. Chosen and with an Introduction by F. R. Leavis[C]. London: Wishart, 1933.

[2] LEAVIS F R, BIAGGINI E G. English in Australia: Taste and Training in a Modern Community. Foreword by F. R. Leavis[M]. Melbourne: Melbourne University Press, in association with Oxford University Press, 1933.

[3] LEAVIS F R. Determinations: Critical Essays. Introduction by F. R. Leavis[C]. London: Chatto & Windus, June 1934.

[4] LEAVIS F R, BIAGGINI E G. The Reading and Writing of English. Preface by F. R. Leavis[M]. London: Hutchinson, 1936.

[5] LEAVIS F R. Mill on Bentham and Coleridge. Introduction by F. R. Leavis[M]. London: Chatto & Windus, November 1950.

[6] LEAVIS F R, BEWLEY MARIUS. The Complex Fate: Hawthorne, Henry James and Some Other American Writers. With an Introduction and Two Interpolations by F. R. Leavis[M]. London: Chatto & Windus, 1952.

[7] LEAVIS F R, TWAIN MARK. Pudd'nhead Wilson: A Tale. Introduction by F. R. Leavis[M]. London:Zodiac Press, 1955.

[8] LEAVIS F R, CONRAD JOSEPH. Nostromo: A Tale of the Seaboard. Foreword by F. R. Leavis[M]. Signet Classics. New York:

New American Library, 1960.
[9] LEAVIS F R, ELIOT GEORGE. Daniel Deronda. Introduction by F. R. Leavis[M]. New York: Harper, 1961.
[10] LEAVIS F R, ELIOT GEORGE. Adam Bede. Foreword by F. R. Leavis[M]. New York: New American Library, 1961.
[11] LEAVIS F R, JAMES HENRY. Selected Literary Criticism[C]. Edited by Morris Shapira. Preface by F. R. Leavis. London: Heinemann, 1963.
[12] LEAVIS F R, BUNYAN JOHN. The Pilgrim's Progress. Afterword by F. R. Leavis[M]. New York: New American Library, 1964.
[13] LEAVIS F R, ELIOT GEORGE. Felix Holt, the Radical. Introduction by F. R. Leavis[M]. Everyman's Library. London: Dent, 1967.
[14] LEAVIS F R, COVENEY PETER. The Image of Childhood. Revised Edition. Introduction by F. R. Leavis[M]. Peregrine Books. Harmondsworth: Pengum Books, 1967.
[15] LEAVIS F R. A Selection from 'Scrutiny'. Compiled by F. R. Leavis. Prefatory Note by F. R. Leavis. Two Volumes[C]. Cambridge: Cambridge University Press, 1968.
[16] LEAVIS F R. Towards Standards of Criticism: Selections from The Calendar of Modern Letters 1925—1927. Chosen and with Introductions (1933 & 1976) by F. R. Leavis[C]. London: Lawrence and Wishart, 1976.

Books Containing a Substantial Collection of Items by F. R. Leavis

[1] LEAVIS F R. Bentley, Eric, ed. The Importance of 'Scrutiny': Selections from Scrutiny: A Quarterly Review[C]. New York: George W. Stewart, 1948.
[2] LEAVIS F R. Coombes, H. , ed. D. H. Lawrence: A Critical Anthology[C]. Harmondsworth: Penguin Books, 1973.

利维斯的主要学术论文

[1] LEAVIS F R. The Relationship of Journalism to Literature: Studied in the Rise and Earlier Development of the Press in England[D]. Unpublished PhD Thesis, University of Cambridge, 1924.

[2] LEAVIS F R. T. S. Eliot: a Reply to the Condescending[J]. The Cambridge Review, 1929,8:254—256. [later collected in Valuation in Criticism and other essays]

[3] LEAVIS F R. [Untitled] Review of Cambridge Poetry[J]. The Cambridge Review, 1929,1: 317—318.

[4] LEAVIS F R. Green Fields[J]. The Cambridge Review, 1929: 118.

[5] LEAVIS F R. T. F. Powys[J]. The Cambridge Review, 1930: 388—389.

[6] LEAVIS F R. On D. H. Lawrence[J]. The Cambridge Review, 1930:493—495. [later collected in Valuation in Criticism and other essays]

[7] LEAVIS F R. [Untitled] Review of Cambridge Poetry[J]. The Cambridge Review, 1930:414—415.

[8] LEAVIS F R. [Untitled] Review of Katherine Mansfield[J]. Novels and Novelists, The Cambridge Review, 1930: 169.

[9] LEAVIS F R. Intelligence and Sensibility[J]. The Cambridge Review, 1931: 186—187. [later collected in Valuation in Criticism and other essays]

[10] LEAVIS F R. [Untitled] Review of W. H. Auden[J]. Poems, in TLS, 1931: 221.

[11] LEAVIS F R. The Influence of Donne on Modern Poetry[J]. The Bookman, 1931:346—347. [later collected in Valuation in Criticism and other essays]

[12] LEAVIS F R. Criticism of the Year[J]. The Bookman ,1931:180.

[13] LEAVIS F R. Poetry in an Age of Science[J]. The Bookman, 1932: 42.

[14] LEAVIS F R. Poetry-Lovers, Prosody and Poetry[J]. The Spectator, 1932: 705—706.

[15] LEAVIS F R. [Untitled] Review of W. H. Auden, The Orators [J]. in the Listener, 1932:906.

[16] LEAVIS F R. This Age in Literary Criticism[J]. The Bookman , 1932:8—9.

[17] LEAVIS F R. Lord, What Would They Say? [J]. Scrutiny I. iii 1932:290—291.

[18] LEAVIS F R. An American Lead[J]. Scrutiny I. iii 1932:297—300.

[19] LEAVIS F R. Resolute Optimism, Professional and Professorial[J]. Scrutiny I. iii 1932:300—301.

[20] LEAVIS F R. More Lawrence[J] . Scrutiny I. iv 1933: 404—405.

[21] LEAVIS F R. Dostoevsky or Dickens? [J]. Scrutiny II. i 1933: 91—93.

[22]LEAVIS F R. [Untitled] Review of Peter Quennell, Aspects of Seventeenth-Century Verse and Elizabeth Holmes, Henry Vaughan and the Hermetic Philosophy[J]. in Scrutiny II. i 1933:108—109.

[23] LEAVIS F R. Battles Long Ago[J]. Scrutiny II. ii 1933:202—204.

[24] LEAVIS F R. English Letter[J]. Poetry 43 1934: 215—221.

[25] LEAVIS F R. English Letter[J]. Poetry 44 1934: 98—102.

[26] LEAVIS F R. Auden, Bottrall and Others[J]. Scrutiny III. i 1934:70—83.

[27] LEAVIS F R. [Untitled] Review of C. E. M. Joad (ed.), Manifesto, Scrutiny III. ii 1934:215—217.

[28] LEAVIS F R. Shelley's Imagery[J]. The Bookman 1934,86:278.

[29] LEAVIS F R. Marianne Moore[J]. Scrutiny IV. i 1935: 87—90.

[30] LEAVIS F R. English Letter [J]. Poetry 46,1935: 274—278.

[31] LEAVIS F R. Hugh MacDiarmid[J]. Scrutiny IV. iii 1935:305.

[32] LEAVIS F R. Doughty and Hopkins[J]. Scrutiny IV. iii 1935: 30.

[33] LEAVIS F R. [Untitled] Review of Richard Heron Ward, The Powys Brothers, in Scrutiny IV. iii 1935 : 318.

[34] LEAVIS F R. The Orage Legend[J]. Scrutiny IV. iii 1935:319.

[35] LEAVIS F R. [Untitled] Review of Michael Roberts (ed.), The Faber Book of Modern Verse and I. M. Parsons, The Progress of Poesy, in Scrutiny V. i 1936:116—117.

[36] LEAVIS F R. [Untitled] Review of Richard Eberhart, Reading the

Spirit[J]. in Scrutiny V. iii 1936 :333—334.

[37] LEAVIS F R. The Marxian Analysis[J]. Scrutiny VI. ii 1937: 201—204.

[38] LEAVIS F R. Advanced Verbal Education[J]. Scrutiny VI. ii 1937: 211—217.

[39] LEAVIS F R. The Recognition of Isaac Rosenberg[J]. Scrutiny VI. ii 1937: 229—234.

[40] LEAVIS F R. The Fate of Edward Thomas[J]. Scrutiny VII. iv 1939:441—443.

[41] LEAVIS F R. Hart Crane from This Side[J]. Scrutiny VII. iv 1939: 443—446.

[42] LEAVIS F R. 'Arnold's Thought' [J]. Scrutiny VIII. i 1939:92—99.

[43] LEAVIS F R. The Function of the University[J]. Scrutiny VIII. ii 1939:288—209.

[44] LEAVIS F R. Critical Guidance and Contemporary Literature[J]. Scrutiny VIII. ii 1939:227—232.

[45] LEAVIS F R. Pope on the Upswing[J]. Scrutiny VIII. 2 1939: 237—240.

[46] LEAVIS F R. Hardy the Poet[J]. Southern Review 1940,6: 87—98. [later collected in The Critic as Anti-Philosopher]

[47] LEAVIS F R. [Untitled] Review of B. Ifor Evans, A Short History of English Literature[J]. Scrutiny IX. ii September 1940: pp. 180—181.

[48] LEAVIS F R. Education and the University (II): Criticism and Comment[J]. Scrutiny IX. iii 1940:259—270.

[49] LEAVIS F R. [Untitled] Review of T. S. Eliot, East Coker[J]. The Cambridge Review, 1941: 268—270.

[50] LEAVIS F R. An American Critic[J]. Scrutiny XI. i 1942: 72—73.

[51] LEAVIS F R. Landor and the Seasoned Epicure[J]. Scrutiny XI. ii 1942: 148—150.

[52] LEAVIS F R. The Liberation of Poetry[J]. Scrutiny XI. iii 1943: 212—215. Little Gidding, Scrutiny XII. i 1943: 58.

[53] LEAVIS F R. Catholicity or Narrowness? [J]. Scrutiny XII. iv

1944:292—295.

[54] LEAVIS F R. Meet Mr Forster[J]. Scrutiny XII. iv 1944:308—309.

[55] LEAVIS F R. Comments: Henry James and the English Association; The Times Literary Supplement, An Irish Monthly; The Kenyon Review and Scrutiny; For Whom Do Universities Exist? [J]. Scrutiny XIV. ii 1946: 131—137.

[56] LEAVIS F R. Henry James's First Novel[J]. Scrutiny XIV. iv 1947:295—301. [later collected in Valuation in Criticism and other essays]

[57] LEAVIS F R. The Teaching of Literature (III): The Literary Discipline and Liberal Education[J]. Sewanee Review, 1947, 55 :586—609. [later collected in Valuation in Criticism and other essays]

[58] LEAVIS F R. Critic and Leviathan: Literary Criticism and Politics [J]. Politics and Letters I. 2—3, 1948 :58—61.

[59] LEAVIS F R. L. H. Myers and the Critical Function: Rebuke and Reply[J]. Scrutiny XVI. iv 1949:330—333.

[60] LEAVIS F R. Poetry Prizes for the Festival of Britain, 1951[J]. Scrutiny XVI. iv 1949: 333—335.

[61] LEAVIS F R. The Legacy of the "Twenties" [J]. Letter to The Listener ,1951:502—503.

[62] LEAVIS F R. Saints of Rationalism[J]. The Listener, 1951: 672.

[63] LEAVIS F R. Lawrence and Eliot[J]. Scrutiny XVIII. ii 1951:139—143.

[64] LEAVIS F R. The Approach to James[J]. The Listener, 1951: 987.

[65] LEAVIS F R. The State of Criticism: Representations to Fr Martin Jarrett-Kerr [J]. Essays in Criticism 3 1953:215—233.

[66] LEAVIS F R. The Critical Forum: The State of Criticism[J]. Essays in Criticism 3 1953: 364—365.

[67] LEAVIS F R. The "Great Books" and a Liberal Education: Must All Free Men Read Them — Or Be Slaves? [J]. Commentary 1953: 224—232. [later collected in The Critic as Anti-Philosopher]

[68] LEAVIS F R. The Perfect Critic[J]. letter to The Manchester Guardian, 1953: 4.

[69] LEAVIS F R. Correspondence[J]. Scrutiny XIX. iv 1953：330.

[70] LEAVIS F R. Scrutiny[J]. Letter to The Manchester Guardian, 1953:4.

[71] LEAVIS F R. Virtue in Our Time："Literary Periodicals" and The Times Literary Supplement[J]. Presented to The London Library by the Author, 1953.

[72] LEAVIS F R. A History of Switzerland[J]. Letter to TLS, 1955：509.

[73] LEAVIS F R. The Tone of the Critic[J]. letter to TLS, 1956:269.

[74] LEAVIS F R. Literary Studies：A Reply[J]. Universities Quarterly II 1956：14—25. [later collected in Valuation in Criticism and other essays]

[75] LEAVIS F R. The Critic's Task[J]. Commentary, 1957：83—86.

[76] LEAVIS F R. Polish Master of English Prose[J]. The Times, 1957:11.

[77] LEAVIS F R. Lacking Scrutiny[J]. Letter to TLS, 1959：273.

[78] LEAVIS F R. How Far Short of True Greatness? [J]. The Guardian, 1960：13.

[79] LEAVIS F R. A Note on the Critical Function[J]. Literary Criterion 5. i 1961：1—9.

[80] LEAVIS F R. Done for Lawrence? [J]. The Guardian, 1961:15.

[81] LEAVIS F R. The Two Cultures? [J]. Letter to The Spectator, 1962:335.

[82] LEAVIS F R. The Oxford Tradition[J]. The Spectator, 1963：150—151.

[83] LEAVIS F R. Scrutiny[J]. Letter to The Spectator, 1963:597.

[84] LEAVIS F R. Scrutinising the Classics[J]. Letter to TLS, 1964：455.

[85] LEAVIS F R. Correspondence[J]. Letter to The Cambridge Review, 1964:103 & 105.

[86]LEAVIS F R. Valuation in Criticism[J]. Orbis Litterarum , 1966：61—70. [later collected in Valuation in Criticism and other essays]

[87]LEAVIS F R. T. S. Eliot and the Life of English Literature[J]. Massachusetts Review 10 1969：9—34. [later collected in Valuation

in Criticism and other essays]

[88] LEAVIS F R. Eliot and Pound[J]. Letter to TLS, 1970: 951.

[89] LEAVIS F R. Wordsworth: The Creative Conditions[J]. in Twentieth-Century Literature in Retrospect:323—341. Edited by Reuben Brower. Cambridge, Massachusetts: Harvard University Press, 1971. [later collected in The Critic as Anti-Philosopher]

[90] LEAVIS F R. Henry James and Dickens[J]. Letter to TLS, 1971: 325.

[91] LEAVIS F R. Reply to Noel Annan[J]. The Human World 4 1971: 65.

[92] LEAVIS F R. F. R. Leavis Discusses Xenia, by the Italian Poet Eugenio Montale[J]. The Listener, 1971: 845—846. [later collected in The Critic as Anti-Philosopher]

[93] LEAVIS F R. Justifying One's Valuation of Blake[J]. The Human World 7 1972:42—64. [later collected in The Critic as Anti-Philosopher]

[94] LEAVIS F R. A Message from Dr F. R. Leavis[J]. Literary Criterion no. 2 1972: 1.

[95] LEAVIS F R. Memories of Wittgenstein[J]. The Human World 10 1973: 66—79. [later collected in The Critic as Anti-Philosopher]

[96] LEAVIS F R. Questions of Tone[J]. Letter to TLS, 1973:1372.

[97] LEAVIS F R. Verbicide[J]. letter to TLS, 1974:586.

[98]LEAVIS F R. "Believing in" The University[J]. The Human World 15—16 1974: 98—109. [later collected in The Critic as Anti-Philosopher]

[99] LEAVIS F R. Who Will Lead Against Inflation? [J]. Letter to The Times, 1974:15.

[100] LEAVIS F R. Letter to TLS, 1975: 1475.

[101] LEAVIS F R. Letter to TLS, 1975:1516.

[102] LEAVIS F R. Mutually Necessary[J]. New Universities Quarterly 30. 2 1976:129—151. [later collected in The Critic as Anti-Philosopher]

[103] LEAVIS F R. Eliot's Permanent Place[J]. Aligarh Journal of English Studies 2 1977: 125—143.

《细察》文献

[1]COX R G. Shakespeare and Mediaeval Thought, Shakespeare's Philosophical Patterns[J]. Scrutiny Vol. VI, No. 3 ,December, 1937.

[2] CRUSOE MARTIN. The Development of the Public School [J]. Scrutiny Vol. I, No. 1, May, 1932.

[3]EDITORS. Scrutiny: A Menifesto[J]. Scrutiny: A Quarterly Review Vol. I, (1932—1933), No. 1 , May, 1932, Cambridge: Cambridge University Press, 1963.

[4]ENRIGHT D J. Goethe's 'Faust' and the Written Word (I)[J]. Scrutiny Vol. XIII, No. 1, Spring, 1945.

[5] ENRIGHT D J. Goethe's 'Faust' and the Written Word (II)[J]. Scrutiny Vol. XIII, No. 4, Spring, 1946.

[6]HARDING D W. Many Psychologies: A Review [J]. Scrutiny Vol. I, No. 1, May, 1932, Cambridge: Cambridge University Press, 1963, pp. 83—85.

[7] HARDING D W. Evaluations: I. A. Richards [J]. Scrutiny Vol. I, No. 4, March, 1933.

[8] HARDING D W. Psychology and Criticism: A Comment [J]. Scrutiny Vol. VI, No. 1, June, 1936, Cambridge: Cambridge University Press, 1963.

[9] HARDING D W. Psycho-analysis and Social Psychology[J]. Scrutiny Vol. VI, No. 3, December, 1936, Cambridge: Cambridge University Press, 1963.

[10]KNIGHTS L C. Will Training Colleges Bear Scrutiny? [J]. Scrutiny Vol. I, No. 3, December, 1932.

[11] KNIGHTS L C. Training colleges - repercussions [J]. Scrutiny Vol I, No. 4, March, 1933.

[12] KNIGHTS L C. Shakespeare Criticism: Art and Artifice in Shakespeare [J]. Scrutiny Vol. III, No. 1, June, 1934.

[13] KNIGHTS L C. Revaluations (V): Shakespeare's Sonnets L. [J]. Scrutiny Vol. III, No. 2, September, 1934.

[14] KNIGHTS L C. Shakespeare and Shakespeareans [J]. Scrutiny

Vol. III, No. 3 , Dec. , 1934, Cambridge: Cambridge University Press, 1963, pp. 221—235.

[15] KNIGHTS L C. Drama and Society in the Age of Jonson[J]. London: Chatto & Windus, Dec. , 1937.

[16] KNIGHTS L C. The Modern Universities[J]. Scrutiny Vol. VII, No. 1, June, 1938.

[17] KNIGHTS L C. Selwyn College, Cambridge, 1925[J]. The Cambridge Quarterly, 1996 XXV(4), p. 357.

[18] KNIGHTS L C. The Politeness of Racine[J]. Scrutiny Vol. IX, No. 4, March, 1941.

[19]LEGGE SYLVIA. The Higher Education of Women[J]. Scrutiny Vol. V, No. 1, June, 1936.

[20] LEGGE SYLVIA. The Education of Girls[J]. Scrutiny Vol. VII, No. 1, June, 1938.

[21]MASON H A. William Faulkner, William Saroyan, Erskine Caldwell and T. F. Powys[J]. Scrutiny Vol. IV, No. 1, June, 1935.

[22]MASON H A. The Achievement of T. S. Eliot[J]. Scrutiny Vol. IV, No. 3, December, 1935.

[23]MASON H A. William Empson's Verse[J]. Scrutiny Vol. IV, No. 3, December, 1935.

[24]MASON H A. Yeats and the Irish Movement, Dramatis Personae [J]. Scrutiny Vol. VI, No. 3, December, 1936.

[25]MASON H A. Education by Book Club? [J]. Scrutiny Vol. VI, No. 3, December, 1937.

[26]MASON H A. The Press, review by H. A. Mason[J]. Scrutiny Vol. VII, No. 3, December, 1938.

[27]MASON H A. Classics and Education[J]. Scrutiny Vol. VIII, No. 1, June, 1939.

[28]MASON H A. Albert Camus: Difficult Hope, La Peste[J]. Scrutiny Vol. XIV, No. 4, September, 1947.

[29]MELLERS W H. Music and Society[J]. Scrutiny, XIV. No. 2, Dec. Cambridge: Cambridge University Press, 1946, pp. 356—368.

[30]MELLERS W H. Jean Wiener and Music for Entertainment[J]. Scrutiny Vol. VI, No. 3, December, 1937.

[31]MELLERS W H. The Composer and Civilization: Notes on the Later Work of Gabriel Faure[J]. Scrutiny Vol. VI, No. 4, March, 1938.

[32]MELLERS W H. The Composer and Civilisation (II): Albert Roussel and La Musique Francaise[J]. Scrutiny Vol. VII, No. 2, September, 1938.

[33]MELLERS W H. Modern Poets in Love and War[J]. Scrutiny Vol. VIII, No. 1, June, 1939.

[34]MELLERS W H. Language and Function in American Music[J]. Scrutiny Vol. X, No. 4, April, 1942.

[35]MELLERS W H. New English and American Music W. H. Mellers [J]. Scrutiny Vol. XI, No. 3, Spring, 1943.

[36]MIRSKY D S. Soviet Literature[J]. Scrutiny Vol. III, No. 2, September, 1934.

[37]PARKES H B. The American Cultural Scene (II)[J]. Scrutiny Vol. IX, No. 1, June, 1939.

[38]PARKES H B. The American Cultural Scene (IV)[J]. Scrutiny Vol. IX, No. 1, June, 1940.

[39]RICKWORD EDGELL. Scrutiny by Various Writers[J]. London: Wishart & Company, 1928.

[40]RICKWORD EDGELL. Scrutiny Vol. II[J]. London: Wishart & Company, 1931.

[41]THOMPSON DENYS. The Machine Unchained[J]. Scrutiny Vol. II, No. 2, September, 1933.

[42]THOMPSON DENYS. A Hundred Years of the Higher Journalism [J]. Scrutiny Vol. VI, No. 1, June, 1935.

[43]THOMPSON DENYS. What Shall We Teach? [J]. Scrutiny Vol. II, No. 4, March, 1934.

[44]THOMPSON DENYS. Progressive Schools[J]. Scrutiny Vol. III, No. 2, September, 1934.

[45]THOMPSON DENYS. The Times in School[J]. Scrutiny Vol. III, No. 4, March, 1935.

[46]WINKLER R O C. The Significance of Kafka[J]. Scrutiny Vol. VII, No. 3, December, 1938.

研究利维斯的英文专著

[1]BALDICK CHRIS. The Social Mission of English Criticism 1848—1932[M]. Oxford: Clarendon Press, 1983.

[2]BELL MICHAEL. F. R. Leavis. Foreword by Christopher Norris. Critics of the Twentieth Century series[M]. London: Routledge, 1988.

[3]BENTLEY ERIC. The Importance of Scrutiny[M]. New York:G. W. Stewart, 1948.

[4]BILAN R B. The Literary Criticism of F. R. Leavis[M]. Cambridge: Cambridge University Press, 1979.

[5]BOYERS ROBERT. F. R. Leavis: Judgment and the Discipline of Thought[M]. London: University of Missouri Press, 1978.

[6]BUCKLEY VINCENT. Poetry and Orality Studies on the Criticism of Matthew Arnold[M]. T. S. Eliot and F. R. Leavis. Chatto & Windus, 1959.

[7]COLLINI STEFAN. Public Moralists: Political Thought and Intellectual Life in Britain[M]. Oxford: Clarendon Press, 1991.

[8]DOYLE BRIAN. English and Englishness. New Accents Series[M]. London: Routledge, 1989.

[9]GARY DAY. Re-Reading Leavis: Culture and Literary Criticism[M]. London: Macmillan, 1996.

[10]GREENWOOD EDWARD. F. R. Leavis. Writers and Their Work [M]. Harlow: Longman, for the British Council, 1978.

[11]HAYMAN RONALD. Leavis[M]. London: Heineman, 1976.

[12]MACKILLOP IAN,STORER RICHARD. (eds.) F. R. Leavis: Essays and Documents[M]. Sheffield: Sheffield Academic Press, 1995.

[13]MACKILLOP IAN. F. R. Leavis: A Life in Criticism[M]. London: Allen Lane, 1995.

[14]MULHERN FRANCIS. The Moment of 'Scrutiny' [M]. London: New Left Books, 1979.

[15]ROBERTSON P J M. The Leavises on Fiction: An Historic Partner-

ship[M]. London: Macmillan, 1981.

[16]SAMSON ANNE. F. R. Leavis. Modern Cultural Theorists[M]. Hemel Hempstead: Harvester Wheatsheaf, 1992.

[17]SELDEN RAMAN, WIDDOWSON PETER. A Reader's Guide to Contemporary Literary Theory[M]. 7th ed. London: Harvester, 1997. [See Chapter 1: 'New Criticism, Moral Formalism and F. R. Leavis', pp. 10—26]

[18]STEINER GEORGE. Language and Silence[M]. Penguin Books Ltd,1969.

[19]THOMPSON DENYS. ed. The Leavises: Recollections and Impressions[M]. Cambridge: Cambridge University Press, 1984.

[20]WALSH WILLIAM. F. R. Leavis[M]. London: Chatto & Windus, 1980.

文学研究与文化研究英文专著

[1]ADOMO THEODOR W. The Culture Industry: Selected Essays on Mass Culture[M]. ed. J. M. Bernstein. London: Routledge, 1991.

[2]ARNOLD MATTHEW. Complete Prose Works[M]. Ann Arbor: University of Michigan Press, 1960.

[3]ARNOLD MATTHEW. Essays in Criticism[M]. (first pub. 1865), Classic Books, 2000.

[4]ARNOLD MATTHEW. Culture and Anarchy[M]. 1869, rpt. Cambridge: Cambridge University Press, 1966.

[5]ARNOLD MATTHEW. 'The Study of Poetry' [M]. Essays in Criticism, (first pub. 1880), 2nd Series, London: Macmillan, 1895.

[6]BALDICK CHRIS. "The Social Mission of English Studies" [D]. unpublished PhD thesis, 1981, p. 156, also published as The Social Mission Chriticism. Oxford, 1983.

[7]BENNETT TONY. Popular Culture: Past and Present[M]. London: The Open University Press, 1982.

[8]BLACK MAX. The Labyrinth of Language[M]. New York & London: Frederick A. Praeger, 1968.

[9]Board of Education, The Teaching of English in England[M]. Lon-

don:HMSO, 1921.

[10] BOURNE GEORGE. Portrait of a Village[M]. London: Duckworth, 1922.

[11] BRANNIGAN JOHN. New Historicism and Cultural Materialism [M]. London: The Macmillan Press Ltd., 1998.

[12] CAREY JOHN. The Poem of John Milton[M]. London: Longman Group, 1968.

[13] CARLYLE THOMAS. Essays[C]. London and New York, 1915.

[14] CHASE STUART. Mexico: A Study of Two Americas[M]. New York: The MacMillan Company, 1931.

[15] CORNER JOHN. 'Studying Culture-Reflections and Assessments: An Interview with Richard Hoggart', The Uses of Literacy[M]. NewBrunswick: Transaction Publishers, 1998.

[16] CULLER JONATHAN. Literary Theory: A Very Short Introduction[M]. Oxford: The Oxford University Press, 1997.

[17] DOBREE BONAMY. (ed.), Men of Letters and the English Public in the 18th Century, 1660—1744: Dryden, Addison, Pope[M]. trans. by E. O. Lorimer, 1949.

[18] DWORKIN DENNIS. Cultural Marxism in Postwar Britain[M]. Durham: Duke University Press, 1995.

[19] FILREIS ALAN. Wallace Sevens and the Actual World[M]. New Jersey: Princeton University Press, 1991.

[20] EAGLETON TERRY. Literary Theory: An Introduction[M]. Oxford: Basil Blackwell, 1983. Second Edition, 1996.

[21] EAGLETON TERRY. The Function of Criticism: From the Spectator to Post-Structuralism[M]. London: Verso, 1984.

[22] EAGLETON TERRY. The Idea of Culture[M]. London: Blackwell, 2000.

[23] EAGLETON TERRY. After Theory[M]. London: Penguin Books, 2001.

[24] EIDRIDGE JOHN, LIZZIE. Raymond Williams: Making Connections[M]. London and New York: Routledge, 1994.

[25] ELIOT T S. The Sacred Wood: Essays on Poetry and Criticism[M]. London: Methune, 1920.

[26]ELIOT T S. Homage to John Dryden: Three Essays on Poetry of the Seventeenth Century[M]. London: Hogarth Press, 1924.

[27]ELIOT T S. Selected Essays: 1917—1932[M]. London: Faber & Faber Ltd. , 1932.

[28]ELIOT T S. The Idea of Christian Society[M]. (first pub. 1939), London: Faber & Faber Ltd. , 1962.

[29]ELIOT T S. Notes towards the Definition of Culture[M]. first pub. 1948, New York: Harcourt, Brace and Co. , 1949.

[30]ELIOT T S. Christianity and Culture[M]. Mariner Books, 1960.

[31]EMPSON WILLIAM. Seven Types of Ambiguity[M]. (first pub. 1930), London: Chatto & Windus, 1949.

[32]FILREIS ALAN. Wallace Sevens and the Actual World[M]. New Jersey: Princeton University Press, 1991.

[33]GIBSON MARK,HARTLEY JOHN. 'Forty Years of Cultural Studies: An interview with Richard Hoggart[M]. International Journal of Cultural Studies, October, 1997.

[34]GREEN MICHAEL. 'Point of Departure: "New" Subjects and "Old", English and Cultural Studies: Broadening the Context[M]. London: Humanities Press, 1987.

[35]GROSS JOHN. The Rise and Fall of the Man of Letters[M]. London: Weidenfeld and Nicolson, 1969, p. 278.

[36]HOGGART RICHARD. The Uses of Literacy[M]. Harmondsworth: Penguin, 1957 (first pub.), 1969.

[37]HOGGART RICHARD. Speaking to Each Other[M]. Vol. 2, Harmondsworth: Penguin, 1973.

[38]HOGGART RICHARD. The Way We Live Now[M]. London : Chatto & Windus, 1995.

[39]HOGGART RICHARD. First and Last Things[M]. London: Aurum Press, 1999.

[40]HOGGART RICHARD. 'Literacy Is Not Enough: Critical Literacy and Creative Reading', Between Two Worlds[M]. London: Aurum Press, 2001.

[41]JACKSON LEONARD. The Dematerialization of Karl Marx: Literature and Marxist Theory[M]. London: Longman, 1994.

[42]JOHNSON LESLEY. The Cultural Critics: From Matthew Arnold to Raymond Williams[M]. London, Boston and Henley: Routledge & Kegan Paul, 1979.

[43]JONES PAUL. Raymond Williams's Sociology of Culture, a Critical Reconstruction[M]. Palgrave Macmillan, 2004.

[44]JOSEPH JONATHAN. Hegemony: A realist Analysis[M]. Routledge, 2002.

[45]KAYE HARVEY J. The British Marxism Historians[M]. Cambridge: Polity Press, 1984.

[46]LAWRENCE D H. The Rainbow[M] (first pub. 1915). Wordsworth Editions Ltd, 1995.

[47]LAWRENCE D H. 'Democracy', A Collection of Essays[M]. (first pub. 1917), The edition of 1936.

[48]LAWRENCE D H. The Paintings of D. H. Lawrence[M]. London: Mandrake Press, 1929.

[49]LAWRENCE D H. A Propos of Lady Chatterly's Lover, and Other Essays[M]. (first pub. 1929), London: Penguin, 1962.

[50]LEAVIS Q D. Fiction and the Reading Public[M]. London: Chatto & Windus, 1932.

[51]LODGE DAVID. Language of Fiction[M]. London: Routledge and Kegan Paul, 1966.

[52]LOUIS WILLIAM ROGER. Adventures with Britannia: Personalities, Politics, and Culture in Britain[M]. Texas: University of Texas, 1995.

[53]MACINTYRE STUART. A Proletarian Science: Marxism in Britain 1917—1933[M]. Cambridge: Cambridge University Press, 1980.

[54]MILLER HILLIS. On Literature[M]. Routledge, 2002.

[55]MCLLROY JOHN. 'Teacher, Critic, Explorer', Raymond Williams: Politics, Education, Letters[M]. eds. W. John Morgan and Peter Preston, Basingstoke: Macmillan, 1993.

[56]MULHERN FRANCIS. Culture / Metaculture, the New Critical Idiom[M]. London: Routledge, 2000.

[57]MURRY JOHN MIDDLETON. The Problem of Style[M]. Oxford: Oxford University Press, 1922.

[58]NEWMAN JOHN HENRY. The Idea of A University[M]. (first pub. 1855), Cambridge: Cambridge University Press, 1979.

[59]OSGERBY BILL. Youth in Britain: Since 1945[M]. Blackwell Publishers, 1998.

[60]OWEN SUE. Richard Hoggart and Cultural Studies[C]. UK: University of Sheffield, Palgrave Macmillan, 2008.

[61]PALMER D J. The Rise of English Studies[M]. Oxford: Oxford University Press, 1965.

[62]REDAL WENDY. Imaginative Resistance: The Rise of Cultural Studies as Political Practice in Britain [D]. Doctoral Thesis (unpub.), University of Colorado, 1997.

[63]RICHARDS I A. Principles of Literary Criticism[M]. London: Kegan Paul, Trench, Trubner, 1924.

[64]RICHARDS I A. Richards, Science and Poetry[M]. London: Kegan Paul, Trench, Trubner, 1926.

[65]RICHARDS I A. Richards, Practical Criticism: A Study of Literary Judgment[M]. New York: Harcourt, Brace and Company, 1929.

[66]SCHLEIERMACHER FRIEDRICH DANIEL ERNST. Hermeneutics and Criticism and Other Writings[C]. trans. Andrew Bowie, Cambridge University Press, 1998, pp. 23—24.

[67]SNOW C P. 'Two Cultures and the Scientific Revolution' [M]. Rede Lecture in Cambridge, 1959.

[68]SPENGLER OSWALD. The Decline of the West[M]. London: George Allen and Unwin, 1961.

[69]STEELE TOM. The Emergence of Cultural Studies: Adult Education, Cultural Politics and the 'English' Question[M]. London: Lawrence & Wishart Ltd., 1997.

[70]STEVENSON NICK. Culture, Ideology and Socialism: Raymond Williams and E. P. Thompson[M]. Aldershot, USA, Hongkong: Avebury, 1996.

[71]STRINATI DOMINIC. Introduction to Theories of Popular Culture [M]. London: Routledge, 1995.

[72]STUART GEORGE. (George Bourne), Change In The Village[M]. London: The Country Book Club, 1956.

[73] STUART GEORGE. The Wheelwright's Shop [M]. (first pub. 1930), repr. Cambridge: Cambridge University Press, 1970.

[74] THOMPSON E P. The Making of the English Working Class[M]. London: Victor Gollancz (1963); 2nd Edition With New Postscript, Harmondsworth: Penguin, 1968, Third Edition With New Preface 1980.

[75] TUMER GRAEME. British Cultural Studies[M] (Third Edition). London & New York: Routledge, 2003.

[76] WARD A C. Twentieth Century English Literature[M]. The English Language Book Society, 1965.

[77] WILLIS PAUL. Learning to Labour[M]. Ashgate Publishing Limited, 1993.

[78] WILLIAMS RAYMOND. Politics and Letters[M]. London: Verso, 1981.

[79] WILLIAMS RAYMOND. Culture and Society [M]. London: Chatto & Windus, 1958.

[80] WILLIAMS RAYMOND. The Long Revolution[M]. London: Chatto & Windus, 1961.

[81] WILLIAMS RAYMOND. 'Culture and Revolution: A Response', From Culture to Revolution, eds.· Terry Eagleton & Brian Wicker [M]. London: Sheed & Ward, 1968.

[82] WILLIAMS RAYMOND. Communications, Harmondsworth [M]. Penguin, 1971.

[83] WILLIAMS RAYMOND. The Country and the City[M]. London, Chatto and Windus, 1973. Reprinted, London, Hogarth Press, 1985.

[84] WILLIAMS RAYMOND. Key Words: A Vocabulary of Culture and Society[M]. (first pub. 1976), Oxford: Oxford University Press, 1983.

[85] WILLIAMS RAYMOND. Marxism and Literature [M]. Oxford: Oxford University Press, 1977.

[86] WILLIAMS RAYMOND. What I Came to Say [M]. London: Hutchinson-Radius, 1989.

[87] WILLIAMS RAYMOND. The Analysis of Culture [M]. Prentice

Hall, 1998.

[88] WILSON EDMOND. Axel's Castle[M]. 1931, rpt. New York: Charles Scribner's Sons, 1969.

[89] WOODHAMS STEPHEN. History in the Making: Raymond Williams and E. P. Thompson and Radical Intellectuals 1930 — 1956 [M]. London: Merlin Press, 2001.

文化研究英文文章

[1] ANDERSON PERRY. Components of the National Culture[J]. New Left Review 50 (July-August 1968), pp. 3—57.

[2] ARNOLD MATTHEW. "The Bishop and the Philosopher"[J]. Macmillan's Magazine 7 (January 1863), pp. 241—256.

[3] BELSEY CATHERINE. 'Re-Reading the Great Tradition'[C]. // In Re-Reading English, pp. 121—135. Edited by Peter Widdowson. New Accents Series. London: Methuen, 1982.

[4] CARLYLE THOMAS. 'Signs of the Times'[J]. The Edinburgh Review in 1829; This Text Comes From Volume Three Of The Collected Works of Thomas Carlyle (16 volumes), London: Chapman and Hall, 1858.

[5] COLLINI STEFAN. Richard Hoggart: Literary Criticism and Cultural Decline in 20th Century Britain[C]. // Richard Hoggart and Cultural Studies, ed. Sue Owen, Palgrave Macmillan, 2008.

[6] CORNER JOHN. 'Studying Culture-Reflections and Assessments: An Interview with Richard Hoggart'[M]. // The Uses of Literacy, NewBrunswick: Transaction Publishers, 1998.

[7] CRONIN ANTHONY. 'Towards School with Heavy Looks'[M]. // in A Question of Modernity, London: Secher and Warburg, 1966.

[8] GIBSON MARK, HARTLEY JOHN. 'Forty Years of Cultural Studies: An interview with Richard Hoggart'[J]. International Journal of Cultural Studies, October, 1997.

[9] GREEN MICHAEL. 'Point of Departure: "New" Subjects and "Old"'[C]. // English and Cultural Studies: Broadening the Context, London: Humanities Press, 1987.

[10] HALL STUART. 'Encoding and Decoding in the Television Discourse' [M]. // first pub. 1973, Culture, Communication, Language, Academic Divisions of Unwin Hyman Ltd. , 1980.

[11] HALL STUART. 'De-constructing the Popular' [M]. // People's History and Socialist Theory, ed. Raphael Samuel, History Workshop Series, London: Routledge & Kegan Paul, 1981.

[12] HALL STUART. 'The First New Left' [M]. // (eds.) Robin Archer, Out of Apathy, London: Verso, 1989.

[13] HALL STUART. 'Cultural Studies: Two Paradigms' [M]. (eds.) Jessica Munds & Cita Raja, A Cultural Studies Reader: History, Theory, Practice, London: Longman, 1995.

[14] HALL STUART. 'Black Diaspora Artists in Britain: Three Moments in Post-war History' [J]. History Workshop Journal, Spring, 2006.

[15] HALL STUART. 'Richard Hoggart, The Uses of Literacy and The Cultural Turn' [C]. // Richard Hoggart and Cultural Studies, ed. Sue Owen, Palgrave Macmillan, 2008.

[16] HARDY THOMAS. "The Dorsetshire Labourer" [C]. // in Thomas Hardy's Personal Writings, ed. Harold Orel, Lawrence: University of Kansas Press, 1966.

[17] HOGGART RICHARD. 'Schools of English and Contemporary Society', Inaugural Lecture at University of Birmingham [M]. // Speaking to Each Other, Vol. 2, 'About Literature', Harmondsworth: Penguin, 1973.

[18] HOGGART RICHARD. 'The Condition of England Question' [M]. // Times Educational Supplement, Feb. 19th, 1965, repri. Speaking to Each Other (Vol. 2.), Harmondsworth: Penguin, (first pub. 1970), London: Chatto & Windus, 1973.

[19] HOGGART RICHARD. 'A Local Habitation: 1918—1940' [M]. // A Measured Life: The Timed and Places of an Orphaned Intellectual, London: Chatto and Windus, 1988.

[20] HOGGART RICHARD. 'An Imagined Life: 1959—1991' [M]. // A Measured Life: The Times and Places of an Orphaned Intellectual, Transaction Publishers, 1994.

[21]HOGGART RICHARD. 'A Sort of Clowning:1940—1959'[M]. // A Measured Life: The Times and Places of an Orphaned Intellectual, Transaction Publishers, 1994.

[22] HOGGART RICHARD. 'Culture and the State' [J]. Society, Nov. /Dec. , 1999.

[23]HOGGART RICHARD. 'Literacy Is Not Enough: Critical Literacy and Creative Reading'[M]. // Between Two Worlds, London: Aurum Press, 2001.

[24]JAMES HENRY. "The Art of Fiction"[C]. // Selected Literary Criticism, ed. Morris Shapira, Harmondsworth, 1968.

[25]KEYS KEVIN. 'F. R. Leavis: The development of a critical vocabulary' [D]. Unpublished PhD Thesis, University of Edinburgh, 1984.

[26] LAWRENCE D H. 'John Galsworthy' [M]. // Phoenix, (first pub.) 1936, London: Heinemann, 1970.

[27]LERNER L D. 'The Life and Death of Scrutiny'[J]. The London Magazine 2. i (January 1955), pp. 68—77.

[28]LUCAS F L. 'English Literature'[J]. In University Studies: Cambridge 1933, pp. 259—294. Edited by Harold Wright. London: Ivor Nicholson & Watson, 1933.

[29]LUCAS F L. 'English'[J]. University Studies: Cambridge, and E. M. W. Tillyard, in The Muse Unchained, 1958.

[30]MACKILLOP IAN. 'F. R. Leavis'[J]. The Cambridge Quarterly XX. iii (1991), pp. 258—264.

[31]MCGUIGAN JIM. 'Unbending the Springs Of Ation'[M]. // Cultural Popularism, London: Routledge, 1992.

[32]MCLLROY JOHN. 'Teacher, Critic, Explorer'[M]. // Raymond Williams: Politics, Education, Letters, eds. W. John Morgan and Peter Preston, Basingstoke: Macmillan, 1993.

[33]MULHERN FRANCIS. 'English Reading'[C]. // Nation and Narration, pp. 250—264. Edited by Homi K. Bhabha. London: Routledge, 1990.

[34]PASSERON JEAN—CLAUDE. 'Introduction to the French Edition of Uses of Literacy'[C]. // Working Papers on Cultural Studies

(Spring), 1971.

[35] RANSOM JOHN CROWE. "Criticism, Inc." [J]. The Virginia Quarterly Review, Autumn, 1937.

[36] REDAL WENDY. 'Imaginative Resistance: The Rise of Cultural Studies as Political Practice in Britain' [D]. Doctoral Thesis (unpub.), University of Colorado, 1997.

[37] RICKWOOD C H. "A Note on Fiction" [C]. Calendar for Modern Letters, 1926.

[38] ROBINSON IAN. 'F. R. Leavis: The Cambridge Don' [J]. The Use of English (43. 3) (Summer 1992), pp. 244—254.

[39] ROCCA FRANCIS. 'America's Multicultural Imperialism' [J]. American Spectator(Vol. 33), Issue 7, Sep., 2000.

[40] STEINER GEORGE. 'Men and Ideas: F. R. Leavis' [J]. Encounter 18. 5 (May, 1962), pp. 37—45.

[41] STEINER GEORGE. 'F. R. Leavis' [M]. // Language and Silence, New York: Atheneum, 1967.

[42] TRODD KENNETH. 'Report from the Younger Generation' [J]. Essays in Criticism, Vol. XIV, 1964.

[43] TURNER GRAEME. 'Cultural Literacies, Critical Literacies, and the English School Curriculum in Australia' [J]. International Journal of Cultural Studies(Vol. 10), 2007.

[44] TANNER M. 'Literature and Philosophy' [J]. New University Quarterly, Vol. XXX, Winter, 1975.

[45] WELLEK RENR. 'Literary Criticism and Philosophy' [J]. Scrutiny V. iv (March 1937), pp. 375－383; and 'Correspondence: Literary Criticism and Philosophy' [J]. Scrutiny V1. ii (September 1937), pp. 195－196.

[46] WELLEK RENR. 'The Literary Criticism of Frank Raymond Leavis' [C]. // Literary Views: Critical and Historical pp. 175－193. Chicago University Press, 1964.

[47] WILLIAMS RAYMOND. 'Working-Class Culture' [C]. // The Uses of Literacy Symposium, Universities and Left Review (2), Summer, 1957.

[48] WILLIAMS RAYMOND. 'Culture is Ordinary' [M]. // The Ray-

mond Williams Reader，（eds.）John Higgins，Blackwell Publishers，(first pub. 1958)，2001.

[49]WILLIAMS RAYMOND. ‘Literature and Sociology：In Memory of Lucien Goldman’[C]. // Problems in Materialism and Culture：Selected Essays，London：Verso，1983.

[50]WILLIAMS RAYMOND. ‘Base and Superstructure in Marxist Cultural Theory’[M]. // in John Higgins（ed.）The Raymond Williams Reader，Blackwell，2001.

中文专著

[1]阿雷恩·鲍尔德温，等. 文化研究导论[M]. 陶东风，等，译. 北京：高等教育出版社，2005.

[2]安东尼奥·葛兰西. 狱中札记[M]. 曹雷雨，等，译，北京：中国社会科学出版社，2000.

[3]D. H. 劳伦斯. 灵与肉的剖白——D. H. 劳伦斯论文艺[M]. 毕冰宾，译. 桂林：漓江出版社，1991.

[4]D. 施奈特. 消费文化与现代性[M]. 林祐圣，叶欣怡，译. 台北：弘智文化出版社，2003.

[5]费尔迪南·德·索绪尔. 普通语言学教程[M]. 高名凯，译. 北京：商务印书馆，1980.

[6] F. R. 利维斯. 伟大的传统[M]. 袁伟，译. 北京：生活·读书·新知三联书店，2002.

[7]赫伯特·马尔库塞. 爱欲与文明[M]. 黄勇，译. 上海：上海译文出版社，1987.

[8]侯维瑞. 英国文学通史[M]. 上海：上海外语教育出版社，1999.

[9]拉曼·塞尔登，彼得·威德森，彼得·布鲁克. 当代文学理论导读[M]. 刘象愚，译. 北京：北京大学出版社，2006.

[10]罗钢，刘象愚. 文化研究读本[M]. 北京：中国社会科学出版社，2000.

[11]中共中央马克思恩格斯列宁斯大林编译局. 马克思恩格斯选集：第二卷[M]. 北京：人民出版社，1972.

[12]帕特丽卡·劳伦斯. 丽莉·布瑞斯珂的中国眼睛[M]. 万江波，韦晓保，陈荣枝，译. 上海：上海书店出版社，2007.

[13]让·鲍德里亚. 消费社会[M]. 刘富成，全志钢，译. 南京：南京大学出版

社，2001.
[14]特里・伊格尔顿.历史中的政治、哲学、爱欲[M].马海良，译.北京：中国社会科学出版社，1999.
[15]特里・伊格尔顿.二十世纪西方文学理论[M].伍晓明，译.北京：北京大学出版社，2007.
[16]严峰，韩玉芬.TV风景线——电视与电视文化[M].北京：中国人民大学出版社，1993.
[17]约翰・亨利・纽曼.大学的理念[M].高师宁，等，译.贵阳：贵州教育出版社，2003.
[18]约翰・克罗・兰色姆.新批评[M].王腊宝，张哲，译.南京：江苏教育出版社，2006.
[19]赵国新.新左派的文化政治：雷蒙・威廉斯的文化理论(The Cultural Politics of New Left: Raymond Williams's Theory of Culture)[M].北京：外语教学与研究出版社，2009.
[20]朱立元.当代西方文艺理论(第二版)[M].上海：华东师范大学出版社，2005.
[21]钱锺书.钱锺书散文集[M].杭州：浙江文艺出版社，1997.

中文文章

[1]安娜・葛雷.全球媒体：文化研究问题考量[J].张瑞卿，译.江西社会科学，2009(11)：253—256.
[2]常风.利维斯的三本书[J].新月，1933(6).
[3]曹莉.剑桥批评传统的形成和衍变[J].外国文学，2006(6)：70—79.
[4]曹莉，陈越.鲜活的源泉——再论剑桥批评传统及其意义[J].清华大学学报(哲学社会科学版)，2006(5)：62—68.
[5]高兰.激流中的守望——评F.R.利维斯的〈伟大的传统〉[J].名作欣赏，2008(2).
[6]高兰.利维斯与英国小说传统的重估[D].长春：吉林大学博士学位论文，2009.
[7]黄卓越，定义"文化"：前英国文化研究时期的表述[C].// 文化与诗学，童庆炳.北京：北京大学出版社，2009：91—123.
[8]黄卓越.定义"文化"：威廉斯的文化概念[J].燕赵学术，2009.
[9]黄卓越.离合之旅：英国文化研究与文学研究之关系考察[C].// 英语

文学与文化研究.北京:北京大学出版社,2010:57—58.

[10]江玉琴.文化批评:当代文化研究的一种视野——兼论诺斯洛普·弗莱与F.R.利维斯的文化批评观[J].深圳大学学报,2007(3):121—125.

[11]刘雪岚.回顾"伟大的传统":F.R.利维斯的启示[J].外国文学,1999(5):47.

[12]刘智勇.弗·雷·利维斯与传统:"利维斯批评"研究[D].重庆:重庆师范大学硕士学位论文,2007.

[13]李一.论玛格丽特·德莱布尔与利维斯"伟大的传统"的继承和发展[D].长春:东北师范大学硕士学位论文,2006.

[14]陆建德.F.R.利维斯:他的批评与浪漫主义的关系(F.R. Leavis: His Criticism in Relation to Romanticism)[D].剑桥郡:英国剑桥大学博士学位论文,1989.

[15]陆建德.弗·雷·利维斯和〈伟大的传统〉[M].//弗·雷·利维斯.伟大的传统.袁伟,译.北京:三联书店,2002,1—29.

[16]陆扬.利维斯主义与文化批判[J].外国文学研究,2002(1):10—15.

[17]李安宅.意义学(自序)[M].上海:商务印书馆,1939.

[18]马征.文化研究在中国[J].文艺理论与批评,2005(1).

[19]聂珍钊.剑桥学术传统与研究方法:从利维斯谈起[J].外国文学研究,2004(6):7—8.

[20]钱锺书.论俗气[N].大公报,1933-11-04//钱锺书散文集.杭州:浙江文艺出版社,1997:57.

[21]实言.战后英国教育改革实践对我们的启示[J].外国教育资料,1992(2):7.

[22]王岳川.从文学理论走向文化研究的精神动脉[J].文学自由谈,2001(4):93—96.

[23]王桃花.利维斯小说批评弊病刍议[J].四川师范大学学报:社会科学版,2010(1):56—57.

[24]西奥多·阿多诺.再论文化工业[C].//保罗·莫斯利,苏·索纳姆.媒介研究读本.爱丁堡:爱丁堡大学出版社,1999.

[25]萧俊明.英国文化主义传统探源[J].国外社会科学,2000(3).

[26]殷企平.用理论支撑阅读——也谈利维斯的启示[J].外国文学,1999(5):52.

[27]赵毅衡.瑞恰慈:镜子两边的中国梦[M].//徐葆耕.瑞恰慈:科学与诗.北京:清华大学出版社,2003.